DER GROSSE LIEBESROMAN

Von Patricia Matthews
sind als Heyne-Taschenbücher erschienen:

Plantage der Leidenschaft · Band 28/2
Die Glut der Leidenschaft · Band 28/9
Die große Liebe meines Lebens · Band 28/17
Die Geliebte des Lords · Band 28/20
Unschuld und Leidenschaft · Band 28/30
Erregend klingt das Lied des Blutes · Band 28/36
Leidenschaft im Goldrausch · Band 28/41
Des Herzens schrankenlose Sehnsucht · Band 28/46
Glücksritter der Liebe · Band 28/52
Flammen im Blut · Band 28/58
Der Liebe verschlungene Pfade · Band 28/65
Zwischen Liebe und Leidenschaft · Band 28/71
Traumtanz der Liebe · Band 28/88
Spielball der Liebe · Band 28/101
Flammende Leidenschaft · Band 28/119

Patricia Matthews

GLUT DER LEIDENSCHAFT

Roman

Deutsche Erstausgabe

WILHELM HEYNE VERLAG
MÜNCHEN

HEYNE – DER GROSSE LIEBESROMAN
Band 28/125

Titel der amerikanischen Originalausgabe
TAME THE RESTLESS HEART
Deutsche Übersetzung von Hartmut Huff

Printed in Germany 1988
Umschlagfoto: Oliviero Berni/Schlück
Umschlaggestaltung: Atelier Ingrid Schütz, München
Gesamtherstellung: Ebner Ulm

ISBN 3-453-02657-8

Anmerkung der Autorin

In diesem Buch tauchen mehrere historische Gestalten auf. Die jugendlichen Komiker, Fields und Weber, die eines der berühmtesten Varieté-Paare aller Zeiten wurden; Phineas T. Barnum, der weltberühmte Show-Mann, und seine zweite Frau Nancy Barnum; James Bailey, Barnums Partner im Barnum und Bailey Zircus; Adam Forepaugh, Barnums größter Konkurrent; der weltberühmte Zwerg General Tom Thumb und seine winzige Frau Lavinia; der sogenannte Wilde Mann von Borneo; die zusammengewachsenen Zwillinge, die als Zweiköpfiges Mädchen angekündigt wurden; der Riesenelefant Jumbo und der Zwergelefant Tom Thumb – sie alle hat es gegeben und die Autorin hat versucht, sie so akkurat wie möglich zu porträtieren.

Die Beschreibung von Pacific Grove, Kalifornien; die belehrende und unterhaltsame Show namens Chautauqua, benannt nach ihrem Ursprungsort, und der Barnum und Bailey-Zirkus, wie er gegen Ende des 19. Jahrhunderts war, basieren auf Tatsachen, wie auch die Geschichten, die P. T. Barnum erzählt. Die Schilderung von Barnums Entdeckung der ›Waldkreatur‹ hingegen ist reine Fiktion, ebenso wie alle anderen Charaktere.

Bei den Zirkuskünstlern hat die Autorin nicht versucht, die damaligen Mitwirkenden zu beschreiben, sondern sie stellt eine Auswahl typischer Zirkuskünstler der Zeit vor.

Willkommen in der Zirkuswelt!

Der Zirkus kommt

Hier kommen sie;
die Orgel
heult und schreit ihr wildes Lied
in den ruhigen Nachmittag,
und der Tag ist anders,
zerbricht in verzauberte Scherben
voller Fantasie.

Hier kommen sie;
die Clowns auf riesigen Stelzen,
und doch so klein,
gemaltes Lachen und bunte Kostüme,
hüpfend und springend und laut,
tragen Gelächter
wie ein Banner.

Hier kommen sie;
die Akrobaten und fliegenden Menschen,
Kunstreiter,
und die kühnen Männer vom Trapez,
im Glitzerumhang und Trikot,
der Löwenbändiger,
Hand in Hand voller Mut.

Hier kommen sie;
die Tiere,
goldmähnige Löwen,
Tiger, üppig gestreift,
und Bären.
Die Elefanten voll wuchtiger Anmut,
Kopf an Schwanz trabend.

Hier kommen sie;
ihre Schritte duften nach Sägemehl,
ihre Kleider nach Wunder,
die Kapelle bläst Erregung über die Menge,
rührt alte Träume,
und streift uns mit
Zauberhauch.

1

Pacific Grove Retreat

Samuel Purcells schwere Hand schlug so heftig auf den kleinen Tisch, daß das Zelt erbebte und seine Tochter zusammenzuckte. Doch seine Stimme war leise und beherrscht, wie immer, wenn er zornig war.

»Du wirst nicht gehen! Du kennst meine Meinung dazu!« Seine kalten grauen Augen waren auf sie geheftet, und es schien Laura, als würde sie geschlagen.

Sie war ebenso ärgerlich wie er, doch sie wagte das nicht zu zeigen, weil es die Schmähung nur verlängert hätte. In einer Auseinandersetzung mit ihm konnte sie nie siegen. Sie konnte nur auf eine würdevolle Niederlage hoffen. So unterdrückte sie ihre Erregung, da er es zu genießen schien, wenn er sie zum weinen brachte, oder sie ihre Gefühle zeigte. Obwohl sie wußte, daß sie nicht siegen konnte, versuchte Laura immer, ruhig mit ihm zu reden.

»Vater, würdest du mir bitte zuhören?«

Er verschränkte seine Arme vor der Brust. »Ich höre dir immer zu, Tochter. Niemand kann sagen, daß ich unfair wäre.«

Fair? Laura hätte gelacht, wenn sie's gewagt hätte, doch sie fuhr hartnäckig fort: »Ich weiß, wie du über nichtige Unterhaltung denkst, Vater, doch das ist es nicht. Die Chautaqua wird von der Methodistenkirche veranstaltet. Sie ist lehrreich. Damit bilden sie sogar ihre Sonntagslehrer aus. Sie . . .«

Er richtete eine Hand auf sie. »Ich weiß sehr wohl, was sie tun, und ich bin davon überzeugt, daß es leichtfertig ist. Ich will weder meine Frau noch meine Tochter Schauspielern, Musikern und Scharlatanen ausgesetzt sehen. Und das ist mein letztes Wort.«

Hilflos schaute Laura zu ihrer Mutter hinüber, die an der Seite des Zeltes im Schaukelstuhl saß. Doch sie hatte den Kopf abgewandt, und Laura wußte, daß sie weder Hilfe noch Unterstützung von ihr erwarten konnte.

»Du bist ein selbstsüchtiges Mädchen!« Samuels Stimme war jetzt weich, weich und sehr kalt. »Du weißt, daß ich für mehrere Tage fort bin, während diese Teufelsshow hier ist. Und du weißt auch, daß dich deine Mutter braucht. Selbst wenn du meine Gefühle nicht respektierst, wie kannst du um Erlaubnis für einen solchen Besuch bitten, obwohl du weißt, daß deine arme Mutter hier völlig allein wäre?«

Laura wandte sich ab, um ihre Tränen zu verbergen. Er wußte sehr wohl, daß ihre Mutter nichts Ernstes hatte, nur die Krankheit, die sie sich einbildete. Warum mußten sie mit der Einbildung leben, daß ihre Mutter gebrechlich sei?

Sie hörte, daß er sich bewegte. »Ich muß nun für etwa eine Stunde fortgehen. Ich werde rechtzeitig zum Essen zurück sein, und dann möchte ich von diesen Torheiten nichts mehr hören!«

Laura wartete, bis sie die hölzerne Zelttür schlagen hörte, dann wandte sie sich an ihre Mutter. »Mutter, warum hilfst du mir nie? Wenn du nur etwas sagen würdest, einmal auf meiner Seite wärst. Du weißt, daß er ungerecht ist!«

Mary Purcell wich ihren Blicken aus. »Er ist der Hausherr«, sagte sie mit ausdrucksloser Stimme. »Er ist mein Gatte und dein Vater. Er weiß, was am besten für uns ist.«

Laura seufzte voller Zorn und Enttäuschung und griff nach ihrem grauen Wollschal, der über einer Stuhllehne hing.

»Ich gehe hinaus. Ich werde rechtzeitig zurück sein, um beim Essen zu helfen. Du kannst ja wenigstens damit anfangen, während ich weg bin.«

Den Schal fest um sich gewickelt, eilte Laura zornig aus dem Zelt, die hölzerne Stiege hinunter. Ihr Ärger zeigte sich in den raschen Schritten, mit denen sie sich vom Grove entfernte, um nach Jesus Lover's Point zum Meer zu gelangen. Die Nachmittagssonne sank zum Horizont, und Wind war aufgekommen, doch die kühle Luft tat ihren heißen Wangen wohl.

Als sie die Stelle erreicht hatte, kletterte sie hinaus auf die Felsen, bis sie auf die bewegte See hinunterschauen konnte. Sie umklammerte die Knie mit den Armen, senkte den Kopf und ließ den Tränen freien Lauf. Doch sie brachten keine Erleichterung.

Sie kam immer hierher, wenn sie unglücklich oder zornig war, was in letzter Zeit häufig der Fall war. Gewöhnlich beruhigte sie der Anblick von Meer und Felsen. Und wenn sie die kreisenden Möwen über sich und unten die herumtollenden Seeottern sah, erfüllte sie Ruhe. Es gab soviel Schönes hier, in

Pacific Grove Retreat – die Pinien, den Sand und die See, die frische, salzige Luft und die Sommersonne. Laura hatte sich so gefreut, als ihr Vater beschlossen hatte, hier ein Stück Land zu kaufen und ein halbfestes Zelt zu errichten, um die Sommermonate an der kühleren Küste zu verbringen. Doch wirklich geändert hatte sich nichts. Die Umgebung war schön, doch ihre Eltern blieben unverändert. Sie hatten nur ihre Probleme an einen anderen Ort verlagert. Und heute wirkte nicht einmal der Zauber des Meeres. Lauras Zorn und Schmerz waren zu groß.

Warum mußte sie so leben, ohne Liebe und fast ohne Hoffnung? Oft glaubte sie, wie ein Eichhörnchen zu leben, das in einem dieser Räder gefangen war, in dem die arme Kreatur ständig lief und nirgendwohin gelangte. Sie war eine Gefangene, und ihr Vater der Aufseher. Und wollte sie je ihr Leben leben, mußte sie fliehen, mußte fort.

Doch blieb immer die Frage, wie. Viele Frauen flohen aus unglücklichen Familien, indem sie heirateten. Irgendwie aber war es ihrem Vater gelungen, jeden Mann, der auch nur das geringste Interesse an ihr hatte, zu vertreiben. Samuel Purcell schüchterte die, die nicht so stark waren wie er, ein, bis sie es aufgaben. Es hatte Stärkere gegeben, doch auch sie hatten schließlich aufgegeben. Es war klar, daß er sie nicht auf diese Weise gehen lassen wollte; es schien ihm irgendwie Freude zu machen, sie damit zu quälen, daß sie mit fünfundzwanzig noch unverheiratet war.

Laura hatte ihren Vater nie verstanden. Seine Motive waren ihr unbegreiflich. Oft hatte sie an ihm etwas bemerkt, was sie erschreckte – eine unnatürliche Besitzgier, die weit über väterliche Sorge hinausging, die ihr Angst machte und – ja – sie ihn hassen ließ.

Natürlich konnte sie einfach gehen. Ihre Habseligkeiten packen und weglaufen. Doch wohin sollte sie gehen und was sollte sie tun? Sie hatte über die Jahre etwas Geld gespart, hatte aber keine Talente, außer daß sie Spaß an Zahlen hatte und etwas Klavier spielen konnte. Aber es mußte etwas getan werden. Wenn das alles war, was sie erwartete – ein Leben als Haushälterin und Gefährtin eines herrischen Vaters und einer schwachen, einfältigen Mutter, die unter eingebildeter Krankheit litt – dann war das Leben nicht lebenswert. Ebensogut konnte sie sich von den Felsen stürzen, sich vom Meer verschlingen lassen.

»Hallo, da!«

Verwirrt hob Laura den Kopf und schaute sich um. Auf dem Felsen neben ihr stand ein großer, schlanker Mann, ein Fremder, mit hellem Sackmantel, Weste und brauner Hose bekleidet. Er hielt einen Strohhut in der Hand, und der Wind zerrte an seinem lockigen schwarzen Haar und zupfte an seiner Weste.

Lauras erste Reaktion war Ärger über diese Störung, und dann Neugier. Pacific Grove Retreat war eine kleine Gemeinde, und nach einigen Wochen kannte sie die meisten Sommergäste zumindest vom Sehen. Doch diesen Mann hatte sie noch nie zuvor gesehen. Sie war sicher, daß sie sich an ihn erinnern würde, da er sehr attraktiv war. Er mochte um die Dreißig sein.

Sich das Haar aus dem Gesicht streichend und hoffend, daß die Tränen ihre Augen nicht gerötet hatten, versuchte sie sein Lächeln zu erwidern.

»Hallo«, sagte er wieder. »Ich hoffe, Sie verzeihen mir, daß ich so frei bin und Sie einfach anspreche, ohne mich vorgestellt zu haben, doch ich brauche dringend Auskunft, und Sie, Madam, sind der einzige Mensch hier.«

Seine Stimme war tief und angenehm, und er sprach sehr sorgsam – fast wie ein Lehrer, dachte Laura – doch es wirkte elegant. Er war sicher kein Einheimischer.

»Was möchten Sie wissen, Sir?« fragte sie leise.

»Darf ich mich zunächst setzen? Ich mußte den ganzen Weg vom Tor laufen. Es scheint, als sei das ganze Anwesen eingezäunt.« Er setzte sich, ohne ihre Antwort abzuwarten, und sein Lächeln wurde breiter. »Sind alle jungen Damen in Pacific Grove so hübsch wie Sie?«

Laura spürte einen Hitzeschauer. Er war sehr kühn. Hätte ihr Vater ihn hören können, wäre er noch zorniger gewesen als am Nachmittag. Bei diesem Gedanken senkte sie den Kopf und lächelte in sich hinein.

Der Mann beugte sich zu ihr. »Und welch liebliches Lächeln! Ich glaube, ich habe Sie verwirrt. Ich hätte nicht so offen reden dürfen, doch irgendwie glaube ich, Sie schon seit langer Zeit zu kennen. Das mag Ihnen seltsam erscheinen, aber zuweilen geschieht so etwas.« Reuig schüttelte er den Kopf. »Ich sollte natürlich nicht annehmen, daß dem anderen dasselbe Phänomen widerfahren ist. Möchten Sie, daß ich gehe?«

Laura schaute rasch auf. Das war das letzte, was sie sich wünschte. Natürlich war er forsch, doch seine Worte schienen nicht böse gemeint, und seine Freundlichkeit war ansteckend. Sie konnte nicht oft allein mit einem Mann sprechen. Also wollte sie das Beste daraus machen.

»Sie sagten, Sie wollten eine Auskunft«, erwiderte sie.

»Ach, ja. Wissen Sie, ich bin neu in dieser Gegend, gerade erst heute morgen angekommen, um genau zu sein, und jemand sagte mir, daß es irgendwo hier einen Drugstore gäbe.«

»Ja, der ist dort.« Laura wandte sich um und zeigte hinter sich. »An der Lighthouse Road. Er heißt Seaside Drugstore. Es ist nicht weit.«

»Danke. Sie sind sehr freundlich. Ich bleibe noch einen Augenblick, bevor ich dorthin gehe, falls Sie nichts dagegen haben. Es war ein langer Tag!« Er drehte sich um und schaute auf den Strand zu ihrer Rechten. »Ein liebliches Stück Erde, nicht wahr? Ich wette, es ist herrlich, dort zu schwimmen.«

Er schaute Laura mit seinen dunklen Augen an, von denen eines leicht schielte. Doch das machte ihn nur noch anziehender. »Ich wette, Sie sehen in einem Badeanzug atemberaubend aus. Verzeihen Sie! Ich habe Sie sicher wieder gekränkt.«

Er klang reuig, doch das Zwinkern in seinen Augen verriet, daß er es überhaupt nicht bedauerte, und Laura fühlte sich wohl. Es war schwer, diesen freundlichen Fremden nicht zu mögen.

Sie begann zu lachen, als sie an ihren Badeanzug dachte, der noch schwerer und unförmiger als ihre normale Kleidung war. Sie spürte eine Welle von Unbekümmertheit in sich. Sie wollte nicht, daß dieser welterfahrene Mann sie für schlicht hielt.

Sie sagte: »Ich fürchte, daß Sie unsere Art von Badeanzügen nicht sehr aufregend finden werden. Dies ist schließlich eine religiöse Gemeinde, und die meisten Menschen hier leben sehr sittenstreng.«

Er nickte. »Ja, ich habe ›Gottes Königreich am Meer‹ gelesen.« Er beugte sich zu ihr. »Haben Sie davon gehört?«

Lächelnd rezitierte er einen Vers, deklamierte die Worte auf so amüsante Art, daß Laura einfach lachen mußte. Sie wußte, daß sie zum Haus zurückgehen sollte, doch sie fühlte sich so wohl, daß sie den Gedanken zu gehen verdrängte.

»Wo haben Sie das gehört?« fragte sie neugierig.

»Ein Freund aus Monterey schickte es mir. Major Ben Truman hat es geschrieben, und es wurde in der Del Monte Wave veröffentlicht.«

»Haben Sie in Monterey gelebt?«

Er schüttelte den Kopf. »Nein, dies ist meine erste Reise nach Kalifornien. Ich lebe in Buffalo, New York. Das heißt, wenn ich nicht reise.«

»Sind Sie Handlungsreisender?«

Er lachte. »Das könnte man so sagen, aber ich verkaufe nicht irgend etwas. Ich verkaufe Aufklärung und Bildung. Ich bin Dozent bei der Chautauqua, und habe vergessen, was sich gehört. Ich habe mich nicht einmal vorgestellt.« Er erhob sich graziös vom Felsen und verbeugte sich förmlich. »Nickolas Orlando, Chautauqua-Dozent, zu Ihren Diensten. Und mit wem habe ich das Vergnügen zu sprechen?«

Laura, die sich fröhlich und beschwingt fühlte, erhob sich ebenfalls und knickste. »Laura Evangeline Purcell, Sir, wozu ich Ihnen allerdings keinen Titel nennen kann.«

Er ergriff ihre Hand; obwohl sie verwirrt war, zog sie sie nicht zurück. Langsam führte er sie an seine Lippen. Die Berührung seines Mundes auf ihrer Haut erfüllte sie mit wonniger Wärme.

»Ich bin entzückt«, sagte er. »Und Sie brauchen keinen Titel, liebe Miß Purcell. Ihre Schönheit ist genug.«

Errötend entzog sie ihm die Hand, fühlte sich beglückt und verlegen zugleich. »Sie sind früh dran«, sagte sie jäh.

Er schaute überrascht. »Wie bitte?«

»Für die Chautauqua. Sie beginnt erst nächste Woche.«

Er zuckte die Schultern. »Ich hatte noch etwas Freizeit, und hörte, wie schon gesagt, von Ihrem Pinien-Paradies. Ich wollte ein paar Tage damit verbringen, mich umzuschauen. Wenn die Chautauqua beginnt, habe ich keine Freizeit mehr. Es ist sehr schön hier. Wohnen Sie in dem Lager?«

Laura nickte. »Mein Vater hat kürzlich hier ein Grundstück und ein Zelt gekauft. Wir sind erst seit ein paar Wochen hier.«

»Und wo ist Ihr Zuhause?«

»Sacramento.«

»Ach, ja. Ich war dort einmal mit – geschäftlich. Es war Juli, wie ich mich erinnere, und ich fand es sehr heiß dort, wenngleich die Hitze trockener als in New York war.«

Sie nickte. »Darum mag ich das hier so. Ich glaube, für heiße, trockene Gegenden bin ich ungeeignet. Ich bevorzuge Meereswind, Bäume und Wasser.«

Sein abwägender Blick war so angenehm, daß ein feiner Schauer über ihren Rücken lief. »Ja, mit Ihrer feinen Haut und den blauen Augen sollten Sie die Sonne meiden. Sie leben sicher in Sacramento, weil Ihr Vater dort ein Geschäft betreibt?«

Sie nickte wieder. »Ja, er handelt mit Farmgerät und ähnlichem. Selbst hier arbeitet er, sucht Kontakt zu Farmern in den umliegenden Orten und im Tal. Er reist ein wenig.« Gott sei Dank, dachte sie, da es ihr die Möglichkeit bot, sich kurze Zeit seiner ständigen Überwachung zu entziehen.

Nickolas lachte. »Ihr Vater muß ein erfolgreicher Mann sein. Männer, die schuften, haben zwar nicht viel Freunde, doch gewöhnlich verdienen sie viel Geld.«

»Ja«, sagte Laura verächtlich. »Darin ist Vater gut.«

Nickolas schaute sie spöttisch an, und sie errötete. Warum hatte sie das gesagt? Sie wollte nicht, daß er sie für eine böse Frau hielt.

Während sie wegblickte, wurde ihr bewußt, wie lang die Schatten schon geworden waren. Sie mußte zurückgehen, und doch wollte sie noch bleiben. Es war lange her, daß sie mit einem Mann hatte plaudern können. Sie war sicher, daß sie an diesem Nachmittag mehr gelächelt hatte als dem Rest des Jahres. Der Gedanke, allein von hier in die deprimierende Atmosphäre des Familienzeltes zurückzukehren, brachte sie fast zum Weinen; und doch mußte sie zurückgehen, oder sie riskierte eine noch schlimmere Auseinandersetzung.

Langsam erhob sie sich, und er sah sie fragend an. »Ich muß wirklich gehen«, sagte sie. »Ich wußte gar nicht, daß es schon so spät ist. Meine Mutter wird sich Sorgen machen.«

Er erhob sich, den Ausdruck komischer Verzweiflung auf dem Gesicht. »Aber Sie können jetzt nicht gehen! Wir lernen uns doch gerade erst kennen. Es gibt mindestens einige hundert Dinge, die ich Sie fragen möchte.«

»Es tut mir leid«, sagte sie, und dachte, daß die Worte nicht trafen, was sie empfand.

»Bitte, nur eine Minute noch. Wie ich erzählte, will ich mir Pacific Grove anschauen und den Rest der Halbinsel. Es gibt so viel zu sehen. Ich will Monterey sehen und das chinesische Dorf, von dem mein Freund berichtete, und ich habe auch von dem wunderschönen Seventeen-Mile Drive durch Grove und längs der Küste gehört. Ich brauche dringend einen Führer, Miß Purcell, und ich kann mir keinen besseren vorstellen, als Sie. Erlauben Sie mir, vorbeizuschauen, und mich Ihren Eltern vorzustellen?«

Lauras Fröhlichkeit schwand, als sei plötzlich ein Stöpsel gezogen worden, und ihre guten Gefühle schwanden dahin. Da war es wieder. Würde dieser Mann kommen, würde ihr Vater wissen wollen, wo sie ihn kennengelernt hatte. Und dann würde die übliche Einschüchterung ihres Vaters beginnen.

Plötzlich wich ihre Depression einer Woge von Ärger. Nein! Dieses Mal würde sie es nicht geschehen lassen. Dieser stattliche, so offensichtlich freundliche Mann war wie ein Geschenk in ihr Leben getreten. Wenn er alleinstehend war – sie mußte seinen Familienstand ermitteln – wollte sie ihn heiraten. Sie wußte, es war ein kühner Gedanke, bedachte man, daß sie sich eben erst kennengelernt hatten, doch sie war verzweifelt. Und Verzweiflung forderte kühne Maßnahmen.

Sie blickte auf ihre Hände, die den Saum des Schals fest umklammert hielten. Sie traf eine Entscheidung und blickte fest in seine Augen. »Ich glaube, Sie kommen besser nicht zu unserem Zelt, Sir. Mein Vater ist – nun ein sehr strenger Mann, mit sehr starken religiösen Ansichten. Aus irgendeinem Grunde mißbilligt er alles, was nach Theater riecht oder was er für unschickliches Tun hält.«

Nickolas ausdrucksvolles Gesicht zeigte Überraschung. »Er betrachtet die Chautauqua doch sicher nicht als Theater? Er muß wissen, daß ein lehrreiches Programm geboten wird . . .«

»Ich weiß, daß es ungerecht von ihm ist«, unterbrach sie, »doch so ist er.«

Nickolas schnitt eine Grimasse. »Ich verstehe. Wenn er die Chautauqua mißbilligt, dann würde er sicher auch einen Chautauqua-Dozenten mißbilligen.«

Sie nickte. »Genau richtig. Er würde auch die Art, wie wir uns begegnet sind, mißbilligen. Ich meine, da wir einander nicht vorgestellt wurden, wie es sich ziemt.«

Nickolas schaute melancholisch. »Dann werden Sie nicht mein Führer sein? Ich werde Sie nicht wiedersehen?«

Sie hob ihr Kinn. »Das habe ich nicht gesagt.«

Sein Ausdruck entspannte sich, und er schaute sie erwartungsvoll an.

»Ich werde mich meinem Vater widersetzen. Ich bin eine erwachsene Frau. Ich kann mir nicht ein Leben lang von ihm sagen lassen, was ich zu tun habe. Ich wollte nur, daß Sie wissen, daß ich zuweilen zu Hause sein muß, und daß es nicht leicht für mich ist, fortzugehen. Sie sollten noch etwas wissen.«

Er schaute enttäuscht. »Wollen Sie mir sagen, daß Sie verheiratet sind?«

»Nein.« Sie lachte. »Und ich sollte Sie dasselbe fragen.«

Er schüttelte den Kopf und fiel in ihr Lachen ein. »Nein, nein, ich bin frei und ungebunden. Noch völlig frei!«

Innerlich seufzte Laura erleichtert auf. »Nein, was ich sagen wollte, ist, daß ich noch nicht so lange hier bin, und nichts von den Dingen, die Sie erwähnten, bis auf den Seventeen-Mile Drive, gesehen habe, da mein Vater so ist. Wollen Sie mich noch als Führer?«

Sein Lächeln war blendend. »Wir werden das Unbekannte zusammen erforschen. Und ich könnte und wollte mir keine charmantere Begleitung vorstellen. Wäre es möglich, morgen damit zu beginnen?«

Laura überlegte rasch. Morgen früh würde ihr Vater zu einer Reise ins Inland aufbrechen, wo er einen Kunden aufsuchen wollte; er würde für mindestens zwei Tage fort sein.

»Morgen wäre gut«, sagte sie lächelnd. »Um zehn?«

Sein Lächeln entwaffnete sie.

»Großartig! Ich werde in Monterey ein Fortbewegungsmittel und einen Lunch bestellen. Ich treffe Sie dann am Tor.«

Laura wandte sich ab; sie fühlte sich eigenartig. Endlich hatte sie einen Schritt getan, ihr eigenes Leben zu leben, und das erfüllte sie mit furchtsamer Freude.

2

Nickolas Orlando schaute der jungen Frau nach, bewunderte den feinen Schwung ihres Schrittes und die Bewegungen ihres wohlproportionierten Körpers, den nicht einmal das graue Mieder und das Kleid verbergen konnten.

Trotz ihrer unmodischen Kleidung war sie eine Schönheit, mit ihrer feinen, blassen Haut und den dunkelblauen Augen. Ihr Haar war zwar nicht sorgfältig gekämmt, doch es war voll, kastanienfarben und dicht. Gut gekleidet, würde sie umwerfend sein. Er hatte Glück, einer so vielversprechenden Schönheit gleich am ersten Tag in der Zuflucht begegnet zu sein. Vielleicht wandte sich sein Glück!

Nick lächelte kläglich, als er sie zwischen den Bäumen verschwinden sah. Er war nicht ganz aufrichtig gewesen, als er ihr erzählt hatte, daß er nur so früh zur Chautauqua gekommen sei, um die Monterey Halbinsel, den berühmten ›Zauberkreis‹ zu sehen.

Es war nicht ganz gelogen – ihn interessierte die Gegend, wie alles Neue und Interessante. Aber da war diese Sache mit der jungen Frau im Staat New York und ihrer wütenden Familie; und es schien angebracht, Buffalo ein wenig früher als geplant zu verlassen.

Lächelnd setzte Nick seinen Hut auf und schaute auf das drei Meilen entfernte Monterey. Er freute sich, daß er kräftig war und gerne lief; es war offensichtlich, daß er das hier reichlich tun müßte.

Bei seiner Ankunft hatte er festgestellt, daß innerhalb der Umfriedung des Grove keine Pferde und Karren fahren durften – außer dem ärmlichen Fuhrwerk, das von Zeit zu Zeit fuhr, um Müll einzusammeln oder um Gäste und ihr Gepäck zu ihren Zelten oder Hütten zu bringen. Es gab einen Personentransport zwischen Monterey und dem Grove-Tor – so war er auch hergekommen. Aber der Wagen fuhr nicht regelmäßig, und um dahin zu gelangen, hätte Nick wieder quer durch die ganze Zuflucht laufen müssen.

Er lächelte, als er an die Vorschriftenliste der Zuflucht dachte, die man ihm am Tor gegeben hatte. Darin waren Kauf, Verkauf und Verschenken berauschender Getränke verboten, jede Art von Spiel, Tanz und Fluchen. Öffentliche Räumlichkeiten durften nur bis zehn Uhr abends geöffnet sein, dann waren auch die Fensterläden zu schließen. Interessanterweise besagte eine andere Vorschrift, daß sie bis dahin geöffnet sein mußten!

Nick schüttelte schnaubend den Kopf. Alberne Vorschriften. Die Verbannung aller Mannesfreuden. Und doch war es ein ungewöhnlich schöner Fleck. Zwischen Pinien und Zypressen, dicht am Pazifik gebettet, war es wirklich das Eden, wie die Leute sagten. Die Küste mit ihren gewaltigen Felsen und tosenden Wellen regte Seele und Geist an.

Doch nach Nicks Meinung war für Männer nicht nur der Geist wichtig, und das nahe gelegene Monterey bot mehr, um diesen Teil des menschlichen Tieres zu befriedigen. Ihm war nach einem oder zwei Whiskys, und, nach der Begegnung mit Miß Laura Purcell, nach einem erregenden Ringen im Heu mit einer willigen Frau. Er machte sich natürlich keine Illusionen, daß die Art williger Frau, die er in Monterey finden würde, ebenso attraktiv wie Miß Purcell wäre. Doch da Miß Purcell offensichtlich eine ›gute Frau‹ war, würde es einige Zeit dauern und sehr viel Schmeichelei erfordern, bis er sich ihr gegenüber Freiheiten leisten konnte. Er hatte nur wenig Zeit, doch schmeicheln konnte er. Und wenn er sich nicht sehr irrte, war die sorgsam behütete Miß Purcell nicht nur begierig darauf, sondern auch reif, von einem Mann mit seinem Charme gepflückt zu werden. Nick war sich seiner Wirkung auf Frauen wohl bewußt und auch, daß seine Redegewandtheit in der Vergangenheit oft von Vorteil gewesen war. Klar war, daß sich Miß Purcell der Bevormundung ihres Vaters entziehen wollte. Und Nick wirkte auf sie.

Bei diesen Gedanken grinste er verzerrt. Dr. Nickolas P. Orlando mochte zwar nicht der ehrenwerteste Mann sein, aber er sah sich zumindest mit beachtlicher Klarheit. 1851 in Rochester, New York, als William Shugg geboren, jüngster Sohn des Rollfuhrmannes Richard Shugg und seiner Frau Mabel, einer Waschfrau, war Nick schon früh zu der Erkenntnis gekommen, daß er adoptiert worden sein mußte, da es unmöglich war, daß zwei so einfache, hart arbeitende, doch geistig beschränkte Leute einen Sohn wie ihn gezeugt haben konnten. Er hatte absolut nichts mit seinen Eltern oder seinen Brüdern und Schwestern gemein; selbst ihr Aussehen war anders –

seine Brüder und Schwestern hatten, wie ihre Eltern, gestuftes mausbraunes Haar, derbe Körper und grobe Züge, wogegen Nick groß und zart gebaut war, feine Züge und große, dunkle Augen hatte. Ein Auge schielte leicht, doch im Lauf der Jahre hatte Nick festgestellt, daß diese Unzulänglichkeit ihn noch attraktiver machte.

Einmal, als er noch klein war, hatte er sogar seine Mutter gefragt, ob er ihr leibliches Kind sei. Ihre Bestürzung würde er nie vergessen, als sie ihm versicherte, daß er ihr Fleisch und Blut sei.

Danach begann er nach anderen Erklärungen zu suchen und stellte sich vor, daß seine Mutter ein Verhältnis mit einem stattlichen Aristokraten gehabt hatte, und er das Kind dieser Vereinigung war – wenngleich schwer zu verstehen war, wie seine einfache, dickliche Mutter die Aufmerksamkeit eines solches Mannes geweckt haben mochte. Doch es gab ja diese Geschichten von Dienstboten und Herren, und diese Annahme bot immerhin eine Lösung.

Schließlich, als er sechzehn war und seiner Mutter noch immer verwirrende Fragen stellte, begriff sie, wie sehr ihn sein Anders-Aussehen beunruhigte, und sie zeigte ihm ein altes Bild seiner Großmutter väterlicherseits, Eugenia Lavalle. Da waren zumindest das dunkle Haar, das schmale, intelligente Gesicht und die großen, dunklen Augen; Nick begriff schließlich, daß er ein Rückfall, aber kein Bastard war. Das war nicht ganz so romantisch, unterschied ihn aber; und er tröstete sich damit, daß er von seiner exotischen Großmutter eine feinere und empfindlichere Natur als die anderen Familienmitglieder geerbt hatte.

Es war kein Wunder, daß er seine Familie früh verließ. Die aristokratische Art und sein Geschmack, auf die er so stolz war, schienen seinen Eltern wenig begehrenswert. Ihnen war Arbeit und Ehrlichkeit wichtiger als Fantasie, gutes Aussehen und Abneigung gegen jede körperliche Arbeit.

Mit siebzehn schloß er sich einer reisenden Schauspielertruppe an, die ihren jugendlichen Helden verloren hatte.

Er hatte keine Schauspielerfahrung, doch damals wie heute hinderte ihn Mangel an Erfahrung auf irgendeinem Gebiet nicht, einen möglichen Arbeitgeber von seiner Eignung für die Aufgabe zu überzeugen. Sein jugendlich gutes Aussehen war ebenfalls von Vorteil, besonders für die Leiterin der Truppe, die hungrig auf attraktive junge Männer war.

Er war erfolgreich als Schauspieler, hatte eine natürliche Begabung fürs Theater und war zu größeren Truppen und lohnenderen Positionen gekommen. Doch mit der Schauspielerei war nicht viel Geld zu verdienen. Sich seiner Überzeugungskraft bewußt, arbeitete Nick bald in anderen Branchen. Er hatte die Gabe, für alles geeignet zu scheinen, was er tun wollte. In kürzester Zeit konnte er jeden von allem überzeugen – daß er Arzt war, Börsenmakler oder Universitätsprofessor – und er kam damit durch.

Besonders Frauen glaubten ihm, egal, welche Rolle er spielte; Nick war auf diese Seite seines Lebens nicht sonderlich stolz, hatte aber viel Geld von älteren Frauen genommen, die bereit waren, für seine Gesellschaft und Gefälligkeiten reichlich bar und mit Geschenken zu zahlen.

Und doch, dachte er traurig, waren Frauen sein Ruin. Er konnte ihnen nicht widerstehen, besonders wenn sie sich ihm im wahrsten Sinne zu Füßen warfen. Die reiferen Frauen waren nicht das Problem. Sie hatten oft Ehemänner und einen Ruf zu bewahren, und sie waren sehr realistisch in ihren Erwartungen, wie es Benjamin Franklin so treffend im ›Rat für die Wahl einer Frau‹ gesagt hatte: Ein junger Mann sollte eine ältere Frau bevorzugen, da sie mehr wisse, die Chance, Kinder zu bekommen, geringer, und sie viel dankbarer sei.

Jedoch die Jungen waren oft so anbetungswürdig und zuweilen ebenso willig, obwohl sie dazu neigten, Heirat als Dank für sexuelle Gefälligkeiten zu erwarten.

Nicht, daß Nick etwas gegen Heirat hätte. Es war eine bewährte Einrichtung und ein beruhigender Einfluß. Es bedeutete auch, daß ein Mann einen ständigen Sexualpartner hatte und jemanden, der sich um alle anderen Bedürfnisse kümmerte. Es war einfach so, daß die meisten jungen Frauen, mit denen er getändelt hatte, für eine Heirat ungeeignet gewesen waren. Im Bett war es egal, wie dumm eine Frau war, doch wenn man mit ihr leben mußte, sollte man sich mit ihr auf einem hohen Niveau unterhalten können. Schließlich konnte man nicht vierundzwanzig Stunden am Tag lieben. Eine geeignete Frau müßte intelligent sein, etwas Geld haben, gut aussehen, eine gute Hausfrau und Köchin sein, kurz, jemand, der dem Mann ebenbürtig war. In all seinen Junggesellenjahren war Nick einer Frau mit diesen Qualitäten nie begegnet.

Seine Lebensweise war für eine Heirat natürlich ein Hindernis. Dieses Reisen – aber er hatte es nie wirklich bedauert. Finanziell war es ihm gutgegangen, obwohl er, zugegebenermaßen, das Geld so schnell ausgab wie es kam, und er hatte Spaß daran. Nur zuweilen überlegte er, was und wo er heute wäre, hätte er seinen Intellekt und Energie für eine vernünftige Karriere genützt. Doch diese Innenschau fand selten statt, und bald kam Nick im Innersten zu der Erkenntnis, daß er die Langeweile einer normalen Berufskarriere nie ertragen hätte.

Jedenfalls war er nun hier, auf der Monterey-Halbinsel, einer der schönsten Gegenden des Landes, hatte soeben eine schöne und zweifellos intelligente, junge Frau getroffen, und war nun auf dem Weg, sich in Monterey zu erfrischen und zu entspannen. Was mehr konnte ein Mann im Augenblick wollen?

Es war Abend, als er Monterey erreichte, und die sinkende Sonne hatte den dunklen Himmel mit Orange, Rosa und Gold getupft.

Die Stadt selbst war nicht groß, nur zwei oder drei Straßen mit Seesand bestreut, doch die weißen Adobehäuser mit rotgeschindelten Dächern sahen sehr schön aus. Unterhalb der Pinien und des sanften Hügels, auf dem die Stadt lag, breitete sich die großartige Bucht aus, in der mehrere Flotten Platz hatten. Für Nick wirkte es wie ein Relikt vergangener Zeiten, schläfrig und freundlich, und im spanischen Stil.

Er fand rasch einen Platz zum Speisen. Ein Passant empfahl ihm das neu erbaute ›Del Monte-Hotel‹ für Essen und Übernachtung, falls er Ausgezeichnetes suchte, und Simoneaus Restaurant, falls er weniger anspruchsvoll sei.

Nachdem sich Simoneaus als Mischung aus Friseur, Bar und Restaurant erwies, versuchte es Nick im Hotel. Vielleicht fand er dort eine einsame, kultivierte Dame, die seine Gesellschaft schätzte. In diesem Fall sparte er das Geld für eine Hure und ihre möglichen Krankheiten. Es war einen Versuch wert, und er hatte genügend Geld in der Tasche.

Das ›Del Monte‹ war groß und kunstvoll. In Eisenbahnnähe wirkte es fremd und deplaziert in dem schläfrigen Dorf. Doch als Nick die Stufen zu der weiträumigen, überdachten Veranda emporstieg und die Halle betrat, sah er, daß das Hotel gut besucht war. Überall in der Halle waren viele gutgekleidete Männer und Frauen. Außer Sichtweite spielte ein Streicherquartett, und alles wirkte großartig und vornehm. Es war, dachte Nick, das Richtige für ihn. Die Umgebung, in der er sich wohl fühlte. Blieb abzuwarten, ob er eine Reservierung fürs Essen und ein Zimmer für die Nacht bekommen konnte.

Er hatte Unterkunft im großen Schlafraum der Zuflucht, wo alle Chautauqua-Mitglieder wohnen würden, doch diese eine Nacht wollte er sich verwöhnen. Und nach einer Nacht des Trinkens und, wie er hoffte, der Liebe, wollte er sich den Weg nach Pacific Grove und den Weg vom Tor ersparen.

Ein Einzelzimmer war tatsächlich frei, und der Portier versprach ihm eine Reservierung fürs Dinner. Nick erläuterte glaubhaft, warum er kein Gepäck hatte – daß er im ›Pacific Grove Retreat‹ wohne, nach Monterey gekommen sei, um sich umzuschauen, und hier nächtigen wolle. Da er wie ein Herr aussah, gab es keine Probleme.

Nach einigen Drinks in einer kühlen, angenehmen Bar, fühlte sich Nick erfrischt und brannte darauf, zu sehen, was an Frauen zu haben war. Er schlenderte durch die Halle, blickte auf die sitzenden Gäste, erwiderte Lächeln oder lächelte an.

Es gab viele hübsche Frauen, doch die meisten waren in Männerbegleitung. Und dann sah er sie, die beiden Frauen, allein auf der Veranda, beide attraktiv, und beide in diesem gewissen Alter – jung genug, um gut auszusehen, und alt genug, um erfahren in der Kunst der Verführung zu sein.

Eine Weile beobachtete Nick sie nur, während er am Geländer der Veranda stand; er blickte scheinbar zu Boden, beobachtete aber in Wirklichkeit, ob sie auf Begleitung warteten, und stellte zugleich sicher, daß sie ihn gut sehen konnten. Er bemerkte, daß nur zwei Gläser auf dem kleinen Tisch zwischen ihren Stühlen standen. Fünfzehn Minuten später, nachdem sich kein Mann zu ihnen gesetzt hatte, war er sicher, daß sie allein waren.

Charmant lächelnd trat er zu ihnen. »Guten Abend, meine Damen. Sie sitzen so reizend da, erlauben Sie, daß ich mich setze?«

Die Größere und Üppigere musterte ihn nachdenklich, während die andere Frau ihn anlächelte. Nick wartete ruhig auf Antwort, wohl wissend, wie sie lauten würde.

Die kleinere Frau, mit dunklem Haar und rosigen Wangen, sah ihre Begleiterin an. »Der Herr sieht einsam aus, Eloise. Glaubst du . . .?« fragte sie mit hoher Stimme und östlichem Akzent.

Die große Blonde schaute Nick etwas länger an; dann lächelte sie und zeigte große weiße Zähne zwischen vollen roten Lippen, die sicher zusätzlich etwas Farbe bekommen hatten.

»Einverstanden«, sagte sie mit tiefer Stimme, die an das Schnurren einer großen Katze erinnerte. »Es wäre schade, einen Herrn an einem so herrlichen Abend allein zu lassen. Wollen Sie nicht Platz nehmen, Herr . . .?«

Den Hut vor der Brust haltend, verbeugte sich Nick. »Dr. Nickolas Orlando, meine Damen, zu Ihren Diensten.«

»Oh, ein Doktor!« Die kleine Frau schlug die Hände zusammen.

»Der Philosophie, Verehrteste«, sagte er, während er einen Stuhl heranzog und sich neben die Blonde setzte. »Und mit wem habe ich das Vergnügen?«

»Ich bin Mrs. Barbara Hudson», sagte die kleine Frau, »und dies ist meine Freundin, Mrs. Eloise Warren.«

Nick lächelte beiden zu und winkte einen Kellner heran. Es würde ein herrlicher Abend werden, und sein Puls schlug schneller.

»Mmmmmmmh! Ja, mein Lieber! Gut so, faß mich da, und da. O ja, mein Liebling, ich bin soweit, ich bin soweit.«

Nick nahm den Mund von Eloise Warrens voller Brust und zog die Hand aus dem warmen Nest zwischen ihren Schenkeln. Er bebte voller Leidenschaft, wartete aber noch, um das Mahl, das sich unter ihm breitete, lustvoll zu betrachten.

Eloise war, was ihr Aussehen versprochen hatte – üppig, mit großen Brüsten und festen Hüften und Schenkeln. Ihr Körper war milchweiß und ebenso köstlich.

Nick fühlte etwas wie Macht, als er sah, wie sie sich unter ihm wand, bereit auf sein Eindringen. Er hatte sie an diesen Punkt gebracht, und das gab ihm Macht über sie. In diesem

Augenblick war sie sein, trotz Ehemann daheim, trotz Kinder, ja, trotz anderer Liebhaber.

»Komm, komm«, stöhnte Eloise weich. Und mit Lust stieß er in sie, spürte ihre feuchte Wärme, während sie ihn mit Armen und Beinen umschlang.

Er brauchte nicht behutsam zu sein. Frauen wie Eloise Warren wollten Gewalt beim Sex. Wenn es vorbei war, wollten sie sich benutzt fühlen – und ebenso befriedigt.

Und so drang Nick ungestüm in sie, ließ seinen Körper gegen ihren prallen, genoß das nasse, klatschende Geräusch der schwitzenden Körper, ihr entzücktes Schluchzen und Stöhnen, als er sie zum Höhepunkt brachte, immer wieder, bis seine Lust ein unerträgliches Stadium erreichte und er selbst Befriedigung fand.

Keuchend entspannte er sich auf dem weichen, weißen Polster ihres Leibes, und sie streichelte seinen Rücken und seufzte.

»O Gott. Und ich dachte schon, es würde ein langweiliger Abend mit Barbara. Du bist sehr gut.«

Nick lachte krächzend. »Das warst du, Eloise. Dein Körper erregt mich. Er ist für die Liebe gemacht.«

Sie kicherte. »Das mag sein, doch es ist lange her, daß ein Mann mich dreimal glücklich gemacht hat. Kannst du immer so lange?«

Er nickte schläfrig. »Eines meiner vielen Talente.«

»Willst du hier schlafen? Wir verlassen Monterey morgen.«

Er erhob sich langsam. »Ich würde gerne, liebe Eloise, aber ich kann nicht. Ich muß früh aufstehen und nach Grove zurück. Doch ich werde immer an diese Nacht denken.«

Im Mondlicht sah Nick ihr volles Lächeln. »So geht es mir auch«, sagte sie.

Während er sich anzog, war sein Hirn fast leer, überflutet von herrlichen Bildern. Er hatte ein gutes Dinner, von Eloise bezahlt, und ein herrliches Spiel mit einer attraktiven Frau gehabt. Eine perfekte Abendunterhaltung.

Angekleidet, küßte er Eloise zum Abschied, schloß behutsam die Tür und eilte zur Halle.

Wenige Augenblicke später klopfte er an eine andere Tür,

die von Barbara Hudson geöffnet wurde. Sie sah in ihrem durchsichtigen Nachtgewand, das eine schlanke, aber wohl geformte Gestalt preisgab, bezaubernd aus.

»Ich dachte schon, du würdest nie kommen«, sagte sie und zog ihn ins Zimmer.

3

Das Purcell-Zelt war, wie die anderen, im Grove gebaut: In der Mitte der neun mal zwölf Meter großen Parzelle ein Holzboden und einige Pfosten und Stützen, um das blauweiß gestreifte Dach zu halten – die Streifen sollten Schatten verdekken, die man von draußen sehen könnte.

Innen war es mit reinweißer Leinwand ausgeschlagen, und gegenüber dem Eingang standen vier Holzstühle und ein kleiner Tisch für die Familie und Gäste. Dahinter ein bodenlanger Musselin-Vorhang, mit einer Borte aus hellblauem Kattun, der die Schlafräume abtrennte. Dieser Bereich war durch einen ähnlichen Vorhang geteilt. In dem größeren Bereich standen ein Doppelbett, eine große Kiste und ein hölzerner Kleiderständer. In dem kleineren Lauras Pritsche, ein Kleiderständer und eine kleine Kiste. Hinten im Zelt eine kleine Küche mit holzgefeuertem Ofen, Tisch, Stühlen und einer großen Wanne zum Baden und Waschen.

Laura stand in dem kleineren ›Schlafzimmer‹ und blickte auf die Kleider, die an dem klapprigen Ständer hingen. Alles einfach und unelegant – Resultat der Einwände ihres Vaters gegen Nichtigkeiten. Sehnsüchtig dachte sie an ein Kleid, das sie im Musterbuch einer Nachbarin, Miß Thompson, gesehen hatte, einer Frau, die ihr Vater ›gottlose Dirne‹ genannt hatte, die jedoch in Wirklichkeit eine nette und religiöse Frau war, wenn auch anders, als Samuel Purcell es war.

Dieses Kleid im Schnittmusterbuch! Das Oberkleid aus rehbraunem Kretonne, vorn geschlossen. Der dazugehörige Rock an Hüften und Knien zu einem Bausch zurückgeschlagen. Ganz mit Borte und schmaler Krause besetzt und mit einer doppelten Krause an den Ärmelaufschlägen. Es wurde über einem blauen Seidenleibchen getragen. Dafür waren zwölf Yards Kretonne und zwei Yards Seide nötig, die zu kaufen ihr Vater natürlich nie erlaubt hätte.

Laura seufzte wieder und schaute sich ihre kärgliche Garderobe an. Das Modischste, was sie hatte, war eine blaßblaue Sommerbluse mit passendem Rock. Es war auch das dünnste Kleidungsstück, obwohl die engen Ärmel und der hohe Ausschnitt den Wind etwas abhielten.

Sie entschied sich dafür. Die Sonne hatte den Morgennebel vertrieben, und der Tag versprach warm zu werden. Seltsamerweise waren die Sommertage im Grove nicht immer heiß. Die wärmeren Täler im Landesinneren zogen den Nebel an, der manchmal Tage anhielt. Doch da die meisten Lagerbewohner aus den heißen Tälern kamen, gab es wenig Klagen.

Laura legte die Kleidungsstücke auf die schmale Pritsche, legte ihren Seemannshut daneben – sie hatte die Blumen und Bänder entfernen müssen – und ihren cremefarbenen Beutel und Sonnenschirm. Sie betrachtete das alles und wühlte dann in der Schublade ihrer kleinen Kiste. Unter den Schlüpfern lagen die künstlichen Blumen und Bänder vom Hut. Sie holte den Nähkorb und nähte das Band wieder an. Ein Band und eine Blume hob sie für die Bluse auf.

Ihr Vater war früh am Morgen aufgebrochen, als es noch kühl war. Nachdem er gegangen war, hatte Laura ihrer Mutter erzählt, sie wolle am Nachmittag Freunde im Grove besuchen. Wie erwartet, beklagte sich ihre Mutter, allein gelassen zu werden, wollte aber nicht mitkommen. Die ältere Frau verließ das Zelt meist nur zum Gottesdienst.

Laura schaute düster drein. Sie war überzeugt, daß ihrer Mutter nichts fehlte, zumindest nichts, was Ärzte feststellen konnten. Ihr Ehemann mußte die Krankheit sein. Und diese Krankheit wollte Laura nicht länger ertragen. Dieser Mann, dieser Dr. Nickolas Orlando, war ihre Fluchtchance. Er war stattlich, alleinstehend und schien von ihr angezogen. Was blieb, war, daß er sich in kurzer Zeit in sie verlieben und sie heiraten sollte. Sie lächelte bei dem Gedanken.

Nun, sicher war es nicht, aber ihre einzige Chance.

Punkt elf stand Laura am Tor des Grove und hoffte, daß Nick Orlando schon vor ihr angekommen sei. Er war es nicht. Viele Leute standen da, doch Nick war nicht darunter.

Laura betete, daß kein Bekannter da wäre, bevor Dr. Orlando käme. Würde er überhaupt kommen? Hatte er die Verabredung vielleicht vergessen? Oder war etwas dazwischengekommen?

Ihre Vorfreude schwand, und sie schluckte, um die Tränen zu unterdrücken. Sie ging am Zaun entlang.

Ein Geräusch hinter und über ihr veranlaßte sie, sich umzudrehen. Sie blickte in das grinsende Gesicht eines kleinen Jungen, der auf dem Zaun entlangbalancierte.

»Henry! Komm sofort da runter, bevor du dir den Hals brichst. Wie oft soll ich's dir noch sagen?«

Die zornige junge Mutter warf Laura einen entschuldigenden Blick zu, bevor sie das Kind vom Zaun holte. Normalerweise hätte Laura nachgiebig gelächelt, doch jetzt fühlte sie sich noch deprimierter. Würde sie je eine eigene Familie, Ehemann und Kinder haben?

Die Frau zog das Kind fort, die beiden Stimmen schwanden, die eine scheltend, die andere schreiend.

Laura ging zum Tor zurück, und in diesem Moment sah sie ihn. Er fuhr einen schäbigen, doch solide wirkenden Buggy, den eine nette Bay-Stute zog.

Glück erfüllte sie. Er war doch gekommen.

Nick sagte, während er vom Buggy in den aufgewirbelten Staub sprang: »Laura! Sie sind da. Tut mir leid, daß ich so spät komme, doch es war schwer, ein Fahrzeug zu bekommen. Ich fürchtete schon, Sie würden nicht hier sein – hätten es vergessen, oder Ihr Vater hätte Ihnen verboten, zu kommen.«

Er war jetzt neben ihr, freute sich sichtlich, streckte die Hände und hob Lauras Gesicht wie eine Sonnenblume zu sich.

In der Nacht hatte sie überlegt, ob er wirklich so stattlich und attraktiv war, wie sie sich erinnerte; ihr war aufgefallen, daß Männer beim ersten Mal anziehend wirkten und der zweite Eindruck ein anderer war.

Bei Nick Orlando traf dies nicht zu. Heute wirkte er noch attraktiver und charmanter. Sein dunkles Haar und der lange Backenbart umrahmten seine blassen, feinen Züge, und seine dunklen Augen blickten verlangend.

Er wirkt, dachte sie, ein wenig müde. Vielleicht eine späte Geschäftsangelegenheit, wegen der Chautauqua.

Er führte sie zum Buggy. »Das einzige, was ich kriegen konnte. Nichts Besonderes, aber es müßte reichen.«

»Es ist hübsch. Und Sie haben ein gutes Pferd bekommen.«

Er klopfte auf die staubige Flanke der Stute. »Ja, sie ist kräftig, aber sanft. Ich habe einen Lunchkorb im Hotel packen lassen. Das Essen dort ist sehr gut.«

Er half ihr auf den Sitz, kletterte dann zu ihr.

»Das Hotel?« fragte sie neugierig. Sie hatte geglaubt, er würde im Grove im Chautauqua-Schlafraum übernachten.

Er lachte. »Ja, ich beschloß, mich letzte Nacht in Monterey zu verwöhnen. Das neue ›Del Monte-Hotel‹ ist wirklich großartig. Waren Sie schon dort?«

»Noch nicht«, sagte Laura beeindruckt, daß er so beiläufig darüber sprach. »Ich habe aber davon gehört. Die Leute hier reden viel darüber, waren auch schon da, aber Vater . . .«

Nick hob eine Augenbraue und schwang die Zügel. »Ja, ich denke, es ist kein Platz, der Ihrem Vater gefiele. Schade, denn es ist sehenswert. Es ist groß und gut eingerichtet. Ich hatte ein gutes Dinner, einen netten Spaziergang und habe ausgezeichnet geschlafen.«

Die Stute lief in leichtem Trab, und das Tor blieb hinter ihnen.

»Nun«, sagte Nick, »erzählen Sie mir von sich.«

Laura lächelte und schüttelte den Kopf. »Wohin fahren wir? Sie nannten gestern einige Orte, die Sie sehen wollten.«

Er schwang wieder die Zügel, und sie sah seine langen, schmalen Hände. Die eines Künstlers oder eines Chirurgen.

»Ich dachte, wir fahren heute ins Chinesendorf«, erwiderte er. »Nach der Schilderung meines Freundes muß es faszinierend sein. Ein richtiges Stück China. Zurück zu meiner Frage: Erzählen Sie?«

Laura schüttelte wieder den Kopf. »Das wollen Sie doch eigentlich gar nicht hören. Es gibt nichts zu erzählen. Ich hab' nie was getan, war nirgendwo. Es wäre sehr dumm.«

Nick lachte, schwang wieder die Zügel und trieb die Stute an. »Lassen Sie mich das beurteilen.« Er drehte sich ihr lächelnd zu. »Sie sind eine schöne, sehr intelligente Frau, Miß Purcell, und ich möchte Sie besser kennenlernen.«

Laura zuckte die Schultern; sie fühlte sich geschmeichelt und ängstlich zugleich. Darum hatte sie noch kein Mann gebeten.

»Ich wurde 1857 in Sacramento geboren. Ich bin das einzige Kind. Von meinem Vater erzählte ich ja schon. Er ist sehr fromm und sehr streng. Meine Mutter könnte man als Berufsinvalidin bezeichnen, obwohl ich nicht glaube, daß sie wirklich krank ist.« Sie schaute zu Nick hinüber.

»Nur zu, das geht doch gut«, lächelte er ermutigend.

»Als Kind hatte ich nicht viel Freunde. Mein Vater wollte nicht, daß ich mit den Nachbarkindern spielte, deshalb war ich sehr allein. Ich war schwermütig und hab' mir zum Spielen Brüder und Schwestern gewünscht. Hätte ich die gehabt, wäre mein Vater heute nicht so auf mich fixiert. Weil ich immer allein war, las ich viel und wurde zur Tagträumerin, aber ich hatte meine Musik. Ich war eine gute Schülerin und immer gehorsam.«

Sie lachte selbstbewußt. »Ich stelle mich als Vorbild dar, nicht wahr? Aber ich war nur gut, weil's einfacher war und ich nicht bestraft werden konnte. Sehr mutig war ich nie.«

Er lächelte ihr aufmunternd zu. »Um mit einem Leben, wie Sie es schildern, fertig zu werden, gehört auch besonderer Mut. Ich kenne Sie nicht lange, aber ich spüre Kraft in Ihnen. Ich bin sicher, ein Feigling sind Sie nicht.«

Ihr wurde warm. »Ich will mutiger sein! Ich habe beschlossen, meine Eltern zu verlassen. Ich weiß noch nicht wie, aber ich will meinen eigenen Weg gehen!«

Von ihren Worten erschreckt und verwirrt, errötete Laura und wandte sich ab, damit Nick ihr Gesicht nicht sehen konnte. »Ich weiß nicht, warum ich Ihnen all das erzähle. Das tue ich normalerweise nicht.«

Er tätschelte ihre Hand. »Ich sehe es als großes Kompliment an, daß Sie mir so vertrauen. Und ich bin Ihrer Meinung: Sie können nicht den Rest des Lebens in einem Käfig verbringen. Sie sind zu schön, um unfrei zu sein.«

Trotz ihrer Verlegenheit spürte Laura eine tiefe Freude. Er verstand und war mitfühlend. Es war ein Anfang. Und dann errötete sie wieder, als sie an die Falle dachte, die sie ihm stellen wollte. Doch er war ihre einzige Chance, und sie war sicher, daß er sich in sie verliebt hatte. Irgendwie erleichterte das ihr Gewissen, und sie wandte sich ihm wieder mit einem dankbaren Lächeln zu.

Das Chinesendorf, etwa eine Meile vom Pacific Grove Retreat entfernt, an einer kleinen Bucht gelegen, war das drollige Abbild eines kleinen Fischerdorfes vom Yangtse-Fluß in China. Übelriechend, aber faszinierend bestand das Dorf aus etwa zweihundert Holzhäusern auf wackeligen Stelzen, zwischen denen sich Pfade und Wege wanden. Laura war begeistert. Nie hatte sie etwas Ähnliches gesehen.

»Besser, wir steigen ab und laufen dorthin«, sagte Nick, der die Stute am Dorfrand zügelte. »Dann sehen wir mehr. Ich hoffe, Sie haben festes Schuhwerk an.«

Laura lächelte. »Was sollte ich wohl sonst tragen?«

Nick reichte ihr den Arm, und lachend gingen sie über die verschlungene, schmutzige Straße ins Dorf.

Wie viele Dinge gab es zu sehen! Laura sah sich ständig um. Die Türen der meisten Häuser waren geöffnet, um den Wind hineinzulassen. Laura konnte hineinschauen, sah die exotischen, hell gekleideten Chinesenfrauen, die Karten spielten oder sich um den Haushalt kümmerten.

Einige ältere Frauen gingen mit torkelndem Schritt, was sie verblüffte, bis sie sich erinnerte, von der chinesischen Sitte des Fußbindens gelesen zu haben. Sie schnitt ein Gesicht.

»Was ist?« fragte Nick.

»Die gebundenen Füße der Frauen. Ich bin froh, daß mein Vater kein Chinese ist. Er hätte es sicher auch getan.«

»Diese Sitte stirbt aus oder ist sogar schon ausgestorben, soweit ich weiß. Ich habe nie verstanden, wie eine Gesellschaft sich so deformieren kann, und die Deformation noch als Zeichen von Schönheit bezeichnet.«

Laura nickte und lächelte dann. »Ich habe kürzlich einen Artikel über das Tragen von Korsetts gelesen. Der Autor schreibt, so würden unsere Rippen deformiert.«

Gütiger Himmel! Sie tat es wieder. Auf irgendeine Art forderte der Mann zu Vertrauen auf. In seiner Anwesenheit platzte sie mit ihren intimsten Gedanken heraus. Sie hoffte, ihn nicht schockiert zu haben. Sein lautes Gelächter, ausgelöst durch einen chinesischen Fischer, der einen langen Zopf trug, bestätigte das. Der Mann drehte sich um und schaute sie ausdruckslos an.

Entschlossen wandte sich Laura wieder dieser faszinierenden fremdartigen Kultur zu. Sie sah alles und erinnerte sich an alles, was sie sah: die hellfarbigen Kleider an rohen Wäscheleinen; die seltsam aussehenden Fischerboote, die dicht am Strand lagen und als Veranda dienten; der Tempel, Zentrum des Dorfes, mit hellen Fahnen und Lampions geschmückt; die Spielhallen, in denen Männer, Frauen und Kinder Domino und Karten spielten – was Laura schockierend fand, aber entschuldigte, weil es eine andere ihr fremde Kultur war.

Die Menschen mit der gelbbraunen Haut, den schmalen Augen und exotischer Kleidung faszinierten sie aber am meisten. Das Dorf wirkte geschäftig und trotz der wackeligen Häuser wohlhabend. Sie genoß alles.

Gegen halb zwei hatten sie das ganze Dorf gesehen, und Nick begann, über Hunger zu klagen.

»Wo wäre ein guter Picknickplatz?« fragte er. »Ich verhungere.«

Sie überlegte rasch. Die Plätze, die sie mochte, waren Main Beach und Jesus Lovers Point, doch da waren Leute, die sie kannte. Dann fiel ihr Moss Beach ein.

»Ich weiß etwas.«

»Nicht im Grove, hoffe ich. Ich möchte Sie bei mir behalten«, sagte er mit einem Seitenblick.

Seine Worte erfreuten sie. »Nein, es ist nicht im Grove. Wir gehen dahin, wo wir niemanden treffen, der meinem Vater etwas erzählen könnte«, sagte sie rasch.

Er nickte. »Wie weit ist es denn bis dahin?«

»Nicht weit. Es dauert nicht lange.«

»Sehr gut«, sagte er lächelnd. »Zeigen Sie mir den Weg. Ich fahre, wohin Sie wollen.«

Mit glühenden Wangen ließ sich Laura auf den Buggy helfen und dachte, daß Dr. Nickolas Orlando bald eine Frau haben würde, wenn sie's richtig anstellte.

Moss Beach war für ein Picknick ideal. Der Strand war weit und weiß, von Sanddünen umschirmt. Bei Ebbe konnte man auf dem festen Sand fast eine halbe Meile laufen und nach Muscheln suchen.

»Ich glaube, das ist das blaueste Wasser, das ich je gesehen habe«, sagte Nick.

Sie saßen auf einer alten Decke, die sie im Buggy gefunden hatten, und um sie herum lagen die Reste ihres Mahles.

Laura, die sich satt und zufrieden fühlte, nickte zustimmend. »Es hat so viele Farben. Saphir, Smaragd, Opal. Es sieht aus wie flüssige Juwelen . . .«

Nick beugte sich zu ihr und nahm ihre Hand. »Eine sehr poetische Vorstellung, Laura. Schreiben Sie?«

Laura spürte seine Hand, entzog ihre aber nicht und schüttelte den Kopf. »Dazu habe ich wirklich keine Begabung. Das einzige, was ich kann, ist Klavier spielen.«

Er drückte ihre Hand und hob sie an die Lippen. »Ich bin sicher, Sie spielen wundervoll.«

Sie vernahm seine Worte kaum, genoß den warmen Druck seiner Lippen. Sie mußte etwas sagen, oder er würde sie für eine Torin halten.

Sie tat, als sei nichts Ungewöhnliches geschehen, und sagte, so ruhig sie konnte: »Ja, ich spiele ganz nett. Eines der wenigen Dinge, die ich gut kann.«

»Ich denke, Sie können alles gut«, sagte er, näher rückend, und legte einen Arm um sie.

Erregt und zugleich etwas unsicher, schaute Laura, ob sie jemand sehen konnte, doch da waren nur drei Chinesen, die Seegras in einem Korb sammelten.

Nick zog sie fester an sich und brachte ihr Gesicht dem seinen nahe. »Haben Sie keine Angst, Laura, ich würde Ihnen nie weh tun. An Ihnen liegt mir sehr viel, das müssen Sie wissen.«

Ihr Herz hämmerte, und pochende Erregung erfüllte sie. Sanft nahm er ihr Gesicht in seine Hände, dann ruhten seine Lippen weich, warm und drängend auf den ihren. Das schönste Gefühl, das sie je erfahren hatte, durchflutete sie.

Instinktiv wollte sie den Kuß andauern lassen. Sie wünschte sich nichts mehr, als so zu verharren; doch ihr Verstand riet ihr, sich loszureißen. Wenn sie wollte, daß er sich in sie so verliebte, daß er die Heirat vorschlug, durfte sie die Dinge nicht zu weit und zu rasch treiben lassen. In Herzenssachen hatte sie kaum Erfahrung, doch sie entsann sich der Worte ihrer Mutter: »Ein Mann wird keine Kuh kaufen, wenn er die Milch umsonst bekommen kann!«

Sie war damals geschockt und verwirrt gewesen – nicht, daß ihre Mutter sich um ihre Tugend sorgen müßte, da ihr Vater ja keinen jungen Mann in ihrer Nähe duldete.

Aber jetzt fielen ihr die Worte ein und die gaben, ergänzt um die wenigen Informationen aus Magazinartikeln über Liebe und Heirat, Sinn. Er mußte sie wollen, doch sie durfte ihn erst intim werden lassen, wenn sie Mann und Frau waren. Und da ihre eigene Reaktion sie erschreckte, als sein Kuß immer fordernder wurde, schob sie ihn instinktiv fort.

Sie bemerkte, daß auch sein Herz hämmerte und sein hübsches Gesicht gerötet war.

Er stöhnte fast ihren Namen. »Laura, mein schöner Liebling! Weißt du, wie du mich quälst? Ich vergehe vor Verlangen.«

Seine leidenschaftlichen Worte raubten ihr den Atem. Was sollte sie sagen? Was tun? Sie war unsicher und unerfahren.

Zitternd schaute sie auf ihre Hände. »Vielleicht sollten wir jetzt besser gehen«, sagte sie mit leiser Stimme.

Nick faßte wieder nach ihr, und bevor sie es verhindern konnte, hatte er seinen Mund wieder auf den ihren gepreßt.

Sie fühlte sich wie Sirup, der in der Pfanne schmolz, und es kostete sie Mühe, sich ihm zu entziehen. »Es tut mir leid, Nick, ich – ich kann nicht . . .« O Gott, sie stotterte wie ein Schulmädchen.

Nick schwieg einen Moment, dann seufzte er schwer. »Natürlich. Verzeihen Sie, liebe Laura. Wir kennen uns erst einen Tag und ich – es tut mir leid. Ich wollte Sie nicht kränken.«

Sie konnte ihn nicht ansehen. »Ich bin nicht gekränkt. Es ist nur . . .«

»Schon gut. Ich verstehe.«

Sie schaute ihn dankbar an. Er verstand wirklich. Er war sehr einfühlsam, wie kein anderer Mann, den sie kannte.

»Ich – ich mag Sie, Nickolas.«

»Bitte, nennen Sie mich Nick, Laura.« Sein Lächeln war verwirrend. »Und ich mag Sie. Sie und ich haben eine besondere Beziehung. Ich wußte es, als wir uns begegneten. Ich war zu voreilig. Aber meine Zeit hier ist so kurz!«

Laura atmete tief. Ja, das war das Problem – zu wenig Zeit. Wenn sie doch nur für ihre Zwecke reichte!

Als sie zurück nach dem Grove fuhren, rutschte Nick unruhig auf dem Sitz. Trotz seiner Liebeleien in der Nacht zuvor war der Druck seiner Hoden enorm, und das beunruhigte und amüsierte ihn zugleich. Es war lange her, daß er unter ›Liebesschmerz‹ gelitten hatte. Und da saß er nun, wie ein Sechzehnjähriger, mit unerwiderter Begierde.

Tatsächlich war sie natürlich nicht unerwidert; soweit er weibliche Gefühle zu beurteilen vermochte, und darin war er sicher, wollte ihn Miß Laura Purcell genauso, wie er sie.

Doch wegen ihrer Herkunft und strengen Erziehung mußte sie dagegen kämpfen, sich verweigern. Die Erfahrung hatte ihn gelehrt, daß Frauen ihres Typs selten leicht nachgaben. Ihre Reaktion am Strand war gleichermaßen unerwartet und willkommen gewesen. Er mußte zugeben, daß sie ihn mehr als jede andere Frau seit langer Zeit erregte. Eine tiefe, nie geweckte Leidenschaft erfüllte sie. Es war aufregend, darüber nachzudenken.

4

Übermorgen begann die Chautauqua, und Laura war außer sich. Sie mußte dabeisein! Doch wie sollte das gehen?

Die zwei Tage, an denen ihr Vater fort war, waren wundervoll gewesen. Nach dem Besuch von China Point waren sie und Nick über den Seventeen-Mile Drive gefahren und nach Monterey, zum ›Del Monte‹-Hotel, das sie sehr beeindruckte. Sie schwor sich, eines Tages ständig an solchen Plätzen zu wohnen.

Nach der Rückkehr ihres Vaters gelang es Laura, einen Nachmittag lang zu entwischen, indem sie erzählte, sie wolle mit einer Freundin an der Moss Beach Muscheln sammeln. Zum Glück stellte ihr Vater keine weitere Fragen.

Doch nun hatte sie keine Ausreden mehr, wie sehr sie auch nachdachte. Da alle Freunde bei der Chautauqua waren, konnte sie nicht sagen, sie sei mit ihnen am Strand. Und ihr Vater würde besonders auf sie achten, da er ihre Wünsche kannte. Sie lag auf ihrer Pritsche und überlegte; doch immer wieder kreisten ihre Gedanken um den Augenblick, als Nick seinen Mund warm und drängend auf ihren legte, ihre Brüste befaßte –, er hatte sie doch berührt, als sie die Aussicht am Seventeen Miles Drive bewunderten; und diese Berührung und seine leidenschaftlichen Küsse hatten sie ihren Vorsatz fast vergessen lassen.

Wenn diese Erinnerungen sie überkamen, dachte Laura immer wieder an ihren Plan, ihn zum Heiraten zu bewegen. Das beruhigte ihren Verstand, nicht aber das heiße Verlangen ihres Leibes. Wenn er nichts sagte, wußte sie nicht, was aus ihr werden sollte. Sie hatte Gerüchte über gewisse Häuser gehört, in denen Frauen ihre Körper zur Freude der Männer für Geld verkauften, und sich früher gefragt, wie Frauen sich so erniedrigen konnten. Jetzt war sie bereit, diese Erniedrigung ihren schmerzhaften Erfahrungen vorzuziehen. Sich schlaflos auf der Pritsche wälzend, erkannte sie, daß der Frauenleib zum Lieben geschaffen war, für Erfüllung, für das Gebären von Kindern. Sie war vierundzwanzig, erwachsen, und ihr Körper verlangte nach seinem Recht.

Ihre Sorgen erwiesen sich als grundlos. Am nächsten Tag war ihr Problem gelöst. Im Geschäft ihres Vaters passierte etwas, womit die Angestellten nicht fertig wurden. Samuel Purcell mußte abreisen, um die Sache zu regeln.

Vor seiner Abreise mußte Laura sich eine Ansprache über Verhaltensmaßregeln während seiner Abwesenheit anhören. Während der Chautauqua sollte sie sich bei ihrer Mutter, in Zeltnähe, aufhalten. Sie durfte mit keinem der Chautauqualeute sprechen, ja nicht einmal mit Freunden, die das gottlose Programm gesehen hatten, darüber reden.

Laura lächelte innerlich bei dem Gedanken, wie aufgeregt er wäre, wüßte er, was sie getan hatte, tat aber gehorsam und unterwürfig, wiewohl sie wußte, daß ihm das zuwenig war.

Selbst wenn sie ihm nicht widersprach und sich guten Willens beugte, war er unzufrieden. Oft schien ihr, daß ihm nichts recht zu machen war, egal was sie tat. Er wollte ihren Widerspruch, um sie maßregeln zu können.

Ihr Gesicht brannte bei der Erinnerung an erniedrigende

Bestrafungen: Rutenschläge, als sie klein war. Wie sie ihre Röcke heben und die Schlüpfer für die Weidengerte und den Blick ihres Vaters entblößen mußte.

Aber dazu war sie jetzt zu alt. Die Tiraden des Vaters waren viel verletzender. Er schlug sie mit Worten, die sie ignorierte. Und so dachte sie jetzt an Nick und die Chautauqua, träumte von den Worten, die sie sich sehnlichst von Nicks Lippen wünschte, bis ihr Vater sich abwandte und zu Bett ging.

Die Chautauqua! Laura war voller Erwartung. Sie trug ihr dunkelgraues Kleid, getupft mit einem schmalen Feldblumenkranz und einem weißen Spitzenkragen, den ihr ihre Freundin, Molly Harding, geliehen hatte. Sie ging mit Molly zur Chautauqua-Halle, dem langgestreckten Gebäude, das in diesem Jahr statt des üblichen Zeltes errichtet worden war.

Sich mit der Menge bewegend, konnte Laura den Glockenturm der Halle sehen, und ihre Spannung stieg. Zu Molly sagte sie lächelnd: »Ob das so aufregend wird, wie ich glaube?«

Molly erwiderte ihr Lächeln und sagte, als erfahrene Chautauqua-Besucherin: »Oh, du wirst es bestimmt genießen, Laura. Es ist jedes Jahr anders, aber immer interessant und lehrreich. Schade, daß deine Familie nicht kommen konnte.«

»Ja, sie werden sicher bedauern, das verpaßt zu haben, aber ich erzähle ihnen alles«, log Laura, verblüfft, wie leicht ihr das fiel.

Das neue Gebäude roch nach frischem Holz und war bereits halbvoll, als Laura und Molly eintraten. Laura setzte sich auf einen hölzernen Klappstuhl. Nick sollte an diesem Morgen sprechen, und sie konnte es kaum erwarten. Sie war sicher, daß er großartig wäre, und das Wissen um ihre geheime Beziehung steigerte ihre Erwartung.

In Gedanken war sie so bei Nick, daß sie dem ersten Sprecher kaum zuhörte. Als Nick schließlich auf dem Podium stand, saß sie erregt vorgebeugt, und Molly lachte über sie.

»Der sieht gut aus, was?« sagte Molly. »Ob der wohl verheiratet ist?«

Laura, die sich ihres Verhaltens bewußt wurde, lehnte sich abrupt zurück und versuchte gleichmütig zu wirken. »Ja, er sieht gut aus«, sagte sie ruhig, »aber mir war, als säße meine

Mutter da vorn, und ich dachte, sie fühlte sich besser und sei doch gekommen. Doch es war nur jemand, der ihr sehr ähnlich ist.«

Das Lügen fällt mir immer leichter, dachte sie. Ich werde ein schamloses Weibsbild, und alles wegen Nick Orlando.

Und dann hob Nick die Hand, das Publikum wurde still, und er stellte sich vor und begann zu reden. »Unser heutiges Thema, meine Damen und Herren, ist Abraham Lincoln . . .«

Laura seufzte. Sie hatte recht gehabt. Er war sehr gut. Während der ersten Lektion hatte das Publikum geraschelt, gehustet, war auf den Stühlen gerutscht. Doch während Nick sprach, herrschte Totenstille, alles lauschte aufmerksam.

Er hat ein echtes Talent, dachte Laura stolz, während sie dem sanften Fluß seiner Stimme lauschte. Er wußte zu sprechen, seine Hände und Augen dramatisch zu gebrauchen.

Plötzlich merkte sie, daß er innegehalten hatte, und dann sah sie, daß er direkt zu ihr schaute. Konnte er sie hier, in der Menge, sehen? Er lächelte, und als er weitersprach, meinte Laura, es sei allein für ihre Ohren bestimmt.

»Meine Freunde, ich habe euch von Abraham Lincoln erzählt, als jungem Mann, als Verwalter, als Anwalt, als Politiker und so weiter. Doch mir fällt noch eine Anekdote ein, die von seinem großen Verstand zeigt und seiner Gabe, über sich selbst lachen zu können.

Das American Hotel in Springfield, Illinois, war eine Weile Treffpunkt für Lincoln und einige seiner Freunde und Bekannten, Männer wie Stephen Douglas, John Calhoun, General Shields und andere Prominente. Sie verbrachten gemeinsame Abende mit Trinken und Plaudern.

Eines Abends geschah etwas Ungewöhnliches. Eines der Zimmermädchen eilte aufgeregt in die Bar und berichtete dem Hotelbesitzer, daß sie und ein anderes Mädchen beim Entkleiden einen Mann unter dem Bett entdeckt hätten. Alle Anwesenden boten sich an, den Schurken zu stellen. Sie fanden den Mann auch, überwältigten ihn und brachten ihn nach unten. Die Frage war, was tun mit ihm?

Man beschloß, sofort über ihn zu richten, wie es damals üblich war. Da das Vergehen aber nicht so schwer war, betrachteten es die meisten als Witz, wenngleich der arme Sünder es nicht so sah. Richter Thomas Brown wurde zum Vorsitzenden bestimmt. Josiah Lamborn, Staatsanwalt von Illinois, machte den Ankläger. Abraham Lincoln und Stephen Douglas wurden zu Verteidigern ernannt, und die anderen bildeten die Jury dieses Spottgerichtes. Nicht unerwähnt bleiben soll, daß der Gefangene ein sehr häßlicher Mann war.

Lamborn beschloß, den geschraubten Stil jener Zeit zu imitieren, und begann seine Anklage so: ›Mit Eurer Erlaubnis, Euer Ehren, meine Herren Geschworenen: Die Legislative von Illinois hat es, obwohl es für alle Gesetze erlassen hat, unterlassen, ein Gesetz für häßliche Männer zu erlassen. Hätte man einen solchen Vorschlag je meinem Freund Lincoln gemacht, als er noch in der Legislative war, hätte er ihn augenblicklich abgelehnt. Nicht nur, weil es zu persönlich gewesen, sondern weil es ihm von Herzen zuwider gewesen wäre. Ich selbst mag häßliche Männer. Ein häßlicher Mann hat auch seine Vorzüge. Die Natur hat nichts für ihn getan, also muß er das Defizit durch Liebenswürdigkeit und gutes Verhalten wettmachen. Es gibt keinen häßlichen Mann in diesem Raum, der nicht so dächte ...

Nein, meine Herren, Häßlichkeit ist nichts. Benehmen ist alles. Selbst der häßlichste Mann würde nie vorsätzlich eine Frau erschrecken. Doch diesem lügnerischen Lumpen wäre fraglos ein Preis auf dem Jahrmarkt der Eitelkeiten sicher! Er hat seine Pflichten gegenüber der Gesellschaft nicht erfüllt. Er kroch unter das Bett zweier Fräulein, die ihre Liebreize entblößen wollten ...!‹«

Nick hüstelte und fuhr dann fort: »So sprach Mr. Lamborn noch lange. Als er schließlich fertig war, erhob sich Mr. Lincoln und sagte mit sehr ernstem Gesicht: ›Meine Herren Geschworenen, die Anmerkungen meines Freundes Lamborn über häßliche Männer dringen in mein Herz wie die süßen Düfte einer Rose ihren benachbarten Bruder, den Kohlkopf, umschweben. Es war ein wohltuender Tribut an diese vernachlässigte Klasse der Gesellschaft – häßliche Männer. Ich danke ihm für seine freundlichen Bemerkungen.

Ich möchte etwas für meinen Klienten sagen, obwohl in aller Offenheit zugegeben werden muß, daß er ›auf den Hund gekommen ist‹. Doch warum sollten wir den Stein nach ihm werfen? Er ist vielleicht ein Opfer der Umstände.

Er wirkt jetzt schüchtern, vielleicht haben die Mädchen ihn erschreckt, wer weiß. Im Zweifelsfalle möchte ich ihm recht geben.

Viele von uns haben unter der Verkettung von Umständen gelitten, ähnlich wie mein Klient. Lassen Sie mich das mit einem kleinen Erlebnis verdeutlichen. Als ich mit meinem Freund, dem Prediger der Pioniere, Cartwright, unterwegs war, um Stimmen zu werben, gelangten wir an das Haus eines alten Kentucky-Farmers. Das Wohnzimmer seiner Hütte, Küche und Diele gingen ineinander über und wurden nur nachts durch mehrere Decken, die zwischen den Betten aufgehängt wurden, abgetrennt. Da wir Kandidaten für die Nationalversammlung waren, ließ uns unser Gastgeber in einem dieser Deckenzimmer nächtigen. Nachts erwachte ich, weil jemand mich mit seinem Bein stieß. Ich wähnte, es sei mein Nachbar Cartwright und griff es, um es zurückzustoßen. Aber es fühlte sich nicht wie ein stämmiges Eichenbein an, und während ich noch tastete, um mich halbwach zu vergewissern, weckte mich ein erstickter Schrei ganz, und das Bein wurde zurückgezogen. Es war das Bein der Tochter unseres Gastgebers. Stellen Sie sich meine Lage vor! Welch ein Verstoß gegen die Gastfreundschaft. Und während ich noch über meine Entschuldigung nachdachte, machten die Alten Licht und es zeigte sich, daß die Decke zwischen unserem Bett und dem des Fräuleins heruntergefallen war. Noch etwas, das mich belastete, dachte ich. Ich tat, als schliefe ich, blinzelte aber, um zu beobachten. Die Decke wurde wieder festgemacht, und mit Erleichterung hörte ich, wie das Fräulein seiner Mutter erklärte, daß sie im Traum in unser Bett gedrungen sei, wohl weil sie am Abend schwer verdauliches Gemüse gegessen hatte. Unser Gastgeber war am Morgen heiter und freundlich, und ich brauchte mich nicht zu entschuldigen. Doch stellen Sie sich vor, wie es für mich war, und haben Sie Gnade mit meinem Klienten.‹«

Wieder hielt Nick inne, schaute aufs Publikum. Er war zwar ziemlich entfernt, doch Laura meinte ein schelmisches Glitzern in seinen Augen zu sehen. Während der Geschichte wurde bei den etwas frivolen Passagen geprustet. Laura selbst war ein wenig schockiert und überlegte, ob Nick die Geschichte ihretwegen erzählt hatte. Dann dachte sie an ihren

Vater. Hätte er das gehört, wäre sein Urteil gefestigt – das war wirklich eine ›Schau des Teufels‹.

»O ja, ich vergaß es fast«, sagte Nick. »Die Geschworenen befanden den Armen für schuldig, ›Mädchen erschreckt zu haben‹, und er wurde dazu verurteilt, auf dem Hof hinter dem Hotel von den Mädchen verprügelt zu werden.«

Wieder ein Keuchen in den Reihen, und dann hier und da Gelächter, und schließlich leiser Applaus, der sich zu einem donnernden Klatschen steigerte.

Als es zur Mittagspause ging, mußte Laura wieder lügen. Nick hatte ihr gesagt, daß er nach dem morgendlichen Vortrag frei habe, und sie wollten sich am Fuhrwerktor treffen.

Einen Plan hatte sie schon. Als sie und Molly das Gebäude verließen, erzählte sie dem Mädchen, sie müsse ins Familienzelt zurück, um nach ihrer Mutter zu sehen und das Essen zubereiten.

Molly wollte in einem der Zeltrestaurants essen und akzeptierte Lauras Geschichte. Sie verabschiedeten sich, und Laura eilte durch die sich auflösende Menge zu Nick.

In den nächsten Tagen fühlte sich Laura wie im Himmel. Jeden Tag war sie bei mindestens einer Chautauqua-Veranstaltung, genoß vor allem die Musikprogramme und Nicks Vorträge, und den Rest der Zeit verbrachte sie mit Nick.

Ihr einziges Problem war der Umstand, daß es immer schwerer wurde, Nick zurückzuhalten, wenn er bei ihren Zärtlichkeiten zu weit ging, und ihre Angst, daß er sie nicht um ihre Hand bitten würde. Sie versuchte nicht einmal, darüber nachzudenken, was geschähe, wenn ihr Vater aus Sacramento zurückkäme. Ihre Mutter schien sich an ihre Abwesenheit gewöhnt zu haben. Und obwohl sie sich nach Lauras Rückkehr bitterlich beschwerte, war Laura sicher, sie würde Samuel, aus Angst vor der folgenden Auseinandersetzung, nichts davon sagen.

Und dann, nach vier glückseligen Tagen, passierte es. Ihr Vater, der doch bis zum folgenden Montag in Sacramento sein sollte, kehrte überraschend am Freitag zurück und fand seine Frau allein vor.

Als Laura sehr spät abends ins Zelt kam, saß ihr Vater mit strengem Gesicht und kalten, harten Augen im Sessel.

Die Freude, die sie den ganzen Nachmittag empfunden hatte, zerrann, als sie die Tür öffnete und ihn sah. Erst empfand sie Furcht und Ärger, genau wie er.

Warum war er so früh zurückgekehrt? Waren ihr nicht wenigstens ein paar glückliche Tage vergönnt? Und wie würde sich die vorzeitige Rückkehr auf ihre Pläne auswirken?

Sie blieb vor ihm stehen, den Kopf erhoben und schaute ihn trotzig an.

Samuel Purcell erhob sich langsam, bis seine Gestalt sie überragte, und ließ sie seine Kraft, seinen Ärger spüren.

»Nun, Tochter?« Seine Stimme war leise, doch kaum beherrscht. »Mary sagt mir, du seist aus gewesen. Sie sagt, du seist in den letzten Tagen kaum hier gewesen. Was hast du mir zu sagen?«

Mit wild klopfendem Herz holte Laura tief Luft und versuchte, ruhig zu sprechen. »Ich war auf der Chautauqua, Vater. Ich bin eine erwachsene Frau, kein Kind, und ich glaube, ich habe das Recht, zu gehen wohin und zu tun was ich will, solange ich nichts Unrechtes tue.«

Samuel Purcells Gesicht wurde dunkel und häßlich rot. »Wie kannst du es wagen, mir das zu sagen? Du bist meine Tochter, und solange du unter meinem Dach lebst und mein Essen ißt, tust du, was ich sage!«

Laura hob ihr zitterndes Kinn und erwiderte seinen Blick. »Nein, Vater, das werde ich nicht. Nicht länger. Begreifst du nicht, daß ich so nicht leben kann? Ich bin eine Gefangene. Ich brauche Freiheit oder ich werde sterben!«

Ihr Vater ballte die Fäuste, als müsse er sich zurückhalten, um sie nicht zu schlagen. Trotz ihres Entschlusses bebte Laura innerlich. So wuterfüllt hatte sie ihn noch nie erlebt. Doch sie konnte und wollte sich nicht beugen.

»Das wagst du mir zu sagen?« sagte er mit erstickter Stimme. »Mir, dem Vater, der dich großgezogen, sich um dich gekümmert hat? Du wagst mit mir zu reden wie eine gemeine Hure? Der Teufel ist in dich gefahren, Mädchen! Ich wußte es! Ich habe es drüben in Sacramento gefühlt und ich wußte, daß ich sofort zurück mußte. Du bist durch diese gottlose Teufelsschau verführt worden, und ich bin sicher, du hast einen Mann kennengelernt.« Seine Augen blitzten befriedigt, als Laura zurückschreckte. »Ich wußte es! Ich hatte recht!«

Er wirbelte zu seiner Frau, die geduckt in dem Schaukelstuhl hinter dem Vorhang zum Schlafgemach saß. »Mary, gib mir die Peitsche. Ich werde den Teufel aus diesem Mädchen treiben. Hörst du, Weib! Gib mir die Peitsche!«

Laura hörte, wie sich ihre Mutter langsam aus dem Stuhl erhob, und Furcht und Zorn überkamen sie. »Du wirst mich nicht peitschen, Vater! Es war schlimm genug, als ich jünger war, doch ich bin eine Frau und es gehört sich nicht . . .«

Sein verächtliches Schnaufen traf sie wie ein Schlag ins Gesicht. »Gehört sich nicht? Es gehört sich nicht für einen Vater, sein eigenes Kind zu züchtigen? Du wirst die Peitsche spüren, mein Mädchen, fester als je zuvor, denn diesmal sind deine Sünden größer. Zieh dich aus!«

Sie faltete die Arme über ihren Brüsten, schaute ihn trotzig an.

»Nein, Vater!«

»Ich sagte, zieh dich aus!« brüllte er. »Du wirst deine gerechte Strafe in deinem Schlüpfer bekommen, damit du die Peitsche auch spürst.«

Langsam ging sie zurück zur Tür. »Das werde ich nicht. Diese Erniedrigung werde ich nicht über mich ergehen lassen.«

»Und ich sage, du wirst!«

Mit einem Schritt war er bei ihr, und im nächsten Augenblick spürte Laura seine rohe Hand an ihrer Bluse. Er packte den Stoff, zerrte daran. Sie fiel fast auf die Knie, als er zerriß, und er trat zurück, einen Fetzen Tuch in der Hand.

Wie gelähmt blickte Laura an sich herab, schaute dann auf und sah seinen Blick auf das Fleisch ihrer Schultern und Brüste gerichtet, die Augen wild, mit einem Ausdruck, der sie mit Entsetzen erfüllte. Endlich verstand sie!

Hinter ihm sah sie ihre Mutter stehen, mit blassem Gesicht, leeren Augen, wie Fenster ins Nichts. Auch ihre Mutter wußte es! Das war es, was sie all diese Zeit mit ihrer Krankheit und den Klagen zu verbergen suchte.

Laura zerrte den Schal ihrer Mutter vom Schaukelstuhl und wickelte ihn um sich. »Du bist der Böse, Vater. Statt mich zu bestrafen, solltest du in dein eigenes Herz schauen. Frag dich einmal, warum ein Mann von seiner erwachsenen Tochter verlangt, sich vor ihm auszuziehen. Warum er es genießt, sie zu schlagen? Frage dich das, Vater. Es ist unnatürlich!«

Auf dem Weg zur Tür schaute sie in sein Gesicht und sah, daß er unsicher blickte. Sie nutzte seine Unentschlossenheit, wandte sich um und floh durch die offene Tür in die Nacht, nicht wissend, wohin, oder was sie tun sollte. Sie mußte dieser unmöglichen Situation einfach entfliehen.

Blindlings rannte sie, war plötzlich am Strand, blickte im Licht des Mondes, der hinter Wolken verschwand und wieder auftauchte, auf weiße Gischt und schwarze Wogen.

Der Wind war kalt auf ihrem heißen Gesicht, und sie merkte, daß sie so schwer atmete, daß ihre Brust schmerzte. Diesmal hatte sie sich nicht gebeugt, und ihr Vater hatte sie nicht bestrafen können. Sie hatte einen Sieg errungen, doch was sollte sie nun tun?

Bei ihren Eltern konnte sie nicht länger bleiben. Sie mußte gehen. Sie mußte Nick finden!

Nick Orlando lag auf seiner schmalen Lagerpritsche, den Kopf auf einem dicken Kissen und eine dünne, dunkle Zigarre, aus der ein feiner Rauchfaden kräuselte, in der Hand.

Träge sah er den Rauch zum Dach des großen Zeltes schweben, in dem die Chautauqua-Mitwirkenden schliefen. In Gedanken war er bei Laura Purcell.

Sie war eine sehr ungewöhnliche junge Frau, und sie brachte ihn zur Raserei. Er hatte sie ein halbes dutzendmal gesehen und war seinem Ziel näher als am ersten Tag. Vielleicht war er dem Ziel näher, doch ihre Abwehr überwand er nicht, obwohl er sicher war, daß sie ihn ebenso begehrte wie er sie. Das konnte er nicht verstehen. Wenn man etwas so begehrte, warum sich dagegen wehren? Hatte sie Angst vor einem Kind? Er hatte ihr gesagt, daß er Mittel wüßte, das zu verhindern. Wie Laura ihm erzählt hatte, war es eine Frage von Idealen oder Moral: Ohne Eheversprechen gaben sich anständige Frauen Männern nicht hin. War ein solches Ideal die Qualen wert, die sie durchlitten? Er meinte, nein.

Jedesmal, wenn er sie berührte, entbrannte er voller Lust, und sein Verlangen wuchs ins Unermeßliche. Immer wenn er sie berührte, brannte sie wie eine Fackel – er spürte die Hitze ihres Körpers förmlich –, und doch erlaubte sie ihm nur leidenschaftliche Küsse und wenige Liebkosungen. Warum, überlegte er ernsthaft, ließ er sie nicht sausen?

Ja, das war die Frage, und er fand keine Antwort darauf. In den vergangenen paar Wochen hatte er sogar an das Unvorstellbare gedacht – an Heirat! Es gab Schlimmeres, da sie, außer daß sie kein Geld hatte, seinen Vorstellungen entsprach. Ihr Vater hatte Geld, aber wie Laura ihm erzählt hatte, würde er kaum mit seinem Schwiegersohn teilen. Doch war es erst soweit, würde sich das nicht ändern? Würde er nicht wollen, daß es seiner Tochter gutging? Anderseits war das unwahrscheinlich, so wie sie den Bastard geschildert hatte.

Jemand ließ sich heftig auf das Ende seiner Pritsche fallen und riß ihn aus seiner Träumerei. Er blickte auf und sah Lester Owens, einen der Chautauqua-Musiker.

»Na, Lester, mein Alter, wie geht's?«

Lester, ein kleiner, untersetzter Mann mit ingwerfarbenem Haarkranz, seufzte schwer. »Könnte besser gehen, Nick. Genevieve liegt mit einem Brustleiden, und der Doktor sagt, sie kann nicht auftreten. Hast du eine Zigarre?«

Nick angelte eine aus seiner Tasche und gab sie ihm. Genevieve war die Pianistin der Musiktruppe, die am Nachmittag und abends spielte. »Tut mir leid. Das ist Pech.«

Lester entzündete die Zigarre und sog tief daran. »Kann man wohl sagen, da wir keinen Ersatz für sie haben, denn Bob Hoopers Frau hat letzte Woche ihr Kind bekommen.«

»Aber es muß doch jemanden geben.«

Lester stieß den Zigarrenrauch aus. »Möglich. Aber den müssen wir erst mal finden und dafür sorgen, daß er unsere Nummern spielen kann. Übrigens ...« Er hielt inne, warf Nick einen Seitenblick zu. »Vor kurzem war jemand draußen, der nach dir fragte. Eine junge Frau. Sie sagt, sie hat eine Nachricht für dich, die sie nur dir allein geben will.«

Nick richtete sich auf. »Eine junge Frau? Warum hast du das nicht gleich gesagt?«

»Oh, ich dachte nicht, daß es so wichtig sei«, sagte Lester schelmisch. »Jedenfalls wartet sie draußen auf dich.«

Es mußte Laura sein. Doch warum kam sie nach der Sperrstunde ins Männerzelt? Es mußte etwas passiert sein.

Nick griff seine Jacke, eilte zum Eingang und trat ins Dunkel. Er sah niemanden. »Bist du es?« rief er weich.

»Hier!«

Er hörte ihre weiche Stimme kaum, und dann trat eine blasse Gestalt vor ihn.

Er eilte zu ihr. »Laura, bist du's?«

»Ja, ich bin's«, sagte sie mit leiser Stimme.

Er war jetzt bei ihr, und das Licht, das aus dem Zelt drang, war stark genug, um sehen zu können, daß sie völlig aufgelöst war und einen Schal um ihre Brust geschlagen hatte.

»Komm«, sagte er und faßte sanft ihren Arm.

In den Schatten unter den Bäumen drang starker Pinienduft in seine Nase. Er zog sie in seine Arme und spürte ihr Zittern. Sie atmete heftig, als weinte sie, und plötzliche Zärtlichkeit überkam ihn. Bei Gott, er sorgte sich um sie. Es war nicht zu leugnen.

»Laura, was beschäftigt dich? Was ist geschehen?«

Schweigend breitete sie ihre Arme aus, nahm den Schal ab, und er konnte ein weißes Leibchen, blasses Fleisch und die Reste ihrer Bluse sehen.

»Er war es. Er wollte mich schlagen.«

Gerechter Ärger erfaßte ihn, und seine Faust verkrampfte sich. »Wer? Wer hat dir das angetan?«

Sie wickelte den Schal fest um sich. »Mein Vater. Er kam heute früh aus Sacramento heim. Es war – es war . . .«

Ihre Worte erstickten in einem Schluchzen, und Nick war haßerfüllt auf den Mann, der das seiner eigenen Tochter angetan hatte. Er zog Laura an seine Brust und sprach in ihr Haar. »Er hat die Peitsche verdient. Ich würde es gern selbst tun.«

Laura beugte sich zurück, um ihn anzuschauen. »Es nützte nichts. Das Geschehene würde es nicht ändern. Ich kann nicht in Pacific Grove bleiben, Nick. Ich muß fort. Doch ich weiß nicht, was ich tun soll. Ich habe nur wenig Geld. Ich schäme mich, dich zu fragen, doch sonst habe ich niemanden. Kannst du mich mitnehmen, wenn die Chautauqua geht? Ich werde irgendeine Arbeit finden – wenn nötig als Tellerwäscherin, doch ich muß fort von hier. Nimmst du mich mit?«

Der Mond trat hinter den Wolken hervor und warf blasses Licht auf ihre Augen, und Nick spürte, wie sein Herz zu klopfen begann. Nie zuvor hatte er sie so begehrt. Er dachte rasch nach. »Du sagtest doch, daß du gut Klavierspielen kannst?«

Verwirrt blickte sie ihn an. »Ja, aber . . .?«

Er lächelte breit und küßte sie mitten auf den Mund. »Ich glaube, ich habe eine Lösung für dein Problem, und die ist besser, als Teller zu waschen.«

»Eine Lösung?« sagte sie neugierig. »Was meinst du?«

Er küßte sie wieder, bevor er antwortete. »Ich habe gerade erfahren, daß das Chautauqua-Orchester dringend eine Pianistin benötigt. Was hältst du davon?«

Sie lächelte hoffnungsvoll. »Du meinst, sie würden mich nehmen?«

»Warum nicht? Ich gehe und sage es gleich Lester, damit er nicht nach einem anderen sucht, dann bringe ich dich zum Frauenschlafsaal und besorge dir ein Bett. Morgen früh kannst du Professor Lawton, dem Dirigenten, vorspielen, und wenn du engagiert bist, holst du deine Kleider und deine Sachen.«

Ihre Augen weiteten sich, und er klopfte ihr aufmunternd auf den Rücken. »Du kannst warten, bis dein Vater fort ist. Irgendwann muß er ja gehen, nicht wahr?«

Sie nickte langsam.

»Dann ist alles klar. Du kommst als Mitglied der Chautauqua mit uns. Wir können zusammensein, wann wir wollen. Das ist doch wundervoll.«

Sie lächelte schwach. »Erst muß ich engagiert sein.«

Er lachte. »Wenn du anständig spielst, klappt das sicher. Wer könnte deiner Schönheit und deinen Gaben widerstehen?«

Er nahm sie in die Arme, ungemein erfreut, daß er ihr helfen konnte. Übermannt von Zärtlichkeit, hielt er sie sanft, streichelte ihr Haar. In diesem Augenblick, spürte er, hätte er alles für sie getan.

Plötzlich hörte er rasche Schritte im Laub, eine kräftige Hand packte seine Schulter und riß ihn herum, so daß er Laura loslassen mußte, die stöhnend in die Bäume wich. Nick schaute in die funkelnden Augen eines breitschultrigen, bärtigen Mannes, der fast so groß wie er war. Nick wußte sofort, daß es Lauras Vater war.

»Teufelsjunge!« sagte eine tiefe Stimme rauh. »Verführer hilfloser junger Frauen!«

Nick befreite sich aus dem Griff des Mannes, zog seine Weste glatt und schaute ihn an. Purcell war ein furchtbarer

Gegner, und er wollte nicht gegen ihn antreten, besonders nicht in diesem Augenblick. Doch ihm schien keine Wahl zu bleiben. Der Mann wollte es erzwingen. Wie Laura gesagt hatte, war der Mann ein Tyrann, und Nick wußte aus Erfahrung, daß der Kampf verloren sein würde, stellte er sich jetzt nicht.

Er sagte:, »Falls Sie mich meinen, Sir, wäre ich Ihnen dankbar, wenn Sie Ihre verleumderischen Bemerkungen für sich behielten.«

Samuel Purcells Augen verengten sich, aber er faßte Nick nicht wieder an. Und doch spürte Nick den Zorn des Mannes.

»Wissen Sie, wer ich bin, junger Mann?«

»Ich vermute, Sie sind Lauras Vater. Sie hat mir von Ihnen erzählt.« Nicks Gesicht zeigte Verachtung, und Purcells Gesicht spannte sich.

»Und Sie stehen einfach da und schauen mir in die Augen, wo ich Sie gerade hier im Dunkel meine Tochter umarmt halten sah? Haben Sie keine Scham?«

Nick richtete sich auf, so gut er konnte. Dieser große, kräftige Mann erschreckte ihn wirklich. Doch die Angst, auf Laura als Feigling zu wirken, war größer. Dazu ärgerte ihn die kolossale Arroganz des Mannes.

»Ich schämte mich, wenn ich das verdiente, doch in diesem Fall nicht, da es keinen Grund dazu gibt.«

»Heißt das, es sei nichts, ein unschuldiges Mädchen ihrer Familie zu entreißen? Was sind Sie für ein Mann?«

Nick sah den älteren Mann fest an. »Ein besserer Mann als jemand, der seiner Tochter die Kleider zerreißt und sie zu schlagen droht, nur weil sie einem unschuldigen, lehrreichen Ereignis beiwohnte.«

Purcell machte einen Schritt auf ihn zu, und instinktiv wollte Nick zurücktreten. Doch er blieb fest und bereit stehen.

»Ich habe das Recht, sie so zu behandeln. Ich bin ihr Vater, Sir. Ich bin für sie verantwortlich!«

Später war sich Nick nicht mehr sicher, warum er es gesagt hatte. Die Situation hatte ihn so gepackt, und seine Rolle darin, daß die Worte wie von selbst kamen. »Nicht länger, Sir! Von nun an wird dies mein Privileg sein!«

Samuel Purcell grunzte überrascht und trat wie geschlagen zurück. Er warf einen Blick auf Laura, die sich an einen großen Pinienstamm lehnte. »Was soll diese Verrücktheit?«

Nick schöpfte tief Atem. »Keine Verrücktheit, Sir, seien Sie versichert. Ihre Tochter und ich werden sobald wie möglich heiraten. Vielleicht morgen. Und wenn ich ihr Ehemann bin, sehe ich es als meine Pflicht an, dafür zu sorgen, daß Sie sie nicht länger so brutal behandeln.«

Laura gab einen erstickten Freudenschrei von sich. Dann herrschte einen Moment lang völliges Schweigen. Nur Nebel tropfte aus den Pinien. Samuel Purcell durchbrach das Schweigen als erster. »Ist das wahr, Tochter?«

Lauras Stimme schwankte, und doch sagte sie die Worte laut und deutlich. Und Nick vernahm ihre Freude und Erleichterung. »Ja! Ja, es ist wahr!«

»Dann bist du meine Tochter nicht mehr«, trompetete Samuel Purcell. »Ich entsage dir. Von nun an bist du für mich und deine Mutter tot.«

Lauras Stimme zitterte nicht mehr, als sie sagte: »Du irrst, wenn du glaubst, mich damit verletzen zu können, Vater. Deine Tochter zu sein, hat mir nichts als Unglück und Mißbrauch gebracht. Ich sehne mich danach, von dir frei zu sein!«

Nick, überrascht von ihrem Ungestüm, war stolz auf sie, weil sie so sprach. Sie hatte Mut!

Und dann wurde ihm die Bedeutung seiner Worte bewußt. Gerade hatte er vor Zeugen erklärt, daß er sie heiraten wollte!

5

»Laura, Liebling. Du duftest so herrlich. Wie Veilchen.«

Laura streckte sich wie eine Katze unter der Berührung ihres Gatten, genoß seine streichelnde Hand auf dem nackten Rücken, den Schenkeln, und die Wärme seines Körpers, der sich eng gegen den ihren preßte.

Sie lagen nackt, Gesicht an Gesicht, auf einem großen Bett im Hotelzimmer. Das Fenster war geöffnet, und ein leichter Wind streichelte ihren Rücken.

Laura hob ihren Mund und empfing seinen heißen, glühenden Kuß. Als sich seine Zunge zwischen ihre Lippen schob, spürte sie ein Lustgefühl, das vom Mund aus den Körper durchströmte, und sie schmiegte sich fester an ihn.

Nick löste seinen Mund von ihrem und vergrub lachend sein Gesicht in ihrem Haar. »Oh, ich hatte so recht mit dir. Ich wußte, daß in dieser herrlichen Hülle ein Vulkan der Leidenschaft darauf wartete, geweckt zu werden.«

Halbherzig protestierte sie gegen seine Bemerkung. »Also, Nick! Du sagst schlimme Dinge. Du machst mich verlegen.«

»Tu' ich das?« Er lachte wieder und rieb seinen Unterleib an ihr. Sie reagierte ebenso.

»Daran ist nichts Schlimmes, mein Schatz. Liebe ist eines der schönsten Dinge, die je erschaffen wurden, und es gibt nichts Aufregenderes und Wunderbareres als das Gefühl, wenn ein Mann und eine Frau beisammen sind und lustvoll ihre Körper aneinanderpressen. Oder bist du anderer Meinung?«

Sie liebkoste seinen Hals und fühlte sich glücklich. »Nein, so anderer Meinung bin ich nicht. Es ist ganz nett.«

»Ganz nett? Ganz?«

Er rollte sie auf den Rücken, senkte seinen Kopf und begann, mit seiner Zunge an ihren Brustwarzen zu spielen, bis sie sich erregt wand. Und dann suchten seine Lippen einen Weg über ihren Bauch bis ins Zentrum ihrer Lust, wo sein Mund sie so liebkoste, daß sie voller Lust stöhnte.

»Genug! Bitte! Komm zu mir, Liebling. Komm!«

»Das ist mehr als ganz nett, oder? Oder?«

»Ja! Oh, ja! Ist es herrlich. Es ist wundervoll, Nick, und du bist wundervoll!«

Triumphierend drang er lustvoll in sie, und sie umklammerte ihn mit ihren Beinen, zog ihn an sich, und sie wiegten sich im Gleichklang.

Es war ein herrliches Gefühl, sich zu lieben. Ihr ganzer Körper erwachte auf eine Art zum Leben, die sie vorher nie gekannt hatte, und sie war Nick dafür dankbar.

Er hatte sie so erregt, daß sie nur wenige Augenblicke brauchte, um zum ersehnten Höhepunkt zu kommen. Und dann lagen sie nebeneinander, umschlungen wie Kinder.

Während sie so lagen und sich entspannten, wanderten Lauras Gedanken zurück. War es erst einen Monat her, daß sie sich so unglücklich gefühlt hatte? Es schien eine Ewigkeit zu sein. Das Leben mit ihren Eltern schien in einer anderen Welt, anderen Zeit gewesen zu sein. Sie betrachtete ihr jetziges Leben als ›neues Leben‹, und es hatte in jener Nacht genau vor einem Monat begonnen, vor dem Männerschlafraum in Pacific Grove. Es schien ihr, als sei sie neugeboren.

Laura lächelte bei der Erinnerung, als Nick ihrem Vater sagte, sie würden heiraten. Die Erklärung hatte ihren Vater erschüttert und sie überrascht, doch sie hatte rasch zugestimmt, aus Angst, Nick könnte seine Meinung ändern.

Doch das tat er nicht, und sie hatten am nächsten Tag geheiratet. Anschließend hatte sie Professor Lawton vorgespielt; es hatte ihm gefallen, und er hatte ihr den Platz im Orchester angeboten. Sie und Nick waren für die letzten Tage der Chautauqua in Pacific Grove in ihr eigenes Zelt gezogen. Samuel Purcell hatte sie nicht wieder gestört.

Und nun reisten sie mit der Chautauqua, zogen von Stadt zu Stadt, brachten Bildung, Kultur und Unterhaltung in kleine Städte, wo es solche Dinge kaum gab, und es gefiel ihr. Zum erstenmal in ihrem Leben lebte sie wie eine erwachsene Frau, und sie hatte eine Arbeit, die ihr gefiel.

Doch ihr Geheimis war, was sie am meisten beglückte, die körperlichen Freuden, die zum Verheiratetsein gehörten.

Natürlich war die einzige Ehe, die sie kannte, die ihrer Eltern, und in der hatte es, soweit sie feststellen konnte, wenn überhaupt, nur wenig Liebe gegeben. Ihre Mutter hatte Laura gesagt, wenn sie auf diesen Teil zu sprechen kam, daß solche Dinge eine schmerzliche Pflicht waren, die eine Frau zum Wohle ihres Gatten über sich ergehen zu lassen hatte. Wie schade, daß sie es nie anders erfahren hatte.

Zunächst war es für Laura jedoch keine Freude gewesen. In der Hochzeitsnacht war sie sehr aufgeregt und ängstlich und dazu völlig unwissend gewesen. Und obwohl Nick sanft und geduldig gewesen war, hatte sie Schmerzen gehabt, und der Akt hatte ihr keine echte Freude bereitet.

Aber sie hatten sich am Morgen wieder geliebt, und diesmal war es schöner. Und jede folgende Nacht, jeder Tag wurde schöner, bis sie sich durch die herrlichen Gefühle, die Nick in ihr weckte, völlig beglückt und selig fühlte. Jetzt sah sie sich als richtige Frau, und ihre Gefühle spiegelten sich in ihrem

Aussehen. All die Liebe und Zärtlichkeiten, die sie empfing, hatten ihre Haut zum Glänzen gebracht, und ihre Augen funkelten.

Nur eine kleine Wolke verdunkelte den Horizont – die Tatsache, daß die Chautauqua bald zu Ende war. Sie hatte versucht, mit Nick darüber zu sprechen, doch er schien über die Zukunft nicht reden zu wollen, sagte nur, es würde sich etwas ergeben. Von Natur aus war sie planend und umsichtig. Und obwohl sie die Gedanken über die Zukunft am liebsten Nick überlassen hätte, konnte sie es nicht.

Sie hatte bereits gemerkt, daß es sinnlos war, mit Nick über etwas sprechen zu wollen, was er nicht mochte, da er dann ungehalten war. Und ärgern wollte sie ihn nicht. Sie mußte ihm vertrauen. Schließlich war er der Mann, und er hatte lange für sich selbst gesorgt. Er wußte sicher, was er tat.

Gähnend rollte sich Nick von ihr und setzte sich auf die Bettkante.

»Es war wundervoll, Schatz.« Er tätschelte ihre Schulter und ging dann zur Waschschüssel, um sich von den Spuren ihres Zusammenseins zu reinigen.

Laura beobachtete ihn bewundernd; sie blickte mit Stolz und Liebe auf seinen schlanken, muskulösen Körper.

Erst als er begann, sich anzuziehen, fragte sie: »Nick, warum ziehst du dich an?«

Er wandte sich ihr lächelnd zu. »Ich habe Freunde in dieser Stadt. Ich habe ihnen versprochen, sie zu treffen. Und da wir heute abend frei haben, möchte ich mein Versprechen einlösen.«

Davon hörte sie zum erstenmal. Sie setzte sich auf, schaute enttäuscht. »Dann beeile ich mich mit dem Anziehen. Warum hast du's mir nicht früher gesagt? Was sind das für Leute? Was soll ich anziehen?«

»Oh, mein Mädchen. Du verstehst nicht.« Lachend hob er eine Hand. »Diese Freunde sind Herren, und wir wollen eine nette Partie Karten spielen. Frauen sind nicht zugelassen.«

Ein unaussprechlicher Schmerz zuckte in Lauras Brust, als sie zurück aufs Kissen sank. »Oh! Ein Kartenspiel?«

Nick knotete seine Krawatte, warf sich einen bewundernden Blick im Spiegel zu und drehte sich zu ihr. »Sei doch nicht so entsetzt, meine Liebe. Ich weiß, daß die Chautauqua-Mitglieder von weltlichen Lastern wenig halten, doch ich gehörte nicht immer zur Chautauqua, und dann und wann packen mich meine kleinen Laster. Ich sag dir was: Wenn ich gewinne, kaufe ich dir das Kleid, das du an der Main Street so bewundert hast. Was sagst du dazu?«

Sein Gesichtsausdruck und seine Stimme waren schmeichelnd, und Laura versuchte ihren Schmerz zu verbergen. Doch, wie konnte er sie einfach verlassen, wo sie sich gerade noch geliebt hatten? Einen Moment zuvor noch waren sie einander so nah gewesen, wie man nur sein konnte, und nun verließ er sie, um sich mit seinen Freunden zu vergnügen.

Als er sich über sie beugte, verbarg sie ihre Enttäuschung und küßte ihn gehorsam.

»Warte nicht auf mich, es kann spät werden. Ich werde mit meinen Freunden auch zu Abend essen.«

Abendessen! Sie würde allein essen müssen, und jeder würde wissen, daß Nick sie allein gelassen hatte. Sie schaute auf die Tür, nachdem er gegangen war, fühlte sich beraubt und einsam und dachte an den langen Abend, der vor ihr lag.

Dann fiel ihr Constance Dowes ein, eine andere Frau aus dem Orchester, mit der sie sich angefreundet hatte. Constance war eine junge Frau, die älter wirkte als sie war. Sie hatte eine scharfe Zunge und eine zynische Einstellung zum Leben, doch war sie sehr freundlich und eine gute Gesellschafterin.

Constance hatte Laura oft gesagt, daß sie ihr einmal Fotografien von ihrer Europareise, die sie im letzten Jahr mit ihrer Tante gemacht hatte, zeigen wollte.

Bis heute war Laura so glücklich in ihrer Ehe gewesen, daß sie über den Vorschlag nicht einmal nachgedacht hatte.

Doch vielleicht konnten sie sogar zusammen essen.

Beseelt von dem Gedanken, wusch sich Laura und zog ein einfaches Kleid aus blaugrünem Leinen an, das sie von ihrem ersten Geld gekauft hatte. Das Sommerwetter war noch warm, so daß sie keinen Schal brauchte. Mit sorgenvollem Blick auf das zerknitterte Bett – sie brachte es nicht fertig, es zu glätten – verließ sie das Zimmer und ging hoch, zu Constance.

Sie fühlte sich recht nervös und klopfte leicht an die Tür. Die Antwort kam nicht sofort. Sie wollte schon gehen, entschloß sich dann aber, nochmals zu klopfen, dieses Mal fester. Nach wenigen Sekunden hörte sie Schritte, und sie war überrascht, wie erleichtert sie sich fühlte.

Die Tür öffnete sich, und Constance steckte den Kopf heraus. »Oh, du bist's, Laura! Ich wußte nicht, wer es sein könnte. Komm herein. Entschuldige mein Aussehen. Ich wollte mich gerade fürs Abendessen fertig machen, aber ich bin nicht in Eile.«

Dankbar trat Laura in das unordentliche kleine Zimmer, das übersät war mit Kleidern, Büchern und Notenblättern.

Constance trug nur Schlüpfer, Hemdchen, Korsett und Strümpfe, und Laura war ein wenig überrascht, zu sehen, daß sie eine hübsche Figur hatte, die sie sonst durch nachlässige Kleidung verbarg.

Constance griff in den Kleiderschrank und drehte sich lächelnd um. »Was führt dich zu mir, Laura? Hoffentlich keine zusätzliche Probe.«

Laura schüttelte den Kopf. »Nein, das nicht. Ich habe nur unerwartet heute abend frei, und mir fiel ein, daß du mir die Fotografien von deiner Reise zeigen wolltest. Ich weiß, das kommt überraschend und du bist vielleicht beschäftigt.«

Constance lachte. »Nein, das bin ich nicht. Mir würde es passen. Aber wo ist Nick?«

Laura schaute beiseite. »Oh, er trifft sich mit Bekannten in der Stadt. Irgend etwas Geschäftliches.«

Als sie Constance anschaute, blickte die sie scharf an. Laura begriff, daß sie wegen Nicks Abwesenheit unglücklich dreinschaute, denn die andere Frau trat zu ihr und legte behutsam ihren Arm um die Schulter.

»Männer!« sagte sie, verächtlich lachend. »Sie haben ihre kleinen Zusammenkünfte und Abende. Ärgere dich nicht, Liebe. Das ist ein männliches Phänomen. Ich denke, es ist die erste Nacht seit eurer Heirat, in der er dich allein läßt?«

Laura nickte beschämt. Constance hatte sie durchschaut.

Constance drückte ihre Schulter und zog sich dann weiter an. »Daran wirst du dich gewöhnen müssen, Liebe. So sind die Männer nun mal. Sie sind nicht dazu geschaffen, immer nur im Nest zu sitzen. Dann und wann müssen sie ihre Schwingen ausbreiten können. Zumindest glauben sie das. Du wirst dich daran gewöhnen. Das tun wir alle.«

Laura war von Constances Wissen überrascht und sah sie plötzlich in anderem Licht. »Bist du verheiratet gewesen?«

Constance, die eine braune Bluse zuknöpfte, lachte traurig. »Sei doch nicht so verblüfft, Laura. Ich bin zwar keine Schönheit wie du, aber ich habe auch Bewunderer gehabt, und darunter für kurze Zeit einen Ehemann.«

Laura errötete verlegen. »Ich hab's nicht so gemeint, Constance. Du hast nur nie davon gesprochen und nennst dich auch nicht Mrs.«

»Das ist kein Teil meines Lebens, auf den ich sonderlich stolz wäre.« Sie musterte sich im Spiegel und strich die Bluse glatt. »Ich betrachte mich nicht als Ehefrau. Wir waren kaum ein paar Wochen verheiratet, da verließ er mich wegen einer Bauchtänzerin. Bertie hatte immer eine Schwäche für Jahrmarktbuden.«

Laura stöhnte, doch Constances verzerrtes Gesicht hinderte sie, Mitleid zu zeigen.

»Er war Trompeter und Mitglied des Orchesters, in dem ich zuerst spielte. Er war, was man einen Hansdampf nennt, und ich hätt's wissen müssen. Heute bilde ich mir ein, ich hätte es gewußt, doch ich war jung, und er war ein Frauentyp.« Constance zuckte die Schultern. »Es war eine Jugendtorheit, die ich schnell vergessen sollte, also laß uns nicht mehr darüber sprechen. Hast du schon gegessen?«

»Noch nicht.«

»Dann laß uns gemeinsam essen. Wir freuen uns bestimmt beide über Gesellschaft. Wir können zu dem kleinen Restaurant neben dem Hotel gehen. Ich war gestern da, und das Essen war gut. Die Preise sind niedrig.«

Das Restaurant war sauber und angenehm, und der freundliche Kellner wies ihnen einen Tisch am Fenster zu. Laura wählte, da sie Hunger hatte, aus der Speisekarte das Hähnchen-Menü, das mit Getränken und Dessert komplett serviert wurde.

Als sie die Karte hinlegte, lächelte Constance sie an. »Du bist noch schockiert, nicht wahr? Weil ich verheiratet war. Ich merke es.«

Laura errötete wieder. »Nicht wirklich schockiert, Constance. Daran ist ja nichts Schlimmes. Ich stell es mir nur furchtbar vor, vom Ehemann verlassen worden zu sein. Das schmerzt doch sicher sehr.«

Constance blickte auf den Tisch. »Ja, ich gebe zu, ich war damals sehr verletzt, aber ich hab's überwunden.« Sie schaute wieder auf. »Obwohl es in den Liedern anders heißt, man stirbt nicht an gebrochenem Herzen, Laura. Glaub mir, ich hab's überwunden und andere, nettere Männer kennengelernt.«

»Aber du hast nie wieder geheiratet?«

Constance schüttelte den Kopf. »Vor dem Gesetz bin ich mit dem Schuft noch verheiratet. Bertie ist nie mehr aufgetaucht, und deshalb kann ich nicht geschieden werden.«

Laura, fasziniert von dem, was ihr die Kehrseite des Lebens zu sein schien, konnte nur den Kopf schütteln. »Geschieht das oft, daß Männer ihre Frauen verlassen?«

Constance seufzte schwer. »Oft genug. Oder soll ich sagen, zu oft. Die Wahrheit ist, daß Männer nicht so monogam sind wie Frauen. Die Voraussetzungen sind so ungleich. Doch so sollte ich zu dir nicht reden. Du bist jung verheiratet, voller Erwartungen. Kümmere dich nicht um das, was ich sage, Laura. Viele Ehen sind glücklich, und viele Männer aufrecht und treu. Man kann sie nicht nach Ausnahmen verurteilen. Laß uns über etwas Schönes sprechen.«

Auch Laura war froh, das Thema zu wechseln. Auf seltsame Art fand sie Constances Enthüllung aufregend, andererseits beunruhigend. Sie dachte daran, wie attraktiv Nick war, wie andere Frauen ihn umschwärmten, mit ihm kokettierten.

In diesem Moment kam der Kellner mit dem Essen; es sah gut aus und duftete herrlich.

Laura genoß es, in Restaurants zu essen. Nach so vielen Jahren, in denen sie das einfache Essen nach den Wünschen ihres Vaters zubereitet hatte, war es ein Vergnügen, aus so vielem wählen zu können. Und der Umstand, daß sie nicht selbst kochen mußte, machte das Essen appetitlicher.

Kurz darauf blickte Constance von ihrem Steak auf. »Was ist mit dir und Nick? Was macht ihr, wenn die Chautauqua zum Saisonende schließt?«

Laura runzelte die Stirn. »Ich weiß es nicht. Wenn ich mit

Nick darüber sprechen will, weicht er aus und sagt mir, es habe keine Eile, es würde sich etwas finden.«

»Ja, das klingt ganz nach Nick«, sagte Constance lächelnd. »Soweit ich ihn kenne, ist er kein Mensch, der viel über die Zukunft nachdenkt. Aber sorge dich nicht. Ich hab' ihn oft sagen hören, er sei unter einem Glücksstern geboren, und ich muß zugeben, daß es bei ihm immer klappt. Eines der besten Dinge, die ihm passieren konnten, war, dich zu finden.«

Laura errötete, sowohl über das Kompliment als auch darüber, daß Constance mehr über Nick zu wissen schien als sie. Das war erniedrigend.

»Kennst du Nick sehr gut?« fragte sie langsam. »Wir kennen uns erst so kurze Zeit, und über früher redet er kaum.«

Constance nippte an ihrem Kaffee, bevor sie antwortete, und Laura bemerkte, daß sie irgendwie vorsichtig wirkte.

»Nein, ich kenne Nick nicht sehr gut«, sagte Constance. »Nur so. Wir haben gleichzeitig bei der Chautauqua angefangen – das ist unsere zweite Saison. Ich weiß, er ist beliebt, und alle bewundern seine rhetorischen Fähigkeiten. Er weiß, wie man ein Publikum fesselt.«

Laura schaute auf ihre gefalteten Hände. »Hat er . . . Weißt du, ob er vor mir Freundinnen hatte?«

Constance schaute abschätzend. »Laura, ich könnte dir sagen, daß ich ihn nie mit einer anderen Frau gesehen habe, aber das würdest du nicht glauben. Und es wäre auch unnatürlich. Schließlich ist Nick ein attraktiver Mann, und bevor er dich kennenlernte, war er ungebunden.«

Sie beugte sich vor. »Ich gebe dir einen ungebetenen Rat. Sorge dich nie um Frauen, die dein Mann früher kannte, ebensowenig wie er sich um Männer, die du kanntest, sorgen sollte. Was geschehen ist, bevor zwei Menschen sich kennen- und lieben-lernten, ist unwichtig. Ich habe so viele Menschen kennengelernt, die krank vor Eifersucht über Dinge wurden, die Jahre zurücklagen.« Sie lehnte sich zurück. »Denk immer an eines. Dich hat er geheiratet, nicht eine andere Frau. Dich liebt er. Das allein zählt.«

Laura lächelte rasch. »Das klingt einleuchtend.«

»Im Ratgeben bin ich gut«, sagte Constance trocken. »Ich wünschte, ich könnte ihn auch befolgen.« Sie schob den Stuhl zurück. »Gehen wir ins Hotel und sehen uns die Fotos an?«

Laura saß bequem auf dem Sofa in Constances unaufgeräumtem Zimmer, hielt das große Fotoalbum und seufzte angesichts der Bilder aus Paris und London. »Ich beneide dich«, sagte sie. »Weißt du, daß ich nie weiter aus Sacramento, Kalifornien, herausgekommen bin, als zu dieser Stadt?«

Constance blätterte um. »Das wäre ich auch nicht ohne Tante Mildred. Sie hat nicht nur viel Geld, sondern auch viel Zeit, und sie reist nicht gern allein. Es war reines Glück, daß sie mich als Reisebegleiterin wählte.«

Laura blickte vom Album auf und warf einen verstohlenen Blick auf die kleine Uhr. Es war zehn. Vielleicht war Nick schon wieder da.

»Es war ein schöner Abend, Constance. Danke dafür. Ich gehe jetzt besser, falls Nick zurückgekehrt ist.«

Constance schaute sie amüsiert an. »Du solltest ihn nicht so früh erwarten, Laura. Wenn Männer Karten spielen, vergessen sie die Zeit. Ich würde mir keine Sorgen machen, wenn es spät wird.«

Laura schaute betroffen. »Ich bin so unerfahren, Constance. Wie lange dauert es, bevor man sich ans Verheiratetsein gewöhnt hat?«

»Da fragst du die Falsche«, lachte Constance. »Du weißt, ich war nur kurz verheiratet. Aber wie ich es sehe, dauert es mindestens ein, zwei Jahre.«

»Auch wenn es zu früh ist, ihn zu erwarten, ich gehe zu Bett. Wir haben morgen ja sehr früh Probe.«

Constance verzog das Gesicht. »Das weiß ich.«

Laura reichte der anderen Frau die Hand. »Danke für deine Gesellschaft, Constance. Es war schön.«

Constance beugte sich zu ihr und küßte sie auf die Wange. »Für mich auch. Laß uns das bald wiederholen, wenn Nick abends geschäftlich zu tun hat.«

Erst als sie in ihrem Zimmer war, dämmerte Laura, daß Constance von Nicks Kartenspiel gesprochen hatte. Und das, obwohl Laura gesagt hatte, Nick hätte geschäftlich zu tun.

6

Es war nach Mitternacht, und Laura konnte nicht schlafen. Sie wälzte sich unruhig im Bett herum, konnte aber in keiner Lage Ruhe finden. Wo war Nick? Warum kam er nicht heim?

Jedesmal, wenn sie Schritte hörte, richtete sie sich erwartungsvoll auf; und wenn die Schritte verhallten, sank sie noch besorgter zurück. War ihm etwas zugestoßen?

Um halb zwei endlich, sie war gerade eingenickt, hörte sie die Tür sich öffnen und schließen. Erleichtert rief sie: »Bist du es, Nick?«

Ein undeutliches Kichern kam aus der Dunkelheit. »Wer sollte es sonst sein, mein Schatz?«

Sie hörte unsichere Fußschritte näherkommen, spürte dann sein Körpergewicht auf dem Bett. Er streichelte ihr Gesicht. »Hast du mich vermißt? Hat meine kleine Frau mich vermißt?«

Er beugte sich vor und küßte sie. Seine Lippen waren feucht, und sein Atem roch stark nach Alkohol. Sie schreckte zurück.

»Nick, du hast getrunken!«

Nick kicherte wieder albern. »Gib dem kleinen Mädchen einen Silberdollar!«

Das Bett erzitterte, als er darauf fiel, und im schwachen Licht des offenen Fensters blickte Laura enttäuscht auf ihn, denn er schlief und schnarchte schon.

Sie saß da und sah ihn wütend an; er war angezogen und schnarchte wie ein Schwein! Sie würde ihn nicht ausziehen, nicht einmal seine Schuhe. Sollte er doch so aufwachen.

Ärgerlich rückte sie auf die andere Bettseite und weinte sich in den Schlaf.

Nick erwachte langsam durch einen hellen Sonnenstrahl. Wo war er? Dann merkte er, daß er's zum Hotel geschafft hatte.

Er öffnete die Augen und sah an sich herunter. Gerade noch geschafft. Er war angezogen und stank nach abgestandenem Whisky. Er sah, daß die andere Betthälfte leer war. Er entdeckte Laura an der Waschschüssel.

Er beobachtete sie einige Augenblicke. Ein hübscher Anblick, wie sie da in Schlüpfer und Leibchen stand. Auch ohne Korsett war ihre Taille schlank und ihr Gesäß süß gerundet.

An ihrem steifen Rücken merkte er, daß sie böse auf ihn war. Aber das störte ihn nicht sehr. Er war sicher, daß er sie aufheitern könnte, wenn er ihr erzählte, daß er vergangene Nacht viel gewonnen hatte und ihr das Kleid, das sie so bewunderte, kaufen könnte.

Er richtete sich auf, setzte die Füße auf den Boden und wischte sich übers Gesicht. Egal, wieviel er trank, einen Kater hatte er nie. Auch typisch für sein Glück.

Auf Zehenspitzen schlich er zu Laura. Er umfaßte sie, nahm ihre Brüste in die Hand. Er spürte, wie ihr Körper sich entspannte, und begann ihr Ohr zu liebkosen.

»Bist du böse auf mich, Süße? Das kann ich verstehen, ich weiß, daß es spät geworden ist, und ich muß in erbärmlichem Zustand gewesen sein. Aber ich konnte nicht früher gehen. Ich hatte gewonnen, und wenn man gewinnt, gehört es sich, zu bleiben. Ich hab's ja auch für dich getan. Jetzt kannst du dir das Kleid kaufen. Sei bitte nicht böse auf mich.«

Ihr Körper wurde unter seinen Händen weich, und er lächelte in ihr Haar. Alles war in Ordnung.

Ehe, hatte Nick festgestellt, war besser, aber auch schlimmer, als er erwartet hatte. Er genoß es, eine schöne Frau zu haben, die immer, wenn er wollte, zum Lieben da war, und er wußte, er wurde um diese schöne, intelligente Frau beneidet. Andererseits bedeutete es weniger Freiheit. Nie zuvor hatte er sich über einen anderen Gedanken machen müssen, und er war nicht sonderlich glücklich darüber, Rechenschaft ablegen zu müssen. Laura reinigte seine Kleidung, putzte die Zimmer und bereitete, wenn es sein mußte, sehr gute Mahlzeiten. Sie würde bald erkennen, daß sie die Zügel nicht so fest halten konnte. Er hatte andere Ehefrauen erlebt und wußte, daß sie, wie junge Pferde, gebrochen werden mußten. Sie würde sich daran gewöhnen, daß er nicht immer da war, daß Männer Dinge taten, bei denen Frauen nichts zu suchen hatten. Ein Weg, sie zu beruhigen, war, zu entscheiden, was sie nach der Chautauqua-Saison machten. Er war da ein wenig pflichtvergessen, die Saison war fast vorüber. Doch er hatte einen Kontakt; er sollte für einen alten Freund arbeiten, und das klang gut.

Alles in allem war's nicht schlecht, verheiratet zu sein. Die Dinge liefen gut. Aber so war's bei ihm fast immer.

Während der nächsten Wochen gewöhnte sich Laura widerwillig daran, daß Nick mindestens ein- oder zweimal in der Woche allein ausging. Sie mochte das nicht und sagte es ihm. Aber er ignorierte ihre Klagen, bis sie sich damit abfand.

Er entschuldigte sich damit, daß sie abends ohnehin viel zu beschäftigt sei; das stimmte, denn das Orchester spielte abends, während der Laterna Magica-Vorstellung, und sie hatte fast immer bis neun Uhr zu tun.

Am meisten haßte sie es, wenn Nick alkoholisiert heimkam. Sie haßte den säuerlichen Geruch – eine Mischung aus Whisky und Erbrochenem, die alberne Art, wie er sprach und sich benahm. Mit einem betrunkenen Mann zu rechten, war, wie mit einem Idioten zu sprechen: beides machte keinen Sinn.

Manche Nacht fiel er einfach ins Bett und schlief, bevor sein Kopf das Kissen berührt hatte. In anderen Nächten war er leider leidenschaftlich.

Sie wußte nicht, was ihr mehr mißfiel. Liebe mit Nick zu machen, wenn er betrunken war, war völlig anders. Dann war er nicht mehr der zärtliche, liebevolle Mann. Er war ein Rohling, der sich sein Vergnügen nahm und dann auf die Seite rollte, ohne sich um ihre Befriedigung zu scheren. Doch das war nur ein- oder zweimal wöchentlich so, ansonsten war er so charmant und aufmerksam wie immer. Vielleicht sollte sie nicht soviel überlegen.

Erst wenige Tage vor Saisonende sagte er ihr, daß er Arbeit für den Winter hatte – zwei Stellen, denn er hatte auch Arbeit für sie.

Aufgeregt und dankbar küßte und umarmte sie ihn. Sie hatte sich doch geirrt. Er hatte etwas gefunden, wie versprochen.

»Was ist es?« fragte sie aufgeregt. »Eine gute Stelle?«

Er grinste und zwickte sie in die Hüfte. Sie saßen in ihrem Hotelzimmer und ruhten sich vor ihrem Auftritt aus. »Es hängt davon ab, was wir daraus machen. Es ist eine Position mit Möglichkeiten.«

Erleichtert und glücklich fiel sie in sein Lachen ein. »Spann mich nicht auf die Folter! Was ist es?«

»Dieser Mann, den ich kenne, Alfred Hayes, besitzt mehrere Theater. Er wollte mich für eines mal als Leiter verpflichten, doch ich hatte damals etwas Besseres. Jedenfalls traf ich ihn, erzählte, daß ich verheiratet bin, und fragte, ob er etwas für mich hätte. Er hat. Er eröffnet ein Varieté in einer kleinen Stadt am Hudson River, gegenüber von New York, und sucht einen Direktor. Ist das kein Glück?«

Laura versuchte, ihre Enttäuschung zu verbergen. Als Nick zuerst von Theater sprach, hatte sie an ein richtiges Theater gedacht. Aber Varieté!?

»Das klingt gut, mein Liebling, aber du sprachst von Arbeit für uns beide. Was soll ich tun?«

Nick grinste und zwickte sie wieder in die Hüfte. »Das ist der Reiz an der ganzen Sache. Es ist ein kleines Theater, und sie haben kein ganzes Orchester, nur ein Klavier und ein Schlagzeug. Du spielst natürlich Klavier. So bleibt das Geld in der Familie. Wir müssen nur das Mädchen an der Kasse, den Schlagzeuger und ein oder zwei Bühnenarbeiter bezahlen. Du hast mir doch gesagt, daß du im Rechnen gut bist. Traust du dir zu, die Buchhaltung zu machen? Damit könnten wir noch mehr einsparen.«

Nicks Begeisterung war ansteckend, doch Laura war noch immer besorgt, weil es sich um ein Varieté handelte. »Nur eines, Liebling. Ist Varieté nicht, also, schlüpfrig? Und vulgär? Ich weiß nicht, ob ich . . .«

Nick lachte herzlich. »Warst du je im Varieté?«

»Nein. Vater hätte das nie erlaubt.«

Nick küßte ihre Stirn. »Meine unschuldige kleine Puritanerin. Natürlich kann ein Varieté unartig sein, aber Alfred möchte ein Familien-Varieté daraus machen. Er sieht ›sauberes‹ Varieté als Zukunft. Hast du von dem Sänger Tony Pastor gehört? Mit dieser Art Show hat er ein Theater in New York City eröffnet. Shows für Familien bedeuten Geld. Du brauchst dir keine Sorgen zu machen. Deine Moral ist nicht gefährdet.«

Laura errötete. »Ich wollte nicht tugendhaft klingen.«

Nick umfaßte ihre Brust. »Schon in Ordnung, Liebling. Wenn's drauf ankommt, bist du's ja nicht. Kennst du den alten Spruch, wonach eine Frau dreierlei sein sollte? Eine Dame im Wohnzimmer, ein Koch in der Küche und eine Hure im Bett, und daß sie die Rollen nie verwechseln sollte? Du bist die perfekte Frau – du bist all das.«

Laura mußte lachen und tat, als sei sie geschockt. »Nickolas Orlando! Wie kannst du so etwas sagen?«

»Mit meiner Zunge«, sagte er, schob die erwähnte über ihre Lippen, bis sie erbebte.

Das Melodeon war, wie Nick Laura vorgewarnt hatte, ein kleines Theater. Es war dazu sehr alt und dringend reparaturbedürftig. Laura war skeptisch. Das sollte die Grundlage ihrer neuen Karriere sein?

Nach ermüdender Bahnfahrt durch den Kontinent waren sie heute in New Jersey angelangt, und Nick hatte enthusiastisch darauf bestanden, sofort zum Theater zu gehen.

Nun sprang er von der Mietkutsche und half ihr hinunter. Er sah ihren zweifelnden Blick und sagte: »Ich weiß, daß es nicht sehr gut aussieht, aber Alfred hat versprochen, Handwerker zu schicken, die's in Ordnung bringen. In einer Woche wirst du es nicht wiedererkennen.«

Laura brachte ein Lächeln zustande. Er war so froh und begeistert, und sie wünschte, sie könnte auch so fühlen. Er ging zu den verschmutzten Eingangstüren voran.

Sie traten ein, und sie hob den Rock, damit er nicht über den verdreckten Boden streifte. Natürlich trug sie eine Staubkrause, doch sie mußte ja nicht so schmutzig werden, daß sie nie wieder rein zu bekommen war. Das Theaterinnere war dunkel, und es roch nach Schimmel und Staub. Nick entfernte sich, und sie hörte ihn an der Wand tasten.

»Ah, ja, da ist es! Alfred hat dafür gesorgt, daß das Gas eingeschaltet wird. Mal sehen, ob's geht.«

Laura hörte ein Streichholz, das Zischen von Gas, und dann brannte die Gaslaterne warm und beleuchtete einen staubigen, aber hübschen Bronzehalter an der Wand.

»Augenblick, Laura. Ich zünde noch eine Lampe an. Nicht, daß du über deine Röcke fällst.«

Ein weiteres Licht schimmerte auf der anderen Seite, und Laura sah sich um. Die Halle war klein und in üblem Zustand, und sie hatte Angst, das Theater selbst zu sehen. Ungeheure Arbeit war erforderlich, um es benutzbar zu machen.

Nick war wieder bei ihr. »Warte hier, bis ich ein paar Lampen entzündet habe. Innen ist es auch schmutzig, aber in besserem Zustand als draußen und in der Halle. Das wirst du sehen. Warte, bis ich dich rufe.«

Seufzend blieb Laura stehen, und Nick verschwand im Dämmerlicht. Sie hatte böse Ahnungen, doch zur Umkehr war es zu spät. Vielleicht sah sie alles anders, wenn sie ausgeruht war. Es war eine lange Bahnfahrt gewesen, Lauras erste; und obwohl sie aufregend war, war sie ermüdend gewesen, da sie sich keine Schlafabteile leisten konnten. Sie war gespannt auf ihr neues Zuhause, freute sich auf ein heißes Bad und eine Tasse Tee, doch Nick hatte zuerst das Theater sehen wollen.

»Gut, Liebling! Komm herein!«

Nicks überschwengliche Stimme klang hohl aus dem leeren Theater, und blasser Lichtschimmer sickerte unter den staubigen Vorhängen an den Seiteneingängen durch.

Laura trat durch den mittleren Eingang, schob behutsam den schweren Vorhang beiseite und gelangte ins Theater.

An den Wänden brannten Gaslampen in hübschen Halterungen. Das warme Licht beleuchtete die rotsamtenen Sessel, die trotz Staub in gutem Zustand zu sein schienen.

Die Bühne, größer als sie erwartet hatte, war mit Vorhängen aus ebenso rotem Samt versehen, die auch in gutem Zustand waren.

Längs der Wände und im unteren Teil der Logen gab es hübsche, von Ornamenten umrahmte Malereien, die berühmte Szenen aus der Theatergeschichte darstellten. Das Interieur war, wie Nick gesagt hatte, in weit besserem Zustand als draußen. Nach gründlicher Reinigung würde es schön sein.

Diesmal war Lauras Lächeln echt, als sie zu Nick ging und ihm umarmte. »Du hattest recht, Nick, mein erster Eindruck war falsch. Es wird wunderschön sein. Ich kann's gar nicht abwarten, das fertig zu sehen.«

Er umarmte sie fest. »Mutiges Mädchen. Ich wußte, du würdest sehen, was daraus werden kann.«

»Wann kommen die Handwerker?«

»Alfred sagte, am Montag. So haben wir eine Woche, um unsere Wohnung einzurichten und das Notwendigste zu kaufen.«

Laura hob den Kopf von seiner Schulter. »Apropos Wohnung, sollten wir nicht hinfahren? Ich bin müde und brauche ein Bad.«

Er küßte ihre Stirn. »Natürlich, sie ist gleich oben.«

Sie schaute ihn kläglich an. »Hoffentlich ist sie nicht im gleichen Zustand wie das Theater.«

Nick lachte und nahm ihren Arm. »Sicher nicht. Das Apartment war stets bewohnt, und Alfred sagte mir, es sei sauber und angenehm. Bis vor kurzem lebte hier ein älteres Paar, und Alfred sagte, sie haben es sauber hinterlassen. Sie zogen aus, weil der alte Mann krank wurde, und sind zu ihrem Sohn und seiner Familie gezogen. Es ist komplett möbliert, nur Bettwäsche und Küchenutensilien fehlen. Ich hoffe, es gefällt dir. Doch selbst, wenn's nicht so ist – wir zahlen keine Miete und es gehört uns, denk daran.«

Laura wiederholte leise seine Worte: »›Es gehört uns.‹ Das klingt wundervoll, und es wird schön sein, eine Zeit an einem Ort zu verbringen. Und wir sind endlich allein.«

Nick grinste wölfisch. »Ach, ja, allein. So allein, daß ich endlich mit dir machen kann, was mein Herz begehrt.« Er klopfte so heftig auf ihre Turnüre, daß der Rahmen quietschte, und schüttelte den Kopf. »Es ist eine Schande, etwas so Köstliches in diesem furchtbaren Käfig zu verstecken.«

Laura lachte. »Nun, wie du weißt, gehört es sich so, und es muß erfunden worden sein, um uns Frauen vor Zudringlichkeiten von Schuften wie dir zu schützen.«

»Schuft, ja?« sagte er mit gespieltem Zorn. »Warte, bis wir oben sind, dann werd' ich dir zeigen, was ein Schuft ist.«

Lachend erstiegen sie die Treppen zum zweiten Stock, wo sich ein breiter Absatz befand. Er war in gutem Zustand und sah frisch gestrichen aus. Die Wände waren blaßgelb, wodurch er groß und freundlich wirkte. Laura hoffte, daß es ein gutes Omen für die Räume wäre, die Nick gerade aufschloß.

Als er die Tür geöffnet hatte, schrie sie überrascht und erfreut auf. Hier gab es keine Dunkelheit, wie unten im Theater. Durch die Fenster schien üppig die Nachmittagssonne in einen schmalen Korridor mit zwei geschlossenen Klappbänken und ein recht geräumiges Wohnzimmer, beide in sehr hübschem, rosenfarbenen Dekor tapeziert. Der Teppich mit Rosenmuster war kaum zerschlissen und die Möbel, wenngleich ein wenig altmodisch, wirkten solide.

Wie Nick gesagt hatte, war es komplett möbliert. Ein schweres Roßhaar-Sofa stand wuchtig im Raum, dazu ein Sessel mit gewirktem Kissen und passender Fußbank, ein kleiner Schaukelstuhl aus Walnußholz, ein Walnuß-Setztisch und eine Lampe mit rotem Samtschirm und Kristallhängern.

An der anderen Seite stand ein kleiner Walnuß-Eßtisch mit geschnitzten Beinen und vier passenden Stühlen.

»Die Leute, die hier wohnten, haben ihre persönlichen Dinge natürlich mitgenommen«, sagte Nick, »die Bilder und das, aber mit der Zeit werden wir unsere eigenen haben.«

»Oh, es ist schön«, rief Laura und schlug die Hände zusammen. »Viel schöner als ich gehofft hatte.« Sie umschlang seinen Hals. »Nick, das ist unser erstes Zuhause!«

»Dann laß uns das gebührend feiern.« Seine Hände umfaßten ihre Brüste und sein Mund fand den ihren.

Einen Augenblick erwiderte sie seinen Kuß, dann entzog sie sich ihm. »Nicht jetzt, Nick. Ich brauche ein Bad.«

»Ja, jetzt«, murmelte er. »Weißt du, wie lange es her ist? In diesem verdammten Zug waren wir nie allein.«

»Aber wo? Die Betten sind nicht bezogen.«

Wieder versuchte sie, sich freizumachen, doch er ließ sie nicht los. »Wir finden einen Weg«, sagte er, mit bösem Glitzern in den Augen. »Einen Fußboden gibt's immer. Ich hab' doch versprochen, dir zu zeigen, was ein Schuft ist.«

Seine Hände wühlten aufhakend und knöpfend unter ihren Kleidern; und sie wurde weich und nachgiebig unter seiner Berührung. Er hatte recht – es war Tage her, seit sie sich geliebt hatten. Und sie vergegenwärtigte sich wieder, wie sehr seine Berührung sie erregte.

»Du bist schamlos, absolut schamlos«, murmelte sie, während er sie auf den Teppich zog.

Ende der Woche war Laura fertig. Es hatte ihr Spaß gemacht, Küchengeräte, Geschirr und Bettzeug für ihr eigenes Heim zu kaufen. Und obwohl die Ausgaben an ihre finanziellen Reserven gingen, war es das wert gewesen.

Am Montag trafen die Handwerker ein, wie's Alfred Hayes versprochen hatte. Nick ließ sie zuerst das eigentliche Theater reinigen und renovieren, um Künstler begutachten zu können. Das Innere war, wie Laura vermutet hatte, in gutem Zustand. Nachdem Staub und Schmutz beseitigt worden waren, reichte etwas Farbe zum Auffrischen.

Danach schaltete Nick eine Anzeige: ›Gesucht für neues

Varieté: saubere Varieténummern; Sänger; Clowns; Akrobaten. An allem interessiert, was für ein Familienpublikum geeignet ist. Mr. Orlando freut sich auf Sie werktags im Melodeon Theater von neun bis zwölf und von zwei bis fünf Uhr nachmittags.‹

Laura las stolz und befriedigt die Anzeige. Sie hatte sie selbst aufgesetzt, und sie war Symbol dafür, daß sie und Nick ihr eigenes Leben gestalteten. Es bedeutete ihr viel.

Sie war gespannt auf die Proben. Die Hausarbeit wollte sie morgens und abends erledigen, um die Probenummern am Klavier begleiten zu können. Es war furchtbar aufregend, und sie war glücklicher denn je.

»Nächste Nummer, bitte.«

Nicks Stimme hallte in der Kühle des fast leeren Theaters, und Laura, die am Klavier saß, schaute auf die Bühne, als die beiden Jungen seitlich heraufstolzierten.

Sie schienen gleichaltrig, vielleicht dreizehn oder vierzehn, trugen Knickerbocker, weiße Westen, schwarze Strümpfe, Tanzholzschuhe und Derby-Hüte. Trotz ihrer Jugend wirkten sie selbstbewußt, und Laura amüsierte ihre kecke Art.

»Wie heißt die Nummer?« rief Nick aus der fünften Reihe.

»Fields und Weber«, sagte der Kleinere.

»Was ist es?«

»Gesang und Tanz.«

»Was zeigt ihr uns?«

»Einen irischen Song mit Holzschuhtanz. ›The Land Of The Shamrock Green.‹«

»Gut, gebt der Pianistin die Noten, und dann los.«

Der Größere der beiden blickte verwirrt. »Noten haben wir leider nicht«, sagte er und schaute Laura bittend an. »Aber die Melodie ist alt, ich könnte sie vorsummen.«

Laura schaute zu Nick. Seit neun Uhr früh hatten sie sich Nummern angesehen, und es war fast vier Uhr nachmittags. Sie sah, daß er müde war und nicht mehr zuhören wollte.

Sie sagte rasch: »Das schaffe ich sicher, Mr. Orlando. Geben Sie mir ein paar Minuten.«

Nick sagte widerwillig: »Gut, wenn du willst, Laura.«

Ein breites Grinsen überzog die Gesichter der beiden Jungen, und sie hasteten die Bühnentreppen hinunter, zu Laura.

Die Melodie, die sie summten, war ihr vertraut. Sie brauchte nur Minuten, um sie zu spielen.

Die Jungen waren bald wieder auf der Bühne, und nach den einleitenden Takten begannen sie zu singen. Laura mußte ein Lächeln unterdrücken, als sie den Refrain sangen.

Als sie fertig waren, warf sie Nick einen warnenden Blick zu. Sie fürchtete, er würde mit irgendeiner Äußerung ihre Gefühle verletzen. Trotz ihrer kecken Art spürte sie Verwundbarkeit bei den beiden.

Nick sah den Blick, nickte und räusperte sich, bevor er mit ihnen sprach. Sie standen am Bühnenrand und schauten ihn erwartungsvoll an. »Nicht schlecht, Freunde, doch ich fürchte, das ist es nicht, wonach wir suchen.«

Laura sah Enttäuschung in ihren Gesichtern, und sie taten ihr leid.

»Kommt in ein paar Jahren wieder«, sagte Nick, als die Jungen die Treppe herunterschlurften, »wenn ihr mehr Erfahrung habt.«

Der Kleinere schaute ihn feindselig an. »In ein paar Jahren, Sir, können Sie sich uns nicht mehr leisten«, sagte er selbstbewußt.

»Vielleicht nicht, aber das muß ich riskieren.« Während die Jungen aus dem Theater stürmten, ging Nick zu Laura hinüber. »Unverschämte Bengel! Wäre Frechheit ein Talent, hätten sie bereits riesigen Erfolg!«

Sie lachte. »So schlecht waren sie nicht, Liebling. Sie tanzen ganz gut, wenn ich auch zugeben muß, daß die Worte des Liedes grauenhaft waren.«

Nick streckte sich und rieb seinen Rücken. »Eins weiß ich, diese Gesichter und Stimmen – nein, Iren waren sie nicht. Aber sie haben das gewisse Etwas, mit dem man im Showbusineß Erfolg hat. In ein paar Jahren könnten sie's schaffen.«

7

Das Melodeon eröffnete am 15. Oktober 1881 mit sieben Nummern: den Parson Sisters, einem Vokalduett; Leland und Price, Clowns; Danny O'Neil, lustige Lieder; Alfred Morrison, romantische Balladen; Millicent Peal, Imitator; The McQuires, eine Tanztruppe; und Fisk und Company, Hundedressurakt.

Keiner der Künstler war bekannt, denn Alfred Hayes hatte Nick nur begrenzte Mittel zur Verfügung gestellt. Doch Nick hielt sie alle für talentiert; es waren die besten aus Dutzenden von Nummern, die sich vorgestellt hatten.

Sie hatten eine weitere Anzeige geschaltet; diesmal verkündete sie die große Eröffnung des Melodeon, eines Varietétheaters, das Unterhaltung für die ganze Familie bot. In der ganzen Stadt waren Handzettel verteilt worden.

Laura, wegen des eisigen Windes in einen schweren Mantel gehüllt, stand vor dem Theater und schaute auf den Eingang. Das Theater sah völlig anders aus als bei ihrer Ankunft. Es war erstaunlich, was ein wenig Kraft, Zimmermannsarbeit und Farbe bewirkten. Alles war für die Eröffnung bereit, und Laura fühlte sich nervös wie eine Katze.

Die Reparaturen und das Aufpolieren des Theaters sowie die Engagements waren rasch vorangegangen. Blieb nur die Spannung der Premiere. Würden genügend Zuschauer kommen?

Laura zitterte im kühlen Nachmittagswind. Ihr ganzes Leben hatte sie in Kalifornien verbracht, und sie kannte das Wetter an der Ostküste nicht. Und doch fand sie den Wechsel der Jahreszeiten interessant, wenn auch nicht sehr angenehm.

Als sie sich wieder dem Eingang zuwandte, trat die einzige Wolke, die ihr Glück trübte, in ihr Blickfeld. Harriet Hayes verließ die Halle, Alfred Hayes Nichte. Er hatte sie als Kartenverkäuferin und Mädchen für alles empfohlen.

Harriet war ein sehr hübsches Mädchen, mit kräftigem rotbraunen, naturgelocktem Haar, das sie zurückgebunden trug, dunklen, lebhaften Augen und roten, aufgeworfenen Lippen. Sie war nach Lauras Meinung faul, arrogant und unkooperativ, besonders, was Laura betraf. Wenn Nick in der Nähe war, blickte sie ihn auffordernd an und tat scheu.

Laura hatte sich beschwert, doch Nick hatte bloß mit den Schultern gezuckt. »Was kann ich tun? Sie ist Alfreds Nichte und er zahlt die Rechnungen. Es ist sein Theater, Laura. Versuch mit ihr auszukommen, so gut es geht.«

Laura verstand, dennoch war sie ärgerlich. Es war nicht fair, dieses nutzlose Mädchen mit durchzuziehen und sie an den Früchten ihrer Arbeit teilhaben zu lassen. Laura wollte nicht einmal vor sich selbst zugeben, daß das offensichtliche Interesse des Mädchens an Nick sie beunruhigte. Bisher war zwischen Nick und ihr alles gut gewesen. Er war zu beschäftigt gewesen,um ›Abende mit den Jungs‹ zu verbringen, und hatte jede Nacht mit ihr verbracht. Natürlich waren sie am Ende eines Tages gewöhnlich so müde, daß sie nur eine Kleinigkeit aßen und einfach ins Bett fielen. Doch sie wußte zumindest, wo er war, und daß er nicht betrunken war.

Als Laura an Harriet, die zu ihrer Kasse ging, vorbeikam, nickte sie leicht.

Harriet schaute sie seltsam triumphierend an, hob den Kopf und ging an die Kasse. Laura sah, daß die Wangen des Mädchens gerötet und ihr Haar zerzaust war. Doch Laura hatte Wichtigeres zu tun, als sich über Harriets Aussehen Gedanken zu machen.

Im Theater mußte Laura eine Weile suchen, bis sie Nick schließlich hinter der Bühne in einer der Garderoben fand. Er schien sehr froh, sie zu sehen, umfaßte ihre Hüfte und schwang sie herum, nahm sie in die Arme und küßte sie.

Sie erwiderte seinen Kuß, stieß ihn dann aber lachend beiseite. »Was ist in dich gefahren, Liebling? Und was tust du hier?«

»Oh, die Premierennacht hat mich gepackt, denke ich. Und ich hab' einen Spiegel befestigt. Molly Parson beschwerte sich, daß er jedesmal aus dem Rahmen fiel.«

Laura lächelte noch immer, obwohl sie das seltsame Gefühl hatte, daß Nick irgend etwas verbarg. Sie hatte gelernt, daß Nick dann immer sehr lebhaft und ungestüm war.

Das Gefühl blieb, und sie schaute sich nervös um. Sie bemerkte ein Spitzentaschentuch. Es gehörte Harriet, und ein merkwürdiger Klumpen lag plötzlich in ihrem Magen.

Sie ging zu dem Stuhl und nahm das Taschentuch. »Sieht aus, als sei Harriet hier gewesen«, sagte sie gespannt und hielt es vor Nicks Augen. »Ich entsinne mich nicht, sie hierher geschickt zu haben.«

Nick grinste und zuckte die Schultern. »Damit hast du recht. Sie ist nie da, wenn man sie braucht, und ich vermute, daß sie sich öfters irgendwo hinschleicht und ein Nickerchen hält. Diesmal war sie wohl hier. Ich wünschte, wir hätten sie nicht am Hals, aber was sollen wir tun?«

Laura schaute ihn aufmerksam an, konnte aber keine Spur von Schuld entdecken. Sie wollte ihm so gern glauben.

An diesem Abend erwachte das Melodeon zum Leben. Die Lampenkugeln glitzerten, und das polierte Messing funkelte. Im warmen Licht waren die verblichenen Flecken des Bühnenvorhangs und der Sitze nicht zu sehen.

Hinter der Bühne zogen sich die Künstler an, schminkten sich, plauderten und warteten, daß der Vorhang sich hob. Während das Publikum ins Theater strömte, saß Laura in einem neuen, königsblauen Mohairkostüm am Piano und spielte beliebte Stücke. Mit Freude sah sie, daß die Werbung Erfolg gehabt hatte. Das Haus war gut besucht.

Als erste traten die Parson Sisters auf, zwei blonde, dralle Frauen, Mitte Zwanzig, mit süßen, klaren Stimmen. Das Publikum war angetan.

Anfangs war Laura nervös, doch als sie den herzlichen Beifall hörte, entspannte sie sich und begann, zu genießen. Für die Arbeit mit ihr hatte Nick einen älteren, aber ausgezeichneten Musiker, Ted Lawrey, verpflichtet, einen lustigen, freundlichen Mann, der verschiedene Instrumente spielte. Laura mochte Ted, und sie spielte gern mit ihm. Nachdem sie entkrampft war, lief das Programm glatt und schneller ab als sie erwartet hatte.

Nachdem es beendet und das Publikum gegangen war, gingen Laura und Nick in das kleine Büro, um die Einnahmen zu zählen. Anschließend wandte sie sich lächelnd Nick zu. »Schau nur«, zeigte sie ihm glücklich die Zahlen. »Und wir haben noch eine Vorstellung. Wenn wir jeden Tag ein so gutes Geschäft machen, werden wir bald reich sein!«

Nick lachte und beugte sich vor, um sie auf die Nase zu küssen. »Ich sag's ungern, mein Liebling, aber so gut wird es nicht jeden Tag sein. Heute ist Samstag, vergiß das nicht, und am Wochenende kommen natürlich mehr Leute. Aber selbst wenn wir an Wochentagen nur die Hälfte oder zwei Drittel schaffen, kommen wir zurecht. Zieh doch einmal unsere Kosten ab und sieh, was übrigbleibt.«

Laura beugte sich über ihr Buch. »Mal sehen, den Parsons

zahlen wir vierzig Dollar die Woche. Leland und Price auch vierzig. O'Neil fünfundzwanzig. Morrison dreißig Dollar. Die McQuiries haben vierzig. Und Fisk dreißig. Macht zusammen zweihundertfünfunddreißig die Woche für Künstler. Und dann Harriets und Teds Gehälter, die Allgemeinkosten und unsere Gehälter. Mal sehen . . .«

Einen Moment rechnete sie wild. »Damit machen wir einen bescheidenen Gewinn, von dem wir noch Prozente bekommen. Oh, Nick! Es wird gut laufen!«

Das ganze nächste Jahr lief es, von kleinen Problemen abgesehen, gut. Eines davon war die störende Anwesenheit von Harriet Hayes, die im Lauf der Monate immer fauler und frecher zu werden schien.

Harriet war nutzlos, nie zu finden, wenn saubergemacht werden mußte, nachlässig mit dem Wechselgeld – die Einnahmen entsprachen selten dem Wert der verkauften Karten – und sie machte in Nicks Anwesenheit weiter, was Laura als ›Show‹ betrachtete.

Der Ostküstenwinter hatte die Stadt wieder voll im Griff; und obwohl Laura draußen immer einen dicken Mantel, Handschuhe und einen Schal trug, fror sie. Nick verspottete sie und sagte, sie sei sogar in der Wohnung wie ein Eskimo gekleidet.

Dennoch war das Melodeon gut besucht, und je bekannter sie wurden, desto mehr Publikum kam. Seltsam nur, daß mit wachsendem Erfolg des Melodeon Nick immer unruhiger wurde.

Laura versuchte herauszufinden, was ihn beschäftigte, doch er wich ihren Fragen stets mit einem Scherz oder anderen Albernheiten aus. Er begann auch wieder ›mit den Jungs‹ auszugehen, ließ sie oft das Theater allein schließen und Kasse machen, wobei er sagte, daß dafür nicht beide nötig seien. Das war zwar logisch, doch es war immer er, der ging.

Was Laura noch beschäftigte, war, daß sie nicht schwanger wurde. Soweit sie wußte, konnte man so leicht schwanger werden, daß eine junge Frau Angst vor einem einzigen Sexualverkehr haben mußte. Doch sie und Nick liebten sich ständig und ohne Verhütungsmittel, ihre Regel aber kam jeden Monat.

Sie wünschte sich so sehr ein Kind von Nick und dachte, daß es nun, da sie seßhaft waren, dafür an der Zeit sei. Sie war gepflegt, aß gut, hatte genügend Ruhe, doch es führte zu nichts. Sie hatte mit Nick noch nicht darüber gesprochen, weil sie annahm, er wäre über ein Kind ebenso glücklich wie sie.

Die einzige Vertraute war Constance, mit der sie regelmäßig korrespondierte. Sie schätzte Constances Meinung und wußte, daß nichts von dem, was sie sagte oder schrieb, sie schockieren könnte. Also war sie offen.

Constance beantwortete ihre Briefe rasch und schien sich über ihre Freundschaft zu freuen. Laura vermutete, daß die andere Frau die Rolle der Erfahrenen genoß. Doch da sich Constances Rat immer als praktisch und hilfreich erwies, war Laura willens, die Rolle der Schülerin weiterzuspielen. Sie hatte Constance sogar über das Problem mit Harriet geschrieben, und Constance hatte ihr vorgeschlagen, sie solle, falls sie sich mit Alfred Hayes gut verstünde, ganz offen über das Verhalten seiner Nichte reden.

»Denn«, hatte sie geschrieben, »wenn du ihm nicht sagst, daß du mit ihrer Arbeit unzufrieden bist, wird er glauben, daß sie sie gut macht. Du mußt ihm höflich und ruhig sagen, daß dir die Arbeit des Mädchens nicht gefällt. Wenn nötig, nutze deine weiblichen Vorzüge. Spiele die arme, überarbeitete, empfindsame Frau, die nicht die Hilfe bekommt, die sie verdient und für die sie bezahlt. Laura, du mußt in dieser Welt, die eine Männerwelt ist, lernen, daß eine Frau manchmal nur mit List zum Ziel kommt.«

Laura war belustigt und doch beunruhigt über diesen Rat. Sie war sicher, Constance wußte, wovon sie sprach, doch die Vorstellung, Alfred Hayes etwas vorzuspielen, gefiel ihr nicht. Es war nicht ihre Art. Auch wenn sie versucht hatte, Nick zur Heirat zu überreden, hatte sie nie etwas vorgetäuscht oder Tricks angewandt.

Warum war es einer Frau nicht möglich, offen mit einem Mann zu sprechen, die Karten auf den Tisch zu legen, wie ein Mann? Es schien unnötig, sich zu überlegen, was sie zu sagen hatte und wie sie sich verhalten sollte, um Mr. Hayes zu überzeugen. Sollte das aber zur Klärung der Situation mit Harriet erforderlich sein, würde sie ihre Vorbehalte vergessen und tun, was Constance sagte.

Doch soweit kam es nicht, denn bevor sie ein Treffen mit Arthur Hayes vereinbaren konnte, hatte sie eine heftige Auseinandersetzung mit Harriet. Sie ereignete sich Mitte Dezember, an einem dunklen kalten Samstagnachmittag.

Laura hatte die Nachmittagseinnahmen gezählt und eine Differenz festgestellt. Sie war ohnehin nicht guter Laune, da Nick trotz starken Schneefalls ausgegangen war. Sie fühlte sich einsam und launisch.

Sie ließ die Papiere auf dem Tisch liegen und machte sich auf die Suche nach Harriet, die beim Saubermachen des Theaters für die nächste Vorstellung helfen sollte.

Sie fand das Mädchen nach endlosen zwanzig Minuten, in denen ihr Ärger wuchs. Sie entdeckte Harriet hinter der Bühne, versteckt hinter einem Bretterstapel, in dem sie sich eine Art Nest gebaut hatte, mit Kerosinlaterne, einem bequemen Stuhl und einem Haufen Groschenromane. Da Laura Harriets Namen überall laut gerufen hatte, mußte sie sie gehört haben.

Die Hände in die Hüften gestemmt, starrte Laura wütend auf das Mädchen. »Hast du mich nicht rufen gehört?«

Harriet schaute trotzig zu ihr auf.

»Ich rede mit dir, Harriet, und ich wäre erfreut, von dir eine Antwort zu bekommen, obwohl du von Höflichkeit wohl wenig weißt!«

Harriets Gesichtsausdruck veränderte sich nicht, aber schließlich sagte sie: »Ich hab' Sie wohl nicht gehört!«

»Warum hilfst du mir nicht beim Saubermachen, wie du's solltest?«

Das Mädchen zuckte die Schultern und legte ihr Buch beiseite. »Ich hab' mich nicht wohl gefühlt«, sagte sie trotzig.

Laura seufzte erbittert. »Wenn du dich nicht wohl fühlst, warum sagst du's mir nicht und versteckst dich statt dessen?«

»Ich hab' mich nicht versteckt. Sie haben mich doch gefunden, oder?«

Lauras Gesicht wurde heiß vor Wut. Sie versuchte, ruhig zu bleiben. »Harriet, du bist die unverschämteste junge Frau, der ich je begegnet bin, und ich bin dein schlechtes Benehmen, deine Faulheit und die Tatsache, daß die Kasse nicht stimmt, leid. Ich werde mit meinem Mann und deinem Onkel sprechen und sie bitten, dich zu entlassen.«

Plötzlich fühlte sich Laura sehr erleichtert. Das hätte sie schon vor einer Woche tun sollen!

Zu ihrer Überraschung schien Harriet überhaupt nicht beunruhigt. Mit selbstgefälligem Lächeln sagte sie: »An Ihrer Stelle würde ich das nicht tun, Mrs. Orlando. Sie könnten eine unerfreuliche Überraschung erleben.«

Verdutzt starrte Laura das Mädchen an. Harriet wirkte sehr selbstsicher. Laura spürte plötzlich Unbehagen. »Das solltest du mir vielleicht erklären, Harriet.«

»Muß ich das wirklich, Mrs. Orlando?« Jetzt lächelte sie arrogant. »Wissen Sie wirklich nicht, was ich meine?«

Laura, die sich zunehmend unwohler fühlte, verlor an Boden, versuchte das aber zu verbergen. »Ich habe nicht die leiseste Ahnung. Du bist nicht ganz bei Sinnen, Harriet!«

Harriet lächelte noch breiter. »Nun, reden Sie doch mit Nick – Ihrem Ehemann, Mrs. Orlando, und warten Sie ab, ob er mich feuern will. Sie werden feststellen, er will es nicht. Ich denke eher, er ist sehr zufrieden mit mir. Und ich würde Ihnen auch nicht raten, vorher zu Onkel Alfred zu gehen. Denn da könnten Sie einige Probleme bekommen.«

Harriets Worte und ihr Benehmen machten Laura wütend. Es gab Schlußfolgerungen – unerfreuliche Folgerungen. Wie konnte sie die Frechheit haben, so zu reden?

Sie ballte die Fäuste so heftig, daß die Nägel in die Handflächen drangen. Laura starrte das Mädchen zornig an. »Nun, das werden wir sehen, wenn ich mit meinem Mann gesprochen habe. Aber du wirst in jedem Fall gehen!«

Als Laura sich umdrehte, hörte sie Harriet leise lachen.

Nick kam noch vor der Abendvorstellung zurück, stank nach Whisky und war in ausgelassener Stimmung.

Laura wußte aus Erfahrung, daß es schwer war, mit ihm über ernste Dinge zu reden, wenn er angetrunken war, doch ihr Ärger war so groß, daß sie die Sache mit Harriet sofort erledigt haben wollte. Sie spürte, daß ihre Position und ihr Selbstgefühl auf dem Spiel standen.

Sie führte ihn in das kleine Büro und plazierte ihn hinter dem Schreibtisch. »Nick, wir müssen mal ernst über Harriet reden.«

Er wich ihrem Blick aus. »Harriet? Jetzt? Kann das nicht warten? Ich hab' zu tun.«

Sie schüttelte entschlossen den Kopf. »Nein! Damit habe ich schon zu lange gewartet.«

Nick seufzte, lehnte sich im Stuhl zurück und legte die Füße auf den Schreibtisch. »Schieß los. Was hat sie diesmal getan?«

Er tat, als sei er unendlich geduldig, und legte die Art eines Mannes an den Tag, der solche Klagen regelmäßig hört. Das machte Laura zornig. »Was soll das heißen? Du weißt, wie sie ist. Ich habe dir ein dutzendmal gesagt, daß die Kasse nicht stimmt, daß sie aufgetragene Arbeit nicht erledigt, daß sie frech zu mir ist, doch du tust nichts. Ich habe dich gebeten, darüber mit Alfred zu sprechen, aber du weichst mir aus. Warum, Nick? Womit beherrscht dich das Mädchen?«

»Beherrscht? Was meinst du damit, zum Teufel?« Seine Füße krachten auf den Boden, und er griff nach ihrer Hand. »Liebling, ich habe dir erklärt, wie gern Alfred sie hat. Sie ist die Tochter seiner einzigen Schwester, und die Familie hält zusammen. Wenn ich mich bei ihm über Harriet beschwere, wird er aufgebracht sein. Du weißt, daß Alfred ein faires Geschäft mit uns gemacht hat. Er war sehr großzügig – weit mehr, als andere Leute in seiner Position. Willst du dieses Verhältnis aufs Spiel setzen?«

Laura schaute ihm ins Gesicht. Er lächelte, und seine Augen zwinkerten wie üblich, wenn er etwas vor ihr verbergen wollte. Plötzlich wollte sie ihn treffen, ihm die Ernsthaftigkeit dessen, was sie sagte, bewußt machen, ihn dazu bringen, endlich einmal ein Problem offen zu diskutieren.

Sie entzog ihm ihre Hand. »Es ist mehr als das, Nick, glaube ich. Weit mehr. Ich kann's in Harriets Gesicht, in ihren Augen sehen. Sie schaut mich an, als verberge sie etwas vor mir, etwas, das ihr die Kraft gibt, unhöflich, ja voller Haß zu mir zu sein, und zugleich, daß ich nichts daran ändern kann. Weißt du, wie schwer das für mich ist?«

Nick erhob sich, streckte sich, lächelte. »Du bist erregt, Laura. Ich weiß, daß das Mädchen faul ist, aber es ist jung. Denk daran und erwarte nicht zuviel von ihr. Und nun wird's Zeit für die Abendvorstellung. Wir reden nachher darüber, wenn du ruhiger bist. Einverstanden, Liebling?«

Ohne ihre Antwort abzuwarten, küßte er sie und schritt aus dem Zimmer. Ungläubig schauend, blieb sie zurück.

Wie konnte er so unsensibel, so gefühllos, so blind sein?

Sie wußte zu gut, daß er sich wie ein Aal wand, wenn er nicht diskutieren wollte. Und klar war, daß er über Harriet nicht sprechen wollte. Kristallklar war ebenfalls, daß er weder die Absicht hatte, sie zu entlassen noch mit Alfred Hayes darüber zu sprechen. Kurzum: Harriet hatte in jeder Hinsicht recht gehabt. Laura fühlte sich, als stünde sie mit Harriet im Kampf, und diese hätte ihr mit Nicks Hilfe einen heftigen Schlag versetzt.

Starr ging sie aus dem Zimmer, zu den Garderoben, versuchte, sich aufs Geschäft zu konzentrieren.

Heute war eine ganz besondere Nacht, da das Melodeon erstmals eine sehr ungewöhnliche Nummer zeigte: die Magnificent Montinis, eine talentierte europäische Artistentruppe, die gerade in den Vereinigten Staaten angekommen war. Laura hatte inzwischen viele solcher Truppen gesehen, doch keine leistete, was die Montinis brachten. Sie waren sechs, alle aus einer Familie; und am Höhepunkt ihrer Darbietung flogen sie alle gleichzeitig durch die Luft, so, als gelte die Schwerkraft für sie nicht. Sie bauten beeindruckend kühne menschliche Pyramiden. Und es waren sehr gut aussehende, freundliche Leute. Sie waren in jeder Hinsicht erstaunlich, und Laura wollte sichergehen, daß sie alles hatten, was sie für die Vorstellung brauchten.

Gewöhnlich verdrängte sie alles, was sie beschäftigte, wenn sie arbeitete. Sie war sich ihrer Pflichten bewußt und meinte, daß persönliche Dinge in der Arbeitszeit fehl am Platze waren. Doch heute war sie zu erregt.

In ihr hämmerten Fragen: Warum wollte Nick nicht über Harriets Verhalten sprechen? Warum wischte er Lauras Klagen immer beiseite, als bedeuteten sie nichts? Warum verteidigte er das Mädchen immer?

Doch hinter den bewußten Fragen steckten andere: Hatte Nick ein Verhältnis mit Harriet? War Harriet deshalb so selbstsicher? Oder wußte sie etwas über Nick, etwas für ihn Nachteiliges, das ihn ihr auslieferte? Von diesen beiden Alternativen würde Laura die zweite vorziehen.

8

Das Pfeifen des Zuges war einschläfernd, und Will Adams fühlte sich völlig entspannt, als er aus dem Salonwagenfenster auf die schneebedeckte Landschaft schaute.

Auf dem Tisch neben seinem bequemen Sessel stand ein Glas feinsten Bourbons, in der Hand hielt er eine gute Zigarre. Der Salonwagen war anheimelnd warm. Mrs. Adams Sohn geht's gut, dachte Will zufrieden, als er den Rauch inhalierte.

Gegenüber Will saßen zwei Vertreter, die über ihre Produkte und ihr Gebiet sprachen und sich über das viele Reisen beklagten. Will lächelte innerlich. Er reiste gern. Reisen war eine der schönsten Seiten seiner Tätigkeit.

Als er noch ein kleiner Junge war, damals in Osttexas, lag er nachts wach in seinem Zimmer, hörte das Pfeifen des Zuges in der Ferne und träumte von fremden Orten und abenteuerlichen Taten. Er hatte nie verstanden, warum ein so klagendes Geräusch solch exotische Bilder zu wecken vermochte. Er wußte nur, daß die Pfeife ihn rief, ihn ruhelos machte, und er sich wünschte, anderswo zu sein, irgendwo anders.

Und er war noch immer so. Wenn er zu lange an einem Ort blieb, überkam ihn die alte Ruhelosigkeit wieder, das alte Gefühl, daß alles Aufregende irgendwo anders geschah.

Es war ein Glück für ihn, daß seine Arbeit seiner Natur und seinen Wünschen so entgegenkam. Und es war eine gute Arbeit, um die ihn viele Männer beneideten, die stilvolles Reisen bot, viel Bequemlichkeit und Kontakt mit talentierten und interessanten Menschen. Für all diese Annehmlichkeiten hatte Will nur diese talentierten und interessanten Menschen aufzuspüren und sie für Barnum, Bailey und Hutchinson zu verpflichten. Das war kein Problem, war doch der gigantische Barnum und London-Circus die größte Show der Welt.

Will griff nach seinem Glas und nahm einen Schluck reifen Bourbon. Er war jetzt unterwegs, um sich die italienische Akrobatentruppe anzusehen, von der Phineas T. Barnum von einem Freund in New York gehört hatte.

Die Truppe, die Montinis, waren neu im Land und traten in einem kleinen Varieté außerhalb New Yorks auf. Der Freund hatte Barnum gesagt, daß Adam Forepaugh, sein größter Konkurrent, an den Akrobaten auch interessiert sei. Wenn Barnum sie verpflichten wolle, sollte er schnell jemanden zur Kontaktaufnahme und Vertragsunterzeichnung schicken. Deshalb war Will Adams zu dieser kleinen Stadt unterwegs. Er hatte Barnums Telegramm in Chicago bekommen.

Weit vor dem Salonwagen pfiff die Lok, und Will entdeckte ein altes, weiß überfrorenes Farmhaus, daneben einen winterkahlen Baum, als er aus dem Fenster schaute. Es ähnelte dem Haus, in dem er geboren war, und weckte in Will so etwas wie Heimweh.

Trotz harter Zeiten und Armut war er als Kind sehr glücklich gewesen. Als jüngstes von vier Kindern war er in einer harmonischen und freundlichen Familie aufgewachsen, in der mehr zählte was man war, als das, was man hatte, und jeder wurde ermuntert, ganz er selbst zu sein.

Seine Mutter, Matty Pierson Adams, war eine intelligente und talentierte Frau, die singen und Klavier spielen konnte, Kleider nähte oder aus fast nichts eine herrliche Mahlzeit zauberte.

Sein Vater, Harry Adams, war ein hart arbeitender Farmer, ein Mann, der das Land liebte, auch wenn es ihm nicht ganz wiedergab, was er an Mühe und Fleiß hineinsteckte.

Obwohl die Familie nicht viel besaß, betrachteten die Kinder sich nie als unfroh. Da war soviel Liebe, soviel Wärme, daß sie sich unmöglich arm fühlen konnten.

Will, als jüngstes Kind, wurde von seinem älteren Bruder und seinen Schwestern etwas verwöhnt; doch auch er hatte seine Arbeit zu tun. Da sein Vater sich keine Hilfskräfte leisten konnte, mußte die ganze Familie mitarbeiten.

Wills Bruder Edward hatte die Liebe des Vaters zum Land geerbt, und die beiden Mädchen, Mercy und Helen, wollten nur Ehefrauen und Mütter sein. Sie alle lebten noch in Osttexas. Edward arbeitete auf der alten Farm, und die Mädchen waren mit benachbarten Farmern verheiratet und hatten Kinder. Seßhaft und zufrieden, konnten sie nie die Reiselust des Jüngeren verstehen, betrachteten seine Unrast aber mehr als vorübergehende Krankheit. Wann immer Will zu Besuch war, stellten sie ihm sämtliche Jungfern und Witwen der Nachbarschaft vor. Sie waren sicher, daß er sich in Texas niederlassen würde, wenn er endlich eine gute Frau fand.

Will wandte sich vom Zugfenster ab. Ja, mit seinen dreiunddreißig Jahren hatte er viele Frauen geliebt, gute wie böse, und eine so sehr, daß er sie heiratete.

Er hatte sie in Paris getroffen, wohin er auf Barnums Wunsch gereist war, um nach einer Abnormität Ausschau zu halten, dem sogenannten Löwenmenschen, Lionel Germaine. Der Löwenmann erwies sich als echt – ein junger, achtzehnjähriger Mann, dessen Körper und Gesicht völlig mit langem, golden gelockten Haar bedeckt war. Groß und gut gebaut, war er ein exzellentes Beispiel für abnormen Haarwuchs, eine Kuriosität, die jeder Schausteller suchte, und Will hatte ihn sofort verpflichtet. Der Löwenmann war noch immer bei Barnum und ein echter Gewinn.

Doch der Vertrag mit Lionel war unbedeutend, gemessen an dem, was in Germaines bescheidener Wohnung geschah, denn dort lernte Will Lily kennen. In dem Augenblick, als er sie sah, änderte sich sein Leben völlig.

Kaum hatte Will das exotische, dunkelhaarige Mädchen mit den feinen Zügen gesehen, begriff er, daß er noch nie geliebt hatte. Das Gefühl war unbeschreiblich und schmerzlich. Er hatte immer gelacht, wenn jemand von Liebe auf den ersten Blick sprach, doch jetzt wußte er, es war ihm passiert.

Lily lebte mit ihrer Mutter, einer attraktiven Frau in mittleren Jahren, bei den Germaines. Sie waren alte Freunde der Familie. Will erfuhr am ersten Abend, daß Lilys Vater tot und die Familie einmal vermögend gewesen war, ihr Geld aber verloren hatte. Obwohl das Geld für den Lebensunterhalt Lilys und ihrer Mutter reichte, hatten sie sich von der Vergangenheit getrennt und lebten einfach. Will Adams schien es dennoch, als schwebte der vergangene Glanz wie eine parfümierte Wolke über Lily und verlieh ihr eine mystische, zerbrechliche Aura. Und trotz ihrer unterschiedlichen gesellschaftlichen und kulturellen Herkunft wußte er, daß er das schlanke Mädchen liebte.

Sein Glück war, daß Lily für Will ebenso empfand. Sie sahen sich täglich, und es war die schönste Zeit in Wills Leben. Er kabelte Barnum, daß er Germaine unter Vertrag habe und noch einen Monat in Paris bleibe.

Am Ende des Monats machte er Lily einen Antrag, und sie sagte ja, unter der Bedingung, daß ihre Mutter einverstanden sei.

Will hatte schreckliche Angst, daß die ältere Frau nein sagen würde. Schließlich war die Familie von adligem Geblüt, und Will war ganz einfach. Doch seine Sorge erwies sich als grundlos. Lilys Mutter gab mit Freuden ihre Zustimmung, sagte Will, daß er ein guter und starker Mann und sie stolz auf ihn als Schwiegersohn sei.

Die Hochzeitsfeier war bescheiden, aber herrlich. Die einzigen Gäste waren die Germaines und ein paar Freunde der Familie der Braut. Fremde hatten da nichts zu suchen. Und Will hatte seine eigene Familie auch nicht benachrichtigt. Er wollte rasch verheiratet sein und wußte, seine Familie hätte sich eine große Hochzeit mit der üblichen Unruhe und allem Drumherum gewünscht. Und da er sie gut kannte, wußte er, daß ihnen der Gedanke einer ausländischen Braut nicht gefiel. Für sie war Texas gut genug, und sie erwarteten von ihm dasselbe. Als Will sich Lily in Texas, bei seiner Familie, vorstellte, lächelte er. Er würde sie später informieren, wenn sie verheiratet waren.

Nach der Hochzeit verlängerte Will seinen Aufenthalt in Paris um einen weiteren Monat, der so glücklich war, daß er in ständiger Angst lebte, solche Seligkeit könne nicht ewig währen.

Lily war eine wundervolle Frau, an Figur und Verstand gleichmaßen süß und bezaubernd. In seinen kühnsten Träumen hätte sich Will eine so perfekte Frau nicht vorgestellt, und er dankte Gott jeden Tag, daß er sie kennengelernt hatte.

Nach ihren einmonatigen Flitterwochen bat Barnum Will, in die Staaten zurückzukehren, wo er neben seiner Arbeit als Talentsucher für Barnum auch anderweitig tätig war.

Doch als Will die Wünsche seines Arbeitgebers gegenüber seiner Frau erwähnte, gestand Lily, daß sie lieber in Frankreich bliebe. Sie sagte ihm, daß sie ein Kind erwarte und sich für die Reise nicht wohl genug fühle.

Will, begeistert von dem Gedanken, Vater zu werden, versicherte ihr, sie würden zumindest bis zur Geburt des Babys in Paris bleiben. Er vereinbarte mit Barnum, als dessen Europaagent zu arbeiten, damit er während Lilys Schwangerschaft bei ihr sein konnte. Sie mieteten ein kleines Haus am Stadtrand von Paris, wo sie auf die Ankunft des Babys warteten.

Die Schwangerschaft war problematisch, da Lily nicht sehr

kräftig war, und Will sorgte sich um ihre Gesundheit. Doch er genoß es, ihren Körper langsam schwellen zu sehen, je größer das Kind wurde, und das Strahlen ihres feinen Gesichtes. Er wußte nicht, ob er sich einen Sohn oder eine Tochter wünschte. Es wäre schön, einen Sohn zu haben, der den Familiennamen weitertrug, doch eine kleine Lily wäre ebenso wundervoll.

Lily hänselte ihn, indem sie sagte, »Ach, Liebling, aber wenn das Mädchen wie du aussieht, so groß und rot? Oder ein Junge wie ich, so fein und blaß? Was sagtest du dann?« Und er lachte und hielt sie liebevoll in seinen Armen und sagte, so etwas ließe die Natur nicht zu.

Lily gebar ihr Kind in einer stürmischen Dezembernacht. Der Doktor hatte Mühe, durch den Sturm zu kommen und traf spät ein. Will wußte, er würde die Schreie seiner Frau nie vergessen, als ihr Sohn sich in die Welt strampelte, und auch nie den Ausdruck auf Lilys blassem Gesicht, als sie ihn zum letztenmal ansah, während ihr Leben verrann, und der Arzt sich vergeblich bemühte, die Blutung zu stoppen.

Das Letzte, was sie sagte, war: »Kümmere dich um unseren Sohn. Ich liebe dich, Will.«

Monatelang schien es Will, als sei er mit ihr gestorben. Nichts bewegte ihn. Nichts interessierte ihn. Voller Verzweiflung saß er in dem Haus, in dem sie so glücklich gelebt hatten, trank und starrte auf Lilys Porträt, das ein berühmter französischer Künstler gemalt hatte.

Seine Schwiegermutter brachte ihn ins Leben zurück. Ganz klar erinnerte sie ihn daran, daß Lily zwar gegangen sei, sein Sohn aber lebe und seine Fürsorge und Liebe brauche.

Langsam erwachte Will aus seiner Apathie. Und obwohl der Anblick des Kindes zunächst mehr Schmerzen als Freude verursachte, war er glücklich, als die winzigen Finger die seinen umklammerten und sich der zahnlose Mund zu einem gewinnenden Lächeln öffnete. Will nannte das Kind Justin und liebte es fast so wie seine Mutter.

Als Will wieder bei Kräften war und neuen Lebenswillen hatte, wußte er, daß es Zeit war, in seine Heimat zurückzukehren. Ihm war klar, daß er das Kind seiner Schwiegermutter nicht nehmen konnte, sich allein aber um den Jungen nicht kümmern konnte. Deshalb bat er sie, ihn nach New York zu begleiten. Da ihr ganzes Leben nun ihrem Enkel galt, willigte sie freudig ein.

Will ließ sich mit seiner kleinen Familie in New York City nieder, wo er ein kleines Ziegelhaus erwarb, das sein Hafen und Justins Zuhause war. Dort hielt sich Will auf, wenn er nicht reiste. Sobald er diese neue Nummer unter Vertrag hatte, würde er seinen jetzt sechsjährigen Sohn besuchen, einen großen, kräftig gebauten Jungen, der seinem Vater von Gestalt ähnelte, doch die feinen Züge und das dunkle Haar und die Augen der Mutter hatte. Will hielt es für eine Fügung des Schicksals, einen Sohn zu haben, der beiden Elternteilen ähnelte.

Wills Familie in Texas wußte noch immer nichts von seiner Ehe, noch von der Existenz seines Sohnes. Will konnte es ihnen nicht sagen. Es war, als wäre sein Sohn sein Geheimnis, das er bewahren müßte. Wills Leute waren nett und freundlich, doch hatten sie die Vorurteile ihrer Zeit und Schicht. Und er wußte, daß er Justin ihrem Mißfallen nicht aussetzen wollte. Inzwischen war so viel Zeit vergangen, daß eine Erklärung linkisch geklungen hätte. Es war zu spät.

Will seufzte, schüttelte sich innerlich und griff nach dem Rest des Drinks. Er hätte nicht darüber nachdenken sollen. Es deprimierte ihn nur und raubte Energie.

Er bemerkte, daß der Zug langsamer fuhr, und hörte den Schaffner die nächste Station ausrufen. Will fühlte sich sofort besser, da die vertraute Energie ihn erfaßte. In jeder Stadt, ob neu oder vertraut, widerfuhr ihm dasselbe: Es war immer ein Gespanntsein auf etwas oder jemanden, den es zu entdecken galt – die aufregendste Darbietung oder die ungewöhnlichste Abnormität.

Der Abend war frostig-kalt. Will, der seine Karte bereits bei dem großäugigen Rotschopf gekauft hatte, stand vor dem Theater, rauchte seine Zigarre und beobachtete die offensichtlich gutgelaunte Menge.

Er bemerkte viele Frauen und ältere Kinder. Bei den Matinees, überlegte er, würden noch mehr Kinder sein.

Es stimmte, daß das Varieté zur Unterhaltung für die ganze Familie wurde, und daraus erklärte sich die wachsende Popularität. Indirekt war das gut fürs Zirkusgeschäft, denn je populärer das Varieté wurde, desto mehr Nummern waren nötig, und der Bedarf an Darbietungen forderte mehr Künstler, von denen viele für den Zirkus geeignet waren.

Die Zuschauer waren fast alle drinnen, und Will hatte seine Zigarre geraucht. Er trat sie aus, ging ins Theater, das innen sehr nett war, und setzte sich auf seinen Platz in der fünften Reihe. Dort war er dicht genug an der Bühne, um die Darsteller gut sehen zu können, ohne hochschauen zu müssen. Während er es sich bequem machte, hörte Will durch das Stimmengewirr des Publikums Musik.

Halblinks vor ihm stand ein Klavier an der Bühne, an dem eine große, gutgebaute Frau saß – falls der Rückenanblick nicht trog. Sie trug ein tiefblaues Kleid. Neben ihr spielte ein kleiner, älterer Mann mit grauem Haarkranz Geige.

Die Musik war erheblich besser als die, die normalerweise in so kleinen Theatern gespielt wurde, und aus irgendeinem Grund war Will von der Gestalt der Frau angetan. Vielleicht war es die Art, wie sie saß, so aufrecht und stolz, aber nicht verkrampft und steif. Und während sie spielte, bewegte sie sich mit herrlich anzusehender Anmut.

Dann begann die Vorstellung, und er konzentrierte sich auf die Darbietungen. Will hatte schon immer jede Art von Theater gemocht. Und trotz seiner langjährigen Talentsuche war er es nie müde geworden oder hatte gar die Bereitschaft, sich überraschen und unterhalten zu lassen, verloren. Er sah sich jede Darbietung, ob Schauspiel, Oper, Varieté oder Zirkus, ohne Vorurteile an, hoffte immer auf das Beste, war gierig, unterhalten zu werden. Bis heute genoß er den Zirkus, obwohl er ihn so oft erlebt hatte.

Natürlich waren in solchen Theatern manche Nummern furchtbar, andere erbärmlich und manche mittelmäßig. Doch oft war, was er sah, gut und manchmal sehr gut, und das war Ausgleich für alle anderen Erfahrungen.

An diesem Abend war Will an der vorletzten Nummer des Programms interessiert, doch er hatte keine Eile. Er sah sich die anderen Vorführungen an, bewertete sie. Und obwohl er einige Kritik üben konnte, waren sie überwiegend gut, besser als in solch kleinen Häusern üblich.

Oben auf dem Programmzettel stand ein Mundjongleur, der Mann mit dem eisernen Mund, der mit Hilfe einer Spezialapparatur und sehr kräftigen Zähnen Gymnastikübungen machte, wobei er sich nur mit den Zähnen festhielt. Er war nicht schlecht, aber Will fand, er brauchte noch einige Tricks im Repertoire, bevor er wirklich gut sein würde.

Danach kam ein Sänger, der sich auf Stimmlagenwechsel spezialisiert hatte. Will hielt das für gut und die Wechsel für ausgezeichnet, doch die Stimme des Mannes ließ zu wünschen übrig. Darauf folgte ein dressiertes Schwein, ein ungewöhnlicher Tierdressurakt, und dann ein mittelmäßiges Duett sowie eine Tanztruppe.

Die Pause nutzte Will, um nach vorn zu gehen, in der Hoffnung, die Frau am Klavier näher sehen zu können.

Sie erhob sich genau in dem Augenblick, als er dort war, und wandte sich ihm zu. Er war angenehm überrascht, daß sie von vorn noch attraktiver aussah, und er lächelte ihr zu.

Vom Wunsch beseelt, ihre Stimme zu hören, und sie nicht so schnell aus den Augen zu verlieren, sagte Will: »Ich genieße Ihre Musik, Madam. Sie spielen sehr schön.«

Die Wangen der Frau färbten sich, und sie schaute ihn rasch aus ihren blauen Augen an, bevor sie auf ihre Hände blickte. »Danke, Sir«, sagte sie mit leiser, sehr weiblicher Stimme. »Entschuldigen Sie mich jetzt bitte.«

Will sprach rasch weiter, damit sie noch blieb. »Ich möchte mich gern vorstellen. Ich bin Will Adams, Talentsucher für den Barnum und London-Circus. Ich bin wegen einer Ihrer Darbietungen hier. Können Sie mir sagen, wo ich den Direktor des Theaters finde?«

Sie lächelte plötzlich, und er hielt den Atem an. Ihr Gesicht strahlte, zeigte eine himmlische, körperlose Schönheit.

»Ich bin erfreut, Sie kennenzulernen, Mr. Adams, obwohl Ihre Anwesenheit uns wohl einer unserer Darbietungen berauben wird. Andererseits sollten wir uns darüber freuen, zeigt es doch, daß wir einen Blick fürs Talent haben. Ich bin Mrs. Orlando. Mein Mann und ich leiten dieses Theater.«

Will seufzte innerlich erleichtert, fühlte jedoch gleichzeitig Enttäuschung. Da sie die Frau des Direktors war und Will Talentsucher, arbeiteten sie im selben Gewerbe, und deshalb war es nicht unhöflich gewesen, sie angesprochen zu haben, ohne vorgestellt worden zu sein. Die Enttäuschung lag in der Tatsache, daß sie verheiratet war. Er hatte den Ring am dritten

Finger ihrer linken Hand bemerkt, doch er wußte, daß alleinstehende Frauen häufig Ringe trugen, um unerwünschten Männerbekanntschaften vorzubeugen, besonders wenn sie in gefährdeten Positionen waren.

»Ich würde gern Ihren Gatten sprechen, Mrs. Orlando«, sagte Will, nicht ganz aufrichtig. Es gab nichts zu besprechen, doch eine solche Begegnung war eine freundliche Geste zwischen Kollegen. Und vielleicht hatte Will Gelegenheit, weiter mit dieser wundervollen Frau zu sprechen.

»Das läßt sich wohl einrichten«, sagte Mrs. Orlando. »Während der Pause ist keine Zeit, doch wenn Sie anschließend noch bleiben wollen . . .«

»Sehr gern. Wenn die Montinis so gut sind, wie man erzählt, möchte ich ohnehin anschließend mit ihnen sprechen.«

Die Montinis waren so gut, wie angekündigt. Nach Ende der letzten Nummer, und als das Publikum das Theater verließ, ging Will zu ihnen hinter die Bühne.

Nach einiger Verwirrung – nur der jüngste Montini sprach ein paar Brocken Englisch – verstand der alte Montini, der Führer der Truppe, endlich, was Will anbot. Lächelnd und gestikulierend erklärten sich die Montinis einverstanden, im Frühling bei Barnum und London aufzutreten. Will bekam den Namen des Managers, damit ein Vertrag gemacht werden konnte.

Während Will mit den Akrobaten sprach, sah er Mrs. Orlando mit einem großen, gutaussehenden Mann, der wahrscheinlich ihr Gatte war.

Als Will fertig war, führte Mrs. Orlando den Mann zu ihm. »Mr. Adams, dies ist mein Gatte, Nickolas Orlando. Nick, das ist Mr. Adams.«

Nick Orlando streckte Will die Hand hin. »Erfreut, Sie kennenzulernen, Mr. Adams. Meine Frau sagte mir, Sie sind Talentsucher für den Barnum und London-Circus, und seien wegen der Montinis hier.«

Will nickte. »Das stimmt. Wir hörten, daß sie außergewöhnlich gut seien, und ich bin derselben Meinung. Ich habe ihnen einen Vertrag für die nächste Saison angeboten.«

Orlando lächelte, zeigte weiße Zähne. »Dann müssen wir wohl aus ihnen in diesem Winter das Beste machen.«

Will lächelte zurück. »Nett, daß Sie mit mir reden, bedenkt man, daß ich Ihnen eine Zugnummer stehle.«

Orlando zuckte die Schultern. »Die Winter, in denen der Zirkus geschlossen ist, gibt's immer, und ich würde einer Gruppe, die eine bessere Chance hat, nie im Wege stehen. Wir müssen ja sowieso wechseln, um unsere Besucher zu befriedigen. Wir ziehen ja nicht wie der Zirkus herum. Und da wir ein kleines Haus sind, können wir ganz große Nummern sowieso nicht bekommen. Wir können nur darauf hoffen, gute Nummern auf dem Weg nach oben zu kriegen.«

Will nickte. »Oder auf dem Weg abwärts. Wie lange leiten Sie das Theater schon?«

»Etwas über ein Jahr. Bei der Übernahme war's in schrecklichem Zustand, aber wir haben was draus gemacht.«

Orlando lächelte wieder. Ein wenig zu rasch, ein wenig zu oft, dachte Will.

»Sagen Sie, Adams, wollen Sie nicht bleiben und mit uns eine Kleinigkeit essen, wenn Laura abgerechnet hat?« fragte Orlando. »Laura macht nach der Show immer eine kalte Platte. Ich würde mich freuen, mit jemandem aus der Branche reden zu können. Ich habe früher bei Zirkussen und auf Jahrmärkten gearbeitet, und Laura und ich würden gerne erfahren, was sich in der Zirkuswelt tut.«

Will zögerte lange, bevor er antwortete. Er wünschte sich sehr, Laura Orlando länger zu sehen, und der Mann machte einen netten Eindruck, auch wenn ihn irgend etwas an ihm störte. Außer daß er zu rasch lächelte, hatte Will den Eindruck, er sei zu freundlich und zu redegewandt.

Das konnte natürlich auf Wills Eifersucht zurückzuführen sein, weil der Mann eine so schöne Frau hatte. Doch egal warum er Vorbehalte hatte, ein Abendessen und eine Unterhaltung mit einem netten Paar konnte nicht schaden.

»Sehr gerne«, sagte er. »Ich esse selten Selbstgekochtes.«

»Ist nur eine Kleinigkeit, wie gesagt, aber wir haben kaltes Roastbeef, Lauras selbstgebackenes Brot und eine anständige Flasche Wein.«

»Und heute nachmittag habe ich einen schönen Auflauf gemacht«, ergänzte Laura.

Will machte eine, wie er hoffte, höfliche Verbeugung. »Sollte ich gezögert haben, das überzeugt mich.«

»Großartig!« sagte Orlando überschwenglich. »Warum trinken wir nicht einen Schluck, während Laura Kasse macht? Sie braucht nicht lange. Sie rechnet schnell.«

»Danke. Das wird gut runtergehen. Eine kalte Nacht heute.« Nachdem Laura gegangen war, fügte Will hinzu: »Ihre Frau führt die Bücher?«

Orlando nickte. »Ja. Sie hat ein Talent für Zahlen. Gewöhnlich helfe ich ihr, aber ich muß zugeben, daß Rechnen nicht meine Stärke ist. Ihre Fähigkeiten ersparen uns den Buchhalter.«

»Scheint die ideale Frau zu sein, Ihre Frau«, sagte Will und beobachtete Orlandos Reaktion darauf aufmerksam.

»Oh, das ist sie«, grinste Orlando. »Sie ist absolut perfekt. Oder so ziemlich. Darum heiratete ich sie.«

Will zuckte innerlich zusammen. Das schien das Ende seiner vagen Hoffnung, daß es Probleme in ihrer Ehe gab.

Und was würdest du tun, fragte sich Will, wenn es die gäbe? Hast du wirklich daran gedacht, eine verheiratete Frau zu verführen? Du solltest dich schämen!

Und doch tat er es nicht. Mochte er sich selbst kasteien, die Vorstellung, Laura Orlando in seinen Armen zu halten, konnte er nicht wegwischen. Eine beunruhigende Vorstellung!

Das Apartment der Orlandos über dem Theater war sauber, nett und anheimelnd. Und die kalte Platte war köstlich und sehr hübsch garniert.

Obwohl Orlando gesagt hatte, er wolle von der Zirkuswelt hören, redete er beim Essen fast ausschließlich selbst. Will bemühlte sich angestrengt, Laura nicht dauernd anzusehen. Und wenn er einen Blick riskierte, sah er, daß sie von ihm wegblickte. War es möglich, daß sie ebenso empfand? Sicher war es nicht allein der Umstand, daß er ein Fremder war, der sie erröten ließ, wenn sich ihre Blicke trafen.

Will glaubte zu wissen, wie er Orlando einzustufen hatte – er war einer dieser charmanten, zungenfertigen Leute, die immer scherzten und guter Dinge waren, doch wenig Substanz hatten. In der Branche hatte Will viele dieser Typen kennengelernt, und viele waren Spieler oder Herumtreiber. Er fragte sich plötzlich, wie lange die Orlandos verheiratet sein mochten. Orlandos Typ war nicht die Art Mann, die an Heim und Herz hing. Wenn sie erst kurz verheiratet waren, würde es eine grausame Überraschung für Laura werden, wenn ihr Mann des neuen Ehelebens überdrüssig war.

Natürlich, dachte Will, ging ihn das nichts an; doch er haßte die Vorstellung, diese liebliche, bezaubernde Frau betrogen und desillusioniert zu wissen.

Er lächelte sie an. »Sie haben die Wohnung schön eingerichtet. Sind Sie schon lange verheiratet?«

Laura schaute ein wenig betreten; Orlando erwiderte: »Etwas über ein Jahr.«

Will hatte ein Gefühl von Traurigkeit. Er hoffte, daß er sich in Orlando irrte, doch das bezweifelte er, da er Menschenkenner war.

Bevor er sie verließ, bat er, die Toilette benutzen zu dürfen. Er folgte einem plötzlichen Impuls, nahm eine seiner Visitenkarten heraus und schrieb auf die Rückseite: »Sollten Sie mich jemals brauchen, nehmen Sie mit mir Kontakt unter der rückseitig angegebenen Adresse auf.«

Er war nicht sicher, warum er das tat und was er bezweckte; er fühlte nur den Zwang, eine Verbindung zwischen sich und Laura zu schaffen.

Beim Gehen gab er den beiden Orlandos je eine Karte, und vergewisserte sich, daß Laura die mit der Botschaft bekam.

Er hatte zweifellos etwas Törichtes getan, und Will wußte nicht, was er sich davon erhoffte, doch fühlte er sich besser. Während er die Treppe hinabging und die Tür zu Schnee und Kälte öffnete, dachte er, du bist ein seltsamer Vogel, Will Adams, ein sehr seltsamer Vogel!

Er ging die Straße entlang, spürte die Kälte nicht und pfiff leise vor sich hin.

9

Ein Spatz saß auf der Fensterbank und schaute durch das offene Fenster auf den kleinen Küchentisch, an dem Laura so gerne frühstückte.

Lächelnd brach Laura ein Stück ihres Hörnchens ab und

zerbröselte es vor dem kleinen, mutigen Vogel, der eifrig danach pickte.

Es war noch nicht Frühling, doch ein nicht ganz so kalter Wind bewegte die Vorhänge und strich um Lauras Gesicht. Draußen war es noch recht kalt. Aber nach so langer Zeit in geschlossenen Räumen, sehnte sie sich nach frischer Luft und Sonnenschein, so schwach er auch sein mochte. Es war ein harter Winter für Laura gewesen, sowohl wegen des Wetters als auch der wachsenden Enttäuschung über Nick.

Es hatte natürlich damit begonnen, daß sie ihn bewegen wollte, Harriet zu entlassen, und von da an war es immer schlimmer geworden.

Immer häufiger ließ Nick sie allein im Theater, während er vorgab, ›wichtige andere Geschäfte‹ zu haben. Und er weigerte sich, darüber zu sprechen. Was immer es war, er kam fast jede Nacht spät nach Hause, stets angetrunken. Mehr als einmal hatte sie verärgert und verletzt Decken auf das Sofa im Wohnzimmer gelegt und die Schlafzimmertür abgeschlossen.

Sie hatte erwartet, er wäre wütend darüber, doch seltsamerweise legte er sich ruhig zum Schlafen auf das Sofa.

Irgendwie störte sie dieses Verhalten mehr, als wenn er wütend geworden wäre. Es schien unnatürlich. Warum beschwerte er sich nicht?

Je länger der Winter andauerte, desto weniger liebte er sie, und sie war immer sicherer, daß er ein Verhältnis mit Harriet hatte.

Doch was sollte sie tun?

All ihre Träume und Pläne für ihre Zukunft schienen so leer wie die winterliche Landschaft draußen. Wo war der freundliche, sensible Mann, den sie geheiratet hatte? Immer häufiger war er in sich gekehrt und schwermütig. Konnte sie sich so in ihm geirrt haben? Hatte er sich verändert?

Trotz ihrer persönlichen Probleme lief das Theater gut. Sie hatten einen ausgezeichneten Ruf als Familienunterhalter, und da es in der Umgebung nicht viel anderes gab, hatten sie zunehmend Erfolg. Ihr einziges Problem war, daß sie mehr Arbeit hatte. Nick half ihr kaum noch. Anfangs war er so interessiert gewesen, voller Energie, hatte hart gearbeitet. Doch seit es ihnen gutging, verlor er mehr und mehr das Interesse. Laura konnte es nicht verstehen.

Seufzend gab sie dem Spatz den letzten Krümel und verließ dann die Küche. Nick war, anders als sonst, früh aufgestanden, um Geschäftliches zu erledigen – wieder so ein mysteriöses ›Geschäft‹ – und wollte vor der Matinee zurück sein.

Laura fühlte sich ruhelos und unwohl, als suchte sie etwas, wußte aber nicht was. Sie mochte das Gefühl nicht, weil sie nicht wußte, wie sie es verhindern konnte.

Sie beschloß, das kleine Schreibpult, das Nick ihr zu Weihnachten geschenkt hatte, aufzuräumen. Persönliche Rechnungen und Briefe bewahrte sie darin auf, und die Schubladen und Fächer waren übervoll.

Sie begann mit den oberen Fächern und machte zwei Stapel für den Inhalt – was aufzubewahren und was wegzuwerfen sei.

Das letzte Stück aus dem Fach ließ sie innehalten. Es war eine Visitenkarte mit dem Aufdruck: Will Adams, Repräsentant vom Barnum und London-Circus. Unbewußt drehte sie die Karte um und entdeckte die handgeschriebene Mitteilung auf der Rückseite: »Sollten Sie mich jemals brauchen, nehmen Sie mit mir Kontakt unter der rückseitig angegebenen Adresse auf.«

Sie erinnerte sich, daß er ihr die Karte gegeben hatte. Sie hatte sie weggelegt, ohne die Mitteilung zu lesen. Sie betrachtete die Karte mit seltsamen Gefühlen. Sie war Will Adams nur einmal begegnet, erinnerte sich aber gut an ihn. Vielleicht zu gut. Man konnte ihn nicht leicht vergessen.

Die Karte beschwor sein Bild wieder herauf – von großer, kräftiger Gestalt, kraus gelocktes, hellbraunes Haar und scharfe graue Augen in edinem zerfurchten, beeindruckenden Gesicht. Er strahlte Stärke und Kraft aus. Sie erinnerte sich, daß diese grauen Augen alles zu sehen schienen. Hatte er in jener Nacht etwas gespürt, das ihm verriet, daß sie ihn einmal brauchte? Wie sollte das möglich sein?

Als er an jenem Abend im Theater auftauchte, hatte er sie verwirrt. Es war etwas Starkes in seiner Persönlichkeit, was sie fast erschreckte.

Laura hielt sich für einen Menschen, der von Mutmaßungen nichts hielt. Und doch war sie sicher, daß er sich von ihr angezogen fühlte, und das war es, was sie erschreckt hatte. In diesem Augenblick, als ihre Augen sich trafen, hatte sie etwas wie einen Magnetstrom gefühlt, der sie benommen machte. Was völlig lächerlich war, denn er war völlig fremd, und sie eine verheiratete Frau!

Diese Anziehung, die er gefühlt haben mußte, war der Grund, warum sie versucht hatte, seinem Blick auszuweichen. Es war alles so seltsam, so neu. Ihre einzige Erfahrung mit Männern war die mit Nick, und was sie für Will Adams empfand, war anders.

Nick hatte sie von Anfang an angezogen, und sie hatte sich schnell in ihn verliebt. Doch nie hatte sie dieses seltsame Knistern gespürt, wie beim Blick in Will Adams Augen. Sie war sich sicher, daß sie etwas Gefährliches fühlte und sich nicht davon hinreißen lassen durfte. Sie war verheiratet und durfte sich von einem anderen Mann nicht so fesseln lassen. Wieder las sie die Mitteilung, und dabei hatte sie dasselbe Gefühl wie damals, als Will Adams anwesend war.

Eine seltsame Mitteilung! Wie kam er darauf, daß sie je seine Hilfe benötigte? Es war fast anmaßend!

Dennoch lächelte sie, als sie die Worte las, und ihre Laune besserte sich. Auch wenn sie Will Adams nie wiedersehen sollte, war es gut zu wissen, daß er sie beschützen wollte, ihr seine Hilfe angeboten hatte. Es war irgendwie romantisch; und, bei Gott, Romantisches erlebte sie derzeit wenig.

Seltsam war auch, daß sie von der Aufrichtigkeit seines Angebotes überzeugt war. Er hatte eine Stärke, die ihn von selbst zum Beschützer machte. Behutsam legte sie die Karte auf den Stapel ›Aufbewahren‹ und dann zurück ins Fach.

Trotz seines Versprechens kam Nick nicht zur Matinee.

Verärgert mußte Laura das Theater allein eröffnen, die Kasse vorbereiten und die Bühnenarbeiter beaufsichtigen. Was noch schlimmer war, sie brauchte zwanzig Minuten, um Harriet zu finden, die am Erfrischungsstand sein sollte. Als sie sie fand, sah das Mädchen furchtbar aus.

Laura entdeckte überrascht, daß Harriet sehr vernachlässigt aussah. Ihr Haar mußte dringend gekämmt werden, ihre Augen hatten dunkle Schatten und sie hatte sehr zugenommen. Schlimm genug, daß das Mädchen so gleichgültig und unwillig war; jetzt sah sie auch noch unattraktiv aus. Wieder stieg Ärger in Laura auf, als sie sich vergegenwärtigte, daß Nick das Mädchen nicht zur Rede stellen wollte.

Als Nick nach der Matinee noch immer nicht gekommen war, begann Laura sich Sorgen zu machen. War ihm etwas zugestoßen? Sie wußte nicht, ob sie besorgt oder verärgert sein sollte. Sie hatte beide Gefühle. Sie ging ins Büro und machte die Abrechnung. Wie üblich, war die Kasse nicht da.

Gereizt ging sie nach oben. Sollte sie, wie üblich, das kalte Abendessen vorbereiten, oder würde Nick wieder spät kommen?

Sie war es leid, die ganze Arbeit zu machen. Es war einfach nicht fair! Es war, als wäre sie bei ihren Eltern, wo sie sich wie ein unbezahltes Dienstmädchen gefühlt hatte. Sie brauchte mehr Freizeit, doch wegen all der Arbeit hatte sie überhaupt keine.

Ärgerlich betrat sie die Wohnung und schlug die Tür hinter sich zu. Vielleicht würde ein Bad sie beruhigen. Sie knöpfte die Bluse auf, trat ins Schlafzimmer und blieb wie vom Donner gerührt stehen.

Das Zimmer, das sie aufgeräumt hinterlassen hatte, war ein Schlachtfeld. Die Schubladen herausgezogen, ihr Inhalt auf dem Boden verstreut. Die Tür des Kleiderschrankes stand auf, und der Deckel der Kiste am Bettende war hochgeklappt.

Ihr Herz klopfte ahnungsvoll, als Laura zum Kleiderschrank ging. Sie schluckte. Nicks Kleider waren fort.

Sie eilte zur Kommode. Nicks sämtliche Schubladen waren leer. Auch der Überseekoffer und anderes Gepäck war fort.

Laura sackte langsam aufs Bett, begriff die Bedeutung dessen, was sie sah. Klar war, Nick war gegangen – und nicht nur auf eine kurze Reise. Er hatte all seine Sachen mitgenommen. Abrupt erhob sie sich und eilte zu dem kleinen Krug, in dem sie das Haushaltsgeld aufbewahrte.

Er war leer.

Dann fiel ihr eine andere entsetzliche Möglichkeit ein. Die Bank! Hatte er das Bankkonto geräumt?

Sie schaute auf die kleine Uhr neben dem Bett. Es war heute zu spät, das festzustellen; sie mußte bis zum Morgen warten.

Laura verbrachte eine schlaflose Nacht, warf sich unruhig im

Doppelbett herum. Gedanken und Erinnerungen jagten sich immer wieder im Kreis. Natürlich kam Nick nicht heim. Sie rechnete auch nicht mehr mit ihm.

Blaß und übermüdet, trank sie am nächsten Morgen nur Kaffee und wartete darauf, daß die Bank öffnete. Sie war die erste am Schalter. Als sie um den Auszug des gemeinsamen Orlando-Kontos bat, sah der junge Mann am Schalter freundlich nach.

Doch er wirkte überrascht, als er die Unterlagen durchsah. Sie wußte, ihre schlimmsten Befürchtungen hatten sich bewahrheitet.

Er schaute sie ernsthaft an. »Es tut mir leid, Mrs. Orlando, aber es scheint, als habe Mr. Orlando das Konto gestern aufgelöst.« Sein Blick enthielt eine Frage, die er aus Höflichkeit nicht zu stellen wagte.

Laura sackte gegen den Schalter. Nick hatte ihr gesamtes Geld mitgenommen, bis auf das, was in ihrer Börse war!

Ein anderer Gedanke durchzuckte sie. »Was ist mit unserem Geschäftskonto, dem fürs Melodeon?«

Besorgt dreinschauend, ging der Kassierer zu den Büchern. Mit ausdrucksloser Miene kam er zurück. »Ich fürchte, auch dieses Konto hat er aufgelöst. Noch etwas, Mrs. Orlando?«

Laura schüttelte den Kopf und sagte benommen: »Nein, danke. Sonst nichts.«

Als sie die Bank verließ, versuchte sie aufrecht zu gehen, als ob nichts geschehen sei, als sei die Welt um sie nicht zusammengebrochen. Laura fühlte eine Woge der Verzweiflung.

Auf dem Theaterkonto waren alle Einnahmen der letzten Woche gewesen. Davon mußten sämtliche Kosten gezahlt werden, einschließlich der Gehälter für Personal und Künstler und die wöchentliche Gewinnauszahlung an Alfred Hayes. Nun blieb ihr nur die gestrige Einnahme, die für den Theaterbetrieb der nächsten Woche nicht reichte. Was sollte sie tun?

Wieder im Theater, fühlte sie sich zerrissen und hilflos. Als erste begegnete ihr Harriet Hayes, die in der Halle auf sie wartete.

Sie wollte nicht mit Harriet sprechen und tat, als sähe sie sie nicht, doch Harriet kam und zupfte sie am Ärmel.

Laura mochte das Mädchen nicht ansehen. »Ja, Harriet, was möchtest du?«

»Ich will Nick sehen. Wo ist er?« Ihre Stimme war grell, klang nach etwas, das Laura nicht identifizieren konnte.

»Mr. Orlando ist geschäftlich unterwegs«, sagte Laura sofort. Sie konnte den Gedanken nicht ertragen, daß dieses arrogante Mädchen wußte, daß ihr Mann sie verlassen hatte.

Sie versuchte zu gehen, doch Harriets Griff wurde fester. »Davon hat er mir nichts gesagt!«

Die Bemerkung des Mädchens drang durch Lauras Schirm aus Schwäche und Verzweiflung. Ärgerlich drehte sie sich um. »Und warum sollte er dir das sagen? Du bist eine Angestellte. Wohl kaum so wichtig, daß er dir seine Pläne mitteilt.«

Harriets blasses Gesicht färbte sich mit häßlich roten Flecken. »Ich bin ihm wichtig. So wichtig, daß ich sein Kind trage!«

»Was?« fragte Laura einfältig. Sie hatte wohl nicht recht gehört! »Was hast du gesagt?«

Harriets Stimme schrillte triumphierend. »Ich sagte, ich bin wichtig genug, sein Kind zu tragen. Oder was meinen Sie, was das ist?« Sie klopfte auf ihren dicken Bauch. »Haben Sie gedacht, ich würde dick?«

Entsetzt schaute Laura sie an. »Du bekommst ein Kind von Nick?«

»Das sagte ich ja. Und darum will ich mit ihm reden. Ich kann nicht länger warten. Meine Familie schöpft Verdacht. Nick versprach mir, Sie zu verlassen und mich zu heiraten, und das muß jetzt sein. Ich hab' ihm gesagt, ich würd's Ihnen selbst sagen, wenn er nicht bald etwas tut. Also wissen Sie's, und ich will wissen, wo er ist!«

Laura dachte, sie würde ohnmächtig. Sie hatte geglaubt, sie hätte bereits alles ertragen, sei völlig verzweifelt, und nun dies. Dieses widerliche Kind, dieses Mädchen, bekam ein Kind von Nick – das Kind, das sie sich so verzweifelt gewünscht hatte! Und nun war Nick fort. Er hatt auch Harriet verlassen. Das mußte, dachte sie plötzlich, der Grund für sein Verschwinden sein.

Hätte Laura Harriet nicht so gehaßt, hätte sie Mitleid gehabt. Doch sie empfand nur dumpfen Schmerz. »Mr. Orlando ist fort«, sagte sie langsam. »Er ist gestern gegangen.«

»Das sagten Sie schon«, sagte Harriet schroff. »Ich will wissen, wann er zurückkommt.«

Laura sagte betäubt: »Du solltest noch etwas wissen, Harriet. Er kommt nicht wieder. Er hat alles mitgenommen.«

Harriets Gesicht verzerrte sich, sie ballte die Fäuste. »Ich glaube Ihnen nicht! Sie lügen! Aber das nützt nichts. Er liebt mich. Damit müssen Sie sich abfinden.«

Laura schüttelte müde den Kopf. »Ich lüge nicht. Er ist fort und hat unser Geld mitgenommen, auch das Theatergeld.«

Sie wandte sich ab und ging erschöpft zur Treppe; ohne ein Wort ließ sie Harriet zurück.

Auf halber Höhe hörte sie rasche Schritte. Harriet folgte ihr. »Ich glaube Ihnen nicht! Ich will die Wohnung sehen.«

Laura nickte traurig. Es war ihr gleich. Sie wollte nur, daß die andere Frau sie allein ließ, damit sie weinen und eine Tasse Tee trinken konnte, und dann schlief sie vielleicht, konnte kurz vergessen, was geschehen war. Wenn sie ausgeruht war und der Schmerz sich gelegt hatte, war sie vielleicht imstande, zu überlegen, was werden würde.

Als sie die Wohnungstür öffnete, stürmte Harriet direkt ins Schlafzimmer.

Es war ein Sakrileg für Harriet, in ihr Schlafzimmer einzudringen. Ihres und Nicks. Doch was machte das jetzt!

Automatisch ging Laura in die Küche und setzte den Kessel auf. Erst dann folgte sie Harriet ins Schlafzimmer, wo das Mädchen unbeweglich, verwirrt und ungläubig blickend, stand.

»Es ist wahr, ja?« flüsterte Harriet, Laura entgeistert anstarrend. »Er ist fort. Nick ist fort! Was soll ich tun?«

Laura schüttelte mit schwachem Seufzen den Kopf. »Ich kann dir nicht helfen, Harriet, und wenn ich's könnte, würde ich es nicht. Du mußt dein Problem selbst lösen, wie ich meines.«

»Es tut mir leid«, sagte Alfred Hayes. Er schaute bedrückt, aber entschlossen. »Nach all dem, was geschehen ist, muß ich wohl einen anderen Theaterdirektor verpflichten.«

Laura rang ihre Hände im Schoß und beugte sich vor. »Aber ich kann das Theater leiten, Mr. Hayes. Seit Nick an anderen Dingen interessiert war, habe ich doch fast die ganze Arbeit gemacht. Ich habe immer die Bücher geführt, und ich kann auch Künstler verpflichten. Ich brauche nicht lange, um zurückzuzahlen, was Nick genommen hat.«

Hayes räusperte sich und rückte seine Krawatte zurecht. »Sie haben vielleicht recht, Mrs. Orlando, und ich weiß, daß es für Sie komisch klingt, doch eine Frau halte ich als Theaterdirektorin für ungeeignet. Um ehrlich zu sein, Sie würden mich immer an Nicks Veruntreuung erinnern, und an diese, eh, unangenehme Sache mit meiner Nichte.

Sie können bis Ende des Monats bleiben. So bleiben Ihnen drei Wochen, etwas anderes zu finden. Mehr kann ich nicht tun. Sie bekommen übrigens eine neue Kartenverkäuferin, auch eine Nichte von mir. Wenn es ein Trost ist, es tut mir aufrichtig leid. Sie sind eine gute, hart arbeitende Frau, und haben Besseres verdient, doch ich muß auch an mich denken. Auf Wiedersehen, Mrs. Orlando.«

Er nahm seinen Hut, verbeugte sich steif und ging rasch. Laura sah ihre letzte Hoffnung mit ihm verschwinden.

Sie fühlte sich plötzlich sehr alt und ging hoch, zur Wohnung. Die Abendveranstaltung war vorbei und das Gebäude leer.

Sie wußte, sie mußte sich zusammenreißen und gegen die schreckliche Lethargie, die ihre Kräfte raubte, ankämpfen. Sie brauchte all ihren Verstand, ihren Willen, um ihr Leben neu zu gestalten; doch sie wurde die Verzweiflung nicht los, die sie wie Treibsand zu verschlingen drohte. Sie wollte nur schlafen. Nein, sie wollte schlafen und erwachen, und die letzten Tage müßten nur ein böser Traum gewesen sein.

Als sie das Gaslicht in der Wohnung löschte, schaute Laura sich um. Die Stille war fast fühlbar. Es war unheimlich. Oft genug war sie allein im Haus gewesen, doch immer hatte sie gewußt, daß Nick kam. Daß es diesmal anders war, machte ihre Einsamkeit beängstigend.

Seufzend ging sie zu ihrem Schreibtisch. Sie mußte feststellen, wie hoch die Haushaltsrechnungen waren. Drei Wochen noch bekam sie ihr Gehalt, doch davon mußten Gas und Wasser und Lebensmittel bezahlt werden. Gewinnanteil bekam sie natürlich nicht, da, so Alfred Hayes, er einen Teil dessen zurückbekam, was Nick gestohlen hatte.

Gestohlen! Ein häßliches Wort. Wie hatte er das tun können?

Beim Öffnen des Schreibtisches fiel ihr Blick auf das oberste Fach, mit der Karte von Will Adams.

Als sie sie angeschaut hatte, war sie sicher gewesen, daß er meinte, was er geschrieben hatte. Nun zweifelte sie. Erwartete er wirklich, sie würde sich melden, wenn sie Not litt?

Sie fand die Karte und las noch einmal die kräftige Schrift auf der Rückseite: »Sollten Sie mich jemals brauchen, nehmen Sie mit mir Kontakt unter der rückseitig angegebenen Adresse auf.«

Sie drehte die Karte um. Unter William Adams, Repräsentant für Barnum und London-Circus stand eine New York City-Postfachnummer.

Sie war unentschlossen. Sollte sie? Konnte sie? Sie meinte, es sei sehr aufdringlich. Doch vielleicht erforderte das die Situation. Wäre ich ein Mann, dachte sie, würde ich keinen Moment zögern. Sie würde es überschlafen. Zum Teufel mit den Rechnungen. Sie würde das morgen erledigen. Jetzt brauchte sie nur Schlaf.

Als Laura, noch halb schlaftrunken, erwachte, tastete sie hinüber zu Nicks Seite. Ihre Hand berührte das leere Bett, sie erwachte ganz und wartete auf das vertraute Gefühl von Verzweiflung.

Sie lag einige Zeit mit geschlossenen Augen, fühlte sich schwach und unwohl, aber nicht so deprimiert wie an den vergangenen beiden Tagen. Ihr Verstand war klar, und sie merkte, daß ihre Energie wieder da war. Ich werde leben, dachte sie verzerrt. Also kümmere ich mich darum, wie ich vorzugehen habe.

Sie stand auf, kleidete sich an und machte sich ein kräftiges Frühstück. Wozu sollte sie hungern? In den kommenden Wochen brauchte sie all ihre Kraft.

Sie nahm Block und Bleistift und schrieb beim Essen die Möglichkeiten, die sich ihr boten, auf. Daneben jeweils das Für und Wider. Sie konnte sich um eine Stelle als Pianistin in einem anderen Theater oder Varieté bemühen, oder in einem Orchester. Doch da wurde wenig bezahlt, und es gab kein Fortkommen. Sie konnte sich nicht verbessern.

Sie könnte Klavierunterricht geben, doch Schüler zu bekommen, braucht Zeit, und dazu reichte ihr Geld nicht.

Sie schaute auf das Geschriebene. Es war eine furchtbar kurze Liste! Konnte sie nicht mehr?

Nein, sie konnte mit Zahlen umgehen. Im Melodeon machte sie die gesamte Buchführung. Vielleicht konnte sie eine Stelle als Buchhalterin finden. Da hatte sie eine, wenn auch kleine Chance, voranzukommen. Ihr Geschlecht spielte natürlich eine Rolle. Kein Zweifel, daß viele wie Alfred Hayes reagieren würden: Sie bevorzugten einen Mann.

Sie dachte wieder an Will Adams. Konnte er ihr helfen? Er kannte viele Theaterbesitzer, von Zirkus und Schaustellern ganz zu schweigen. Kannte vielleicht jemanden, der einen guten Buchhalter brauchte, jemand, der sich im Showgeschäft auskannte. Vielleicht gab es sogar beim Barnum und London-Circus eine Möglichkeit. Sie brauchten für ihre Kontenführung bestimmt viele Buchhalter. In einer Reiseshow zu arbeiten, bedeutete natürlich wieder, ständig unterwegs zu sein; aber das war nach dem Geschehenen vielleicht gar nicht schlecht. Und da sie nur Theatererfahrung hatte, konnte sie das nur weiterbringen, obwohl sie eine Frau war.

Plötzlich schöpfte sie Hoffnung. Es war natürlich nur eine Chance, aber sie mußte sie nutzen. Was hatte sie zu verlieren? Was wäre das Schlimmste, wenn sie an Will Adams schrieb? Keine Antwort. Oder er antwortete und war nicht zur Hilfe bereit. Oder seine Hilfe war von niederen Motiven begleitet. Sie glaubte, sie würde alle drei Möglichkeiten ertragen. Diesmal ging es nicht um ihren Stolz. Will hatte Hilfe angeboten, und sie hielt das für aufrichtig. War sie es nicht, mußte sie später damit fertig werden.

Eine Alternative fiel ihr ein – sie konnte an ihren Vater schreiben, um Verzeihung bitten und darum, heimkehren zu dürfen. Diese Möglichkeit verwarf sie gleich wieder. Was auch geschehen mochte, nach Hause wollte sie nicht. Nichts war schlimmer, als diese Erniedrigungen zu erdulden.

Sie ging zum Schreibtisch, nahm ein Blatt Papier und ihre beste Feder, und begann an Will Adams zu schreiben.

10

Will Adam betrachtete seufzend den großen Stapel Post, den er aus dem Postfach geholt hatte.

Drei Wochen war er unterwegs gewesen, und es war erstaunlich, wieviel Post sich in so kurzer Zeit ansammeln konnte. Er würde sie in seine Tasche packen und ins Hotel mitnehmen, wo er sie in Ruhe lesen konnte. Er wußte aus Erfahrung, was ihn erwartete – mehrere Briefe von Leuten, die Nummern hatten, die sie für sehenswert hielten; eine Reihe von Rechnungen und ein paar Briefe von Freunden und der Familie.

Doch in seinem Hotelzimmer fiel ihm sofort der oberste Umschlag auf. Er nahm ihn und las den Absender: Mrs. Nick Orlando. Gespannt öffnete er den Umschlag.

Als er Laura Orlando seine Karte mit der Mitteilung gegeben hatte, hatte Will zwar gehofft, sie würde sich melden, es aber nicht erwartet. Beim Anblick des Namens auf dem Umschlag erinnerte er sich plötzlich daran, wie er sich als verliebter Junge gefühlt hatte.

Von seinen Gefühlen etwas irritiert, zog er eilig den Brief aus dem Umschlag und las ihn auf dem Hotelbett:

Lieber Mr. Adams:

bei unserer Begegnung waren Sie so freundlich, mir Ihre Hilfe anzubieten, falls ich sie benötige.

Zu jener Zeit glaubte ich nicht, je auf Ihr großzügiges Angebot zurückkommen zu müssen, doch derzeit befinde ich mich in einer schweren und unangenehmen Situation, und ich habe niemanden, an den ich mich sonst wenden könnte.

Aufgrund ungewöhnlicher Umstände muß ich das Melodeon zum 31. März verlassen. Vorher muß ich Arbeit finden, bevorzugt als Buchhalterin.

Ich hoffe, daß Sie, da Sie so viele Menschen kennen, die im Theatergeschäft tätig sind, jemanden wissen, der eine solche Stelle zu vergeben hat. Im vergangenen Jahr habe ich die Bücher des Melodeon geführt. Dazu habe ich in den letzten Monaten auch die Aufgaben eines Theaterdirektors wahrgenommen.

Sollten Sie jemanden wissen, der meine Dienste beanspruchen könnte, würde ich Ihre baldige Antwort sehr zu schätzen wissen, da mir nur wenig Zeit bleibt.

Für Ihre Hilfe wäre ich Ihnen sehr dankbar.
Freundlichst
Mrs. Nickolas Orlando (Laura)

Beim zweiten Lesen versuchte Will, zwischen den Zeilen zu lesen. Die einzige persönliche Note war, daß sie ihren Vornamen (in Klammern) hinter die Unterschrift gesetzt hatte, und doch war es seltsam, wie dieses einzige Wort ihn erfreute.

»Aufgrund ungewöhnlicher Umstände.« Das konnte vieles bedeuten: daß ihr Gatte krank war; daß er gestorben war, daß er vom Theaterbesitzer entlassen worden war oder daß er sie verlassen hatte – was für die Art Mann, als den Will Orlando einschätzte, nicht ungewöhnlich wäre. Jedenfalls war etwas Ungewöhnliches geschehen, und die Tatsache, daß sie schrieb, ›muß ich verlassen‹ und nicht ›wir‹ mußte bedeuten, daß Nick Orlando in ihrem Leben keine Rolle mehr spielte.

Will war überrascht, wie ihn diese Möglichkeit freute. Wenn Orlando wirklich etwas zugestoßen war oder er Laura verlassen hatte, mußte sie verzweifelt sein. Das war nichts, worüber er sich freuen dürfte!

Gott, sie war eine erstaunliche Frau! Sie bat nicht um Geld. Sie bat nicht um Almosen, sondern um Arbeit. An diese Art Hilfe hatte er nicht gedacht. Er hatte sich eher vorgestellt, sie würde vor ihrem Gatten fliehen, um in seinen, Wills Armen, Ruhe, Geborgenheit und Schutz zu finden. Er hatte ihr mit gewissen, doch vagen Absichten seine Karten gegeben. Doch er wollte ihr wirklich helfen. Wie ein alter Ritter, wünschte er für sie einen Drachen zu töten.

Will schüttelte über sich selbst den Kopf. Und worum bat sie ihn? Um Arbeit! Komisch war, daß er ihr tatsächlich helfen könnte. Zufällig suchten Barnum und London-Circus nach Kräften für die Buchhaltung, und Will, der P. T. Barnum seit Jahren kannte, war überzeugt, daß der alte Mann seiner Empfehlung folgen würde, obwohl Laura eine Frau war. Barnum war in vielerlei Hinsicht sehr offen, trotz seiner Art und obwohl er oft mit Vorurteilen behaftet schien.

Und was erwartest du von Laura als Gegenleistung, fragte er sich, daß sie sich dir in die Arme wirft?

Wohl kaum, aber schön wär's. Er lachte. Eins nach dem anderen.

Er schaute auf das Datum des Briefes. Heute war der 29. März, und der Brief war auf den Achten datiert. Was mochte sie denken? Daß er nicht antworten würde? Daß seine Offerte unaufrichtig war? Er mußte sofort zu ihr.

Schließlich war sie nur auf der anderen Seite des Hudson. Falls sie noch dort war!

Laura war in den drei Wochen, nachdem Alfred Hayes sein Ultimatum gestellt hatte, sehr beschäftigt gewesen. Sie mußte nicht nur das Theater leiten, sondern auch nach einer neuen Stelle suchen. Sie konnte nicht auf Will Adams Hilfe warten. Antwort auf ihren Brief kam nicht, obwohl sie gespannt die tägliche Post durchsah. Sie sagte sich, daß er unterwegs sei und ihren Brief nicht rechtzeitig erhalten hatte, fühlte sich aber törichterweise enttäuscht. Die Chance, daß er antwortete, war ohnehin gering, dessen war sich Laura bewußt.

So kaufte sie jeden Morgen eine Zeitung und las beim Frühstück die Stellenanzeigen. Bisher hatte es wenig Angebote für Frauen gegeben, die ihren Fähigkeiten entsprachen. Und wenn sie sich auf Passendes meldete, waren da Dutzende anderer Frauen oder die Stelle schon besetzt.

Warteten zu viele Bewerberinnen, mußte sie gehen, da das Theater mit der Matinée auf sie wartete.

Der Tag, an dem sie das Melodeon verlassen mußte, kam immer näher, und Laura empfand Angst. Nur mit größter Mühe blieb sie innerlich ruhig. Sie wußte, würde sie in Panik geraten, konnte sie sich nicht mehr helfen.

Drei Tage vor Ablauf schrieb sie auf eine Anzeige, in der eine Pianistin für eine Ballettschule gesucht wurde. Es war nicht, was sie wollte oder worauf sie gehofft hatte, und es brachte nicht viel, aber zumindest könnte es reichen, bis sie Besseres gefunden hätte.

An diesem Morgen fühlte sich Laura so entmutigt, daß sie nicht einmal zum Vorstellungstermin gehen wollte. Wozu? dachte sie. Viele andere Bewerber würden da sein, oder die Stelle war bereits besetzt. Doch sie hatte sich sorgfältig gekleidet, war zu der Adresse gegangen und fand zu ihrer Überraschung nur vier andere Frauen vor. Sie hörte allen zu, während sie für die Ballettmeisterin spielten. Keine von ihnen, fand Laura, spielte so gut wie sie. Zu ihrer weiteren Überraschung wurde ihr die Stelle angeboten, und sie nahm sie an. Am nächsten Montag sollte sie anfangen.

Der 31. März, an dem sie die Wohnung verlassen mußte, war ein Sonntag.

Mittwochvormittag suchte sie ein Zimmer, und am Donnerstag fand sie eins – klein und spärlich möbliert, doch billig und nicht unbehaglich. Am Freitag hatte sie gepackt und war bereit zum Ausziehen. Sie wollte am Samstag ausziehen, nachdem die Post durch war.

Merkwürdigerweise war sie jetzt ganz ruhig. Sie hatte ihren Mann verloren, ihre Wohnung und eine Arbeit, die ihr Freude bereitet hatte. Und doch blieb ihr die Befriedigung, mit der Situation allein fertig geworden zu sein. Sie hatte durch eigene Bemühungen Arbeit bekommen. Es war, Himmel noch mal, nicht viel, doch es gab ihr Selbstvertrauen.

Auch in der Samstagspost war kein Brief von Will Adams, und sie war von der Enttäuschung überrascht. Sie ärgerte sich über sich und nahm einen der Briefe; er war von Constance Dowes.

Während sie sich zum Lesen setzte, schaute sich Laura in der leeren Wohnung um. Alles Persönliche von ihr und Nick war entfernt oder eingepackt. Die Zimmer waren so, wie Nick und sie sie vorgefunden hatten.

Als sie an jenen Tag zurückdachte, an das Glück, das sie empfunden hatte, spürte Laura Tränen in den Augen. Wie hatte sie sich nach neuem Leben gesehnt! Wic sicher war sie gewesen, daß alles gut gehen würde, daß ihr und Nick nur harte Arbeit bevorstand, und Erfolg und Glück. Jetzt, nur ein Jahr und wenige Monate später, war alles zerbrochen. Nick, den sie für einen freundlichen, charmanten, liebenden Mann gehalten hatte, von dem sie glaubte, er liebe sie, hatte sie betrogen. Nun wußte sie, daß Nicks Charme und Gehabe nur Fassade gewesen waren. Sie hätte ihn realistisch sehen müssen, aber sie hatte glauben wollen, was er zu sein schien, und wollte so verzweifelt fort von ihrer Familie, daß sie ein willkommenes Opfer war. Es war eine schmerzliche, aber lehrreiche Lektion, und sie sollte dankbar dafür sein. So leicht würde sie nie wieder einem Mann vertrauen.

Dabei mußte sie an Constance denken, die dasselbe mitgemacht hatte, und sie fühlte sich plötzlich der anderen Frau sehr nah. Constance hatte indirekt versucht, sie zu warnen, doch Laura war zu naiv gewesen, das zu bemerken. Naiv würde sie nie wieder sein. Ich habe in den Apfel gebissen, dachte sie etwas melodramatisch, und versuchte, trotz der Tränen, zu lächeln. Und plötzlich, zum ersten Mal, seit Nick gegangen war, begann sie unkontrolliert zu weinen, schluchzte, daß ihr Körper bebte. Sie spürte, wie ihr Augen und Nase und Kehle anschwollen, und sie weinte, bis sie nicht mehr weinen konnte, nur noch schluchzte und bebte.

Trotz ihres geschwollenen Gesichtes fühlte sie sich danach besser. Ein furchtbarer Druck war von ihr genommen. Vielleicht hatte sie weinen müssen, um all den Zorn und ihre verletzten Gefühle herauszulassen.

Sie war ruhiger und ging ins Schlafzimmer, um ihr Gesicht mit Wasser zu kühlen, trocknete sich ab und räumte dann auf. Es war für sie wichtig, das Apartment in saubererem Zustand zu verlassen, als sie es vorgefunden hatte.

Sie hörte die Glocke, als sie im Wohnzimmer saß und Constances Brief las.

Sie legte den Brief weg, ging zur Tür und wunderte sich, wer das sein könnte. Alfred Hayes nicht, da war sie sicher. Er hatte ihr gesagt, daß er am Sonntag mit dem neuen Direktor käme. Vielleicht war es Maude, seine andere Nichte, die neue Kartenverkäuferin. Ein einfaches Mädchen – das Gegenteil von Harriet –, die schwer arbeitete, doch nicht sehr hell war. Seit ihrer Ankunft behelligte sie Laura mit dummen Fragen.

Laura glättete ihr Haar, hoffte, daß ihr Gesicht nach dem Weinen einigermaßen aussah und öffnete die Tür. Da stand eine große Gestalt; sie blickte in das Gesicht des Mannes, den sie nur einmal gesehen, nicht aber vergessen hatte – Will Adams, den Hut in der Hand.

Sie war von seiner Anwesenheit so überrascht, daß sie ihn zunächst nur anstarren konnte. Als sie bemerkte, daß sie sich wie ein Narr verhielt, fand sie ihre Stimme wieder. »Mr. Adams! Verzeihen Sie, Sie haben mich überrascht.«

Er lächelte entschuldigend. »Ja, das kann ich mir vorstellen.« Seine Augen schienen ihr Gesicht zu erforschen, und sie fragte sich, ob man ihre Tränen noch sehen konnte.

Selbstbewußt wandte sie sich halb ab, doch seine Stimme ließ sie stehenbleiben. »Darf ich hereinkommen?«

Sie trat von der Tür zurück, fühlte sich unbeholfen. »Natürlich. Ich wollte nicht, daß Sie draußen stehenbleiben.«

Er folgte ihr ins Wohnzimmer, schien ihre Verlegenheit nicht zu bemerken. »Ich habe Ihren Brief erst gestern bekommen. Ich war nicht hier. Und da darinstand, daß Sie am 31. weggehen würden, dachte ich, es sei am besten, persönlich vorbeizuschauen. Ich hoffe, es stört Sie nicht.«

Sie deutete auf die Couch. »Natürlich nicht . . . Nehmen Sie bitte Platz, Mr. Adams. Da ich bereits gepackt habe, kann ich Ihnen leider nichts anbieten.«

»Das ist auch nicht nötig«, sagte er und sah sie aufmerksam an, während er sich setzte.

»Mrs. Orlando. Ich komme gleich zum Grund meines Besuches. Wie gesagt, erhielt ich Ihren Brief nach der Rückkehr von meiner Reise, und ich wollte nicht, daß Sie glauben, ich hätte aus Mangel an Interesse nicht geantwortet.«

Laura zuckte die Schultern. Da er aufgrund ihrer Bitte persönlich gekommen war, fühlte sie sich sehr verlegen.

»Ich hatte mir gedacht, daß Sie ihn nicht gleich erhalten haben«, sagte sie, so ruhig wie möglich. Unter seinem Blick fühlte sie sich nervös und unbehaglich. »Und in der Zwischenzeit ist es mir gelungen, Arbeit zu finden. Doch ich danke für Ihr Kommen. Es ist sehr freundlich von Ihnen.«

Er beugte sich vor und legte die Hände auf die Knie. Obwohl er einige Meter entfernt war, schien es Laura, als berühre er sie.

»Halten Sie mich für sehr kühn, wenn ich Sie nach den Umständen frage, die Sie dazu brachten, Ihr Heim und Ihre Arbeit aufzugeben? Hat das etwas mit Ihrem Gatten zu tun?«

Laura spürte eine innere Kälte und senkte den Blick. Seine Frage war höflich formuliert und seine Stimme freundlich, doch sie brachte es nicht über sich, ihm anzuvertrauen, daß Nick sie verlassen hatte. Die Tränen stiegen wieder auf, und sie schüttelte fast ärgerlich den Kopf. »Das tue ich, Mr. Adams. Unter diesen Umständen haben Sie natürlich ein Recht, zu fragen, und wäre es nicht so persönlich und schmerzhaft, würde ich es Ihnen erzählen. Später vielleicht . . .«

Es gelang ihr, aufzublicken und seinem Blick standzuhalten, und sie sah sein Mitgefühl. Einen verrückten Augenblick lang wünschte sie, er würde sie in die Arme nehmen und ihren Schmerz fortküssen. Sie konnte sich vorstellen, wie es sein mußte, sich an seine breite Brust zu schmiegen und seine Lippen auf ihren zu spüren. Doch das verging, und sie hatte sich wieder in der Gewalt.

Er streckte die Hand aus, als wolle er nach ihr greifen, zog sie dann rasch zurück. »Verzeihen Sie. Ich sehe, daß meine Frage Sie gekränkt hat. Doch, darf ich fragen, was für eine Stelle Sie gefunden haben?«

Sie errötete und sagte: »Ich habe eine Stelle als Pianistin in der Koschinsky-Ballettschule angenommen. Ich fange am nächsten Montag an. Es ist zwar nicht das, was ich wollte, aber ich tu's, bis ich etwas Besseres gefunden habe.«

So weiß er zumindest, dachte sie, daß ich nicht herumgesessen und auf seine Antwort gewartet habe; er wird merken, daß ich selbst für mich sorgen kann.

Er beugte sich zu ihr. »Sie scheinen auch ohne meine Hilfe gut zurecht zu kommen. Doch ich komme heute mit einem Angebot, das vorteilhafter für Sie ist. Es ist wirklich ein Zufall, doch einen Tag vor meiner Rückkehr nach New York und vor Erhalt Ihres Briefes sagte mir P. T. Barnum, daß er einen weiteren Buchhalter braucht, der mit dem Zirkus reist. Als ich Ihren Brief las, war mir, als hätte das Schicksal an die Tür geklopft.«

Laura versuchte, ihre plötzliche Erregung zu unterdrücken und schaute auf ihre gefalteten Hände. Was sollte sie tun? Eine Arbeit beim Barnum und London-Circus wäre eine wundervolle Gelegenheit, doch sie hatte Madame Koschinsky bereits zugesagt. Und sie hatte keine Garantie, die Stelle bei Mr. Barnum zu bekommen. Vielleicht hatte er, wie Alfred Hayes, Vorurteile gegen Frauen.

»Aber, würde er mich einstellen?« fragte sie langsam. »Hätte ich wirklich eine Chance, die Arbeit zu bekommen?«

Will lächelte sie an. »Ja, ich glaube, daß ich Ihnen das versprechen kann. P. T. und ich kennen uns lange, und wir haben ein gutes Verhältnis. Er hat meine Meinung, meine Empfehlungen immer geschätzt, und ich wäre froh, ein gutes Wort für Sie einlegen zu dürfen. Ich habe ja gehört, wie gut Sie die Bücher führen. Ich weiß, was Sie leisten können.«

»Aber ich habe Madame Koschinsky bereits zugesagt«, seufzte sie. »Wenn ich auf die Stelle bei Mr. Barnum hoffe und sie nicht bekomme, habe ich gar nichts.«

»Das ist doch das Schöne. Ich sagte ja, es sei ein großer Zufall. P. T. kommt für einige Tage nach New York, um den Empfang für Jumbo vorzubereiten, den Riesenelefanten, den er vom Londoner Zoo bekommen hat. Vielleicht haben Sie in den Zeitungen darüber gelesen?«

Laura schüttelte den Kopf. »Ich fürchte, nein. In den letzten Wochen habe ich nur die Stellenangebote gelesen.«

»Nun, P. T. hat eine große Parade für Ostersonntag vorbereitet, um das Tier zu begrüßen; doch er ist schon vorher hier. Er wohnt im Fifth-Avenue-Hotel, und ich kann ein Treffen mit ihm vereinbaren. Wenn er Ihnen die Stelle anbietet, wovon ich überzeugt bin, brauchen Sie mehrere Wochen nicht zu arbeiten. Und das bedeutet, Sie können getrost am Montag zur Koschinsky-Ballettschule gehen und Ihre Arbeit tun. Bekommen Sie die Stelle, haben Sie reichlich Zeit, das zu sagen. Falls nicht, haben Sie die Arbeit beim Ballett.« Er zuckte die Schultern. »Was haben Sie zu verlieren?«

Laura spürte Aufregung in sich. War es möglich? Durfte sie wirklich hoffen? Er hatte gesagt, sie habe nichts zu verlieren, und es klang wahr. Sollte sie eine solche Gelegenheit ungenutzt lassen, nur weil sie unsicher war und zögerte? Es wäre lächerlich!

Langsam schaute sie Will Adams in die Augen. Sein Blick war sehr aufrichtig. Doch auch Nicks Blick war so gewesen, und was hatte er ihr angetan? War Will Adams dieselbe Art Mann wie Nick? Sie schienen manches gemeinsam zu haben, reisten gerne und waren nicht bereit, seßhaft zu werden. Konnte sie diesem Mann vertrauen? Sie wußte, daß er sie begehrte – das hatte sie beim ersten Kennenlernen gespürt. Geschah das nur, damit sie ihm verpflichtet war?

Sie merkte, daß sie den Kopf schüttelte, um die verwirrenden Gedanken zu vertreiben, und sah, daß sein Gesicht Bestürzung und Enttäuschung zeigte.

Aus irgendeinem Grunde fühlte sie sich dadurch sicherer als durch Worte und lächelte erstmals. »Nein, Mr. Adams, ich habe nicht aus Ablehnung den Kopf geschüttelt. Ich versuchte nur, meine Gedanken zu ordnen. Ich habe, wie Sie sagen, nichts zu verlieren und viel zu gewinnen. Ich nehme Ihr großzügiges Angebot dankbar an.«

Will Adams stand rasch auf – für einen so großen Mann bewegte er sich sehr gewandt – und reichte ihr die Hand, um ihr aus dem Sessel zu helfen.

Bei seiner Berührung durchrann ein Schauer ihren ganzen Körper. Sie hatte zugestanden, nichts zu verlieren, doch sie war sich nicht sicher, ob das stimmte.

Sie spürte etwas Gefährliches in diesem starken, selbstsicheren Mann. Doch vielleicht hatte sie nur Angst vor sich selbst. Egal, sie mußte die Chance nutzen. Ihr war, als hätte sie einige Wochen in einem dunklen, kleinen Raum gelebt, und dann öffnete sich eine Tür ins Freie, durch die sie nur zu gehen brauchte. Jetzt öffnete sich eine riesige Tür in eine ebenso anziehende wie fremde Welt. Sie mußte hindurch!

11

Es war Ostersonntag, und der Broadway wimmelte von Menschen. Es schien, als sei jeder Mann, jede Frau und jedes Kind in New York gekommen, um Jumbo auf seinem Triumphzug vom Schiff zum Madison Square Garden, wo der Zirkus spielte, zu sehen.

Laura fühlte sich so fröhlich und aufgeregt wie ein Kind; sie stand neben Will Adams, und versuchte am großen Hut der Dame, die vor ihr stand, vorbeizuschauen.

Sie hatte den riesigen Elefanten schon vorher gesehen, als Will mit ihr zum Dock gefahren war, wo sie das Ausladen des gewaltigen Tieres vom britischen Frachter ›Assyrian Monarch‹ gesehen hatten; doch Will bestand darauf, daß sie auch die Parade erlebte.

»Sie müssen sehen, wie P. T. das macht«, lachte er. »Er weiß, wie man eine Schau veranstaltet.«

Und was für eine Schau das war! Der Zug, der Jumbo begleitete, war mit nichts vergleichbar, was Laura je gesehen oder zu sehen erwartet hatte.

Da gab es Wagen, die wie aus purem Gold aussahen; verzierte, verglaste Schlangenhäuser; Wagen mit lebenden Bildern, von Hirsch- und Zebragespannen gezogen. Löwen und Tiger in Gitterkäfigen brüllten zur Musik mehrerer Blaskapellen.

Da marschierten Hunderte von Pferden, über ein Dutzend Elefanten und Hunderte kostümierter Zirkuskünstler. Und darüber dröhnte der Klang des wundervollen Orchestmelochor, einer reich geschmückten Dampforgel, die, wie Will erzählte, fünf Meilen weit zu hören war. Laura glaubte, daß das wahr sei, denn sie bedeckte die Ohren, als das prächtige Instrument an ihr vorbeirollte.

Der Lärm und der Anblick verdeutlichten ihr, daß es noch Wunder auf der Welt gab, und sie fühlte sich wieder wie ein Kind. Sie war so voller Energie und Freude, daß kein Platz für Bedauern oder Unglücklichsein blieb.

Und dann brüllte die Menge auf, als der gewaltige eisenbeschlagene Verschlagwagen mit Jumbo in Sicht kam. Von sechzehn kräftigen Pferden gezogen und zwei kleineren Elefanten geschoben, bewegte sich das Riesengefährt langsam und majestätisch die Avenue herunter. Die Leute raunten staunend und schrien begeistert. Auf den Wänden des Wagens stand in riesigen Lettern: MONSTER ELEFANT JUMBO!

Der Wagen war auf drei Seiten geschlossen und nur vorn geöffnet, so daß man nur den Kopf des Dickhäuters sehen konnte und seinen riesigen Rüssel, der wie ein gigantisches Reptil über den Fahrern schwebte. Bei seinem Anblick ›oohte‹ und ›aahte‹ die Menge.

Lachend neigte sich Will zu Laura. »Sie sehen, P. T. läßt die Menge nur so wenig sehen, um sie anzuregen. Wenn sie Jumbo ganz sehen wollen, müssen sie dafür zahlen, und das werden die meisten natürlich. P. T. ist ein perfekter Showmann.«

Laura nickte glücklich. Sie war derselben Meinung, doch in diesem Fall war es leicht.

Ihre Begegnung mit Barnum, die zwei Tage zuvor in einer luxuriösen Suite des Fifth-Avenue-Hotels stattgefunden hatte, war eines ihrer aufregendsten Erlebnisse gewesen. Trotz ihrer Erziehung hatte sie natürlich von Phineas T. Barnum und seinen wundervollen Shows gehört. Sie hatte in Zeitungen und Magazinen darüber gelesen und sich immer danach gesehnt, die seltsamen und wunderlichen Leute und

Dinge, die er ihr zeigte, zu sehen. Vor allem wollte sie den Liliputaner Tom Thumb und seine winzige Frau, Lavinia, sehen. Als Laura zehn war, hatte sie in einem geliehenen Magazin einen Artikel über das winzige Paar gesehen und war fasziniert gewesen. Ein Hochzeitsbild des Paares war dabei, und Laura hatte nie vergessen, wie bezaubernd die Kleinen aussahen, die wie Puppen vor dem Priester standen – die Braut mit feinem, anmutigem Gesicht, in weißem Kleid und Schleier; und der dicke, engelgesichtige Bräutigam, der ihre winzige Hand hielt. Neben ihnen stand ein noch kleineres Paar, die Trauzeugen, Commodore Nutt und die Schwester der Braut, Miß Minnie Warren Bump.

Tom Thumb, der eigentlich Charles S. Stratton hieß, war nur fünfundsiebzig Zentimeter groß, als Barnum ihn entdeckte; als er heiratete, maß er einen Meter und fünf, und weil er gut und unbeschwert lebte, wog er zweiundfünfzig Pfund. Seine hübsche Braut, Mercy Lavinia Warren Bump, war sechsundneunzig Zentimeter groß und wog neunundzwanzig Pfund.

Laura wollte nicht glauben, daß Menschen so klein sein konnten, und sehnte sich danach, sie einmal selbst zu sehen. Samuel Purcell wäre natürlich entsetzt bei dem Gedanken, daß seine Tochter einer so sündhaften Show beizuwohnen gedachte!

In den folgenden Jahren hatte Laura weitere Artikel über die vielen Wunder, die Barnum gezeigt hatte, gelesen – Jenny Lind, die unvergleichliche Sängerin, genannt die schwedische Nachtigall; Chang und Eng, die bizarren siamesischen Zwillinge, und vieles andere mehr. Sie hätte sich nie träumen lassen, daß sie eines Tages dem berühmten Mann begegnen würde, der der Welt so viele Wunder zeigte. Aber sie war ihm nicht nur begegnet, sondern hatte mit ihm Tee getrunken, bei ihm gesessen, mit ihm gesprochen und war schließlich, mit einem großzügigen Gehalt, von ihm beim Zirkus eingestellt worden. Sie konnte ihr Glück kaum fassen.

Als Will sie abholte, war sie sehr nervös. Er hatte das Treffen für den Abend vereinbart, nachdem ihre Arbeit bei Madame Koschinsky beendet war.

Laura hatte lange überlegt, was sie anziehen sollte und fand schließlich, sich zu geben, wie sie war. Mr. Barnum suchte eine Buchhalterin und keine Modepuppe.

Dennoch kleidete sie sich sorgfältig; sie zog das blaue Kleid an, das sie in der Nacht, als sie Will begegnet war, getragen hatte, und schminkte sich entsprechend. Es war nichts Schlimmes, als Buchhalterin attraktiv auszusehen. Durch Nick hatte Laura gelernt, daß eine attraktive, charmante Frau bessere Chancen hatte, von einem Mann zu bekommen, was sie wollte, als eine unauffällige Frau. Ihr gefiel das nicht, weil sie es für unfair hielt. Doch das Leben war oft ungerecht, und da sie gewisse Dinge nicht ändern konnte, mußte sie sie nutzen, statt dagegen anzukämpfen.

Sie betrachtete sich im Spiegel und überlegte, ob sie so gegen ihre Überzeugung handelte. Doch sie fand, daß es nur praktisch sei. Attraktives Aussehen würde jedenfalls sicher nicht gegen sie sprechen.

Will holte sie mit einer stattlichen Kutsche ab, und sie fühlte sich in seiner Begleitung befangen und erregt zugleich. In seinem dunklen Abendanzug sah er sehr elegant aus. Mit dem Zylinder wirkte er noch größer und beeindruckender. Der Blick in seinen Augen machte sie froh, daß sie sich so sorgsam um ihr Äußeres gekümmert hatte. Sie nahm seinen Arm und ging erwartungsvoll mit ihm zum Wagen.

Als sie das Fifth-Avenue-Hotel erreicht hatten und Will ihr vom Wagen half, war sie schrecklich beeindruckt und hoffte, nicht zu befangen oder zu linkisch zu wirken.

Sie ging aufrecht, während sie sich von ihm durch dic Eingangstür geleiten ließ, versuchte den Portier in seiner beeindruckenden Uniform und die gut gekleideten Männer und Frauen, die herein- und hinausgingen, nicht anzustarren.

Innen tat sie so, als gehöre sie hierher, versuchte aber, soviel wie möglich zu sehen. Die Halle war gewaltig! Wie wundervoll muß es sein, hicr wohnen zu können, dachte sie, und sich hier wie zu Hause zu fühlen.

Es war wie an jenem Tag, als Nick mit ihr im ›Del-Monte-Hotel‹ gewesen war, und ihr geschworen hatte, daß das eines Tages selbstverständlich sein würde.

Als sie Mr. Barnums Suite erreichten, war sie noch beeindruckter. Sie war unglaublich groß und herrlich ausgestattet, mit jedem nur denkbaren Luxus.

Ein kleiner, schlanker, jugendlicher Mann, mit Brille, öffnete die Tür. Sein sorgfältig gestutzter Spitzbart ließ ihn wie einen Professor wirken. Als er Will sah, lächelte er etwas nervös und neigte den Kopf.

»Mr. Adams. Wir haben Sie erwartet. Kommen Sie.«

Will reichte Laura seinen Arm, den sie ergriff, und trat selbstbewußt in die schöne Suite.

Als die Tür sich hinter ihnen geschlossen hatte, wandte sich Will dem kleinen Mann zu. »Mr. Bailey, darf ich Ihnen Mrs. Nickolas Orlando vorstellen. Mrs. Orlando, das ist James Anthony Bailey, Mr. Barnums Geschäftspartner.«

Laura machte einen leichten Knicks, etwas irritiert, da sie Bailey für einen Butler oder Bediensteten gehalten hatte.

Auf dem Weg zum Hotel hatte Will ihr kurz die Geschichte des Barnum und London-Circus erläutert. Sie erfuhr, daß James Bailey berühmt und der vielleicht größte Manager und Organisator war, den es je in der Zirkuswelt gegeben hatte. Vor dem Zusammenschluß mit Barnum hatte Bailey mit seinem Partner, James F. Cooper, die Cooper, Bailey und Companys Great International Allied Shows besessen. Mit Übernahme des Great London Circus und Sanger's Royal British Menagerie war ein Riesenzirkus entstanden, der Barnums schärfster Konkurrent war, bevor sie sich zum Barnum und London-Circus zusammenschlossen.

»Phineas kleidet sich noch an. Er bat mich, Ihnen Tee zu servieren, während Sie warten.« Bailey deutete auf ein großes silbernes Teetablett, das fast den ganzen Tisch vor dem samtbezogenen Sofa einnahm. Darauf standen eine hübsche silberne Teekanne, Zuckerdose und Sahnekanne, mehrere feine Porzellantassen und Teller, sowie eine reichliche Auswahl an Sandwiches und Gebäck. Für Laura, die morgens nur eine Kleinigkeit gegessen hatte, sah es köstlich aus.

Bailey betrachtete sie mit einem Lächeln. »Würden Sie uns einschenken, Mrs. Orlando?«

Laura, die die Blicke beider Männer spürte, fühlte sich nervös und unbeholfen, doch sie nickte. »Natürlich.«

Selbstbewußt richtete sie sich auf und griff nach der riesigen Kanne, in der Hoffnung, sie würde nichts verschütten. Kaum hatte sie unbeschadet eingeschenkt, als eine donnernde Stimme rief: »Will! Will Adams! Schön, Sie zu sehen.«

Laura erblickte eine riesige Gestalt im Abendanzug. Als Phineas Taylor Barnum auf sie zuschritt, mußte sie ihn einfach anschauen. Trotz seines Alters war er imponierend.

Er war über einsachtzig groß und kräftig gebaut. Als er am Sofa war, schaute Laura in ein freundliches, faltiges Gesicht, mit klugen blauen Augen und einer großen, klobigen Nase. Ein Kranz lockigen grauen Haares krönte seinen beeindruckenden Kopf. Ihr erster Eindruck war, daß er eine starke Persönlichkeit war, die von Kraft strotzte. Als er sie anlächelte, war sie begeistert.

»Ah, und dies muß Mrs. Orlando sein, die junge Frau, von der Sie mir erzählt haben, Will. Sie ist gewiß die hübscheste Buchhalterin, die ich je gesehen habe.« Sein dröhnendes Lachen hallte im Zimmer, und Laura lächelte errötend.

Er fuhr fort: »Mrs. Orlando. Will sagt mir, Sie seien sehr gut, und ich sollte Sie einstellen. Was meinen Sie?«

Diese direkte Frage brachte Laura aus der Fassung, doch Mr. Barnum schien die Art Mann zu sein, die Offenheit schätzte. Deshalb sagte sie mutig: »Das denke ich auch. Ich bin im Umgang mit Zahlen gut, genau und gewissenhaft. Da Mr. Adams mir sagte, daß Sie so jemanden brauchen, denke ich, es wäre von Vorteil für Sie, mich einzustellen.«

Barnums dröhnendes Lachen schallte wieder. »Das ist wirklich direkt genug. Sie haben Verstand, Mrs. Orlando. Und da ich seit einigen Jahren auf Wills Urteil vertraue, tu ich's auch diesmal.«

»Nun, wo ist mein Tee? Ich verhungere.«

Barnum setzte sich neben Laura aufs Sofa, nahm eine der gefüllten Teetassen und ein großes Stück Pflaumenkuchen. Laura beobachtete fasziniert, wie er den Kuchen mit wenigen Bissen aß und mit Tee hinunterspülte.

Dann lächelte er sie an. »Ich trinke seit vielen Jahren nichts Hartes, auch keinen Wein. Oh, ich habe gern zum Essen meinen Champagner getrunken, oder Port. Aber dann fand ich, daß es für mein Leben und meine Gesundheit nicht gut sei. Ich habe an einem Nachmittag siebzig Flaschen exzellenten Champagners auf meinem Rasen ausgegossen.«

Er kicherte, wobei es in seinem nicht unbeträchtlichen Bauch rumpelte. »Das war sicher die teuerste Bewässerung, die der Rasen je hatte. Es bekam ihm auch nicht gut. Seitdem habe ich keinen Tropfen mehr angerührt. Ein paar Jahre später verzichtete ich auch auf meine Zigarren. Im Juli werde ich zweiundsiebzig, und ich glaube nicht, daß ich's mit der alten Lebensweise geschafft hätte.«

Dem spöttischen Blick nach, wartete er auf eine Antwort, also nickte Laura und lächelte. Ein alter Spruch ihres Vaters fiel ihr ein, der passend schien. »Der Körper ist der Tempel der Seele«, sagte sie einfach, doch Barnum nickte grinsend.

»Sehr wahr, Mrs. Orlando, sehr wahr. Und wir müssen diesen Tempel rein und stark halten.« Er schaute zu Will hinüber, der sich eine Zigarre ansteckte, und sagte mißbilligend: »Diesen Rat sollten auch andere Menschen befolgen.«

Will grinste. »Nicht jeder hat Ihre Willenskraft, P. T.«

»Hmmph!« schnaufte Barnum und wandte sich wann wieder Laura zu. »Nun zu der Stellung. Sie sollten einiges wissen, bevor Sie sie annehmen.«

Laura, plötzlich wieder nervös, schluckte. Hieß das, er wollte ihr die Stelle geben? »Und das wäre, Sir?«

Barnum hob seine fleischige Hand mit gestrecktem Zeigefinger. »Zunächst, die Arbeit ist nicht einfach. Unser Geschäft ist umfangreich und sehr kompliziert, und wir arbeiten oft unter schweren Bedingungen.« Er schaute zu Bailey hinüber. »Stimmt's, James?«

Der jüngere Mann grinste nervös, nahm einen Silberdollar aus der Tasche und begann, ihn zwischen den Fingern zu drehen. »Phineas hat recht, Mrs. Orlando. Gewöhnlich ist eine Buchhaltung ruhig und still, doch in unserem Geschäft, vor allem, wenn wir unterwegs sind, ist es oft chaotisch. Es gibt immer Sonderfälle. Dinge müssen gekauft werden, unerwartete Auszahlungen für dies oder das. Es ist nicht so geordnet, wie in einem normalen Geschäft.«

»Wir haben viele Angestellte«, sagte Barnum, der sich noch ein Stück Kuchen nahm. »Neben den Künstlern sind da Zeltarbeiter, die Tierpfleger, die Kostümschneider und so weiter. Das heißt, wir zahlen viele Gehälter, und das bedeutet, daß viele Konten geführt werden müssen.«

Laura wollte nicht den Eindruck erwecken, als sei sie entmutigt, sie beugte sich vor und schenkte ihm noch eine Tasse Tee ein. »Das klingt sehr aufregend. Buchhaltung ist sonst doch sehr eintönig.«

»Ja, aufregend ist es«, sagte Barnum trocken. »Aber auch harte Arbeit, die viel Energie kostet, und oft geschieht alles in großer Eile. Glauben Sie, unter solchen Umständen arbeiten zu können?«

Laura nickte entschlossen. »Ja.«

»Sie werden einen Großteil des Jahres unterwegs sein, und, obwohl wir versuchen, alles so angenehm wie möglich zu machen, werden Sie einen Schlafraum mit einer anderen Frau teilen müssen. Sie werden viele der Annehmlichkeiten vermissen, das muß ich Ihnen leider sagen.«

Laura schaute ihn direkt an. »Ich war schon früher auf Tournee, Mr. Barnum. Mit der Chautauqua. Das schaffe ich.«

Barnum setzte Tasse und Teller mit Geklapper ab. »Also gut. Sonst wüßte ich nichts. Bist du einverstanden, James?«

Bailey nickte wie ein Vogel. »Will spricht für sie, und sie scheint eine fähige und einfühlsame Frau zu sein. Ich finde, sie sollte die Stelle bekommen.«

Breit lächelnd nahm Barnum Lauras Hand. »Gut, junge Frau! Willkommen bei Barnum und London-Circus, der größten Show der Welt!«

Und nun sah sie diesen aufregenden Zug und wußte, sie gehörte dazu. Sie war sich im klaren, daß sie einen ungewöhnlichen Schritt getan hatte, als sie sich dem Zirkus anschloß, auch wenn es der kaufmännische Bereich war. Sie ließ das normale Leben hinter sich, trat in eine seltsam farbige, magische Welt, die gewiß viele Überraschungen bot, die bestimmt nicht alle erfreulich waren. Doch sie hatte keine Angst vor der Zukunft. Sie fühlte, sie hatte die richtige Entscheidung getroffen, das war ihr Leben.

Als sie aufschaute, sah sie Wills Blick, und er lächelte sie an, offensichtlich von den Farben und der Musik der Parade ebenso begeistert wie sie. »Ich habe es schon dutzend Male gesehen«, sagte er, »und doch begeistert es mich immer wieder.«

Laura lachte beglückt. »So etwas habe ich noch nie gesehen. Kann denn der Zirkus selbst noch wundervoller sein?«

Er ergriff ihre Hand, und seine Wärme ließ ihren Körper wieder wohlig erschauern. »Morgen abend können Sie das selbst herausfinden, meine liebe Laura. Es wird Jumbos erster

Auftritt in diesem Land, und das sollten Sie sehen. Wollen Sie mich begleiten?«

Laura hätte zu gerne ja gesagt, doch sie zögerte. Wenn sie mit Will in den Zirkus ging, wäre sie das dritte Mal in vier Tagen in seiner Begleitung. Sie genoß es, bei ihm zu sein, fast zu sehr. Schließlich war sie immer noch verheiratet. Und dann war seine Anziehungskraft, die sie spürte, die jeden Tag stärker wurde, so stark, daß sie sie fast fürchtete.

Sollte sie ihn so oft sehen? War das schicklich? War es sicher?

Seine Augen waren immer noch auf sie gerichtet, und Laura bemerkte, daß sie noch nicht geantwortet hatte. Und dann spielte wieder eine Blaskapelle einen dröhnenden Marsch, und die Musik schien etwas Leichtsinniges in ihr zu wecken, das sie vorher nie gespürt hatte. Warum nicht? dachte sie, während die Trommeln dröhnten und die Zimbeln schmetterten. Warum sollte ich an meine Pflichten als Ehefrau denken, wenn mich mein Mann betrogen hat, davongelaufen ist, mich verlassen hat? Auf wen müßte ich hier Rücksicht nehmen? Ich habe die Chance, ein neues Leben zu beginnen, ein Leben voller Freuden und Aufregung, wie ich es nie gekannt habe. Warum soll ich mich davor fürchten, es zu erleben?

Sie lächelte Will an. »Sehr gern. Ich war noch nie in einem Zirkus.«

Sie spürte, daß er ihre Hand drückte, und es war, als hätte er ihre Brüste berührt. Wärme durchströmte sie, während sie dem Rest der Parade zuschaute und sich fragte, was Nick denken würde, könnte er sie jetzt sehen. Auf gewisse Art war ihre Fröhlichkeit Rache dafür, daß er sie betrogen hatte.

Laura hatte geglaubt, die große Zirkusparade sei das Erstaunlichste, was sie je gesehen hätte. Doch der Zirkus war noch großartiger.

Als sie am folgenden Abend mit Will zum Madison Square Garden kam, war das riesige Gebäude von Tausenden Menschen gefüllt, die in kreisförmigen Stuhlreihen um die gewaltige, ovale Arena saßen. Die Menschenmenge war überwältigend.

Hohe Stützen, mit Fahnen und Wimpeln geschmückt, trugen das stattliche Dach, das Laura fantastisch hoch erschien.

Die Arena des großen Gebäudes war durch einen niedrigen Zaun abgetrennt, und darin waren drei große Manegen.

Außen herum lief eine breite Bahn, ein Hippodrom, wie es Will nannte. »Dort finden die Wagenrennen statt«, erzählte er ihr, während sie alles mit großen Augen betrachtete.

»Das ist der größte Raum, den ich je gesehen habe«, flüsterte sie ehrfurchtsvoll.

Will lachte. »Naja, P. T. macht alles in großem Stil. Warten Sie, bis wir auf Tournee sind. Das Hauptzelt faßt mehr Leute als der Garden.«

Laura schüttelte den Kopf. »Kaum zu glauben.«

Ohrenbetäubende Fanfarenmusik, von vier Blaskapellen gleichzeitig gespielt, übertönten ihre Worte. Gedämpftes Raunen erhob sich über der Menge, als der Einmarsch begann, glitzernd und schimmernd, im elektrischen Licht. Laura war fasziniert, da sie elektrisches Licht nicht kannte. Sie war sicher, im Gaslicht wäre das weniger spektukalär.

Nachdem die Eröffnungsparade vorbei war, traten die Künstler in die Manegen – Riesen und Jongleure; Kunstreiter und Akrobaten; Seiltänzer; Löwenzähmer und Schlangenbändiger. Laura schaute hin und her. Wenn sie etwas genau betrachtete, fürchtete sie, etwas anderes, Aufregendes in einer anderen Manege zu verpassen.

Alles begeisterte sie, oder fast alles; die Schönheit und Anmut der Künstler in ihren glitzernden Kostümen, der Wagemut der Artisten, die ihr Leben riskierten, um das Publikum zu unterhalten. Bei den Wunderlichkeiten oder Freaks war sie sich nicht sicher. Es waren diese seltsamen Sprößlinge der Menschheit, mit bizarren Körpern und seltsamen Gesichtern, die ausgestellt wurden, damit normale Menschen sie angafften. Die Zwerge waren natürlich süß und nicht so bedrohlich; und die Riesen, wenngleich erschreckend groß, sahen wie Menschen aus. Der Löwenmann aber, völlig von langem goldenen Haar bedeckt, sah überhaupt nicht wie ein Mensch aus, und das zweiköpfige Mädchen – es waren tatsächlich zwei schwarze Frauen, die am Rücken zusammengewachsen waren – fand Laura besonders beunruhigend.

Wie mißgestaltet sie auch waren, faszinierten sie sie doch, da es schließlich Menschen waren, und sie fragte sich, was sie, ständig so angestarrt, fühlen mochten.

Doch bald wurde Laura von diesen Gedanken abgelenkt, da es so viel zu sehen gab: das römische Wagenrennen mit den goldenen Wagen, großartigen Pferden und wagemutigen Fahrern; und dann, endlich, der beeindruckende Jumbo, in Begleitung eines kleinen Elefanten namens Tom Thumb präsentiert, wodurch der gigantische Dickhäuter noch gewaltiger wirkte.

Und dann war alles vorbei, und verwirrt voller Freude, immer noch die Farben, Klänge und Lichter vor sich, nahm sie Will mit ins Künstlerzelt zu Phineas Barnum, damit sie ihm ihre Meinung über die »Größte Show der Welt« sagen konnte.

Barnum wirkte in dieser Umgebung noch größer und beeindruckender, während ringsum die Künstler in die Garderobe eilten. Laura wußte, daß sie voller Begeisterung stammelte, doch den alten Showmann schien das nicht zu stören.

Er sagte ihr, daß er sie jemandem vorstellen wolle. Er trat beiseite, und Laura sah das winzige Paar, vor dem er gestanden hatte – einen sehr kleinen, dicken Mann und eine winzige Frau.

Theatralisch schwenke Barnum seine Hand. »General und Mrs. Tom Thumb, darf ich Ihnen Mrs. Orlando vorstellen, die uns in dieser Saison als Buchhalterin begleitet!«

Der kleine Mann verbeugte sich etwas förmlich, und Laura hatte Mühe, einen überraschten Schrei zu unterdrücken. Obwohl seine Frau so winzig wirkte, wie sie auf dem Hochzeitsbild ausgesehen hatte, war der General größer und umfangreicher. Vor allem sein Leibesumfang war beachtlich. Der dicke, engelgesichtige junge Mann sah nun aus wie ein pompöser, kleiner, schnurrbärtiger Geschäftsmann, mit schwindendem Haar und hängenden Wangen. Dennoch war es aufregend, ihm zu begegnen. Und als sie Barnum verließen und hinaus in die kalte Nachtluft traten, fühlte sich Laura von den Ereignissen des Abends noch immer berauscht.

Will, der sie durch die Menge begleitete, schaute lächelnd zu ihr. »Hat es Ihnen gefallen, Laura?«

Sie schaute ihn strahlend an. »Gefallen? Welch eine Frage! Es war das Schönste, was ich je gesehen habe! Es war nur so viel, daß ich nicht alles sehen konnte. Ich glaube, man kann es immer wieder sehen, immer neue Dinge bewundern.«

Er lächelte ob ihrer Begeisterung. »Aha, ich wußte es! Es hat

Sie gepackt. Sie glauben also, Sie werden gern für den Zirkus arbeiten?«

Sie nickte rasch. »Ich kann ehrlich sagen, daß ich mir etwas Aufregenderes nicht vorstellen kann.«

Zwischen zwei großen Herren führte Will sie zum Ausgang. »Ich habe für uns bei Delmonico's einen Tisch fürs Abendessen reserviert.«

Er schaute sie nachdrücklich an, und seine Worte waren mehr eine Frage als eine Feststellung.

Sie nickte, merkte plöztlich, daß sie hungrig war. Sie hatte mittags nur wenig gegessen, und nun beklagte sich ihr Magen. »Das war sehr umsichtig von Ihnen, Will, aber es wird Ihnen leid tun. Ich glaube, ich kann für zwei essen.«

Er lachte. »Gut! Ich auch. Waren Sie je im Delmonico's?«

Sie schüttelte den Kopf. »Nein, Nick . . . Wir hatten nie Zeit, nach New York City zu fahren. Wir hatten zuviel Arbeit am Theater.«

Er nahm ihren Arm. »Dann ist es höchste Zeit. Eine wundervolle Stadt, aufregend, voller Leben. Kommen Sie, da ist eine freie Kutsche.«

Delmonico's erwies sich als vornehmes Restaurant, und aus dem Verhalten des Oberkellners schloß Laura, daß Will Adams ein bekannter und geschätzter Gast war.

Gewöhnlich hätte sie eine solche Stätte eingeschüchtert, sie hätte sich deplaziert gefühlt, doch heute, durch das Zirkuserlebnis in bester Laune, fühlte sich Laura wohl. Schließlich, rechtfertigte sie sich, war keiner dieser gut gekleideten und schmuckbehängten Menschen besser als sie. Sie hatten nur mehr Geld. Im Grunde war es Geld, Geld allein, das ihnen den Besuch erlaubte, und Geld konnte man verdienen. Sicher stammte einiges Geld aus alten, wohlhabenden Familien. Doch irgendwann in der Familienvergangenheit mußte irgend jemand das Geld ja verdient haben, und das war vielleicht jemand, der auch nicht besser gewesen war, als sie. Diese Überlegung befriedigte sie; als der Oberkellner sie ehrerbietig grüßte, schritt sie erhobenen Hauptes, wie eine Königin, zum Tisch, und viele Männerblicke folgten ihr.

Laura begriff plötzlich, daß allein zählte, was man von sich selbst hielt. Wenn man sich für etwas Besonderes hielt und so benahm, glaubten das andere Menschen von einem. Eine einfache Wahrheit, doch so wichtig, daß sie sich wunderte, warum sie nicht früher darauf gekommen war.

Will bestellte ein wundervolles Menue mit drei verschiedenen Weinen, und Laura schaffte es ohne Mühe.

Der Klang höflicher Gespräche, das Klirren von feinem Silber und Kristall, die üppige Einrichtung – es war der perfekte Höhepunkt für einen wundervollen Abend. Laura war Will dankbar, daß er ihr so viel Freude bereitete und hatte Schwierigkeiten, den Blick von ihm abzuwenden. Er war so attraktiv, daß es eine Freude war, ihn anzuschauen, und doch war es nicht nur rein körperliche Attraktivität. Eine ruhige Stärke war in ihm, eine anziehende Wahrhaftigkeit und ein animalischer Magnetismus, der sie bei jeder Berührung erschauern ließ. Sie versuchte, nicht daran zu denken, und doch kam sie auf den Gedanken, daß er sie in dieser Nacht vielleicht lieben wolle, und der Gedanke erschreckte sie, erfüllte sie zugleich jedoch mit Verlangen. In dieser Stimmung fühlte sie sich verwundbar und kühn und recht verwirrt.

Nach dem Essen fuhren sie in einer stattlichen Kutsche zu ihren Wohnungen, und Laura zitterte. Er nahm ihre Hand und hielt sie sanft, und während die Kutsche durch die Dunkelheit rollte, lauschten sie dem gedämpften Hufgetrappel.

Sie sehnte sich in diesem Augenblick nach seiner Umarmung. Sie wollte seine Lippen spüren, seine Hände auf ihrem Körper; das würde den Hunger stillen, der wie Feuer in ihr brannte, und so Nick zurückzahlen, was er ihr angetan hatte. Doch ein anderer Teil von ihr, der empfindliche – der nur selten die Oberhand gewann – wußte, daß das ein Fehler wäre. Was sollte sie tun?

Sie hatte die Entscheidung getroffen, als sie ihre Wohnung erreichten. Die Kutsche kam langsam zum Halten, da beugte sich Will zu ihr, nahm ihr Gesicht in seine große, warme Hand und küßte sie zärtlich auf die Lippen. Es schien Laura, als würden ihre Knochen zerfließen.

Und dann nahm er den Mund widerwillig von ihr, öffnete die Kutschentür, stieg aus und half ihr hinunter.

Alles drehte sich in Lauras Kopf, und ihre Knie waren weich. Sie wußte nicht, ob sie enttäuscht oder erleichtert war.

Er ging zur Tür, küßte ihre Hand und sah ihr tief in die

Augen. »Es war ein schöner Abend, Laura. Ich kann gar nicht sagen, wie ich Ihre Gesellschaft genossen habe. Ich hoffe, ich höre bald wieder von Ihnen.«

Laura versuchte, sich zusammenzureißen und schenkte ihm ein, wie sie hoffte, dankbares Lächeln. »Es war der schönste Abend, den ich je verbracht habe. Danke dafür, Will. Es war sehr freundlich von Ihnen.«

Er lächelte sie etwas schief an. »Mit Freundlichkeit, meine Liebe, hat das nichts zu tun. Jedenfalls bleibt uns noch etwas Zeit, bevor der Zirkus auf Tournee geht, und ich würde Ihnen gern mehr von New York zeigen. In den nächsten Tagen habe ich zu tun, doch wenn Sie am Samstagabend frei haben, würde ich mit Ihnen gern in eine Show gehen und dann zum Essen.«

Sie zögerte, nickte dann langsam. Bei ihrer Erziehung war ihr zwar gesagt worden, daß hübsche Frauen, verheiratete Frauen, auch jene, die von ihren Männern verlassen worden waren, sich nicht mit Männern verabredeten, doch sie betrachtete diese Regeln als unfair, da sie zweifelsfrei von Männern gemacht worden waren.

»Sehr gern«, sagte sie entschlossen, und wurde mit einem strahlenden Lächeln belohnt.

Er beugte sich über ihre Hand. »Bis Samstagabend dann. Ich hole Sie um sechs ab und wir essen nach der Show.«

Laura fand den Schlüssel und führte ihn ins Schloß. Die Tür schwang auf, und sie wandte sich zu ihm, wünschte, sie hätte den Mut, ihn wissen zu lassen, daß er sie noch einmal küssen sollte. Er aber stand, bis auf eine angedeutete Verbeugung unbewegt, und so stieß sie die Tür auf.

Sie wußte nicht, daß er, nachdem sie die Tür geschlossen hatte, noch einige Momente an der Schwelle stand und auf die Tür starrte, bevor er wieder in die Droschke stieg.

12

Will wies den Droschkenkutscher an, noch einige Minuten zu warten. Er schaute auf Lauras Tür, wollte nicht fort und so den gemeinsamen Abend beenden. Es war einer der schönsten Abende seit Jahren gewesen, und er mochte nicht, daß er vorbei war.

Den Zirkus mit Lauras Augen zu sehen, bedeutete, ihn wie zum ersten Mal zu sehen. Ihre Freude und Erregung waren die seine gewesen, und die Begeisterung auf ihrem lieblichen Gesicht hatte Zärtlichkeit in ihm geweckt. Wie sehnte er sich danach, sie zu lieben.

Vielleicht war er ein Narr, weil er ihre Stimmung nicht ausgenutzt hatte. Er hatte gespürt, daß sie sich nach ihm sehnte, wie er nach ihr. Und doch hinderte ihn etwas, da er wußte, daß der Wein ihre Gefühle intensiviert hatte, die aufregende Unterhaltung und der Zorn auf ihren Gatten. Hätte er das für sich genutzt, hätte er sie verführen können; doch wie hätte sich das ausgewirkt? Er kannte Laura Orlando zwar noch nicht lange, wußte aber, daß er mehr wollte, als eine Nacht mit ihr ins Bett. Hätte er sie geliebt, war es durchaus möglich, daß sie am Morgen voller Scham und Zorn aufgewacht, und er die Ursache ihres Unmuts gewesen wäre. Und wenn er sie liebte, wollte Will, daß sie ihn wollte, nicht um sich zu rächen. Will war sicher, daß Nick Orlando Laura verlassen hatte – es gab keine andere Erklärung für ihre Situation.

Seufzend wies er den Kutscher an, heimzufahren.

Wo er in New York wohnte, hatte er Laura nicht gesagt. Sie nahm sicher an, er logiere in einem der besseren Hotels, was er manchmal tat. Er hatte nichts gesagt, was sie von dieser Annahme abbringen könnte. Irgendwie fühlte er sich unaufrichtig, doch er glaubte, daß es nötig war. In ihrer Beziehung war es zu früh, ihr von seiner Ehe und seinem Sohn zu erzählen. Wenn und falls die Zeit reif war, hoffte Will, würde sie die ungewöhnliche Situation verstehen.

Das Haus lag still, als er leise eintrat. Justin ging früh zu Bett, wie es sich für einen kleinen Jungen gehörte, und auch Wills Schwiegermutter ging früh schlafen.

Das Haus an der East Side war nicht groß, doch hübsch und für ihn geeignet. Seine Schwiegermutter hatte ihre Möbel aus Paris mitgenommen und damit dem Haus eine Würde und Eleganz verliehen, die Will nie zustande gebracht hätte. Justin wuchs in vornehmer Atmosphäre, mit gewissen Privilegien auf.

Will und seine Schwiegermutter achteten einander und waren sich zugetan. Will redete sie mit ihrem Vornamen, Pearl, an und genoß ihre Gesellschaft. Pearl war eine intelligente Frau, schlagfertig und geistvoll. Wenn auch klein, war Pearl für ihr Alter sehr aktiv, was für die Erziehung eines kleinen, sehr lebendigen Jungen auch erforderlich war. Doch sie wurde älter, und Will fragte sich oft, was er tun würde, wenn sie krank wäre oder stürbe. Sie und Justin standen einander sehr nahe – sie war wie eine Mutter für den Jungen – und wenn ihr etwas zustieße, wäre Justin untröstlich.

Im Korridor brannte eine Öllampe. Will nahm sie vom Lacktisch und ging voller Freude durch die geschmackvollen Räume. Pearl hatte das Haus orientalisch eingerichtet. Obwohl die Art ihm anfangs seltsam erschienen war, fand Will seine Einfachheit jetzt wohltuend und schön.

Vor dem offenen Kamin in dem kleinen Wohnzimmer blieb er stehen; es war sein Lieblingszimmer, in dem er in Ruhe lesen und grübeln konnte. Über dem Kaminsims hing in prachtvollem Rahmen Lilys Porträt.

Er betrachtete das zarte Gesicht. Die großen, dunklen Augen. Das feingeschnittene Antlitz. Die sanften, zu leichtem Lächeln geschwungenen Lippen. Lily, liebe Lily! So schön und exotisch wie die Blume, deren Namen sie trug. Nach all diesen Jahren brannte Wills Liebe zu ihr, wenn er ihr Bildnis betrachtete. Seit ihrem Tod hatte er nie eine so starke Liebe empfunden wie zu ihr. Bis er Laura begegnet war.

Würde Lily das verstehen? Hätte sie etwas dagegen, wenn er jetzt jemanden gefunden hatte, für den er dieselbe tiefe Leidenschaft empfand wie für sie? Oder freute sie sich darüber? Wäre sie glücklich, zu wissen, daß er wieder auflebte? Er glaubte zu wissen, daß Lily glücklich wäre, denn sein Gefühl änderte nichts an dem, was er für sie empfand. Sie war eine verständnisvolle Frau gewesen.

Will wandte sich vom Porträt ab und ging die Treppen zum Zimmer seines Sohnes hinauf.

Auf Zehenspitzen trat er an das kleine Bett, in dem Justin schlief; die abgeschirmte Lampe hoch haltend, beugte er sich über den schlafenden Jungen.

Justin lag auf der Seite, eine Hand über dem Kopf, die andere gegen die Brust gepreßt. Sein kräftiges, dunkles Haar fiel über die Stirn, und im Schlaf sah sein Gesicht sehr jung aus, eine Mischung aus dem kleinen Kind, das er gewesen war, und dem Jungen, der er wurde.

Wills Herz war voller Liebe, als er sich vorbeugte, um die Stirn seines Sohnes zu küssen. Würde Laura, wenn sie von Justin erfuhr, für ihn empfinden können, was Will fühlte? Oder würde sie . . .? Das war ein Problem der Zukunft, falls es eine für sie gab. Alles, was ich im Augenblick tun kann, dachte er, ist hoffen, daß es jemals eine gibt.

Frühmorgens hatte es zu regnen begonnen und am Nachmittag, als der Zirkus zum Entladen auf das Abstellgleis gezogen wurde, goß es in Strömen.

Laura stand, fest in einen wasserdichten Mantel gehüllt, auf der Aussichtsplattform, versuchte im Regen das Ende des Zuges zu erkennen, wo Wagen und Tiere ausgeladen wurden.

Trotz Mantel wurde sie etwas naß, doch es machte ihr nichts. So etwas hatte sie nie zuvor gesehen, und aufgeregt wollte sie alles sehen, egal, wie das Wetter war.

Milly Andrews, eines der Garderobenmädchen, stand mit kleinem, blassem Gesicht neben ihr.

»Ein beeindruckender Anblick, nicht wahr?« fragte sie mit süßer, hoher Stimme. »Doch im Regen etwas erschreckend.«

Laura wandte sich dem kleineren Mädchen zu und lächelte; sie hatten sich vor zwei Tagen kennengelernt. Auch Milly war neu beim Zirkus und, wie Laura, fasziniert von allem, was zu der Riesenshow gehörte.

Laura verstand zu gut, was Milly meinte. Unter dem dunklen Himmel und dem schweren Regen sah die Szene aus wie etwas aus einer anderen, wilden Welt.

Es war eine hastige Aktivität und viel Lärm – das Brüllen der Tiere, das Geschrei der Männer, das Dröhnen der Waggons. Laura stellte sich vor, daß das Entladen der über sechzig Spezialwaggons schon bei schönem Wetter sehr schwer sein mußte. Bei dem starken Regen mußte es eine weit mühevollere und gefährlichere Aufgabe sein.

»Du hast recht«, erwiderte sie. »Es ist erschreckend. Ich bin nur froh, daß wir nicht durch den Morast waten müssen.«

Milly nickte. »Ich auch! Manchmal wünsche ich mir, ich wäre ein Mann, aber in solchen Situationen ist es nicht schlecht, eine Frau zu sein.«

Die beiden jungen Frauen lächelten sich an. Sie wußten,

daß die meisten Männer des Zirkus, egal was ihre Arbeit war, beim Entladen und beim Zeltaufbau mitzuhelfen hatten.

Laura überlegte, ob Will bei ihnen sein mochte, stellte sich seinen schönen Anzug völlig beschmutzt vor und lächelte dabei. Sie bezweifelte aber, daß er hier war.

»Oh, sieh!« rief Milly. »Sie laden Jumbo und die anderen Elefanten aus.«

Laura beugte sich vor, gerade als Jumbo sein Mißfallen darüber hinaustrompetete, daß er aus seinem trockenen Wagen in den kalten Regen getrieben wurde. Das klang wild und laut, und bald fielen die anderen Elefanten ein. Zur Errichtung des riesigen Hauptzeltes wurden ihre Kräfte benötigt.

Nacheinander trotteten die großen Kreaturen und die Rampen hinunter, stapften über den schlammigen Boden und wurden dahin gebracht, wo die Zelte errichtet werden sollten.

Anfang der Woche war Will mit einem Assistenten zur ersten Stadt ihrer Tournee vorausgefahren, wo sie den Zirkusplatz inspizierten und die Plätze fürs Hauptzelt und die Nebenzelte aussteckten. Sie hatten auch Leute für Plakatanschlag und zum Verteilen von Handzetteln in Orten und Städten im Umkreis von siebzig Meilen engagiert. Die Menschen reisten von entlegenen Dörfern und Farmen an, um die Wunder des Barnum und London-Circus zu sehen.

Als sie Will gefragt hatte, warum in so fernen Gegenden geworben wurde, hatte Will ihr von den Sonderpreisen, die die Eisenbahn anbot, erzählt. »Dadurch«, hatte er gesagt: »brauchen wir nur in die großen Städte zu gehen. Es ist billiger für uns, und Leute aus den kleineren Städten der Umgebung können die Show sehen. Wir haben wegen der Sonderreisen Verträge mit allen Eisenbahngesellschaften.«

Bei dem Gedanken, daß sie Will bald wiedersehen würde, wurde Lauras Gesicht trotz des kalten Regens warm. Während der Bahnfahrt hatte sie häufiger an ihn gedacht als sie sollte. Obwohl der Gedanke an ihn sie nervös und gereizt machte, was sie auf ihr körperliches Verlangen zurückführte, war sie jetzt sicher, daß sie ihm vertrauen konnte.

Nach dem Abend im Zirkus begriff Laura, daß sein Interesse an ihr mehr als nur Fleischeslust war. Halb verlegen, halb verärgert, dachte sie daran, wie verwundbar sie in jener Nacht gewesen war. Sie mußte ehrlich zugeben, daß sie nicht viel

Widerstand geleistet hätte, hätte er sie in jener Nacht verführen wollen. Doch das hatte er nicht, er war ein perfekter Gentleman gewesen. Nur wußte sie nicht, ob sie sich darüber freuen oder verärgert sein sollte.

Sie drehte sich um, als sie am Arm gezupft wurde, und sah Milly besorgt zu den Waggons blicken. »Gibt es da Schwierigkeiten? Ich kann nichts erkennen.«

Laura schaute angestrengt durch den Regen und sah, daß einer der großen Paradewagen gegen einen Flachwaggon auf der Rampe gekippt war. Sie und Milly beobachteten, wie der Wagen sich löste, gefährlich wackelte und dann die Rampe hinunter, in den Schlamm, rollte. Die Männer da unten flüchteten schreiend und fluchend in alle Richtungen. In der Ferne hörte Laura jetzt das Klingen der Hämmer auf Metall. Dort wurden die schweren Zeltpflöcke in den Boden geschlagen.

»Ich wünschte, ich wäre näher am Zeltplatz«, sagte sie plötzlich. »Ich möchte das alles sehen.«

»Ich auch«, sagte Milly. »Regnete es nicht, könnten wir zuschauen, doch jetzt sind wir sicher unerwünscht.«

Laura lächelte, da ein besonders unflätiger Fluch von dort hallte, wo einige Männer versuchten, die Raubtierkäfige zu entladen. »Ich denke, du hast recht«, sagte sie und hielt sich die Ohren zu.

Fröstelnd und durchnäßt blieben Laura und Milly auf der Plattform, während das Hauptzelt aufgerichtet wurde. Sie waren zu weit weg, um es genau sehen zu können, doch Madame Costa, die Gewandmeisterin, bemerkte ihr Interesse und lieh ihnen ein Opernglas.

Als die Zeltarbeiter zum Hochziehen bereit waren, nieselte es nur noch; und so konnten sie mit Hilfe des Glases sehen, wie die Männer mit den Elefanten die ungeheur schwere Leinwand emporhievten, die bis dahin wie die Haut eines gigantischen Tieres auf dem Boden gelegen hatte.

Laura, die gerade das Glas hatte, seufzte, als sie die Leinwand sich wie ein lebendiger Organismus heben sah.

Laura schüttelte bewundernd den Kopf und gab Milly das Glas. »Unglaublich, wie schnell das geht. Das ist doch viel Arbeit.«

»Sie haben viel Erfahrung, denke ich«, sagte Milly, die rasch das Glas an die Augen hob. »Sieh nur, Laura. Es ist oben. Es ist gewaltig!«

»Mr. Adams erzählte mir, es sei das größte Zelt der Welt, oder zumindest sagt Mr. Barnum das. Zwanzigtausend Menschen haben darin Platz. Und es gibt noch drei andere Zelte, eins für das Museum und zwei für die Menagerien. Mit dem Küchenzelt sind es sogar vier.«

Milly seufzte und ließ das Glas sinken. »Du kennst wenigstens jemanden, der dir etwas sagen kann. Für einen Neuling ist es wohl immer schwer. Die Alten wissen alles und die Neulinge nichts. Neulinge sind sicher naiv, und Naivität ist immer etwas komisch. Manchmal fühle ich mich so – so dumm. Ich stelle immer so dumme Fragen, daß die anderen Mädchen mich auslachen.«

Laura klopfte dem jüngeren Mädchen auf die Schulter. »Du wirst noch alles lernen, Milly. Ich muß ja auch viel lernen. Und ich habe gehört, daß die Zirkusmenschen besonders zurückhaltend sind und Neulingen erst skeptisch begegnen.«

Milly nickte. »Das habe ich auch gehört. Madame Costa hatte mir das gesagt, als ich wegen Arbeit beim Zirkus vorsprach. Sie sagte, ich würde dann akzeptiert, wenn ich mich selbst ›bewiesen‹ hätte. Was immer das bedeutet.«

Laura lehnte sich aufs Geländer. Der Himmel klärte sich auf, die Wolken verzogen sich, und die Sonne brach durch. »Ich glaube, es bedeutet, daß wir das Beste geben müssen, unseren Teil tun, und zu ertragen, was auch kommen mag.«

Millys Lächeln war ansteckend, denn Laura lächelte ebenfalls. »Das empfinde ich auch so. Wenn wir unsere Arbeit gut machen, freundlich und nett zu den anderen sind und uns nicht über Unbequemlichkeiten beschweren, werden wir in der Zirkuswelt akzeptiert werden.«

Kaum hatte Laura diese Worte gesagt, da wichen die letzten Wolken und enthüllten einen herrlichen Regenbogen, dessen eines Ende in einer weißen Wolkenbank verschwand. Das andere Ende des farbenprächtigen Bogens ruhte auf dem Hauptzelt. Mit leuchtenden Augen schauten die Mädchen darauf.

Am Abend waren alle Zelte aufgebaut, die Ausrüstung und die Tiere entladen. Die Sitzreihen im Hauptzelt mußten noch aufgestellt werden, dazu noch einige Kleinigkeiten, doch das war schnell getan.

Herrliche Düfte kamen aus dem Küchenzelt, und Laura hörte ihren Magen auf recht undamenhafte Weise knurren. Sie zog ihre ältesten und kräftigsten Stiefel an und ihr ältestes Kleid und verließ mit Milly den Frauenschlafwagen, um durch den Schlamm zum Küchenzelt zu gehen.

Nachdem der Regen aufgehört hatte, war es ein wundervoller Abend, die Sterne strahlten hell vom schwarzsamtenen Himmel. Laura atmete die feuchte Luft, die nach zertretenem Gras und Wachstum duftete, tief ein. Sie war voller Kraft und Erwartung. Seit Tagen, fiel ihr plötzlich ein, hatte sie nicht an Nick gedacht. Es schien, als schwinde der Schmerz seines Verlassens, und ihr Leben mit ihm war Vergangenheit.

Und dann dachte sie an Will. Würde sie ihn heute abend sehen? Er mußte heute sehr viel zu tun gehabt haben, doch, ob er sie besuchte?

Millys Stimme unterbrach ihre Gedanken. »Du wirst mich doch nicht allein lassen, Laura? Ich meine, im Küchenzelt. Auch wenn dein Freund kommt, läßt du mich doch nicht allein essen, nicht wahr?«

Laura sah das andere Mädchen an und war von plötzlicher Zärtlichkeit erfüllt. Milly war ein so kleines, süßes Ding, so winzig und hübsch, daß man sie für ein Kind halten konnte; und doch wußte Laura, daß in ihr große Kraft steckte, durch die sie diese Arbeit bekommen hatte, die sie auch behalten würde, obwohl die erfahreneren Frauen zuweilen sicher hart mit ihr umgehen würden. Sie verstand auch Millys Besorgnis. Wie sie, fühlte sie sich nervös, mit vielen Leuten zu essen, die einander gut kannten, sie aber, von Will abgesehen, nicht. Und, soweit sie wußte, würde er mit James Bailey oder anderen wichtigen Leuten essen.

Wenn Laura auch nur einige Jahre älter war, fühlte sie wie eine Mutter für Milly. Sie legte den Arm um ihre Taille. »Keine Angst, wir essen zusammen. Ich fühle mich genau wie du. Solange wir zusammen sind, haben wir wenigstens Gesellschaft. Komm, beeilen wir uns. Ich verhungere.«

Das Küchenzelt war voller Holztische, an denen müde und verschmutzte Männer und Frauen saßen, deren Aufmerksamkeit dem Inhalt ihrer Teller und Tassen galt.

An einer Seite standen Ausgabetische, vor denen eine lange Menschenreihe darauf wartete, bedient zu werden. Milly und Laura stellten sich hinten an. Die Düfte ließen Laura das Wasser im Mund zusammenlaufen. Um sich abzulenken, schaute sie sich im Zelt um und sah sich die Menschen an.

Es war eine sehr gemischte Gruppe, von gut bis ärmlich gekleidet, die Zirkushierarchie.

An einem nahegelegenen Tisch wartete ein großer, gut aussehender Mann mit langem schwarzen Schnurrbart, der einen gut geschnittenen Tuchmantel mit Pelzkragen trug, auf seine Tischgefährten.

Neben ihm saßen eine kleine, sehr hübsche Blondine in blauem Mantel, und ein Mann, der wie ein Filmstar aussah.

Milly sah Lauras Blick und flüsterte ihr zu: »Der Mann mit dem Schnurrbart ist Mr. Turnball, der Zirkusdirektor, und der Mann zu seiner Linken ist Gunther Helsing, der Löwenbändiger. Sieht er nicht stattlich aus?«

Laura nickte. »Er sieht sehr gut aus.«

Milly seufzte. »Aber er ist schon vergeben. Die hübsche kleine Frau neben Mr. Turnball ist seine Freundin. Sie heißt Betinna Brouder und ist Dressurreiterin.«

Laura schaute interessiert zu dem Paar. »Ihre Namen klingen deutsch«, sagte sie.

»Das sind sie. Die meisten Künstler kommen aus europäischen Zirkussen. Madame Costa sagt, da gäbe es den Zirkus schon länger als bei uns.«

Milly lachte. »Da gibt's ja wohl alles länger, denke ich? Du wirst jedenfalls feststellen, daß die Künstler meist mit ihren Landsleuten und bestimmte Typen von Künstlern ebenfalls zusammen sind. So essen die Clowns mit anderen Clowns, und Zeltarbeiter mit anderen Zeltarbeitern.«

Laura schnitt ein Gesicht. »Heißt das, ich muß mit den anderen Büroangestellten essen?«

Milly kicherte. »Nein, aber heute können wir uns irgendeinen Platz suchen. Da es die erste Nacht auf Tournee ist und regnet, essen alle im Zelt. Die ganz großen Künstler essen gewöhnlich in ihren eigenen Wagen. Schau doch mal, ob du einen freien Platz findest.«

Laura schüttelte den Kopf. »Milly, für jemanden der sich gerade noch beschwerte, daß niemand sie etwas lehrt, hast du aber sehr viel gelernt.«

Milly grinste. »Nun, Madame Costa redet sehr gerne, und ich höre immer gut zu.«

Wieder schaute Laura durchs Zelt. Längs der Wand standen die Tische, an denen die Freaks oder Absonderlichkeiten zusammensaßen. Sie sprachen und lachten, und Laura schaute sie fasziniert an. Wie schon bei ihrem Zirkusbesuch mit Will, hatte sie sie anziehend und abstoßend zugleich gefunden. Sie wußte nicht, was sie fühlen sollte.

Milly, die bemerkte, wohin sie schaute, sagte: »Sind sie nicht faszinierend? Ist es nicht seltsam, was die Natur tun kann? Ich frage mich immer, wie sie über sich denken mögen. Ich stell es mir schrecklich vor, immer von Menschen angestarrt zu werden, als sei man kein Mensch. Doch die meisten von ihnen scheint es kaum zu stören. Und wenn, dann zeigen sie es nicht. Sie müssen sehr tapfer sein.«

Sie hielt inne, fügte dann hinzu: »Die meisten Menschen sagen Freaks zu ihnen, und das ist ein häßliches Wort. Mr. Barnum nennt sie Wunder. Das hat mehr Würde.«

Laura, die Milly sagen hörte, was sie selbst empfand, nickte. »Aber ich fürchte mich ein wenig vor ihnen«, gab sie betreten zu.

Milly kicherte. »Das solltest du nicht, Laura. Egal, wie sie ausschauen, sie sind Menschen. Ich stelle mir vor, daß sie im Inneren wie du und ich sind. Ihr Äußeres, ihr Körper ist anders, und daran können sie nichts ändern. Aber Gott hat sie doch so gemacht.«

Laura lächelte. Milly war wirklich ein erstaunliches kleines Ding. Trotz ihrer kindhaften Erscheinung hatte sie die sichere Fähigkeit, Dinge zu durchschauen und das Wesentliche zu erkennen.

»Du hast völlig recht, Milly«, sagte sie.

Als sie an der Reihe waren, nahm Laura gierig ein Tablett und Teller und hielt es den schwitzenden, rotgesichtigen Köchen hin. Am Ende war ihr Tablett beängstigend voll, und sie hoffte, daß ihre Augen nicht größer als ihr Magen waren. Sie freute sich, daß Millys Tablett fast ebenso voll war.

Sie hatten nun ihre Mahlzeit, brauchten aber einen Platz zum Essen. Das Zelt schien voll, und wohin sie auch schauten, entdeckten sie keine freien Plätze.

Schließlich sah Milly bei den Wundern freie Plätze und nickte in die Richtung. »Da drüben ist was frei. Ob sie etwas dagegen haben, wenn wir uns dazusetzen?«

Laura war plötzlich nervös. An dem Tisch saß auch der Löwenmann, und der Löwenmann war eine der Merkwürdigkeiten, in deren Gegenwart sich Laura am unwohlsten fühlte.

»Komm«, sagte Milly und ging entschlossen voran, »es sind die einzigen Plätze. Setzen wir uns, bevor das Essen kalt wird.«

Befangen folgte Laura ihrer Freundin und fragte sich, wo ihr Selbstvertrauen geblieben war.

An einem der leeren Sitze lächelte Milly freundlich. »Dürfen wir uns zu Ihnen setzen?«

Laura, die ihr schweres Tablett kaum mehr tragen konnte, setzte es auf den Tisch und bemerkte unbehaglich, daß alle Augen ihr und Milly zugewandt waren. Es war eine entmutigende Erfahrung, da sie nicht wußte, ob das Verhalten freundlich oder anders war. Die Blicke waren verhalten, die seltsamen Gesichter ausdruckslos.

Milly ignorierte das plötzliche Schweigen und setzte sich auf die Bank neben eine schlanke dunkelhaarige Frau mit Vollbart. »Ich weiß nicht, wie's Ihnen geht«, lächelte Milly sie an, »aber ich bin so hungrig, daß ich Jumbo essen könnte.«

Laura sah die Zähne der bärtigen Frau zwischen ihrem dunklen Haar leuchten, als sie lächelte, und sie spürte Erleichterung, da sich die anderen zu entspannen schienen.

Die bärtige Frau schaute zu Laura auf. »Setzen Sie sich, meine Liebe. Wir freuen uns über Ihre Gesellschaft. Sie beide sind neu im Zirkus, nicht wahr?«

Laura setzte sich zwischen Milly und einen skelettartig dünnen Mann, der mit Behagen aß, und versuchte den Löwenmann, der ihr direkt gegenübersaß, nicht anzustarren.

Milly antwortete: »Ja, Madam, das sind wir. Ich arbeite

bei Madame Costa in der Garderobe, und meine Freundin arbeitet im Büro.«

Die Frau nickte anmutig. Sie war, wie Laura bemerkte, abgesehen von dem gewaltigen schwarzen Bart, der ihre untere Gesichtshälfte bedeckte, sehr weiblich. Ihr Haupthaar war üppig und nach der neuesten Mode frisiert. Ihre Kleidung war gut geschneidert und paßte zu ihrer schlanken, wohlgeformten Figur. Ihre Stimme war kultiviert, und Laura hörte einen leichten Akzent.

»Ich bin unhöflich«, sagte die Frau mit graziöser Geste. »Ich bin Madame Zenobia, und Sie wissen sicher, was ich tue.«

Laura spürte, wie sie bei der Erwähnung des Bartes errötete, doch Milly schaute Madame Zenobia bewundernd an. »Es ist ein schöner Bart«, sagte sie. »Sehr ungewöhnlich.«

Madame Zenobia warf den Kopf zurück und lachte glockenklar. »Ich werde Sie mögen, Kleine. Sie sehen klar und sprechen ehrlich. Natürlich ist er ungewöhnlich, und deshalb bin ich auch hier, genau wie die anderen, weil wir ungewöhnlich sind.«

Sie schaute Laura an. »Und wie heißen Sie, Kleine, und Ihre Freundin?«

»Oh, verzeihen Sie. Ich bin Milly Andrews, und meine Freundin heißt Laura Orlando, und wir freuen uns, Ihre Bekanntschaft zu machen.«

Madame Zenobia tätschelte Millys Hand. »So eine höfliche Kleine! Auch ich freue mich, Ihre Bekanntschaft zu machen. Und nun mache ich Sie mit den anderen am Tisch bekannt. Die junge Frau mir gegenüber ist Belle Taylor, bekannt als das Vierbeinige Mädchen.«

Die junge Frau mochte um die Zwanzig sein und war klein, mit weichbraunem Haar und hübschem Gesicht. Da ihre Beine unter dem Tisch verborgen waren, wirkte sie ganz normal. Laura nickte grüßend, und das Mädchen lächelte scheu.

»Und der Herr neben ihr ist Herman Dawes, der Halbmensch.«

Herman Dawes, ein Mann in mittleren Jahren, mit freundlichem Gesicht und schwindendem Haar, dessen untere Körperhälfte ebenfalls unter dem Tisch verborgen war, wirkte überhaupt nicht ungewöhnlich.

»Ihnen gegenüber, Laura, sitzt Lionel Germaine, besser bekannt als der Löwenmann.«

Widerstrebend schaute Laura ihn an und sah direkt in zwei der freundlichsten und blauesten Augen, die sie je gesehen hatte. So nahe und angezogen, bot der Löwenmann ein widersprüchsvolles Bild: Er wirkte wie ein freundliches Tier in menschlicher Kleidung. Über Hemd und Jacke waren sein Kopf und Gesicht ganz mit langem, welligem, goldenem Haar bedeckt. Nur die intelligenten, menschlichen Augen ließen erkennen, daß er ein Mensch war. Selbst seine Hände waren mit langem goldenem Haar bedeckt.

Laura schaute ihn einen Moment sprachlos an, und dann lächelte er sie an und entblößte strahlend weiße Zähne, und dabei schwand ihre Nervosität und Furcht vor ihm sofort. Sein Gesichtshaar, das weich und seidig aussah, war in schönem Muster von seinen Wangen und den Nasenflügeln gekämmt. Und obwohl er nicht menschlich aussah, war er auf seine Art seltsam schön. Laura bemerkte nun, daß Milly ihn unverhohlen, voller Freude ansah.

»Ihr Haar«, sagte Milly, »sieht so weich aus!«

Lionel lachte herzlich. »Sie dürfen es anfassen«, sagte er mit warmer Stimme.

Milly kicherte nervös, stand auf und beugte sich über den Tisch, um seine goldene Wange zu streicheln. »Oh, ja!« sagte sie mit leuchtenden Augen zu Laura. »Es ist weich wie Seide. Fühl doch nur.«

Zögernd beugte sich Laura, die alle Blicke auf sich spürte, vor und berührte behutsam das Wangenhaar des Löwenmannes. Es war wirklich weich und seidig. Verwirrt zog sie die Hand zurück.

Lionel, der ihr Unbehagen spürte, lächelte ihr beruhigend zu. »Es macht nichts«, sagte er. »Es stört mich nicht. Ich weiß, daß ich eine Abnormität bin, und die Leute sind von Natur aus neugierig und fürchten sich manchmal vor mir. Wenn sie mich berühren, haben sie keine Angst mehr.«

Madame Zenobia sagte: »Und nun, der Herr neben Ihnen. Sein Name ist Luther Goodwin; wie Sie sehen, ist er das menschliche Skelett. In gewisser Hinsicht hat er es besser als die anderen, denn er kann essen, was er will und wird nie dick.«

Goodwin blickte kauend auf und nickte freundlich. Er schluckte und sprach dann mit überraschend tiefer Stimme.

»Ich bin einssiebzig groß und wiege siebzig Pfund. Egal, was ich esse, ich wiege nie ein Gramm mehr.« Nach dieser Auskunft wandte er sich wieder seinem Essen zu.

»Neben Luther sitzen Alwyn Crest, Samson genannt, der stärkste Mann der Welt, und seine Frau Letitia, eine Schlangenbändigerin.«

Laura und Milly buegten sich vor, um den großen breitschultrigen Mann mit rasiertem Kopf und seine üppige, rothaarige Frau zu sehen.

»Natürlich gibt es noch andere unserer Art.« Madame Zenobia wies auf die umliegenden Tische. »Aber ich will sie Ihnen nicht alle jetzt vorstellen. Sie werden ihnen schon noch begegnen. Und nun, guten Appetit, meine Damen.«

Während des Bekanntmachens hatten Laura und Milly langsam gegessen. Nun stürzten sie sich auf ihre Tabletts und überließen die Unterhaltung den anderen.

Das Essen war überraschend schmackhaft, doch das hinderte sie nicht, aufmerksam zuzuhören.

Halb fertig, bemerkte Laura eine Gruppe von Leuten, die einen nahegelegenen Tisch verließen. Es schien, als seien sie alle verwandt, denn sie hatten dickes, dunkles Haar, glatte, olivfarbene Haut, aristokratische Nasen und strahlende dunkle Augen. Sie bewegten sich mit gleichem Dünkel.

Laura fiel besonders ein Mann auf, der ein wenig größer und schlanker als die anderen wirkte, und eine stolze, schöne Frau, die einen kostbaren, schwarzsamtenen Umhang trug.

Als sie gingen, drehte der große Mann sich um und schaute zum Freaktisch herüber. Seine dunklen, tiefliegenden Augen begegneten Lauras einen langen Augenblick, doch sie vermochte seinen Blick nicht zu deuten.

Herman Dawes, der Halbmensch sagte etwas zu Belle Taylor, das Laura nicht hören konnte. Und dann war Laura verblüfft, als das hübsche, vierbeinige Mädchen laut, mit eher gewöhnlicher Stimme, sagte: »Ein böses Weib! Ich weiß, daß manche sie für schön halten, aber sie ist nicht gut, und sie hält sich für die Schönste! Wie sie den armen Benjy behandelt. Und Lionel. Ihr Männer fliegt alle auf sie und fühlt euch wie im Himmel, wenn sie euch mehr als ein freundliches Wort schenkt. Das muß einen ja krank machen.«

Laura warf dem Löwenmann, der den Gehenden nachschaute, einen raschen Blick zu. Da sein Kopf abgewandt war, konnte sie sein Gesicht nicht sehen. Doch nachdem die Gruppe das Zelt verlassen hatte und er ihr das Gesicht wieder zudrehte, sah Laura Schmerz und Sorge in seinen blauen Augen.

Er bemerkte, daß Laura ihn ansah, lächelte und zuckte die Schultern. Es war offensichtlich, daß dieser fremdartig wirkende Mann starke Gefühle für die schöne Frau hegte, und Laura spürte heftige Anteilnahme für ihn. Wie traurig, so hoffnungslos zu lieben. Denn wenn eine Liebe sicher nicht erwidert wurde, dann die Lionels. Die schöne, stolze Frau hatte sicher viele Bewunderer, einschließlich des unglücklichen Benjy, wer immer das sein mochte.

Laura fragte beiläufig, ohne ihre Gefühle zu zeigen, da sie ihn nicht verletzen wollte: »Diese Leute, die gerade gingen – wer sind sie?«

»Die Salieri-Familie«, sagte Lionel weich. »Eine der Starattraktionen, eine Trapeznummer.«

Laura nickte nachdenklich. Sie hatte bereits eine Vorstellung, wie die Künstlerhierarchie aufgebaut war und wußte, daß solche Nummern die Aristokraten des Zirkus waren. Taktvoll sagte sie: »Sie wirken sehr – selbstsicher.«

Milly, die indes ruhig gegessen hatte, schnaufte. »Ich denke ›selbstsicher‹ trifft es nicht. Ich halte sie für anmaßend und arrogant. Sie schwebten raus, als seien sie Könige oder so was!«

Lionel lächelte. »Das sind sie, zumindest im Zirkus.«

Milly schnaufte wieder. »Oh, ich weiß. Ich hörte Sie sagen, sie seien eine Starattraktion, aber deshalb sind sie doch nicht besser als Sie oder ich, nur erfolgreicher. Ich ärgere mich, wenn ich so hochnäsige Leute sehe!«

Madame Zenobia wandte sich lächelnd Milly zu. »Ah, ich sehe, daß die Kleine die Wahrheit gleich erkannt hat. Die wirklich Großen müssen ihre Größe nicht zur Schau stellen und sollten menschlich bleiben, auch wenn sie Erfolg haben. Es stimmt, die Salieri-Familie ist eine großartige Nummer, sie haben Talent, aber es stimmt auch, daß sie sehr arrogant sind und ihren Mitmenschen wenig Liebe entgegenbringen. Vielleicht sollten sie sich gerade wegen ihrer Arbeit des Spruches erinnern, ›Hochmut kommt vor dem Fall‹.

Ich bin sehr müde, junge Damen, und morgen wird ein langer Tag. Ich muß zu meinem Wohnwagen. Ich wünsche Ihnen beiden guten Schlaf und angenehme Träume.«

Auch die anderen am Tisch verabschiedeten sich, und bald saßen Laura und Milly allein vor ihren leeren Tellern.

»Nun!« sagte Milly und schaute Laura mit strahlenden Augen an. »Das war doch interessant. Es sind wundervolle Leute. Ich kann's kaum erwarten, die anderen Künstler kennenzulernen. Wie ist es mit dir?«

Amüsiert von der Begeisterung des Mädchens, nickte Laura. »Ja. Sie waren sehr nett, und es war sehr aufregend. Und du hattest recht: Es sind ganz normale Menschen. Ich bin froh, daß wir uns zu ihnen gesetzt haben.«

Milly lächelte entwaffnend. »Hast du Lionel Germaine genau angesehen? Ist er nicht das Schönste, was du je gesehen hast?«

Laura schaute Milly verblüfft an. Sie hatte den Löwenmann auf andere Art für attraktiv gehalten, doch Milly klang, als spräche sie von einem begehrenswerten Mann.

»Ja, auf seltsame Art fand ich es schön, ihn anzusehen«, sagte sie vorsichtig.

Milly strahlte. »Er ist einfach prächtig, wie ein großartiger Löwe, der sich in Menschengestalt verwandelt hat oder ein Prinz, der zum Löwen wurde. Er hat so freundliche Augen«, ergänzte sie verträumt, »und scheint furchtbar intelligent.«

Plötzlich war Laura erschöpft. Die Kraft und Erregung, die sie den ganzen Tag aufrecht gehalten hatten, waren wie weggeblasen, und das Essen und das warme Zelt hatten noch das ihre getan.

»Milly, laß uns zum Schlafwagen gehen. Ich bin todmüde und, wie Madame Zenobia sagte, morgen wird ein schwerer Tag.«

Milly nickte und nahm ihr Tablett. »Du hast recht. Doch ich bin so aufgeregt, daß ich nicht weiß, ob ich schlafen kann.«

Laura seufzte kopfschüttelnd. Wo hatte Milly die Kraft her? Plötzlich fiel Laura ein, daß sie Will nicht gesehen hatte. Vielleicht hatte er mit Mr. Bailey oder anderen wichtigen Zirkusleuten zu Abend gegessen.

Sie wußte, daß Phineas Barnum zur Zeit nicht bei ihnen war. Will hatte erzählt, daß er nicht oft mit dem Zirkus reiste, sondern die meiste Zeit mit seiner zweiten Frau in ihrem Anwesen Waldemere, im Seaside Park, in Bridgeport, verbrachte. Dennoch nahm Barnum aktiv an der Talentsuche teil.

Laura war ein wenig betrübt, weil sie Will nicht gesehen hatte. Das sollte sie natürlich nicht sein. Will Adams war nur ein Freund, nicht mehr. Und sie kannte ihn ja kaum. Es war töricht, zu glauben, daß er Zeit für sie hatte, wo er so beschäftigt war.

Trotz ihrer Überlegungen lag sie schließlich mit geschlossenen Augen auf ihrem schmalen Bett – sah in Gedanken das Entladen der Wagen, das Essen mit den menschlichen Wundern – und hatte Will Adams Bild vor sich. Bevor sie einschlief, stellte sie sich vor, nackt in seinen Armen zu liegen.

13

Das Monster, nur mit einem schmutzigen Lendenschurz bekleidet, starrte vom Boden der Grube zum Publikum hoch, während er das kreischende Huhn hin und her schwenkte.

Nick unterdrückte einen Schauder. Den hageren Körper des Monsters, der ohnehin schon schmutzig war, hatte man mit feuchter Erde noch abstoßender gemacht, und sein dunkles, buschiges Haar war so gekämmt und gebürstet worden, daß es aufrecht auf seinem Kopf stand. Der Schmutz, die wahnsinnigen Blicke und das Grunzen sollten die Besucher davon überzeugen, daß sie tatsächlich einen Wilden sahen, und die Grube sollte sie glauben machen, daß sie nur so geschützt werden konnten.

Nick fragte sich, was einen Mann so erniedrigen konnte, daß er als Rummeplatzmonster auftrat, verließ die Menge um die Grube und ging zu seinem Zelt. Als er ging, stieß das Monster einen schrillen Schrei aus, das Huhn kreischte erstickt, und die Menge – alles Männer – keuchte kollektiv.

Angewidert schüttelte Nick den Kopf. Von allen Jahrmarktnummern wurde das Monster am meisten verachtet, und doch hatte er das größte Publikum. Dafür war kein Talent erforderlich. Man brauchte nur einen Trunkenbold mit eisernem Magen, der so tief gesunken war, daß er für Whisky alles tat, und ein lebendes Huhn. Die ganze Nummer bestand darin, daß das Monster wilde, heulende Geräusche von sich gab und dem Publikum drohende Gesten machte. Und dann, wenn ihre Geduld und Neugier zum Höhepunkt gebracht worden war, biß er dem lebenden Huhn den Kopf ab. Er wurde mit Whisky bezahlt und bekam Küchenabfälle zum Essen.

Die größeren, besseren Wanderzirkusse verzichteten auf die Monsternummer, aber der Maridan Magic-Carnival war weder groß, noch hatte er Stil, und Madam Lola Maridan, die Besitzerin, nahm alles, was Leute und ein paar Dollars brachte.

Sie ließ auch die Spiele beeinflussen, und die Kartenverkäufer betrogen die Kunden mit dem Wechselgeld. Nein, dachte Nick, als guten Zirkus konnte man den Maridan kaum bezeichnen. Aber es war auch keiner der ganz schlimmen, und er hatte dort einen Hafen gefunden, als er ihn brauchte.

Unglücklicherweise führte ihn dieser Gedanke zu Laura. Rasch versuchte er, an Angenehmeres zu denken, denn der Gedanke an Laura und an die schäbige Art, wie er sie behandelt hatte, ließ Schuld und Ärger in ihm aufsteigen, zwei Gefühle, die er nicht mochte.

Nick hielt sich für einen intelligenten, charmanten Mann, der vom Glück begünstigt war. Doch nach Monaten oder gar einem Jahr voller Glück und Erfolg, tat er stets etwas Törichtes, Zerstörendes.

Zuweilen wunderte er sich, warum er so handelte.

Es hatte alles so gut angefangen. Das Theater florierte, und er war mit Laura glücklich gewesen; und dann, nachdem die Anfangsschwierigkeiten überwunden waren, als alles glatt lief, war er unruhig geworden. Es war etwas Vertrautes, eigentlich zwei vertraute Dinge, das Spiel und Frauen.

Hätte ihn Alfred Hayes nicht dazu überredet, Harriet einzustellen, hätte er vielleicht alles im Griff gehabt. Wäre es ein anderes Mädchen gewesen, Alfred hätte sich nicht darum geschert. Vielleicht hätte er Nick sogar geholfen, einen Arzt für eine Abtreibung zu finden. Doch nein, es war Alfreds Nichte, und Nick war dumm genug gewesen, sein eigenes Nest zu beschmutzen. Und das Verrückteste war, daß Harriet im Bett nicht mal halb so gut wie Laura war, die er wahrhaft geliebt hatte. Warum hatte er das getan?

Natürlich war's nicht allein seine Schuld: Das Mädchen

hatte sich ihm förmlich an den Hals geworfen, darum gebettelt, genommen zu werden. Was sollte ein heißblütiger Mann tun, wenn eine attraktive Frau die Beine breit machte?

Was dachte er darüber nach? Es war aus und vorbei. Nick hatte ein schlechtes Gewissen, weil er alles Geld mitgenommen und Laura ohne einen Cent zurückgelassen hatte. Aber er war in Panik geraten, als Harriet ihm mit ihrem Onkel und Laura drohte, er mußte weg und er brauchte Geld, bis er Arbeit finden würde. Laura war eine kluge Frau und konnte irgendwie für sich sorgen. Vielleicht ließ Alfred sie das Theater weiterführen. Dann ging's ihr gut. Zumindest war er derjenige, der Laura aus den Händen des Vaters befreit hatte; dafür müßte sie ihm dankbar sein.

Während er zu seinem Zelt ging, stieg seine Laune. Er war in Schande geflohen und gezwungen gewesen, die erste Arbeit anzunehmen, die er finden konnte. Sein Glück verließ ihn in gewissem Maß nicht. Seine Hellsehernummer brachte ihm nicht viel, doch sein Charme wirkte auf Madame Maridan, die Witwe, der der Rummel gehörte. Er hatte Grund zu glauben, daß sie seinem Werben nicht abgeneigt war. Er hatte Wochen dazu gebraucht. Heute hatte sie ihn endlich zum Essen in ihren Wagen eingeladen, und er sah dem optimistisch entgegen.

Lola Maridan war eine dralle Frau um die Fünfundvierzig. Oder eine gut erhaltene Fünfzigerin, mit scharfen, dunklen Augen, die ihre Unschuld längst verloren hatten, einer arroganten Nase, dunkler Hautfarbe und fülligem schwarzen Haar, dessen Farbe wohl aus einer Flasche stammte.

Sie sah auf gewisse Art gut aus und ließ sich nichts vormachen. Nick hatte sie als gleichbürtigen Gegner eingestuft; doch das war eine spezielle Herausforderung, die sich in einem amourösen Abenteuer auszahlen mochte.

Obwohl Lola sehr wenig zahlte und das Essen kärglich war, mußte sie reichlich Geld gespart haben. Wie Nick hörte, lebte sie sehr gut. Die, die schon in ihrem Wagen gewesen waren, erzählten, er sei üppig eingerichtet, und sie äße nur vom Feinsten und tränke die besten Spirituosen. Sie trug teure Kleider und wirkte, fand Nick, aufgeblasen.

Ihm war auch klar, daß sie Männer mochte; so wie sie ihn bei ihrer ersten Begegnung angesehen hatte. Es gab diesen sexbesessenen Typ Frau, die erst auf die Hose eines Mannes schaute, bevor sie ihm ins Gesicht sah, und Lola Maridan war diese Art Frau. Nick hatte den Test offensichtlich bestanden, da sie ihn engagiert hatte, und er hatte erwartet, sie würde ihn wenig später zu sich holen. Doch das war nicht geschehen, und seine Neugier stieg.

Nach einigen Tagen voller Andeutungen merkte Nick, daß Lola interessiert, aber auch vorsichtig war. Ohne Planung ließ sie sich auf keine Affäre ein. Und dann war da noch Bruno.

Bruno war ein Berg von Mann, über einsachtzig groß, mit gewaltigen Schultern und Händen wie Hämmer; er war Lolas Leibwächter. Sein rasierter Schädel und das zerfurchte Gesicht machten eine Altersschätzung schwer. Doch Nick hatte den Mann noch nicht lächeln sehen, und seine kleinen, fast schweinsähnlichen Augen schienen nur zwei Regungen auszudrücken – Mißtrauen und Streitsucht. Nick war sicher, daß Bruno nur die Aufgabe hatte, Lola zu beschützen. Wo immer sie ging, war Bruno hinter ihr, mißtrauisch um sich blickend, als warte er darauf, daß jemand Lola bedrohe, um ihn auseinandernehmen zu können.

Zunächst hatte Nick angenommen, daß der Mann entweder Lolas Gatte oder ihr Liebhaber sei, doch weder sah noch hörte er etwas, das diese Theorie erhärtete. Wenn Lola in ihrem Wagen war, stand der Mann, die Arme vor der muskulösen Brust gekreuzt, vor dem Wagen, und nachts, das entdeckte Nick eines Abends, schlief er unter Lolas Wagen.

Es war eine interessante Frage, warum Lola einen Leibwächter brauchte. Darauf wußten auch die anderen keine Antwort. Jedenfalls mußte man erst an Bruno vorbei, um zu Lola zu kommen, was für Pläne hinderlich, aber keineswegs unüberwindbar war. Bruno mochte zwar so wild wie ein dressierter Wachhund sein, doch sein Verstand war entsprechend.

Nick sorgte dafür, daß Madame Maridan ihn bemerkte. Und jetzt endlich, zu der Überzeugung gelangt, daß sie ihm trauen konnte, hatte sie ihn zum Abendessen eingeladen.

Nick stand vor dem Zelt. Er schaute auf die bemalte Leinwand: ›Nicolo der Große! Hellseher ohnegleichen! Weiß alles! Sieht alles!‹ In der Mitte ein schlecht gemaltes, entfernt ähnliches Bild von Nick im Abendanzug, ein Tuch um die Augen gebunden, die rechte Hand erhoben.

Nick hatte die Hellsehertricks bei der Arbeit mit Lady Elizabeth Beedle gelernt. Lady Elizabeth wurde als ›Berühmte Hellseherin – Ratgeber der Königlichen Familie‹ verkauft.

Tatsächlich war sie einer echten englischen Lady nur so nahe gekommen, daß sie deren Schuhe putzen durfte, als sie als Dienstmädchen in London gearbeitet hatte, bis sie sich einem Schausteller namens Cyrus Chamberlin anschloß, von dem sie die geheimen Tricks der Hellseher lernte.

Als ihr Assistent, hatte Nick die Tricks gelernt. Und weil er eine natürliche Begabung für die Show hatte und eine starke Bühnenpersönlichkeit war, hatte er sich mit einer eigenen Nummer erfolgreich selbständig gemacht.

Auf der Flucht vor Harriet und ihrer Schwangerschaft, war er auf Madame Maridans Rummel gestoßen. Er wollte untertauchen und sich eine Weile durchschlagen, bis es besser ging. Die alte Hellsehernummer lag am nächsten. Zudem machte es ihm Spaß, das Publikum auf den Arm zu nehmen. Und Hellseher war etwas Besonderes. Man trat im Anzug auf und benahm sich während der Nummer wie ein Gentleman.

Natürlich brauchte er einen Assistenten, jemanden, der im Publikum war, Ringe, Uhren und andere persönliche Dinge einsammelte und hochhielt. Dann nannte sie Nick, mit verbundenen Augen auf der Bühne stehend, scheinbar durch Geisteskraft sehend, welche Gegenstände hochgehalten wurden und ob sie einem Mann oder einer Frau gehörten. Seine Assistentin gab ihm dabei mit Worten Hinweise.

Er hatte seine Note in die Nummer gebracht, indem er, verriet das Schlüsselwort, daß die Besitzerin eine Frau war, sagte, sie sei »jung und lieblich« oder »reif und würdevoll« und dazu Augen- oder Haarfarbe nannte. Dies gefiel den Frauen mehr als seine unglaubliche Fähigkeit, Gegenstände zu benennen. Vor Beginn der Vorstellung ließ er sich immer von jemandem aus dem Publikum die Augen verbinden.

Die Assistentin, die er auf dem Rummel gefunden hatte, war ein junges Mädchen namens Melanie Phalen, Tochter des Besitzers einer Ringwurfbude. Sie war sehr jung, etwa fünfzehn, und weil ihre Eltern stets am Stand waren, brauchte Melanie ihnen nicht zu helfen. Sie freute sich, etwas Geld dazu zu verdienen, und es hatte sich für alle Beteiligten als vorteilhaft erwiesen.

Sie war ein hübsches Mädchen, mit langem, hellem Haar und dunkelbewimperten, blaßblauen Augen. Für ihr Alter war sie recht unterentwickelt, sie wirkte viel jünger – Grund dafür, daß Nick sich für sie entschieden hatte. Trotz seiner Lust auf Frauen, lag ihm an Kindern nichts. Deswegen brachte ihn Melanie, mit flacher Brust und schmalen Hüften, nicht in Versuchung. In diesem Stadium konnte er nicht noch einen Mann gebrauchen, der ihn jagte.

Ihre kindliche Erscheinung war noch auf andere Art ein Plus. Nick, der immer rasch wußte, was das Publikum beeindruckte, hatte sie einfach und kindisch gekleidet, was ihre Jugend und Frische betonte. Die Frauen hatten sie gern und fühlten sich von ihr nicht bedroht, und die männlichen Zuschauer – von denen viele Nicks Auffassung zu jungen Mädchen nicht teilten – fanden sie auf andere Art charmant. Melanie war dazu intelligent und, weil sie auf dem Rummel groß geworden war, keineswegs so unschuldig oder naiv, wie ihr Äußeres vermuten ließ. Sie lernte rasch die Codewörter und wußte instinktiv, wie das Publikum zu behandeln war. Sie erwies sich als tolle Ergänzung für Nicks Nummer.

Die heutige Vorstellung war ein Erfolg, und anschließend hatte Nick Mühe zu verschwinden, als er sich von erregten Stadtbewohnerinnen und ihren unwilligen Ehemännern und Begleitern umringt sah, die ihm unzählige Fragen über seine Nummer stellten und wissen wollten, wie er solche geistigen Fähigkeiten erlangt hatte. Er wußte, daß die meisten Fragen nur ein Vorwand waren, ihn aus der Nähe sehen zu können. Eine besonders kühne Frau drückte ihm einen Zettel mit der Aufforderung in die Hand, sie später in der Stadt zu besuchen.

Nick lächelte, nickte allen zu und beantwortete bereitwillig ihre Fragen, war aber versessen darauf, zu seiner Verabredung mit Lola Maridan zu kommen. Er hatte das Gefühl, daß sie heute abend ihre Zurückhaltung fallen ließ, und rechnete zumindest mit gutem Essen und Getränken, im Idealfall aber mit einer erfreulichen Balgerei in Lolas Bett, das angeblich mit roten Seidenlaken bezogen war. Nick war sicher, hatte er sie erst einmal im Bett, würde sie sich ihm öffnen – er lächelte über das Wortspiel – und er könnte herausfinden, was sie besaß und ob es Wege gab, ihre Beziehung zu seinem Vorteil zu nutzen.

Endlich konnte er seinen Bewunderern entfliehen und ging zu seinem Quartier, um die Flasche Wein zu holen, die er besorgt hatte. Es war ein guter Portwein, und er hoffte, Lola wäre beeindruckt. Er entschloß sich, den Abendanzug anzubehalten, in dem er wie ein Herr wirkte. Dann ging er zu Lolas Wagen, der etwas abseits von den anderen stand.

Wie erwartet, stand Bruno mit verschränkten Armen vor dem Wagen; er wirkte kaum noch wie ein starker Mann vom Rummelplatz, der er einmal gewesen sein mußt. Bruno warf Nick einen bösen Blick zu, versuchte aber nicht, ihn aufzuhalten.

Nick, amüsiert von der offensichtlichen Abneigung des Mannes, nickte ihm kühl zu und erklomm die Stufen. Er fühlte sich dennoch etwas nervös, als er an Lolas Tür klopfte und auf ihr ›Herein‹ wartete. Nick hatte Bruno oft als Wachhund betrachtet, doch er wußte auch, daß es Hunde gab, die einen Menschen aus reiner Freude anfielen, und in dem Punkt war er sich bei Bruno nicht ganz sicher.

Doch der große Mann rührte sich nicht, und kurz darauf öffnete Lola die Tür. Nick war erfreut, sie in rotem Seidengewand mit weißer Federboa zu sehen.

»Kommen Sie rein«, sagte sie mit rauher Stimme.

Als er den Wagen betrat, sah er sofort, daß die Geschichten stimmten. Das Innere war in ein Wohn- und ein Schlafzimmer zweigeteilt, luxuriös mit roten Polstermöbeln möbliert.

Der Schlafbereich war durch einen rotsamtenen Vorhang abgetrennt, der nun mit dicken Goldschnüren zurückgebunden war und den Blick auf ein großes Bett mit roten Satinlaken und roten Samtkissen freigab. Nick hoffte, daß der sichtbare Schlafbereich ein gutes Omen für den Abend sein würde.

Lächelnd reichte er ihr die Flasche Wein und verbeugte sich leicht. »Ich dachte, das sei das richtige nach dem Essen.«

Lola streckte eine juwelengeschmückte Hand aus, nahm die Flasche und taxierte das Etikett. Sie lächelte leicht und stellte die Flasche auf einen reich verzierten Tisch vor der rotgolden tapezierten Wand.

»Danke, Nick. Mögen Sie einen Whisky vorm Essen?«

Nick sah, daß eine große Kristallkaraffe und zwei schwere Gläser auf dem Tisch standen. »Ja, danke. Gern.«

Lola ging zum Tisch und schenkte zwei gute Drinks ein.

»Aufs Verbrechen«, sagte sie und kippte die Hälfte des Drinks mit einem Schluck hinunter.

Nick war irritiert, hatte sich aber unter Kontrolle. Obwohl Lola gut aussah und wohlhabend war, hatte sie etwas Vulgäres, und Nick mochte keine gewöhnlichen Frauen. Er tolerierte Mangel an Erziehung und einfaches Verhalten, fand eine vulgäre Frau aber selten attraktiv. Doch andere Überlegungen spielten eine Rolle, und er hatte seit einer Woche keine Frau gehabt. Also übersah er Lolas Benehmen.

Er nippte an seinem Drink und schaute sich beeindruckt um.

»Ein schönes Domizil, Madame Maridan«, sagte er höflich und schaute wie zufällig auf das rote Samtbett. »Haben Sie es selbst eingerichtet?«

Lola kippte die andere Hälfte des Drinks hinunter und langte nach der Karaffe. »Hab' ich. Ich weiß, was ich mag, und ich will's vor allem bequem haben. Aber warum sagen Sie nicht Lola zu mir? ›Madame Maridan‹ klingt ja, als hätt ich nen Puff.« Sie lachte heiser. »Noch Whisky?« Sie zeigte auf sein Glas.

Nick schüttelte den Kopf. Er wußte, die Frau war nicht dumm, und er wollte nüchtern bleiben, solange er bei ihr war.

»Setzen Sie sich.« Lola deutete auf die rote Plüschbank. Nick setzte sich. »Als ich an Ihre Tür kam, war Bruno draußen. Ich dachte, er wollte mich nicht reinlassen.«

Lola zuckte nur die Schultern und sagte: »Bruno nimmt seine Arbeit ernst. Wenn ich es will, tötet er sogar für mich.«

Ein nachhaltiger Blick begleitete die Bemerkung, und Nick schaute in sein Glas. Mit der war nicht leicht Süßholz zu raspeln. Aber sie trank reichlich. Vielleicht, nach einigen weiteren Drinks . . .

Er versuchte, das Gespräch fortzusetzen und schaute auf den hübschen Beistelltisch in der Mitte. »Kochen Sie hier?«

Lola schüttelte mit verzerrtem Gesicht den Kopf. »Ich mag Kochen nicht. Hab' ich noch nie. Der Koch bereitet mein Essen im Küchenzelt zu. Natürlich nicht das, was ihr eßt.«

»Natürlich nicht«, sagte er mit seinem schönsten Lächeln. Mein Gott, dachte er, mit der Frau ist es schwer! Er mußte dauernd reden. Wie zum Teufel kam er ran? »Haben Sie den Rummel schon lange?« fragte er verzweifelt.

Sie nickte. »Zehn Jahre. Seit Mr. Maridan gestorben ist.«

Nick senkte den Kopf. »Oh, tut mir leid. Ich wollte keine traurigen Erinnerungen wecken.«

Sie zuckte ihre feisten weißen Schultern. »Macht nichts. Er war ein alter Bastard. Vertrocknet wie Pergament. Ich war nicht traurig, als er verschied.«

Nick nahm einen Schluck und überlegte, was er sagen sollte. »Sie haben aber alles ganz gut allein geschafft.«

Sie blickte ihn scharf an. »Nicht schlecht, obwohl's Leute gab, die glaubten, eine alleinstehende Frau ausnutzen zu können. Da hatten sie sich aber geirrt.«

Eine Warnung, dachte Nick. Sie zeigt mir, daß sie hier das Sagen hat, sich nicht reinlegen läßt und ich mich lieber vorsehen sollte, bevor ich an ihr Geld denke. Eine harte Frau, eine echte Herausforderung.

»Ich denke, jetzt trink ich doch noch was«, sagte er und hielt ihr das Glas hin.

Während sie es fast bis zum Rand vollschenkte, lächelte sie ihn breit an. »Gut! Männer, die nicht trinken, kann ich nicht leiden. Vertraue ihnen nicht. Hier, Orlando.«

Diesmal trank Nick wie sie und spürte einen Hitzestrom in seinem Magen, als das starke Getränk ihn durchrann.

Vom Alkoholgenuß war Lola nichts anzumerken, außer daß der Träger des Kleides heruntergerutscht war und ihre gewaltige weiße Brust fast ganz entblößte. Nick starrte darauf und spürte ein Ziehen in seinen Lenden. Er erinnerte sich ihres Blickes auf diesen Körperteil und machte keinen Versuch, seinen Zustand zu verbergen. Prompt wanderte ihr Blick hüftabwärts, wo die zunehmende Schwellung sichtbar wurde.

Ihre harten, dunklen Augen begannen zu leuchten, und ihr Gesichtsausdruck wurde weicher.

Schön, dachte Nick amüsiert, endlich habe ich etwas gefunden, das sie interessiert.

Den Blick auf die Ausbeulung in seiner Hose gerichtet, die immer größer wurde, griff sie, ohne hinzusehen nach der Karaffe. »Noch einen Drink«, sagte sie nachdrücklich. Nick überlegte, ob damit der letzte Drink des Abends oder vor dem Essen gemeint sei.

Er brauchte nicht lange, um das herauszufinden.

Als Lola ihren Drink mit einem Schluck wegkippte, folgte

Nick ihrem Beispiel. Er wollte nicht den Eindruck erwecken, als vertrüge er weniger. Lola setzte das Glas mit einem Bums auf den Tisch. Nick wollte seines danebenstellen, als ihr Arm vorschoß und ihre Hand sein steifes Glied umfaßte.

Es durchfuhr Nick wie ein Schlag. Überrascht und mit etwas Schmerzen – ihr Griff war nicht sonderlich sanft – mußte er wider Willen aufspringen. Er schaute in ihr stark geschminktes Gesicht, nur wenige Zentimeter entfernt, und empfand Angst, als sie ihn breit anlächelte.

»Eines muß ich sagen, Orlando, in der Abteilung stimmt alles. Männer mit kleinen Schwänzen kann ich nicht leiden. Sie mögen das Beste wollen, aber eine echte Frau können sie nicht befriedigen. Mal sehen, ob du mit deinem Gerät umgehen kannst.«

Lola zog ihn an seinem erigierten Glied zum Bett.

Vom Whisky benommen, den er zu schnell getrunken hatte und durch ihren Angriff aus dem Gleichgewicht gebracht, lag Nick plötzlich auf dem Rücken. Mit kundigen Fingern knöpfte sie seinen Schlitz auf und holte ihn raus.

Er hörte Lola ein freudiges Grunzen ausstoßen, während sie sein ›Gerät‹ freilegte und es fest preßte.

Noch benebelt, versuchte er die Initiative zu ergreifen und sie auf den Rücken zu rollen. Doch mit beachtlicher Kraft hielt sie seinen Bemühungen stand. Bevor er wußte, wie ihm geschah, hatte sie seine Hose und ihr Samtkleid ausgezogen. Sie setzte sich rittlings auf ihn, umklammerte ihn mit kräftigen weißen Schenkeln und weichem Bauch, und ihre riesigen Brüste drückten gegen seine Brust, während sie ihn ritt, wie ein bockendes Pferd. Er versuchte sich unter ihr zu bewegen, aber rasch wurde ihm klar, daß das nicht nötig war. Sie erledigt alles allein.

Als er spürte, daß er im Nachteil war, blieb Nick nur der Stolz, zu wissen, daß er noch konnte. Unter diesen Umständen hätte ein anderer Mann versagt.

Mit beachtlichem Tempo und enthusiastischem Gestöhne kam Lola zum Höhepunkt, bevor Nick sich vom ersten Schock erholt hatte.

Sie kam noch zweimal, bevor er Erlösung fand, was durch die Neuartigkeit der Situation bedingt war, ihr aber zu gefallen schien. Denn als sie schließlich abstieg und stöhnend neben ihn sank, klopfte sie sein erschlafftes Körperteil freundlich, jedoch nicht gerade sanft.

»War wirklich gut, Orlando. Soviel Standvermögen haben nicht viele Männer.«

Nick nahm das Kompliment stumm hin. Lola schien recht beglückt von seiner Leistung, er hingegen war nicht befriedigt. Als Mann war er es gewohnt, zu führen. Er genoß es, eine Frau zu verführen, ihr und sich Vergnügen zu verschaffen. Naltürlich hatte er Frauen gekannt, die die Liebe wie Männer genossen, die zu verstehen gaben, daß sie wollten. Sogar Frauen, die den ersten Schritt taten, gewöhnlich aber sehr dezent. Nie zuvor war ihm eine derart aggressive Frau begegnet, die die ganze Sache im Griff hatte. Dieses verdammte Weib hatte ihn vergewaltigt! Es war erniedrigend!

Lustvoll seufzend, verließ Lola das Bett und ging zum Waschtisch, auf dem Krug und Schüssel standen.

Nick wandte sich ab, während sie sich wusch. Die Unterhaltung war schon vorher schwer gewesen, was zum Teufel sollte er jetzt noch sagen?

Lola zog ihr Kleid wieder an. »Steh auf und ran, Orlando. Das Essen steht auf der Platte, und ich bin hungrig wie ein Wolf. Ich hab's im Nu auf dem Tisch.«

Nickt fühlte sich benutzt, stand auf und wusch sich, bevor er sich anzog. Sein Hemd war von Lolas Make-Up beschmiert und hatte eine Wäsche nötig. Sein Jackett war zerknautscht. Verdammt! Zumindest hätte sie soviel Anstand haben können, zu warten, bis er ausgezogen war.

Er war ziemlich sauer, als er sich an den kleinen Tisch setzte, doch Lola schien es nicht zu bemerken.

Wie versprochen, war das Essen weit besser als das im Küchenzelt, und Lola konzentrierte sich ganz darauf. Auch Nick war trotz seiner Stimmung hungrig, und sie aßen schweigend.

Anschließend erhob sich Lola und lächelte ihn hart an. »Ich muß noch die Buchführung machen, Orlando, also ist es besser, du verschwindest jetzt.«

Sie bot ihm nichts von dem Port an, den er mitgebracht hatte, ging zur Wagentür und öffnete sie. »Ich laß dich wissen, wenn ich dich wieder brauche.«

Das war eindeutig eine Verabschiedung, und Nick erhob sich, so würdevoll wie er's unter diesen Umständen konnte. Wortlos ging er zur Tür, zögerte einen Augenblick – aus Gewohnheit hätte er ihr einen warmen Abschiedskuß gegeben – doch er würde den Teufel tun, und sich dafür bedanken, daß sie ihn zum Narren gemacht hatte.

Einen Moment später war er draußen, ging zu seinem Quartier und spürte Brunos Blick im Rücken. Nick überlegte, wieviel der Mann gehört haben mochte.

Trotz seiner körperlichen Erleichterung war Nick gereizt und ärgerlich. Es war nicht so gelaufen, wie er's geplant hatte. Über Lolas Finanzen hatte er nichts erfahren, und emotional auf sie keinen Eindruck gemacht.

Plötzlich wurde ihm die Lächerlichkeit der Situation bewußt und er grinste. Er hatte immer behauptet, Herausforderungen zu genießen, und das war eine der größten, die er je erlebt hatte! Er würde nicht aufgeben und vielleicht schon morgen über das lachen, was ihm heute widerfahren war. Doch als er daran dachte, wie Lola ihn verabschiedet hatte, wurde er wieder ärgerlich.

Sie hatte gesagt, sie würde ihn wissen lassen, wenn sie ihn wieder wollte. Was zum Teufel meinte sie damit? Erwartete sie, wenn sie riefe, käme er, um sie zu befriedigen? Das war unverschämt! Für was hielt sie sich?

Er war kein Hund, der kam, wenn Lola Maridan pfiff!

14

Laura, die an ihrem Schreibtisch im Bürowagen saß, hatte Schwierigkeiten, sich auf ihre Arbeit zu konzentrieren.

In der Ferne hörte sie die Geräusche des Zirkus: die Schreie der Tiere, die Musik der Orgel, die heiseren Stimmen der Ausrufer.

Sie sehnte sich danach, dort zu sein – es gab noch so viel, was sie sehen wollte – doch man hatte sie aufgefordert, früh im Büro zu erscheinen, um sie einzuweisen und mit den Abläufen vertraut zu machen.

Die rollenden Zirkusbüros waren weit komfortabler und

moderner als Laura erwartet hatte. An einem Ende des Wagens dominierte ein großer schwarzer Safe, der mit Zählbrettern und Pulten gefüllt war.

Es gab sogar eine Remingtonschreibmaschine, von Miß Gladys Orms, einer sehr würdevollen Frau, betätigt, die all ihre Feinheiten kannte. Die Maschine, ein neues Modell mit Groß- und Kleinbuchstaben, faszinierte Laura. Sie hatte sich vorgenommen, die Frau, sobald sie sie besser kannte, zu bitten, sie damit vertraut zu machen. Laura glaubte, daß diese Maschinen Zukunft hatten und sie bedienen zu können, nützlich sei.

Amos Potter, der Büroleiter, war ein stattlicher Mann, mit Backenbart und Anfang Fünfzig, hinter dessen schroffem Äußeren sich ein freundliches Wesen verbarg, wie Laura glaubte. Er wies Laura auf klare, knappe Art in ihre Arbeit ein und schien erfreut, daß sie rasch verstand.

Neben Amos Potter hatte sie Miß Orms, Mr. Grey und Mr. Clyde kennengelernt, die die Kasse führten, und einen jungen Mann namens Oliver Wayne, der, wie sie, Buchhalter war.

Es war ein geschäftiger und anstrengender Vormittag, und sie freute sich auf die Mittagspause, in der sie sich etwas aus dem Küchenzelt holen wollte, um dann auf dem Zirkusgelände zu spazieren.

Doch im Augenblick mußte sie sich auf ihre Arbeit konzentrieren, da sie leicht entlassen werden konnte, bevor sie überhaupt richtig angefangen hatte. Sie senkte den Kopf, widmete sich den Büchern und machte Eintragungen in ihrer sauberen, klaren Handschrift, auf die sie stolz war.

Versunken in ihre Arbeit, erschreckte sie eine Berührung an ihrer Schulter. Sie blickte auf und sah Will, der sie anlächelte. Er hielt eine kleine, kobaltblaue Vase, mit einem gelben Maßliebchen und einem Farnblatt darin, in der Hand.

Freude überkam sie. »Will! Was tun Sie hier?«

Er lächelte jungenhaft. »Ich wollte Sie nur an Ihrem neuen Arbeitsplatz begrüßen und eine Blume für den Schreibtisch bringen. Leider ist es keine Rose, aber das Maßliebchen habe ich im Feld hinter dem Zelt gefunden, und ich dachte, es sei vielleicht symbolisch.«

Er reichte es ihr, Laura nahm es und berührte unbeabsichtigt seine Hand und hatte wieder dieses herrliche Gefühl.

»Danke, Will. Es ist wunderschön.«

»Ich habe wenig Zeit. Potter führt ein strenges Regiment hier, aber er hat mir erlaubt, Sie diesmal zu stören, weil es Ihr erster Tag ist.«

Laura schaute zu Potter, der daneben stand. Er räusperte sich und schaute betont beiseite, doch Laura sah, daß er nicht verärgert war.

Will sagte: »Würden Sie mit mir heute abend in der Stadt speisen? In meinem Hotel ist ein ausgezeichnetes Restaurant, und ich könnte Ihnen ein wenig die Stadt zeigen. Wirklich, sehr hübsch.«

Laura brauchte über die Antwort nicht nachzudenken. Sie hatte sich zwar die Vorstellung ansehen wollen, weil sie die Tourneeshow nicht kannte, doch der Zirkus spielte noch viele Abende. Und sie wußte, daß Will gehen mußte, wenn Barnum ihn für eine neue Nummer oder eine andere Arbeit brauchte.

Doch wollte sie nicht so gierig wirken und zögerte einen Augenblick, bevor sie erwiderte: »Ja, das wäre schön.«

Sein Lächeln sagte alles. »Wunderbar! Nach der Arbeit hole ich Sie am Wagen ab.«

Obwohl ihr die Arbeitszeit lang schien, war der Tag durch alles Neue und das Warten auf den Abend rasch vergangen.

Als Will zum Schlafwagen der Frauen kam, hatte Laura bereits das Kleid angezogen, das sie kurz vor der Abreise aus New York gekauft hatte – ein modisches grünes Seidenkleid, mit tief ausgeschnittenem Rücken. Es stand ihr ausgezeichnet, betonte ihre schmale Hüfte und den hohen Busen, wirkte elegant. Dazu trug sie einen kleinen, blumenverzierten Strohhut mit einem Hauch von grünem Schleier, der vorn einen Lokkenkranz freigab.

Beim Blick in den großen Spiegel an der Tür des Schlafwagens fand sich Laura strahlend und hübsch. Sie hoffte, Will würde sie auch so sehen.

Als sie zur Begrüßung hinaustrat, sah sie, daß auch Will sich fein gemacht hatte. Der Mantel, die rehfarbene Hose und glitzerndes Leinen brachten seine hohe, gut gebaute Gestalt voll zur Wirkung. Sie waren ein sehr stattliches Paar, fand sie. Sie nahm seinen Arm und ließ sich zur Kutsche führen.

Das Restaurant war ausgezeichnet, wie Will versprochen hatte. Man wies ihnen einen schönen Tisch in einem verschwiegenen Winkel zu, und Laura, die sich bei Wein und gutem Essen entspannte, fühlte sich glücklicher denn je.

Dann und wann machte sich eine bohrende kleine Stimme bemerkbar, die ihre Begeisterung störte. Sie versuchte, nicht darauf zu hören, konnte sie aber nicht ignorieren. Die Stimme flüsterte, daß sie schon einmal mit Nick so glücklich gewesen war.

Als sie wieder einen Schluck Wein nahm, mochte Laura die Stimme nicht mehr hören. Leben bedeutete Glück und Unglück, und eins ging nicht ohne das andere. Sie wollte den Augenblick genießen und nicht an künftiges Unglück denken.

Nach dem Essen führte Will sie durch die Stadt. Sie war hübsch und sauber, und sie bewunderte die Schaufenster im Licht der Gaslaternen. Als sie zum Hotel zurückgingen, bedauerte sie, daß der Abend vorbei war.

Wills Arm haltend, spürte sie, daß seine Kraft sie durchströmte und ihr Blut wie der Champagner pulsierte, den sie beim Essen getrunken hatten.

Gegen ihren Willen preßte sie sich fester an ihn, so daß sie seinen starken Arm an der Seite ihrer Brust fühlte. Dabei begann sein Arm zu zittern. Eine Woge von Gefühlen wallte auf – Scham über ihre wollüstige Geste und Freude, daß sie ihn so erregte. Oh, sie wollte ihn so sehr! Sie wollte in seinen Armen sein, mit ihm im Bett.

Wills Schritte verlangsamten sich; und als sie unter die dunkle Baumgruppe des Hotelgeländes kamen, zog er sie plötzlich in den Schatten. Augenblicklich waren seine Lippen auf den ihren, als er sie an sich zog.

Seinen Mund zu spüren, war pures Vergnügen, das sie heiß erfüllte. Die Hitze floß dick und süß vom Mund in ihre Brüste, ließ sie schwellen und beben, in ihren Bauch, der sich erregt spannte. Und immer tiefer, bis sie die schmerzhafte Lust ihres Verlangens kaum mehr ertragen konnte.

Er nahm seinen Mund von ihren Lippen und preßte sein Gesicht an ihre Wangen. Seine Stimme war ein Stöhnen, ein Flehen. »Laura! Oh, Laura! Ich hatte mir geschworen, dich nie wieder zu berühren, bis du mir ein Zeichen gäbest, aber . . .«

Rasch küßte sie ihn und sagte dann: »Hier! Ich gebe dir ein

Zeichen, Will. Mein geliebter Will! Ich fühle wie du. Ich sollte mich schämen, aber es ist so.«

Er stand kurz wie erstarrt, die Arme um sie gelegt. Dann drehte er ihr Gesicht mit einer Hand, um nach Wahrheit in ihren Augen zu suchen. Seine Stimme sank zu einem heiseren Flüstern, was sie noch mehr erregte. »Ist das dein Ernst, Laura? Sag mir, daß es dir ernst ist!«

»Es ist mir ernst, mein Liebling! Von ganzem Herzen.«

Will atmete keuchend aus. »Wir können in mein Hotelzimmer gehen. Es ist Nummer dreiundzwanzig. Folge mir in zehn Minuten.«

Er drückte sie so ungestüm, daß sie fürchtete, ihre Rippen würden zerbrechen, bis sie lachend protestierte. »In wenigen Momenten werden wir beieinander sein, Geliebter.«

Sein Atem war heiß. »Ich werde dir nie nah genug sein, werde nie genug von dir haben.« Widerwillig zog er sich zurück. »Ich gehe. Warte ein paar Minuten, aber nicht zu lang, sonst sterbe ich. Zimmer dreiundzwanzig.«

Mit einem letzten Kuß ging er und winkte ihr zu, als er im Licht stand.

Laura hörte ihren schweren Atem, spürte, wie ihr Herz hämmerte, und fürchtete sich doch. Sie hatte außer Nick keinen Mann gekannt. Nun ging sie mit einem anderen Mann ins Bett – einem Mann, der ein Fremder war, wie sehr sie ihn auch begehrte, wie nett er auch sein mochte. Was begann sie da? Wozu war sie fähig? Die Frage raste durch ihr Hirn, doch ihr Begehren war stärker als ihre Zweifel.

Minutenlang lief sie nervös im Schatten umher und ging dann, mit immer schnellerem Herzschlag, zum Hotel.

Beim Betreten der Halle versuchte Laura sich zu beruhigen. Das Hotel hatte Elektrizität, und die Halle war strahlend hell. Sie spürte, daß alle sie anstarrten und wußten, was sie tun wollte.

Voller Schuldgefühl und Furcht, läutete sie nach dem Fahrstuhl, versuchte, die aufsteigende Röte ihrer Wangen zu unterdrücken. Als der Metallkorb kam, seufzte sie dankbar, daß sonst niemand darauf wartete.

Entschlossen sah sie den Fahrstuhlführer an und sagte, so kühl sie konnte: »Dritter Stock, bitte.«

Der Fahrstuhlführer, ein gnomenhafter Mann, in rot-schwarzer Uniform, nickte und schaute auf die Anzeigetafel.

Ahnt er etwas? überlegte sie. Eine Frau allein. Weiß er, daß ich kein Gast bin?

Der Fahrstuhl hielt. Laura ging aufrecht hinaus und schaute links und rechts nach den Zimmernummern.

Sie brauchte einige Minuten, um das Zimmer zu finden. Am liebsten wäre sie hineingerannt, um dem Blick der Gäste, die über den Korridor wanderten, zu entgehen.

Schließlich legte sich die Angst, und sie klopfte leise an die Tür. Sie öffnete sich sofort, und sie wurde von Wills verlangenden Händen hineingezogen.

Heiser sagte er: »Ich wußte nicht, ob du wirklich kommen würdest.«

Laura konnte nicht sprechen, die Stimme versagte ihr. Sie bemerkte nur, daß er einen Schlafrock trug und das Zimmer sehr schön war. Dann lag sie auf dem Bett, und er war neben ihr. Und dann verlor die Zeit alle Bedeutung. Durch einen Schleier von Leidenschaft ließ sie sich behutsam entkleiden. Danach überdeckte er sie mit Küssen, und sie lag beglückt und atemlos da. Als sie schließlich nackt war, begann Will, ihren Körper mit seinen Händen, Lippen und seiner Zunge zu erforschen und weckte ein solches Verlangen in ihr, daß sie stöhnte und sich danach sehnte, daß er in sie drang.

Sie griff nach seinem Gürtel und löste ihn mit zitternden Fingern. Und dann spürten ihre Hände das glatte Fleisch seines muskulösen Bauches. Als sie ihn berührte, murmelte er so voller Leidenschaft ihren Namen, daß sie erbebte.

Und dann war er auf ihr, und sie spürte seine Größe und Kraft.

Mit einem Wimmern öffnete sie sich ihm, und sie spürte ihn in sich. Er wiederholte ihren Namen, weich und freudevoll, wie ein Lied; und dann nahm er sie, füllte sie, bis die Lust so unerträglich wurde, daß ihr Leib sich bog. Sie explodierte, als er sich in ihr bewegte.

Doch kaum hatte die Lust nachgelassen, begann die Spannung wieder intensiv, und sie bewegte sich mit ihm, war erregt wie er. Seine Leidenschaft riß sie mit, bis sie wieder zum Höhepunkt kam. Und es war noch nicht genug. Ihr war, als ob ihr Körper, der so lange enthaltsam gewesen war, nicht genug

Liebe bekommen könnte. Sie kam noch einmal, kurz vor ihm, und dann lagen sie gesättigt und keuchend dicht umarmt, und genossen die Zärtlichkeit nach ihrer Liebe.

Das Klingeln des Weckers weckte Laura, ließ ihren Traum, in Wills Armen zu liegen, zerplatzen.

Sie streckte sich und öffnete die Augen. Sie fühlte sich wundervoll. Ihr Körper war weich und geschwollen.

Nach einem Blick auf das Zifferblatt der Uhr gähnte sie und erhob sich. Es war schwer, heute in Arbeitsstimmung zu kommen. Zu gern wäre sie liegengeblieben, um die Gefühle auszukosten, die sie mit Will vergangene Nacht erfahren hatte. Nick hatte ihre Leidenschaft geweckt, und es war wundervoll, von ihm geliebt zu werden, doch mit Will war es mehr, etwas Größeres als die Summe seiner Teile. Sie konnte es kaum erwarten, ihn heute abend zu sehen. Als er sie zum Zirkuswagen zurückgebracht hatte, hatten sie sich vorgenommen, die nächste Nacht wieder gemeinsam zu verbringen. Obwohl gesättigt, war ihre Leidenschaft beim Gute-Nacht-Kuß wieder geweckt worden. Es war, als seien sie von unstillbarerm, herrlichem Hunger erfüllt, einem Hunger, der selbst durch jahrelanges Lieben nicht gestillt werden konnte.

Nachdem sie angezogen war und gefrühstückt hatte, blieben Laura noch ein paar Minuten.

Auf dem Zirkusgelände war bereits Betrieb, und, einem Impuls folgend, ging sie ins Hauptzelt, an dem Fahnen und Wimpel im kühlen Morgenwind wehten.

Vor dem Zelt probte eine Clowngruppe, die in Alltagskleidung ganz gewöhnlich wirkte, eine Nummer mit mehreren Liliputanerclowns und einem kleinen Wagen. Laura lächelte, denn auch ohne Kostüme und ungeschminkt war es komisch. Die Männer wußten ihre Körper und Gesichter zu benutzen.

Laura hörte aus dem Zeltinneren Stimmen und ging hinein.

In der mittleren Manege probte Betinna Brouder, in Trikot und Hemd gekleidet, mit Hilfe eines älteren Mannes.

Laura beobachtete staunend, wie die kleine, so zerbrechlich wirkende Frau auf einem großen weißen Pferd, neben dem sie noch kleiner wirkte, lief und sprang. Sie stand, während das Pferd durch den Ring galoppierte, drehte einen Salto und landete wieder auf dem Pferd. Was diese Menschen konnten, war erstaunlich. Richtig trainiert, war der menschliche Körper eine wundervolle Einrichtung, dachte sie.

Sie spürte, daß jemand sie am Ärmel zog und sah Dooley Waters vor sich, dessen kleines, sommersprossiges Gesicht ernst schaute. Er streckte ihr einen Umschlag entgegen.

Dooley war einer der Boten, die auf dem großen Zirkusgelände beschäftigt waren, und Laura überlegte, welche Nachricht er für sie haben mochte. Vielleicht war sie für Amos Potter, und Dooley gab sie ihr nur, um Zeit zu sparen.

Überrascht und ein wenig ängstlich nahm sie den Umschlag, auf dem ihr Name in raschen Buchstaben stand.

Sie öffnete ihn, nahm das Papier heraus und las: »Meine Geliebte: Ich bin bestürzt, unsere Pläne für heute abend anullieren zu müssen, doch ein Notfall zwingt mich, mit dem Frühzug nach New York zurückzukehren. Ich hoffe, ich werde nur wenige Tage fort sein. Verzeih meine plötzliche Abreise und denke an mich, während ich fort bin. In Liebe, Will.«

Laura schluckte und las es noch einmal. Dooley stand neben ihr und beobachtete sie, doch sie bemerkte ihn kaum. Will – fort? Was für ein Notfall mochte das sein? Sie erinnerte sich an den Tag, als sie erwachte und Nick einfach fortgewesen war.

Sie schüttelte den Kopf und schaute Dooley an. »Wissen Sie, warum Mr. Adams so plötzlich verreisen mußte? Hat Mr. Barnum ihn fortgeschickt?«

Dooley zuckte die Schultern. »Ich glaube nicht, Miß Laura. Vielleicht wegen des Telegramms.«

Laura schaute gespannt. »Telegramm?«

Dooley nickte. »Ja. Ganz früh, heute morgen, kam ein Telegramm für Mr. Adams. Ich sah, wie's der Junge brachte. Nachdem Mr. Adams es gelesen hatte, schrieb er das und bat mich, es sofort zu Ihnen zu bringen.«

»Sie wissen nicht, ob das Telegramm von Mr. Barnum war?«

Dooley schaute zweifelnd. »Ich glaube nicht. Ich hörte, wie der Bote sagte, es sei aus New York City, und ich weiß zufällig, daß Mr. Barnum in Waldemere ist, weil er von dort gestern eine Mitteilung geschickt hat.«

»Danke, Dooley«, Laura hatte ihre Stimme unter Kontrolle. »Ich muß jetzt ins Büro.«

Dooley tippte an seinen Hut. »Ich mach nur meine Arbeit. Bis später, Miß Laura!«

Er ging, und Laura wandte sich langsam zum Bürowagen. Ein Telegramm aus New York City – ein Notfall. Was mochte das sein? Sie versuchte, das schlechte Gefühl zu unterdrücken, doch etwas nagte in ihr. Ihre Mutter hatte es erzählt, und sie hatte es in Frauenmagazinen gelesen, daß Männer nach ›leichten Frauen‹ schauten; und oft, wenn sie erreicht hatten, was sie wollten, brauchten sie sie nicht mehr. Aber so konnte Will doch nicht sein! Will liebte sie; er hatte es ihr gesagt, mit Wort und Tat. Sie liebten einander. Es war hier anders.

Doch die feine, nagende Stimme blieb. »Bist du sicher?« flüsterte sie. »Bist du absolut sicher?«

Während der Zug Richtung New York donnerte, schaute Will Adams mürrisch auf das überreichliche Frühstück vor sich.

Er hatte keinen Appetit, doch Essen würde helfen, und er brauchte den starken heißen Kaffee. Er war voller Ärger und Sorge, wünschte, der Zug würde schneller fahren, wünschte, es gäbe einen Weg, sofort bei seinem Sohn zu sein.

In Pearls Telegramm stand, daß der Junge schwer krank sei. Da sie nicht zur Übertreibung neigte und kein Telegramm geschickt hätte, wenn die Situation nicht ernst wäre, wußte Will, daß er Anlaß zur Besorgnis hatte.

Bei dem Gedanken, daß Justin etwas zustoßen könnte, fühlte er den vertrauten Schmerz, der solche Gedanken immer begleitet. Die Mutter seines Sohnes war ihm genommen worden; wenn es Gerechtigkeit ab, würde ihm nicht auch noch sein Sohn genommen werden! Doch Will wußte, daß es wenig Gerechtigkeit auf der Welt gab.

Und dies, wo er gerade das Glück wiedergefunden hatte. Es war, als ob etwas oder jemand das nicht ertragen konnte.

Will wußte nicht, wie seine plötzliche Abreise auf Laura

wirkte. Er konnte nur vermuten, daß sie aufgeregt war. Er hatte nicht einmal Zeit für erklärende Zeilen gehabt. Sie würde sich deshalb sicher verlassen vorkommen. Er konnte nur hoffen, daß sie an seine Gefühle für sie glaubte.

Er trank eine Tasse Kaffee und aß eine Scheibe Toast mit Marmelade.

Es dauerte eine Ewigkeit, bis der Zug New York erreichte. Im dichten Nachmittagsverkehr kam er schließlich an, und Will versuchte frustriert, eine Droschke zu bekommen.

Am frühen Abend war er schließlich zu Hause, und ein seltsam melancholisches Licht, schwer und golden, wie auf einem Turner-Gemälde, lag über der Stadt. Mit klopfendem Herzen eilte Will die Stufen hinauf.

Als sein Schlüssel im Schloß klapperte, öffnete Mrs. Anderson, die Haushälterin, deren sonst so fröhliches Gesicht blaß war, mit rotgeweinten Augen.

Will schaute sie bestürzt an, als ihr Gesicht sich bei seinem Anblick verzog. »Chloe! Komme ich zu spät? Ist . . .«

Chloe streckte beruhigend ihre kräftige Hand aus. »Oh, nein, Mr. Will. Aber es ist sehr schlimm. Dr. Thompson und Miß Pearl sind bei ihm. Ich bin froh, daß Sie hier sind, Miß Pearl hat sich furchbare Sorgen gemacht.«

Will atmete erleichtert aus. Sein Sohn lebte, und so mußte es um jeden Preis bleiben.

15

»Ungeschicktes Mädchen! Paß doch auf!«

Diana Saliers dunkle Augen funkelten Milly verächtlich an, und Milly spürte, wie ihr Gesicht heiß wurde. Sie versuchte, Diana ein neues Kostüm anzupassen, doch es war eine Qual.

Die Frau beklagte sich über alles – den Stoff, den Schnitt – und sie bewegte sich ständig, so daß das Abstecken unmöglich war, ohne sie irgendwo zu stechen. Milly hätte sie am liebsten richtig gestochen, damit sie Grund zur Klage hatte.

Milly sah auf und bemerkte Madame Costas warnenden Blick. Milly war sicher, daß Madame nur zu gut verstand, was da geschah, doch ihrem Blick entnahm sie, daß die Salieri-Arroganz ertragen werden mußte.

Milly seufzte und hoffte, daß die Anprobe bald vorbei sei. Bei den meisten Künstlern war das ganz einfach. Einige von ihnen machten zwar viel Aufhebens um ihre Kostüme und waren ein wenig temperamentvoll, aber das störte Milly nicht. Auch die anderen Salieris, obwohl arrogant, waren umgänglich. Nur Diana Salieri hielt sich für eine Prinzessin.

Milly murmelte verhalten, als Diana sich wieder bewegte, diesmal zu ihrem kleinen Pudel Pucci beugte, der neben ihr auf einem blauen Seidenkissen lag. »Ist Pucci böse? Ja, Mama ist es auch, aber wir sind ja hoffentlich bald fertig!« Ihr Seufzer drückte aus, daß sie nur von unfähigen niederen Wesen umgeben sei, und daß sie es kaum erwarten konnte, den Ankleideraum zu verlassen.

Gut, dachte Milly ärgerlich, das beruht auf Gegenseitigkeit, hohe Dame!

Milly verstand nicht was Lionel, Benjy und die anderen an soviel Unnatürlichkeit faszinierte. Sicher war Diana rein äußerlich schön, doch ihr Charakter und ihre Art bestimmt nicht. Männer waren Narren! Sie schienen bei Frauen nur aufs Äußere zu achten. Ein hübsches Gesicht, eine verführerische Figur, nur das sahen sie. Geblendet heirateten sie ein hübsches, hohlköpfiges Ding, und nach den Flitterwochen war die Enttäuschung groß, daß sie sich einen Zankteufel eingehandelt hatten. Den Rest ihres Lebens zahlten sie dafür. Milly hatte das oft genug erlebt.

Frauen waren da viel empfindsamer. Sie schauten tiefer. Sie schienen zu wissen, daß man einen Mann und künftigen Vater der Kinder nicht deshalb wählte, weil er gut aussah. Natürlich gab es Ausnahmen; doch die meisten Frauen gaben wenig auf Äußerlichkeiten.

Aber Diana Salieri war eine dieser Ausnahmen. Eine seichte Frau, die offensichtlich unfähig war, Lionel als das zu sehen, was er wirklich war – ein kultivierter, intelligenter, freundlicher Mann, der viel Liebe und Hingabe zu geben vermochte. Diana sah in ihm nur ein Monster. Sie bemerkte nicht einmal seine ungewöhnliche Schönheit.

Milly, die eine neue Nadel in Dianas Kostüm steckte,

wünschte, daß Lionel sie einmal so wie Diana ansähe. Wenn er das täte, würde sie ihn nicht wie Dreck behandeln.

In diesem Augenblick kam Benjy, der Zwerg, auf seinen kurzen, krummen Beinen ins Zelt, mit einem Tablett, auf dem eine Karaffe und ein großes Glas standen.

Sein Gesicht, trotz der hohen Stirn und der eingefallenen Züge attraktiv, wirkte besorgt. »Tut mir leid, daß es so lange gedauert hat, Miß Diana, aber der Koch hatte viel zu tun.«

Entschuldigend hielt er Diana das Tablett hin, und Milly mußte den Blick abwenden. Wußte er, wie erbärmlich er sich aufführte? Wie ein kleiner Hund, der um ein freundliches Wort bettelte. Statt dessen stand ihm ein Tritt bevor.

Diana blickte Milly scharf an. »Warte, Mädchen. Ich muß etwas trinken. Ich verdurste fast.«

Letzteres war an Benjy gerichtet, ein Tadel, daß er nicht schnell genug gewesen war. »Schenk mir ein, Benjy!«

Eifrig setzte der kleine Mann das Tablett auf dem Tisch ab und erklomm einen Stuhl, um eingießen zu können.

Diana beobachtete ihn, mit amüsiertem Lächeln auf dem hochmütigen Gesicht.

Als sähe sie einem dressierten Affen zu, dachte Milly bitter. warum merkte Benjy das nicht? Er war doch nicht dumm.

Hoffnungsvoll lächelnd, stieg Benjy von dem Stuhl und reichte Diana das Glas, die daran kostete, während Benjy sie ängstlich ansah.

Als sie schließlich lächelte, strahlte er, als hätte er ihr ein kostbares Geschenk gemacht. »Ist es gut?«

Diana zögerte, nickte dann. »Sehr erfrischend, lieber Benjy. Vielen Dank.«

Benjy hüpfte auf und ab. »Wünschen Sie sonst etwas? Kann ich noch etwas für Sie tun, Miß Diana?«

Diana leerte das Glas und gab es dem kleinen Mann. »Du kannst Pucci spazierenführen. Die arme Kreatur braucht Bewegung, und dann kannst du sie zu meinem Wagen bringen.«

Benjy blickte so erfreut, als habe sie ihn zum Ritter geschlagen. »Natürlich, Miß Diana. Sofort. Ich bringe sie in einer halben Stunde zurück.«

Alle schauten zu, wie Benjy die Leine an Puccis juwelengeschmücktem Halsband befestigte, während der Hund teilnahmslos dreinschaute. Dann verschwand Benjy aus dem Zelt.

»Ein hilfreicher kleiner Mann«, sagte Diana herablassend. »Mal sehen, ob Sie auch so nützlich sind, Milly, und mich aus diesem Vipernnest von Nadeln befreien. Es ist Zeit für mein Training.«

Stumm half ihr Milly aus dem Kostüm und sah dann aus den Augenwinkeln zu, wie Diana einen roten Seidenmantel anzog.

Als Diana gehen wollte – ohne ein ›Adieu‹ oder ›Danke schön‹ für die Garderobefrauen – kamen ihr älterer Bruder, Santiago, und der jüngere Davolo ins Zelt. Santiago schaute böse. Er redete seine Schwester auf italienisch an und sie antwortete ebenso.

Offensichtlich hat man sie nie gelehrt, daß es unhöflich ist, vor anderen in einer Sprache zu sprechen, die niemand sonst versteht, dachte Milly; sie lächelte, weil sie Italienisch verstand. Ihre Mutter war Italienerin.

Santiago sagte, daß es Zeit fürs Training sei und daß Diana zu spät käme. Diana machte Madame Costa und Milly für die Verspätung verantwortlich.

Milly wurde zornig. Sie und die anderen Garderobenmädchen arbeiteten lange und schwer, und da war diese arrogante, nun ja, Dirne – sie fand kein anderes Wort für sie – und trat sie wie Schmutz.

Milly sah, wie Santiago auf die Worte seiner Schwester reagierte, und ihr Blick traf Davolo. Der bemerkte ihren Zorn, errötete leicht und blickte beiseite.

Als Santiago und Diana das Zelt verließen, hörte Milly Santiago sagen, daß er ihren kleinen ›Affen‹ mit Pucci gesehen habe, und dann machte er eine witzige Bemerkung über Dianas kleinen Kreis von Bewunderern. Lachend erwiderte Diana auf englisch, daß Santiago zwar spotten könne, doch die unbedeutenden Leute auch von Nutzen wären.

Milly konnte durch den Zelteingang Benjy sehen. Die beleidigende Bemerkung hatte er sicher nicht gehört.

Milly schmeckte ihre Wut fast. Wenn es Gerechtigkeit auf der Welt gab, würde Miß Wundervoll sicher eines Tages ihre Strafe bekommen. Die Welt konnte nicht zulassen, daß sie jeden rücksichtslos behandelte und stets ihren Willen durchsetzte. Eines Tages würde sie es zu weit treiben, und man würde sich an ihr rächen. Es war nur eine Frage der Zeit.

Davolo, der hinter ihnen geblieben war, deutete eine Geste an. »Es tut mir leid«, sagte er, mit starkem italienischem Akzent. »Sie verstehen Italienisch, nicht wahr?«

Milly, noch immer wütend, nickte. »Ich verstehe genug.«

Davolo zuckte nachdrücklich die Schultern. »Dann muß ich mich für meine Schwester entschuldigen. Sie redet oft gedankenlos. Im Augenblick ist sie sehr gereizt, und dann benimmt sie sich immer so unfreundlich.«

Milly schnaufte undamenhaft. »Dann und wann sind wir alle gereizt, doch das ist kein Grund dafür, andere zu kränken.«

Davolo errötete und war selbst verärgert. Etwas steif sagte er: »Ja, jeder ist gereizt, doch in den meisten Fällen hat das nichts mit Leben und Tod zu tun, wie bei uns.«

Milly merkte, daß er vom Risiko ihres Berufes sprach, und ihr Ärger legte sich. »Das verstehe ich«, sagte sie weich, »ich kann es verstehen, wenn Diana wegen einer neuen Figur nervös ist oder etwas in dieser Art, aber das ist keine Entschuldigung für ihr häßliches Benehmen. Benjy ist ein guter, treuer Freund. Er hat eine bessere Behandlung verdient.«

Davolo nickte. »Sie haben recht, aber Diana ist – Diana. Selbst als ihr Bruder gebe ich zu, daß ihr Benehmen nicht immer das Beste ist, doch am Trapez – ah, das ist perfekt. Sie ist eine Künstlerin!«

Milly schüttelte entrüstet den Kopf. »Sie meinen, weil sie ihre Arbeit gut macht, müssen die Menschen ihre . . .«, sie wollte sagen ›Grausamkeit‹, wagte es aber nicht, »mit ihren Launen leben?«

»Ja, das wollte ich sagen. Manchmal entschuldigt Genialität, Besonderheit, Dinge, die bei normalen Menschen unentschuldbar wären.«

Milly schnaufte wieder. »Ich will nicht mit Ihnen streiten, aber das ist Unsinn!«

Der Trapezkünstler schüttelte den Kopf. »Das mag Ihnen so scheinen, doch es ist eine Tatsache.« Er schaute sie an. »Sie wissen, was wir tun. Sie haben unsere Vorstellung gesehen. Wir arbeiten ohne Netz, tun etwas Perfektes und Gefährliches. Jedesmal, wenn wir oben sind, fliegen, riskieren wir unser Leben. Gibt uns das nicht Privilegien?«

»Natürlich, und die haben Sie. Sie haben herrliche Wohnräume, werden gut bezahlt und sind die Stars des Zirkus. Das genügt. Ich glaube nicht, daß es nötig ist, andere Leute so zu behandeln als seien sie keine Menschen. Aber, danke für die Entschuldigung, Davolo. Ich weiß, sie kommt von Herzen, und ich weiß, daß Sie nicht für das verantwortlich sind, was Ihre Schwester tut. Es war nett von Ihnen.«

Davolo verbeugte sich leicht. »Sie müssen mir nicht danken, Milly. Ich hoffe, Sie verstehen. Einen schönen Tag noch.«

Sie sah ihn mit gemischten Gefühlen gehen. Er war ein attraktiver junger Mann, der netteste der Salieri-Familie. Seine Entschuldigung war nett, dachte sie; und doch war auch er arrogant. Dianas unflätiges Verhalten damit zu entschuldigen, daß sie gut sei, war unfair und unlogisch.

Seufzend machte sich Milly wieder an die Arbeit.

»Und dann, als sie rausgingen, hörte ich sie sagen ›die unbedeutenden Leute sind auch von Nutzen‹, so, als rede sie über Sklaven. Kannst du dir soviel Arroganz vorstellen?«

Laura und Milly hatten im Küchenzelt zu Abend gegessen und spazierten über das Zirkusgelände.

Millys Gesicht war vor Aufregung gerötet, und Laura empfand Zuneigung für sie. Wie eine kleine Mutter der ganzen Welt, empfand Milly Kränkungen anderer, als seien sie ihr selbst zugefügt worden.

»Das klingt furchtbar«, sagte Laura. »Ich kann mir nicht vorstellen, was ein Mann an einer solchen Frau findet. Man sollte meinen, sie würden mehr als Äußerlichkeiten sehen.«

»Das dachte ich auch, als ich die Ansprobe machte. Manchmal verstehe ich die Männer wirklich nicht. Du?«

Laura schüttelte den Kopf und dachte an Will. Vor drei Wochen war er nach New York abgereist, und seitdem hatte sie nichts von ihm gehört. Warum war er fort und was tat er? Er hätte zumindest schreiben können!

In ihrer einzigen gemeinsamen Nacht schien Will für sie empfunden zu haben, was auch sie für ihn empfand. All sein Tun, seine Worte, daß er sie liebte. Und nun – dieses Verlassensein.

Was bedeutete das? War er, wie Nick, nur ein Frauenaufreißer? Soweit sie Will kannte, war das schwer zu glauben, und doch hatten er und Nick manches gemeinsam. Diese Reiselust, zum Beispiel. Hatte sie ihn wieder gepackt? Wollte Will sie nicht mehr, nachdem er sie gehabt hatte? Je mehr sie darüber nachdachte, desto verletzter und verwirrter wurde sie.

»Was meinst du? Laura, hörst du mir überhaupt zu?«

Laura kam in die Gegenwart zurück und lächelte Milly an. »Entschuldige, Milly. Ich habe nachgedacht. Was sagtest du?«

Milly lachte. »Mit meiner Frage, ob die Männer zu verstehen seien, wollte ich dich nicht in schlechte Stimmung bringen. Eigentlich sollten wir Miß Hochmut jetzt vergessen, nachdem ich meinem Ärger Luft gemacht habe, und über Schöneres sprechen. Wollen wir uns heute die Show ansehen?«

Laura nickte. In den letzten Wochen hatte sie die Show mehrmals gesehen und sich mit dem Gelände und den Eigenarten des Tourneezirkus vertraut gemacht, die immer gleich blieben. Jede Stadt war anders, und doch gab es soviel Gemeinsamkeiten, die es schwer machten, eine Stadt von der anderen zu unterscheiden. Das Ritual – als solches betrachtete Laura es – war immer dasselbe.

Zuerst zog die Zirkusparade, farbenprächtig und laut, durch die Stadt, kündigte den Zirkus an und sammelte einen zweiten Zug von Stadtbewohnern, der ihr zum Zirkusgelände folgte. Voran marschierte die Zirkuskapelle, prächtig uniformiert, deren polierte Instrumente in der Sonne blitzten. Dann kamen die Elefanten, mit leicht schwankendem Gang, mit reich verzierten Kofpstücken und Decken behängt, auf denen hübsche Mädchen in glitzernden, federbesetzten Gewändern saßen; die in kräftigem Rot und Gold bemalten Tierwagen, in deren Käfigen die Tiere auf und ab gingen. Herrlich geschmückte Pferde und Reiter. Taumelnde, fallende, Purzelbaum schlagende Clowns, die verharrten, um ein Kind zu kitzeln oder einer Frau eine Blume zu überreichen. Und dann die Dampforgel, die die Luft mit Musik erfüllte, die Seele des Zirkus.

Die Shows waren, von geringen Varianten abgesehen, immer gleich: gefüllte Reihen, lachende Kinder, der Duft von Essen und zertretenen Sägespänen – es hatte sich in Lauras Gedächtnis eingegraben.

Im Lauf der Wochen hatte sie ihre Scheu vor den Wundern überwunden – für solche hielt sie sie jetzt – und sie hatte Madame Zenobia, Lionel Germaine und den kleinen Benjy sehr gern. Und sie hatte viele der anderen kennengelernt, ebenso die ganz großen Künstler, wie Harold von Haupt, den kühnen deutschen Hochseilartisten, der so selbstverständlich auf dem dünnen Draht lief, als ginge er über einen Bürgersteig, und gefährliche Dinge tat, die Laura den Atem raubten; Lucinda Banks, eine hübsche, stämmige junge Frau, die man ›Menschliche Kanonenkugel‹ nannte. Sie stieg in eine Kanone und wurde durch die Luft in ein Netz geschossen. Rodney J. Landers, Leiter einer Kunstreitertruppe, zu der auch seine kleine Frau und seine Tochter gehörten, die trotz ihrer Kleinheit sicher und anmutig mit den Pferden umgingen. Und so viele andere, die täglich ihr Leben riskierten, um das Publikum zu belustigen und zu unterhalten.

Und dann die Clowns. Laura war den Clowns mit ihren bunt bemalten Gesichtern und ihrer seltsamen Kleidung besonders zugetan. Ein Zauber wohnte ihnen inne, wenn sie Kinder wie Erwachsene zum Lachen brachten.

Natürlich hatte sie sich nicht mit allen Künstlern angefreundet, denn die Zirkuswelt war auf vielerlei Art wie die normale Welt. Man begegnet Menschen. Manche mag man, andere sind nur Bekannte und wieder andere mag man nicht.

Milly war ihre beste Freundin geworden, und je besser Laura das Mädchen kennenlernte, desto mehr bewunderte sie es. Milly war ein ehrlicher Mensch, gefühlvoll, offen und großzügig, fast zu sehr. Ihre innere Stärke rettete sie, die und ihre Tunlichkeit. Jeder mochte Milly, von Diana Salieri abgesehen; aber soweit Laura es beurteilen konnte, kümmerte sich Diana nur um Diana Salieri.

Oft in diesen Wochen hatte sich Laura gewünscht, mit Milly über Will sprechen zu können. Vielleicht hätte ihr Millys gesunder Menschenverstand geholfen; doch sah sich Laura dazu außerstande, obwohl sie ihre beste Freundin war. Es lag in ihrer Natur, andere nicht zu belasten. Vielleicht lag es an ihrer Erziehung; mit ihrem Vater hatte sie nie sprechen können, und zu ihrer Mutter hatte sie kein Vertrauen gehabt. Dazu kam Stolz. Sie wollte kein Mitleid, und sie glaubte, die Offenlegung ihrer Schwächen und Zweifel würden sie in den Augen anderer mindern. Sie mußte allein damit fertigwerden.

Einer Sache war sie sich jedenfalls sicher – nie wieder

würde sie sich von einem Mann antun lassen, was Nick getan hatte, daß sie krank vor Unglück und Sorge gewesen war und fast den Verstand verloren hätte. Nick hatte sie tief verletzt, und doch hatte sie es geschafft. Was immer sie für Will oder einen anderen Mann empfinden mochte, das würde sie nicht wieder durchmachen. Sie mußte Will vergessen. Sie hatte ihre Arbeit, ihre Freunde, ihre Freiheit. Das mußte genügen.

»Gehen wir doch ins Museumszelt«, sagte Milly. »Ich würde gern Madame Zenobia in ihrem neuen Kostüm auf der Bühne sehen.«

Laura lächelte. Sie wußte, daß Milly in Wirklichkeit nur ins Museumszelt wollte, weil dort die anderen Wunder und Erfindungen standen; mit Madame Zenobias Kleid hatte das nichts zu tun.

»Wenn du magst, Milly. Laß uns aber erst ins Küchenzelt gehen. Ich will einen Apfel für Jumbo holen.«

»In Ordnung. Da hast du dir ein sehr großes Schoßtier ausgesucht, Laura. Um ehrlich zu sein, ich habe ein wenig Angst vor ihm. Er ist so groß! Ich mag den Zwergelefanten, Tom Thumb, lieber. Er ist wie ein Baby.«

»Sicher ist Jumbo kein Baby, aber er ist wunderbar. Man hat mir erzählt, daß er die absolute Zugnummer ist. Sie verkaufen Jumbo-Zigarren, Jumbo-Hüte und Jumbo-Fächer. Er bringt viel Geld.« Will hatte ihr das erzählt, doch Laura wollte seinen Namen nicht ins Gespräch bringen.

Milly schüttelte den Kopf. »Eine tolle Sache. Es muß ein kleines Vermögen kosten, ein so großes Tier zu füttern.«

Laura nickte. »Sein Dompteur erzählte mir, daß Jumbo täglich zweihundert Pfund Heu, zwei Scheffel Hafer, ein Scheffel Kekse, fünfzehn Laib Brot und drei Kilo Zwiebeln frißt und fünf Eimer Wasser säuft, dazu Äpfel, Orangen, Feigen, Nüsse, Kuchen, Süßzeug und . . .«, sie beugte sich flüsternd zu Milly, »zuweilen eine Flasche Whisky. Der Dompteur sagt, die schluckt er einfach so runter.«

»Whisky! Das wußte ich nicht. Was würde wohl passieren, wenn er mal betrunken ist?«

»Bei all dem Fressen wird das nicht geschehen.«

»Und zu dem, was er im Zirkus bekommt, kommen noch die Nüsse der Zuschauer. Gut, daß ich die Rechnung nicht bezahlen muß.«

Das Tierzelt war heiß und voller, wenngleich nicht stechender Gerüche.

Jumbo wiegte sich hin und her und schwang seinen Rüssel, während sein Dompteur mit den Umstehenden sprach.

»Ja, Leute, Jumbo ist der größte Elefant der Welt. Seine Schulterhöhe beträgt zwei Meter, und am Ohr mißt er fünf Meter. Sein Rüssel ist über zwei Meter lang, und er wiegt sechseinhalb Tonnen. Und dennoch ist er friedfertig und intelligent. Schauen Sie nur in seine Augen.«

Laura und Milly konnten sich durch die Menge nach vorn drängen, und Jumbo hob den Rüssel und richtete seine kleinen, intelligenten Augen auf Laura.

»Oh, er erkennt dich!« rief Milly bewundernd, und Laura fühlte sich glücklich. Sie wußte nicht warum, fühlte sich aber zu dem großartigen Tier hingezogen. Vielleicht, weil es so alt und weise wirkte und, weil es, wie sein Dompteur sagte, trotz seiner Größe und Kraft so friedfertig war.

Sie streckte die Hand aus und reichte ihm einen großen roten Apfel.

»Hier ist eine von Jumbos Freundinnen«, sagte der Dompteur. »Sie reicht Jumbo eine kleine Freude. Sehen Sie, wie behutsam er die Frucht nimmt.«

Laura hörte, wie die Menge aufatmete, als Jumbo seinen Rüssel ausstreckte und behutsam den Apfel aus ihrer Hand nahm, ihn langsam zum Maul führte und ihn dabei, wie sie meinte, dankbar ansah. Sie fragte sich oft, was in Jumbos Kopf vorgehen mochte. Was für Gedanken hatte ein Elefant? Seine Augen blickten so menschlich und irgendwie traurig.

Die beiden Frauen verabschiedeten sich von Jumbo und gingen ins Museumszelt. Sie winkten dem Kartenverkäufer zu, traten ein und gingen zur Bühne, auf der die Wunder standen.

Seltsam, dachte Laura, wie anders die Freaks dort wirkten. Vielleicht waren es nur die Kostüme, oder die Tatsache, daß alle sie sehen konnten, daß sie ihr Anderssein zeigten.

Belle Taylor, das vierbeinige Mädchen zum Beispiel, sah ganz normal aus, wenn sie gewöhnliche Kleidung trug und ihr langer Rock die beiden zusätzlichen, kleineren Gliedmaßen, die zwischen ihren Beinen wuchsen, bedeckte. Außer dem etwas linkischen Gang, der durch die kleinen Beine bedingt war, dachte Laura, wirkt sie überhaupt nicht unnormal.

Doch jetzt, in der Vorstellung, trug Belle einen kurzen Rock und saß so, daß alle vier Beine von den Knien an sichtbar waren, mit gleichen Strümpfen und Schuhen bekleidet. Die mittleren Beine wirkten wie die eines Kindes, als hätte Belle ein Kind unter den Röcken verborgen.

Obwohl Laura die Scheu vor den Wundern überwunden hatte, hatte sie bei Belles Anblick immer ein seltsames Gefühl. Man erzählte sich, daß Belle nicht nur zwei zusätzliche Beine, sondern auch zwei Geschlechtsorgane habe. Laura glaubte, daß die Natur Belle eigentlich als Zwilling geplant hatte, doch daß etwas im Mutterleib schiefgegangen war, und sie als mehr als eins und weniger als zwei geboren wurde. Laura mußte immer wieder über den Rest des fehlenden Zwillings nachdenken. War er irgendwo in Belles Körper?

Neben den Leuten, die Laura am ersten Abend kennengelernt hatte, und von denen viele jetzt ihre Freunde waren, kannte sie Dutzende anderer weniger gut – der Elefantenjunge, ein junger Mann von vielleicht siebzehn, mit Beinen, so riesig und dick, von der Hüfte bis zu den Füßen, die wie die eines Elefanten aussahen; die Schildkrötenfrau, eine Schwarze, die statt Armen und Beinen nur Stummel hatte; der Tattoemann, dessen Körper völlig tätowiert war; der lebende Halbmensch, der nur ein Torso war und unterhalb der Hüfte nichts hatte. Er hatte gelernt, auf seinen Händen zu gehen; er lief darauf, wie andere auf Beinen.

Und dann gab es noch die berühmten Wilden von Borneo, Plutano und Waino, die angeblich nach einem heftigen Kampf von einer Schiffsmannschaft, die auf Wassersuche war, überwunden worden waren. Laura wußte, daß die beiden in Wirklichkeit die Brüder Hiram W. und Barney Davis waren. Kaum größer als Zwerge, waren sie sehr nette und freundliche kleine Burschen, jedoch so ungewöhnlich stark, daß sie einen einsachtzig großen Mann mit Leichtigkeit heben konnten.

Laura und Milly gingen zu der Empore, auf der Madame Zenobia stand. Das neue Kostüm von Madame, ein schulterfreies, rosafarbenes Seidenkleid mit juwelenbesetztem Nackensaum, war einfach wundervoll; und dann gelangten sie endlich dahin, wohin Milly wollte, ans Ende der Empore, wo Lionel Germaine auf und ab schritt, seine weißen Zähne zeigte, um Wildheit vorzutäuschen, und dabei dramatisch seinen Umhang schwang.

Er sah sehr gut aus, dachte Laura, und wie sein Namensgeber, der Löwe, hatte er etwas Edles und Majestätisches an sich. In dem elektrisch beleuchteten Zelt strahlte sein goldenes Haar.

Sie schaute rasch zu Milly und sah den Gesichtsausdruck ihrer Freundin. Kein Zweifel: Milly war verliebt.

Laura empfand Trauer. Männer! War es immer ein Problem, sie zu lieben? Das Problem bei Lionel und Milly war nicht, daß Lionel ein Freak war, denn Milly liebte das Zirkusleben und wollte hierbleiben – und in diesem Rahmen könnten sie sehr gut leben. Doch Lionel war besessen von Diana Salieri, die sich überhaupt nicht um ihn scherte. Es war wie ein Kampf, jeder gegen jeden, der alle nur unglücklich machen konnte. Lauras Herz weinte um die Freundin. Ihr schien, als seien Millys und ihr Verhältnis zum Scheitern verurteilt.

»Sieh!«

Millys Ruf riß Laura aus ihren Überlegungen.

Ihr Blick folgte Millys Zeigefinger, und sie sah Diana Salieri am Arm ihres älteren Bruders Santiago, die durch das lange Zelt schritten. Sie trugen ihre Kostüme und hatten Umhänge um die Schultern gelegt. Dann und wann zeigte Diana auf die Wunder und sagte mit leiser Stimme etwas zu Santiago.

»Was glaubst du, was sie bei diesen ›Niederen‹ tun?« fragte Milly angespannt.

Laura sagte: »Vielleicht gehen wir lieber.«

»Nein, warum soll ich mich vertreiben lassen?!«

Diana und ihr Bruder waren nun auf ihrer Höhe. Dianas Blick streifte sie verächtlich, und dann gingen sie zu Lionel, der still dastand und Diana hoffnungsvoll ansah.

Diana sagte etwas auf italienisch, und Santiago warf laut lachend den Kopf zurück.

Milly zitterte, und Laura flüsterte: »Hast du verstanden, was sie sagte?«

»Natürlich!« sagte Milly wütend. »Sie sagte, Lionel sähe wie ein riesiger Schoßhund aus. Sie sagte, er habe mehr Haar als Pucci. Ich reiße dieser Hure die Haare aus!«

»Nein!« Laura war bitterböse. Sie griff nach Millys Arm und spürte, daß sie vor Wut zitterte. »Du könntest entlassen werden, aber mir kann sie nichts tun. Laß mich das machen.«

Sie trat zwei Schritt vor. »Miß Salieri?«

Diana sah sie hochmütig an. »Ja?«

»Ich hörte, was Sie über Lionel sagten. Es war häßlich und beleidigend. Ich denke, Sie sollten sich entschuldigen.«

»Entschuldigen?« Diana schien amüsiert. »Eine Salieri entschuldigt sich nie.«

Laura spürte, daß ihr Ärger wuchs. »Dann ist es vielleicht Zeit, daß Sie damit beginnen. Es ist nicht das erste Mal, daß Sie gemeine Bemerkungen über diese Menschen machen.«

»Diese Menschen?« Diana schürzte die Lippen. »Das sind keine Menschen, es sind . . .«

»Das ist genug!« sagte Laura verärgert.

Diana wich mit geweiteten Augen zurück. »Wer sind Sie, daß Sie so mit mir zu reden wagen?«

»Wer ich bin, ist unwichtig«, sagte Laura fest. »Aber wenn Sie sich nicht entschuldigen, werde ich zu Mr. Bailey gehen und ihm berichten, was Sie gesagt haben. Ich weiß, daß Mr. Bailey Streit zwischen seinen Angestellten nicht schätzt.«

»Oh, ja. Ich erkenne Sie. Sie sind eine – Buchhalterin, glaube ich.« Diana warf den Kopf in den Nacken. »Tun Sie, was Sie wollen. Es spielt keine Rolle. Ich bin eine Salieri, und einer Salieri hat weder Mr. Bailey noch sonstwer etwas zu sagen. Komm, Santiago, wir gehen.«

Santiago, der sich in die Unterhaltung nicht eingemischt hatte, reichte Diana den Arm, und sie gingen erhobenen Hauptes aus dem Zelt.

Milly, die jetzt neben Laura stand, schnaufte empört. »Diese Frau ist unmöglich! Sie glaubt wirklich, daß sie mit allem durchkommt und tun kann, was ihr gefällt!«

»Vielleicht kann sie's«, murmelte Laura. »Ich hätte vielleicht den Mund halten sollen.«

Dann schaute sie zu Lionel. Er blickte auf seltsame Art hinter Diana her. Der kleine Benjy stand neben ihm, seine Hand berührte voller Mitgefühl Lionels Schenkel.

Leise fragte Laura: »Glaubst du, Lionel hat gehört, was sie sagte? Versteht er Italienisch?«

»Ich weiß es nicht. Doch wenn er's tut, hat er es sicher gehört. Sie hat laut genug gesprochen.« Millys Augen waren feucht, als sie den Löwenmann ansah.

»Wir gehen besser, Milly. Wenn er's verstanden hat, ist er wahrscheinlich sehr betroffen, daß wir es auch gehört haben.«

Milly nickte, und sie gingen aus dem Zelt. »Ich weiß, daß er an Diana hängt, aber ich glaube, er mag mich auch ein wenig«, sagte Milly nachdenklich. »Was glaubst du, Laura?«

»Natürlich«, antwortete Laura rasch. »Das ist offensichtlich.«

Milly lächelte plötzlich. »Das glaube ich auch. Du weißt ja, daß ich ihn sehr mag.«

Laura seufzte innerlich. Sie hatte die Wahrheit gesagt – es war klar, daß Lionel Milly mochte – doch soweit Laura es beurteilen konnte, war es die Zuneigung eines Bruders zur kleinen Schwester. Laura befürchtete, daß, wenn Milly in Lionel Germaine verliebt war, sie sehr verletzt werden könnte.

Am Ausgang des Museumszeltes sah Milly auf ihre Uhr. »Um Himmels willen, ich komm zu spät! Ich muß mich beeilen, Laura. Siehst du dir die Show an, oder gehst du schlafen?«

Laura zuckte die Schultern. »Ich werde mir die Show wohl ansehen. Ich hörte, daß die Montinis einen neuen Trick haben. Außerdem werde ich nie müde, die Show zu sehen – sie ist immer wieder anders.«

Milly nickte. »Wir sehen uns anschließend. Ich muß zur Garderobe, sonst feuert mich Madame Costa noch.«

Laura sah zu, wie Milly mit wehendem Haar davon eilte.

Langsam ging Laura zum Eingang des Hauptzeltes. Die Erwähnung der Montinis hatte sie an die Zeit erinnert, als sie im Melodeon auftraten, an ihre erste Begegnung mit Will. Oh, Will, dachte sie. Wo bist du und warum hast du nicht geschrieben? Ich kann ohne dich leben. Ich will ohne dich leben, wenn ich's muß; doch ich würde gern bei dir sein. Bitte, komm zurück zu mir!

Das riesige Zelt war gefüllt, voller Lärm, Farbe, Leben. Der Aufzug der Künstler hatte bereits begonnen, als Laura schließlich einen Platz fand.

Normalerweise war Laura bei diesem prächtigen Anblick in bester Stimmung, aber etwas war heute anders. Vielleicht lag es an ihr; doch alles schien etwas anders; es war zu laut, zu grell, und, seltsamerweise, ein wenig erschreckend. Sie fühlte sich wie Alice in Mr. Carrols Buch, als sie auf die Parade schaute. Seltsam, wie sich die Wahrnehmung von Dingen von einem Tag auf den anderen ändern konnten.

Sie biß in den Paradiesapfel, genoß Süßigkeit und Fruchtfleisch, sah, wie der Aufzug beendet wurde und die Vorstellungen in den drei Manegen begannen. Gebannt von den Darbietungen und angesteckt von der Begeisterung und Aufregung der Menge, vergaß Laura bald ihre Stimmung.

Der neue Trick der Montinis war großartig. Dann gab es die neue Nummer eines Mannes, der auf einem Fahrrad mit großer Geschwindigkeit durch einen engen, gewundenen Ring fuhr. Es sah gefährlich aus, und dem Publikum gefiel es.

Und dann traten die Salieris, nach einem Fanfarenstoß, in die Manege. In ihren glitzernden Umhängen und mit dem Kopfputz sahen sie beeindruckend aus. Sie winkten im Gehen.

Laura seufzte. Eine arrogante Bande; und doch mochte das Publikum sie, und sie mußte zugeben, daß ihre Nummer außergewöhnlich war.

Während die Kapelle spielte, begannen die Salieris, ihren Kopfschmuck und die Umhänge abzulegen und erkletterten dann die Leitern zu den Plattformen unter dem Zeltdach. Der älteste Bruder, Santiago, ein muskulöser, breitschultriger Mann, war der Fänger; er begab sich aufs Trapez am anderen Ende, hing an den Knien, den Kopf nach unten, in Fangposition. Die anderen stiegen auf die Plattform ihm gegenüber und winkten mit erhobenen Gesichtern der Menge zu.

Dann begann die Vorstellung. Zuerst sprang der stattliche Sergio zum fliegenden Trapez, schwang in weitem Bogen. Am Scheitelpunkt klappte er zusammen, schlug einen Salto und streckte sich, bevor er die Hände seines Bruders faßte.

Inzwischen hatte Davolo, der jüngere Bruder, das zurückschwingende Trapez erfaßt und sich emporgeschwungen. In dem Augenblick, als Sergio Santiagos Handgelenk losließ, löste Davolo den Griff vom Trapez und die beiden flogen, Salto schlagend, aneinander vorbei. Davolo griff Santiagos Hände und Sergio das Trapez.

Laura stöhnte, ebenso erleichtert wie die Menge. Wie oft sie das auch sah, immer war sie beeindruckt von der Anmut, der Präzision und Beherrschung der Trapezkünstler.

Die beiden jungen Männer zeigten noch weitere Leistungen, dann kam Diana. Wie eine Königin stand sie über der Menge, den Kopf erhoben, ihr Körper in funkelndem Kostüm. Sie sah großartig aus.

Traurig schüttelte Laura den Kopf. Diana war schön. Gab es keine Gerechtigkeit?

Dann griff Diana das Trapez und schwang zu Santiago, der unter ihr schwebte, um sie zu fassen. In ihrem schimmernden Kostüm schien Diana wie ein Vogel in der Luft zu fliegen, ihr Körper drehte sich wie ein großer Fisch, bevor sie die Hände ihres Bruders faßte. Die Menge atmete auf. Einen Augenblick war da ein Zögern gewesen, eine Unterbrechung in dem perfekten Rhythmus. Es war kein perfektes Fangen. Laura schaute böse drein. Sie hatte die Show schon oft gesehen und die Salieris immer nur perfekt erlebt. Doch als Diana zum leeren Trapez zurückschwang, gab es kein Zögern, und das Publikum entspannte sich.

Was immer Diana Salieri sonst sein mochte, sie hatte Mut, denn die Salieris arbeiteten ohne Netz. Laura konnte sich nicht vorstellen, etwas so Gefährliches zu tun, ebensowenig, wie sie sich vorstellen konnte, zu fliegen. Ja, Laura wurde nervös, wenn sie die Künstler bei diesen gefährlichen Darbietungen nur beobachtete. Trotz aller Übertreibungen der Werbeleute, riskierten sie bei jeder Vorstellung ihr Leben.

Nun bereitete sich Diana auf ihren zweiten Flug vor. Laura, die zum Zeltdach emporschaute, merkte, daß die Frau länger als gewöhnlich zögerte, bevor sie die Plattform verließ. Doch das war wahrscheinlich nur Einbildung.

Plötzlich machte Diana ihre Drehung, schwungvoll und graziös wie immer, und dann war sie in der Luft, überschlug sich, einmal, zweimal, perfekt ausgeführt, und griff nach den Händen des Bruders . . .

Einen Augenblick mochte Laura nicht glauben, was geschah. Ein erstickter Schrei der Menge, ein gewaltiges, erschrecktes Ausatmen. Was sie sah, war Wirklichkeit . . .

Der Anblick von Dianas stürzendem Körper brannte sich in Lauras Hirn. Sie wußte, sie würde ihn nie vergessen. Trotz ihrer Leichtigkeit in der Luft, fiel Diana nicht wie ein verwundeter Vogel. Wie ein Stein stürzte sie auf die harte, feste Erde der Manege.

16

Einen langen Augenblick lang schien es, als sei die Zeit stehengeblieben, in dem Moment erstarrt, als Diana Salieris Körper in das Sägemehl der Manege stürzte.

Dann brach die Hölle los. Frauen kreischten, Männer brüllten. Dutzende von Leuten in der Manege rannten zu Dianas Körper, der, verrenkt wie eine Puppe, dalag.

Die Menge war aufgesprungen, und Laura, wenngleich sie weiche Knie hatte, stand auch, unfähig, den Blick von dem schrecklichen Bild abzuwenden. Sie sah, daß der Zirkusarzt in der Manege war, und sie entdeckte auch den kleinen Benjy in seinem Clownskostüm, der neben den Körper kroch. Zwei Männer eilten mit einer Trage in die Manege.

Im nächsten Augenblick setzten beide Kapellen wieder ein, und eine Clownschar tollte in die andere Manege, während die Kunstreiter in den vorderen Ring galoppierten.

Kurz darauf stand Captain Turnball mit dem Megaphon vor dem Mittelring. Die Kapellen setzten aus, damit die Menge ihn hören konnte. »Bleiben Sie sitzen, meine Damen und Herren. Die Show geht weiter. Miß Salieris Unfall ist bedauerlich, aber sie ist nicht schwer verletzt. Sie wird ins nächste Krankenhaus gebracht, wo sie in guten Händen ist. Bleiben Sie ruhig sitzen und genießen Sie die nächsten Nummern.«

Wieder spielten die Kapellen, und Dianas lebloser Körper wurde hinausgetragen. Langsam setzten sich die Menschen. Stimmen summten. Laura hörte einen Mann vor sich zu seiner Frau sagen, »es ist schrecklich, aber du hast gehört, was der Mann gesagt hat. Sie ist nicht schwer verletzt. Sie wird sicher wieder gesund.«

Das Reden erstarb, als die Montinis in die mittlere Manege traten; und nach wenigen Augenblicken schien es, als sei nie ein Unglück geschehen.

Laura schaute sich ungläubig das Schauspiel an, ein dumpfes Gefühl im Magen. Gerade war eine Frau gestorben – für sie gab es keinen Zweifel daran – und der Zirkus spielte weiter, als sei nichts geschehen. Sie kannte den Satz ›Die Show muß weitergehen‹, doch für sie war es immer eine Phrase gewesen. Jetzt sah sie, was er bedeutete.

Laura atmete mehrmals tief durch, um sich zu beruhigen.

Ihr Herz klopfte wenig später wieder normal. Das Publikum saß ruhig, ganz auf die Show konzentriert.

Trotz ihres Entsetzens über das Geschehene, wußte Laura, daß es so besser war. Hätte Captain Turnbull die Vorstellung abgebrochen und der Menge gesagt, Diana sei tödlich verunglückt, wäre Panik ausgebrochen. Möglicherweise hätte das zu einer Massenflucht geführt, zu Verletzten, Toten. So war das Publikum ruhig; es würde zwar erregt durch den Unfall heimgehen, ohne sich der Katastrophe bewußt zu sein.

Wie schwer mußte es sein, jetzt aufzutreten, zu wissen, daß einer der eigenen Leute mit gebrochenen Gliedern, blutend oder gar tot dalag. Was war mit den anderen Künstlern, die gefährliche Dinge wagten? Wie konnten sie jetzt arbeiten, wissend, daß ihnen dasselbe zustoßen mochte? Sie waren schon etwas Besonderes, die Zirkusleute.

Langsam ging sie in das Zelt, wo die Künstler sich vor und nach ihrem Auftritt versammelten.

Dort erlebte sie die ganze Wirklichkeit der Tragödie – blasse Künstler sprachen mit verhaltener Stimme. An der Seite sah sie Madame Costa und Milly stehen, und sie eilte zu ihnen. Milly wirkte gebrochen, ihre Sommersprossen um Nase und Wangen standen gegen die Blässe ihres Gesichtes.

»Oh, Laura! Warst du im Publikum? Hast du es gesehen?«

Laura nickte, unfähig zu sprechen.

»Es ist furchtbar. Ich weiß, daß ich heute noch über sie geschimpft habe, und ich kann nicht behaupten, sie wäre ein netter Mensch gewesen, aber daß das geschehen mußte . . .«

Laura nickte. »Ich weiß. Ich konnte es nicht glauben, als es geschah. Ich kann es noch nicht glauben. Ist sie tot?«

Madame Costa sagte traurig: »Ja. Der Ringmeister hat dem Publikum natürlich etwas anderes erzählt. Aber was hätte die Wahrheit genutzt? Es ist die übliche Prozedur. Die Wahrheit werden sie später lesen, und sie werden sich wichtig fühlen, weil sie dabei waren.«

»Weiß man, warum sie abgestürzt ist?«

Madame Costa zuckte die Schultern. »Sergio sagt, sie wirkte ein wenig unsicher auf der Plattform. Er fragte sie, ob sie arbeiten könne, und sie sagte ja.«

»Santiago sagte, daß er beim zweiten Schwung sah, daß sie einen Sekundenbruchteil zu spät sprang, doch da konnte man nur noch beten. Er konnte ihre Hände nicht mehr fassen – es war eine Sache von Zentimetern. Sie sind alle fassungslos.«

»Das kann ich mir vorstellen«, meinte Laura bekümmert.

Sie sah, daß Lionel in der Nähe stand. Es war nicht leicht, in seinem Gesicht zu lesen, doch seine ganze Körperhaltung verriet seine Verzweiflung. Der kleine Benjy saß auf einem Fäßchen und schaukelte wie ein Kind, sein Gesicht war mit Schminkresten beschmiert. Madame Zenobia tröstete ihn.

Das Gefühl der Fremdheit überkam Laura wieder. Sie hatte die Schattenseite des Zirkus erlebt, die Seite, die Tod und Gefahr statt Vergnügen und Freude brachte. Und sie war sich nicht sicher, ob sie den Zirkus je wieder so freudvoll würde genießen können.

Die Vorstellungen gingen wie üblich weiter, doch der Zirkus und seine Menschen waren verändert.

Die üblichen Scherze der Künstler untereinander gab es nicht mehr; alle waren bedrückt und, dessen war Laura sicher, dachten an ihre eigene Sterblichkeit. Der kleine Benjy, der so ein fröhlicher Mann gewesen war, war melancholisch und sprach selten mit jemandem, obwohl er allabendlich auftrat als sei nichts geschehen.

Lionel zeigte seine Gefühle weniger, doch auch er schien seinen Humor und seine Lebensfreude verloren zu haben. Das wirkte sich auf Milly aus, die den größten Teil ihrer Freizeit mit ihm verbrachte, obwohl sie sich bei Laura beklagte, daß Lionel sie kaum zu bemerken schien.

Eigenartigerweise – aber vielleicht doch nicht so unverständlich – war das Publikum zahlreicher denn je. Amos Potter sagte, es sei wegen des Unfalls, und viele Leute kämen in der Erwartung, Ähnliches zu sehen. Laura mochte nicht glauben, daß die Menschen so gefühllos sein könnten.

Sie hatte Diana nicht gemocht, aber der Tod der jungen Frau vor ihren eigenen Augen wirkte auf Laura. Immer wieder träumte sie davon und wachte im Dunkel mit klopfendem Herzen auf. Sie vermißte Millys Gesellschaft, seit sie soviel Zeit mit Lionel verbrachte. War sie mit Milly zusammen, mußte sie nicht an Will und seine mysteriöse Abwesenheit denken.

Diana Salieris Tod hatte weitreichende Folgen.

Zuerst die polizeilichen Ermittlungen. Mit dem Krankenwagen war die örtliche Polizei gekommen und hatte viele Fragen nach den Umständen zu Dianas Tod gestellt. Der zuständige Polizeioffizier hatte offensichtlich wenig für Zirkusmenschen übrig. Und klar war auch, daß er ein Verbrechen vermutete. Doch es gab nichts Greifbares. Der Befund besagte schließlich Unfall als Todesursache.

Der Mordverdacht indes führte zu allerlei Gerüchten und Spekulationen, die wie ein Buschfeuer im Zirkus kursierten. Das wiederum hatte derartige Diskussionen zur Folge, daß es nur noch Mißtrauen und Auseinandersetzungen gab.

Ohne ihre Arbeit hätte Laura nicht gewußt, was sie hätte tun sollen. Potter, der ihre Fähigkeiten erkannt hatte, übertrug ihr immer mehr Verantwortung; und diese Anerkennung ihres Könnens half ihr etwas, ihre Einsamkeit und ihr Unglücklichsein zu ertragen.

Über einen Monat schon war Will fort; sie hatte nichts von ihm gehört, wußte nicht, wo er war. Laura wollte wissen, was ihm zugestoßen war. Sie dachte sogar daran, zu Mr. Bailey zu gehen und ihn zu fragen, doch ihr Stolz hielt sie davon ab. Was würde er glauben? Er mußte wissen, daß sie und Will Freunde waren – gewesen waren. Fragte sie ihn, würde er wissen, daß Will sich seit seiner Abreise nicht gemeldet hatte, und sie wußte, daß sie seinen mitleidsvollen Blick nicht ertragen würde.

Sie versuchte, nicht an Will zu denken und sich auf anderes zu konzentrieren, doch ihr letzter Gedanke vor dem Einschlafen galt immer ihm. Wo war er und warum ließ er nichts von sich hören?

Will Adams sah auf das blasse, verzerrte Gesicht seines Sohnes hinab. Der Junge schlief, doch der Schlaf brachte ihm keine Ruhe. Das Fieber war ungebrochen; obwohl der Doktor ihm Laudanum gegeben hatte, litt Justin unter Schmerzen. Selbst jetzt, im Schlaf, stöhnte er und wälzte sich ruhelos umher.

Pearl hatte Will erzählt, daß Justins Krankheit mit Fieber und Kopfschmerz begonnen hatte, mit steifem Hals und Rükken, Muskelschmerzen und Mattigkeit. Als Will eintraf, hatte der Junge gefährlich hohes Fieber und konnte sein rechtes Bein nicht mehr bewegen.

Will hatte den Arzt nach der Krankheit seines Sohnes gefragt, doch der hatte ihm keine Antwort geben können. Er hatte bisher nur ein oder zwei Fälle von Kinderlähmung behandelt. Und derzeit waren Ursachen und mögliche Behandlung noch unbekannt. »Wir können nur etwas gegen das Fieber tun und ihm Laudanum gegen den Schmerz verabreichen«, sagte der Doktor. »Und beten, Mr. Adams.«

»Sie haben das schon erlebt? Was sind sonst die Folgen?« hatte Will gefragt. »Keine Ausreden. Ich will die Wahrheit!«

Der Doktor hatte geseufzt. »Die Wahrheit? Ich fürchte, es gibt da noch keine Wahrheit, Mr. Adams. Aufgrund meiner sehr beschränkten Erfahrung und meiner Beobachtungen kann diese Krankheit zum Tod führen, verursacht durch Lungenlähmung, zur Lähmung von Gliedmaßen oder zur völligen Genesung ohne jede Folgen. Wir können nur um letzteres beten.«

Will spürte Tränen durch Müdigkeit und Ärger, ballte die Hand zur Faust und streckte sein Bein – sein starkes, gesundes Bein – und wünschte, er wäre es, der statt Justin litt. Will hatte lange nicht gebetet; das tat er jetzt, hoffend, daß irgend jemand da oben war, der ihn hörte, etwas oder jemand, der seinem Sohn helfen könnte.

Zuweilen, wenn er die Gedanken an Justin verdrängen konnte, war Will bei Laura. Wochen nur waren vergangen, doch die Erinnerung an die gemeinsame Nacht schienen ihm wie ein Traum. Er hätte sich treu bleiben sollen. Er hätte sie nicht lieben dürfen; es war nicht fair gewesen. Er wußte, daß er ihr schreiben sollte, seine Abwesenheit erklären müßte, doch das hätte bedeutet, ihr von Justin zu erzählen und zu erklären, warum er es nicht vorher getan hatte.

Sein eigenes Glück zählte nicht. Einzig das Überleben seines Sohnes zählte. Doch Laura verdiente Besseres als einen Mann, der mit ihr schlief und dann verschwand, einen Mann, auf den sie nicht zählen konnte. Diese Art Mann hatte sie gehabt. Will glaubte, daß er sie liebte; doch in dieser Situation konnte er nur an Justins Krankheit denken. Vielleicht sollte er einen Handel mit Gott machen, sein eigenes Glück für das Leben seines Sohnes anbieten.

So saß er im düsteren Zimmer und sah auf den zerbrechlichen, gequälten Leib seines Sohnes. Und Will betete und bot ein Opfer an. Er würde Laura nie wiedersehen – zumindest nicht privat – wenn Gott seinen Sohn leben ließ. Das schien angemessen. Er würde Laura morgen schreiben und ihr mitteilen, daß er für einige Zeit aus persönlichen Gründen fort sein müsse, und daß er unter diesen Umständen ihre Liebe weder beanspruchen wolle noch könne. Der Ton des Briefes würde kühl sein, und sie würde, das wußte er, verletzt sein. Doch es war das Beste für sie beide. Sie würde ihn vergessen können, einen anderen finden, jemanden, der keine Geheimnisse hatte, keine Verpflichtungen. Die Vorstellung, daß Laura einen anderen Mann hätte, schmerzte ihn, doch das zählte nicht, wenn nur Justin lebte.

Zärtlich wischte er mit einem feuchten Tuch über die Stirn des Jungen. All seine Stärke und Gesundheit, all seine Liebe legte er in die Berührung, hoffend, daß sie in den kleinen Körper strömen würde. Justin war das einzige in seinem Leben, was wirklich zählte.

1885

17

New York World
23. Januar 1885

Frauen im Beruf

Eine überaus erfolgreiche Frau

Daß Frauenarbeit nicht länger auf die heimischen vier Wände beschränkt ist, daß eine Frau im Arbeitsleben des neunzehnten Jahrhunderts eine führende Position hat, stellen wir am Beispiel von Mrs. Nikkolas Orlando in dieser Reportage vor.

Mrs. Orlando ist bei dem Zirkus beschäftigt, der P. T. Barnum und James Bailey gehört, und sie hat eine Position inne, die gewöhnlich Männersache ist.

Als Werbedirektorin des Zirkus ist sie für die Herstellung von Pla-

katen und Handzetteln, Zeitungs- und Magazinanzeigen verantwortlich. Ihr unterstehen viele Angestellte.

Vorher war Mrs. Orlando als Buchhalterin bei Barnum und Bailey tätig. Ihre derzeitige Position erlangte sie durch Fleiß und Fantasie. P. T. Barnum zufolge hat ›Laura Orlando keine Angst davor, in großem Rahmen zu denken, Neues zu wagen. Ich schätze sie und ihre Fähigkeiten sehr hoch.‹

Die Feststellung, daß Mrs. Orlando in einem reinen Männerberuf Erfolg hat, wäre unzulänglich. Unzufrieden mit herkömmlichen Methoden, hat sie viele bemerkenswerte Innovationen entwickelt, die sich als hervorragend erwiesen und zeigten, daß auffällige Werbung die Seele des Geschäfts ist.

Laura saß in ihrer New Yorker Wohnung und las den Artikel, stolz und bedrückt zugleich. Stolz, weil sie hart gearbeitet hatte, um die neue Position zu erreichen und schließlich Anerkennung fand. Bedrückt, weil sie auf dem Foto sehr hart aussah. Sie fühlte sich etwas bloßgestellt.

Wenn sie aus dem Fenster schaute, konnte sie den kleinen Baum im Hof sehen. Er zeigte Spuren von Grün, und hier und da schob sich ein Krokus aus der noch kalten Erde.

Wieder mal Frühling. Bald würde der Zirkus wieder unterwegs sein. Im Winter hatte sie sich nur als halber Mensch gefühlt, obwohl sie neue Anzeigenkampagnen geplant und neue Plakate für die kommende Saison entworfen hatte. In wenigen Wochen waren es drei Jahre, daß sie für den Zirkus arbeitete, und es faszinierte sie noch immer.

Drei Jahre. Drei Jahre des Reisens, des Lernens, des Arbeitens. Drei Jahre, die sie auf diese Position hingearbeitet hatte. Die Zeit war rasch vergangen, meistens jedenfalls. Und sie empfand kein Bedauern. Nein, über nichts; nicht einmal wegen Will Adams.

Natürlich, wenn sie ehrlich war, mußte sie zugeben, daß das nicht ganz der Wahrheit entsprach. Sie dachte immer noch an Will; erinnerte sich, wie es gewesen war, in seinen Armen zu liegen; erinnerte sich an den Schmerz, den sie empfunden hatte, als sie seinen kühlen, gefühllosen Brief gelesen hatte. Persönliche Angelegenheiten zwangen ihn, für unbestimmte Zeit in New York zu bleiben, stand darin. Und er habe nicht das Recht, sie zu bitten, auf ihn zu warten. Er hatte ihr geschrieben, daß er ihr nichts versprechen könne, und es besser für sie beide sei, einander zu vergessen. Er würde sich immer ihrer Liebe erinnern. Liebe!

Sie lächelte bitter. Ja, der Brief hatte schrecklich geschmerzt. Er hatte keine plausible Erklärung für sein Verhalten geliefert. Ihr schien, daß er sie nicht mehr wollte, nachdem sie sich ihm so töricht hingegeben hatte.

Nun, vielleicht war's so das Beste. Ohne diesen Brief wüßte sie heute noch nicht, wo er war. Nach dem Brief hatte sie all ihre Gedanken und Energie auf ihre Arbeit konzentriert. Der Zirkusbetrieb war ihr vertraut, und sie sah, daß vieles verbessert werden konnte. Zögernd erst, machte sie Vorschläge. Einige ihrer Vorschläge hatten beachtlichen Erfolg. Das führte dazu, daß immer mehr ihrer Vorschläge und Ideen realisiert wurden.

Sie war an der Werbung interessiert und hatte mehrere ungewöhnliche Ideen entwickelt. Barnum hörte davon. Es gefiel ihm, er probierte es aus, und der Erfolg freute ihn. Wenig später versetzte er sie in die Werbeabteilung, und vor sechs Monaten hatte ihr Barnum die Führungsposition gegeben, nachdem der Werbeleiter in den Ruhestand getreten war.

Es war keine leichte Arbeit. Zuerst hatte sie Probleme, vor allem mit den männlichen Angestellten, die es zum Teil ablehnten, unter Leitung einer Frau zu arbeiten; doch das war Vergangenheit, obwohl sie mehr Zeit brauchte, sich ihnen zu beweisen, als bei P. T. Barnum und James Bailey.

Und dann war da die Konkurrenz. Es gab viele große Zirkusse, einschließlich Barnums erbittertstem Rivalen, The-Great-Forepaugh-Show, die durchs Land reisten. Adam Forepaugh war ein harter, aggressiver Konkurrent und tat alles, um Barnum herabzusetzen und sich ins rechte Licht zu rükken. Das tat er mit Plakaten und ›Überklebern‹.

Überkleber waren Plakate, um den Konkurrenten zu verletzen oder zu mißkreditieren. Normalerweise hatten sie humoristische oder übertreibende Elemente. Es war ein eher freundlicher Krieg.

Laura mochte besonders den – es war noch vor ihrer Zirkuswelt gewesen –, in dem Barnum seinen Erzrivalen mit einer Aesop-Fabel bespöttelte. Das Plakat zeigte Barnum als Ochsen, der über dem als Frosch dargestellten Forepaugh ragte.

Darunter stand: ›Dieser Frosch blies sich immer auf, um die Größe des gigantischen BARNUM- OCHSEN zu erreichen.«

Forepaughs Antwort zeigte Forepaugh als Giganten, der seine Rivalen Barnum und Bailey überragte. Darunter stand: ›Ein Riese unter Zwergen.‹

Ein anderer Überkleber von Forepaugh hingegen war weniger humorvoll. Er war herausgebracht worden, als Barnum und Bailey erstmals ihren Drei-Manegen-Zirkus im Madison Square Garden präsentierten. Damals hatte The-Great-Forepaugh-Circus nur zwei Manegen, und das brachte Forepaugh aus der Fassung. Er beschuldigte Barnum des ›Betrugs, der Lüge und des Schwindels!‹, schrieb, daß Barnum für die Parade mehr Käfige, Elefanten und kostümierte Menschen angekündigt hätte, als tatsächlich da waren. ›Achten Sie auf den Unterschied! Eine riesige Übertreibung, ohne ein wahres Wort!‹ Die Plakate waren überall, die Worte knallten wie ein Aufschrei.

Obwohl Forepaugh Barnums Seriosität bezweifelte, war seine ebenso verdächtig. 1883, auf der Höhe von Jumbos Popularität, hatte Forepaugh damit geworben, daß sein Elefant, Bolivar, tatsächlich der größte Elefant der Welt sei. Doch das stimmte nicht. Jumbo war zweifellos der weltgrößte Elefant. Aber Forepaughs Behauptung kam beim Publikum nie an, und so blieb Jumbos Ruhm intakt.

Der Krieg ging weiter. Im Augenblick schrieb Laura eine Blitzmitteilung für das Publikum, in der Barnum verherrlicht wurde. Kurz zuvor hatte Forepaugh eine ähnliche veröffentlicht.

In diesen Mitteilungen wurde James Bailey nie erwähnt. Er war ein sehr scheuer, zurückgezogen lebender Mann, der sich vor jeder Erwähnung seines Namens fürchtete. Dennoch war er ein Meister der Zirkusreklame, und er und Laura arbeiteten oft zusammen. Sie hegte Respekt und Bewunderung vor dem ruhigen Mann im Hintergrund, der es Barnum erlaubte, Galionsfigur des großen Zirkus zu sein. Hutchinson, der dritte Partner zu der Zeit, als Laura zum Zirkus kam, hatte sich zurückgezogen, und sie hatte ihn nie kennengelernt.

Seufzend legte sie ihren Entwurf beiseite, streckte sich und dachte an morgen.

P. T. Barnum hatte sie eingeladen, ein paar Tage in Waldemere zu verbringen. Sie war schon mehrmals dort gewesen und hatte sich mit Barnums Frau, Nancy, angefreundet.

Trotz des Altersunterschiedes schien die Barnum-Ehe sehr glücklich zu sein. Laura hatte die beiden beobachtet, und die Bewunderung des Showmannes für seine Frau war offensichtlich. Sein rundes Gesicht strahlte, wann immer sie in seiner Nähe war, und sein Stolz auf sie, vor allem, wenn sie für Gäste Klavier spielte, war deutlich. Nancy hörte ihrem Gatten immer aufmerksam zu und lachte herzlich über seine Scherze und Anekdoten, die er so herrlich erzählen konnte. Zuweilen sehnte sich Laura, wenn sie sie beobachtete, nach Dingen, die sie kaum erklären konnte.

Ihre Ehe mit Nick war so anders gewesen. Sie dachte jetzt ohne Schmerz daran, und doch machte es ihre Gedanken schwer. Um unangenehmen Fragen auszuweichen, sagte sie den Leuten, sie sei verwitwet. Das schien ihr besser, als zuzugeben, daß ihr Gatte sie verlassen hatte.

Laura hätte gern gewußt, wo er war, um ihn um die Scheidung zu bitten. Sie wollte frei sein, denn der Gedanke, legal mit Nick Orlando verheiratet zu sein, machte sie krank.

Aber es nutzte nichts, jetzt daran zu denken. Sie mußte ihre Sachen für die morgige Reise packen.

Will Adams las den Brief. Eine Einladung von Nancy und P. T. Barnum, das Wochenende in Waldemere zu verbringen.

Nachdenklich legte er ihn auf den Schreibtisch, lehnte sich im Sessel zurück, verschränkte die Hände hinter dem Kopf und schaute durchs Fenster auf den blassen Märzhimmel.

Er würde gerne fahren. Schon lange war er nicht in Waldemere gewesen, und Urlaub täte ihm gut; doch außer dem Brief war da eine Gästeliste, und darauf stand Lauras Name.

Laura. Wie sehnte er sich danach, sie zu sehen. Er vermißte sie schrecklich, obwohl es drei Jahre her war.

Drei Jahre. Er erinnerte sich der Nacht, als er sein Glück gegen die Genesung seines Sohnes getauscht hatte. Er mußte halb wahnsinnig vor Sorge gewesen sein, das getan zu haben. Und doch, Justin war fast vollständig genesen. Jetzt erinnerte nur noch ein leichtes Humpeln seines rechten Beines an die schreckliche Krankheit.

Wenn er zu Laura ging, sich entschuldigte . . .

Doch es war zu spät. Er hatte sie verletzt, ihr Vertrauen in ihn zerstört. Ging er jetzt zu ihr, würde sie verständlicherweise Erklärungen verlangen. Er würde ihr von Justin erzählen müssen, von seiner Ehe, und auch, warum er ihr nicht von Anfang an die Wahrheit gesagt hatte. Es war einfach zu kompliziert. Und obwohl er wußte, daß nicht sein seltsamer Handel mit Gott die Ursache für Justins Genesung gewesen war, hatte er Angst davor, den Vertrag zu brechen.

Laura war erfolgreich. Sie hatte eine wichtige Position und schien sie zu genießen. Sie brauchte ihn nicht.

Er legte Barnums Einladung beiseite und nahm einen anderen Brief, der an diesem Tag gekommen war. Er kam von James Bailey, und darin stand, daß Barnums Assistent wegen der Krankheit seiner Frau seine Position aufgeben müsse. Bailey wollte wissen, ob Will daran interessiert sei.

Will las den letzten Absatz noch einmal: ›Will, ich weiß, daß Sie gerne Talentsucher sind und auch, daß persönliche Probleme Sie in den vergangenen drei Jahren gehindert haben, für den Zirkus da zu sein. Doch jetzt sollten sich diese Dinge geklärt haben. Ich kann mir keinen besseren Mann für diese Aufgabe vorstellen, und brauche Ihre Erfahrung und Ihr Urteilsvermögen. Sagen Sie ja. Ich weiß, daß Phineas sich sehr freuen würde.«

Es gab nichts, was Will lieber getan hätte; doch wenn er ja sagte, bedeutete das, in ständigem Kontakt mit Laura zu sein, und unter diesen Umständen konnte er sich nicht vorstellen, das ertragen zu können.

Sie zu sehen und ihre Probleme zu verbergen. Ihr nah zu sein und sie nicht berühren, nicht lieben zu können. Unerträglich! Er hatte Einladungen nach Waldemere abgelehnt, wenn er wußte, daß Laura dort war; darum hatte er Barnum gebeten, ihn von Aufgaben zu entbinden, die seine Anwesenheit erforderten, wenn der Zirkus auf Tournee war.

Natürlich hatte er im ersten Jahr meist bei Justin sein müssen. Doch nachdem Justin genesen war und Will wieder arbeiten konnte, war er nur als Scout unterwegs gewesen, den Zirkus und die Möglichkeit meidend, Laura zu begegnen.

Den Kopf in die Hände gesenkt, saß Will verzweifelt da.

So fand Pearl ihn, als sie das Zimmer betrat. Er bemerkte ihre Anwesenheit erst, als sie seine Schulter berührte. Verwirrt blickte er in die dunklen Augen seiner Schwiegermutter, die ihn sorgenvoll ansah.

Sanft fragte sie: »Was hast du, Will?«

Will richtete sich auf und versuchte, fröhlich dreinzuschauen. »Nichts, Pearl. Ich bin nur ein wenig müde.«

Lächelnd schüttelte sie den Kopf. »Versuch nicht, mich zu täuschen, Will. Ich habe dich beobachtet. Warum sagst du mir nicht, was dich so lange schon bedrückt?«

Er tätschelte ihre Hand. »Glaub mir, Pearl. Da ist nichts, worum du dich sorgen müßtest.«

»Hmm!« Er wußte, daß er sie nicht überzeugt hatte. Sie setzte sich neben ihn an den Schreibtisch, faltete ihre feinen Hände im Schoß und schaute ihn ernst an. »Sag mir doch, was dich bedrückt, Will. Vorher gebe ich keine Ruhe. Ich beobachte dich, und was ich sehe, gefällt mir nicht. Du bist deprimiert und unfroh, und es quält mich, dich so zu sehen. Ich weiß, es ist nicht wegen Justin. Ihm geht es gut. Es muß etwas anderes sein. Sag mir, was.«

Will sah in die dunklen Augen seiner Schwiegermutter, die Lilys so ähnlich waren, und merkte plötzlich, daß er sprach. Zögernd kam alles heraus – seine Gefühle für Laura, ihre Beziehung, die Tatsache, daß er Laura nichts von Justin erzählt hatte, sein Vertrag mit Gott, und der Umstand, daß er Laura nicht vergessen konnte. Dann erzählte er von Baileys Brief und dem Angebot.

Als die letzten Worte erstorben waren, sank Will in seinem Sessel zusammen, fühlte sich aber erleichtert und gereinigt, als sei eine große Last von ihm genommen.

Pearl holte tief Luft, schüttelte tadelnd den Kopf und lächelte ihn dann an. »Mein armer Junge. Und das war all diese Zeit in dir. Warum hast du's mir nicht gesagt?«

Will seufzte. »Ich wollte dich nicht mit meinen Problemen belasten, wo du so besorgt um Justin warst.«

Pearl machte eine ärgerliche Handbewegung. »Ihr Männer! Ihr glaubt immer, ihr müßtet mutig und stark sein, alles ertragen und nie Schwäche zeigen. Ihr habt nie, wie die Frauen, gelernt, daß es Zeiten gibt, in denen man sich anderen anzuvertrauen hat, nach Unterstützung und Hilfe zu suchen. Zuweilen hindert uns unsere Blindheit, Lösungen zu finden, wo ein anderer sehen und sagen kann, was richtig ist.«

Sie berührte seine Hand. »Genau das habe ich vor; dir meinen Rat zu geben; und ich hoffe, daß du ihn befolgst.«

»Zunächst zu dieser Frau. Lily ist vor langer Zeit gestorben, und du bist noch ein junger Mann, und es ist ganz natürlich, daß du dich wieder verliebt hast. Du mußt kein Schuldgefühl haben. Ich kannte meine Tochter gut; sie war nicht die Art Frau, die verlangt hätte, daß du einer Erinnerung die Treue hältst. Sie wollte dich glücklich sehen. Wenn du Mrs. Orlando nichts von deiner Ehe und deinem Sohn erzählt hast, dann aus Angst, es wäre schwer für sie, uns zu akzeptieren. Du hattest Angst, sie wäre irritiert wegen . . .«

Will nickte und fühlte sich wie ein Junge, den ein freundlicher Lehrer ermahnt hatte.

»Ich denke, daß du inzwischen weißt, daß das falsch war, Will. Aber das zu sagen, nützt nichts, außer daß du deinen Fehler einsiehst. Du hättest die junge Frau ihre Entscheidung selbst treffen lassen sollen.«

»Ich hatte aber Angst, ich würde sie verlieren. Ich wollte es ihr sagen, wenn wir uns besser kannten.«

Pearl nickte mit wissenden Augen. »Aber diese Zeit kam nie? Jedenfalls ist das Vergangenheit. Versuchen wir, mit der Gegenwart richtig fertig zu werden.«

»Nun zu deinem Handel mit Gott. Du hast das Versprechen in Angst gegeben. Ich glaube, daß Gott freundlich ist, und ich glaube nicht, daß er einen solchen Preis für das Leben deines Sohnes verlangt. Ich glaube, es war ein einseitiges Geschäft, an das Gott sich nicht gebunden fühlt. Ich liebe Justin wie du, Will, ich würde ihn keiner Gefahr aussetzen. Doch ich glaube, was ich sage, ist wahr. Wäre ich du, würde ich Gott für die Gesundung deines Sohnes danken und mein Leben in Ordnung bringen. Ich würde Mr. Barnums Einladung annehmen. Ich würde die Gelegenheit nutzen, mit Mrs. Orlando zu sprechen, ihr erklären, warum du getan hast, was du getan hast, und ihr von Lily und Justin erzählen. Und ich würde sie um Verständnis und Verzeihung bitten. Auch wenn sie dir nicht verzeihen kann, wirst du nicht schlechter sein, als du jetzt bist, und du wirst zumindest wissen, daß du das Richtige getan hast.«

Will schöpfte Hoffnung, als er in die verständnisvollen Augen seiner Schwiegermutter blickte. Pearl hatte recht. Er mußte etwas tun. Hatte er Glück, würde Laura ihm verzeihen. Wenn sie akzeptierte, daß er verheiratet gewesen war und einen Sohn hatte, konnte er sie bitten, ihn zu heiraten.

Sollte sie ihm nicht verzeihen können, hatte er zumindest Buße dafür geleistet, wie er sie behandelt hatte, und er konnte wieder leben.

»Es wird nicht leicht sein«, sagte er langsam, »es wird schwer sein, sie zu sehen, noch schwerer, mit ihr zu sprechen. Laura ist eine intelligente Frau, und ich habe sie verletzt.«

Pearl nickte. »Ich habe nicht gesagt, es sei leicht. Wichtige Dinge sind oft schwer, aber du fühlst dich doch schon besser, diese Entscheidung getroffen zu haben?«

Zum erstenmal lächelte Will. »Du hast wie immer recht, Pearl. Ich wünschte nur, ich hätte früher mit dir gesprochen. Nach dem Frühstück mit Justin fahre ich nach Waldermere.«

18

Laura hatte an den Aufenthalten in Waldermere immer viel Freude. Sobald der Wagen das äußere Tor passiert hatte, wo die Statue eines friedlichen Indianers die Besucher begrüßte, fühlte sie, daß sie in P. T. Barnums Welt war, einer großen, freundlichen Welt, luxuriös und reich.

Waldermere, was Wälder-an-der-See bedeutete, war ein Werk der Liebe. Hinter dem Indianerwächter standen Springbrunnen, Haine von Hickorybäumen und Gärten; dahinter das Haus, ein weitläufiges, verziertes Zuckerbäckerschloß.

Das riesige Haus war eine Mischung aus Gotik, italienischem und französischem Stil, die alle irgendwie zusammenpaßten. Es war wie Barnum selbst, dachte Laura oft: größer als das Leben und voller Wärme.

Das Innere des Hauses war mit vielen wunderschönen Gegenständen ausgestattet, die Barnum auf seinen Reisen gesammelt hatte – Gemälden, Statuen, Vasen. Eine Marmorbüste von Jenny Lind stand auf einem Sockel an einem Ehrenplatz, und es gab Marmormodelle von Tom Thumbs winziger Hand und seinem Fuß.

Alles in allem ein Ort, an dem man gern zu Gast war. Es gab

unzählige Gästezimmer, und fast alle waren mit eigenen Bädern ausgestattet. Barnum, der jeden modernen Komfort schätzte, hatte sogar Telefon, privat, wie eine Direktleitung zum Polizeirevier, und eine elektrische Alarmanlage.

Als der Wagen vors Haus fuhr, konnte Laura die weiße Seidenflagge mit den Initialen P. T. B. an dem Flaggenmast über der hohen Glaskuppel sehen, die signalisierte, daß Phineas zu Hause war. Laura lächelte. Es war eine königliche Geste, doch auf seine Art war Phineas ein König.

Nancy Barnum schritt ihr entgegen, als Laura aus dem Wagen stieg.

»Ich bin so froh, daß Sie gekommen sind, meine Liebe. Es wird sicher ein wundervolles Wochenende. Wir erwarten interessante Gäste, und das Wetter verspricht schön zu werden. Sie haben Ihr Stammzimmer.«

Laura lächelte und erwiderte Nancys Kuß. Nancy hatte eine Art, daß man sich immer willkommen und als Besonderes fühlte, als sei man der wichtigste Gast.

»Ich freue mich wirklich über die Einladung«, sagte sie, als Nancy sie ins Haus begleitete. »Sie wissen, ich liebe Waldemere. Sie müssen sich wie eine Königin hier fühlen. Es ist wunderschön.«

In ihrem Schlafzimmer legte Laura Hut und Cape ab und trat an das große Fenster, das auf den Rasen und das Wasser blickte. Die Sonne stand tief im Westen und tauchte das Bild in weichgoldenes Licht.

Dabei wurde Laura traurig. Vielleicht kam das durch die Schönheit des Anblicks und das Wissen, daß sich alles veränderte, so sehr man auch wünschte, es halten zu können.

Nicht einmal Waldemere würde immer so bleiben. Schon jetzt war es alt. Sie fragte sich, ob das große Haus das tief in seinem hölzernen Herzen wußte. Aber es war nicht gut, solchen Gedanken nachzuhängen. Sie war hier, und sie wollte das Beste aus ihrem Aufenthalt machen.

Sich vom Fenster abwendend, überlegte sie, wer die anderen Gäste sein mochten. Nancy hatte es ihr nicht gesagt. Zuweilen hatte Barnum berühmte Gäste, und das war immer interessant. Zuweilen aber war es sogar unerfreulich, dann, wenn ganz gewöhnliche Leute da waren.

Bei ihrem ersten Besuch hatte Laura gehofft und gefürchtet,

daß Will Adams unter den Gästen sein könnte, und sie hatte Stunden überlegt, wie sie sich verhalten würde: Sie wollte kühl und unnahbar bleiben, ohne zu zeigen, wie sehr er sie verletzt hatte. Sie würde schön und charmant sein, alle Männer würden sie bewundern, so daß Will sehen konnte, was er eigentlich aufgegeben hatte.

Doch so oft sie in Waldermere war, Will war nicht da. Sie wußte, daß er und Barnum gute Freunde waren, und war neugierig, warum Will nie zu Gast war. Sie hätte Phineas fragen können, doch es wäre irgendwie unangenehm gewesen, und sie war sich nicht sicher, ob sie eine Antwort darauf wollte. Vielleicht kam Will nur dann, wenn sie nicht eingeladen war. Stimmte das, war seine Abwesenheit vorsätzlich.

Es klopfte an der Tür, und sie rief: »Herein.«

Es war ein junger Mann mit ihrem Gepäck, gefolgt von einem frischgesichtigen jungen Mädchen namens Megan, das Laura von vorherigen Besuchen kannte.

Laura lächelte sie an und setzte sich in den bequemen eichenen Schaukelstuhl, während sie ihre Arbeit verrichteten. Es war ein herrliches Gefühl, bedient zu werden.

Der junge Mann ging bald, und das Mädchen packte Lauras Sachen rasch und sorgfältig aus. »Welches Kleid wollen Sie zum Essen tragen, Madam?«

»Das blaugrüne Seidenkleid und die schwarzen Schuhe.«

Megan nahm das Kleid aus dem Reisekoffer und hielt es empor. »Es ist sehr schön, Madam, steht Ihnen sicher sehr gut.«

Laura lachte. »Oh, danke.«

»Soll ich das Bad vorbereiten?«

»Ja, bitte, und gib etwas Veilchensalz hinein.«

Megan lächelte. »Es duftet sehr gut, nicht wahr? Wie ein Garten. Soll ich Ihnen anschließend das Haar machen?«

Laura schüttelte den Kopf. »Das mache ich selbst.«

»Gut, Madam.« Megan ging ins angrenzende Badezimmer, und dann hörte Laura das Rauschen des Wassers.

Laura, im Goldlicht der untergehenden Sonne schaukelnd, fühlte sich entspannt und erwartungsvoll, so, als erwarte sie eine freudige Überraschung. Sie lächelte, genoß das Gefühl, und überlegte, was es bedeuten mochte.

Es war immer schön, in Waldermere zu sein. Und da die

Barnums das Unerwartete liebten, warteten sie oft mit Überraschungen auf. Doch Laura hatte das Gefühl, daß heute etwas ganz Besonderes käme.

Frisch und ausgeruht und sich ihres guten Aussehens bewußt, verließ Laura ihr Zimmer und schloß die Tür.

Als sie sich umdrehte, sah sie sich einem Mann gegenüber, der offensichtlich auch gerade aus seinem Zimmer gekommen war.

Sie vermochte ihren Augen nicht zu trauen, dann spürte sie, wie Hitze aus ihrer Brust ins Gesicht schoß und eine Woge von Gefühlen sie übermannte. Es war Will Adams!

Trotz ihrer Verwirrung sah sie, daß er immer noch stattlich aussah, doch viel schlanker und bedrückt wirkte.

Er sah sie ebenso aufmerksam an, wie sie ihn, doch sein Gesicht zeigte keine Überraschung. Er mußte gewußt haben, daß sie hier war, oder ihre Anwesenheit kümmerte ihn so wenig, daß er nicht aufgeregt war.

Wenn das so war, konnte sie ebenso gleichgültig sein wie er. Sie raffte sich auf, nickte wortlos höflich, bewegte die Beine – die sich wie Wasser anfühlten – und ging zur Treppe. Ihr Name, mit leidenschaftlicher Intensität gesprochen, ließ sie innehalten, und ihr Herz hämmerte.

»Laura. Bitte warte. Ich muß mit dir reden.«

Langsam drehte sie sich um, versuchte ihre Gefühle unter Kontrolle zu bringen. »Es war eine lange Zeit, Will«, sagte sie, so fest sie konnte. »Drei Jahre!«

Er nickte, wobei sich sein Blick verdunkelte. »Ich weiß, Laura, ich weiß es nur zu gut. Und wenn du's auch nicht glaubst, ich habe dich jede Minute dieser Zeit vermißt.«

Leichter Ärger wischte ihre Verwirrung fort. »Wenn das wahr ist, hast du eine besondere Art, es zu zeigen!«

Er zuckte zusammen. »Ich weiß, daß ich das verdient habe, doch darüber möchte ich mit dir sprechen. Ich habe eine Erklärung und eine Entschuldigung, wenn du glaubst, du könntest mir zuhören.«

Laura klammerte sich an ihren Ärger wie an ein Floß. »Ich weiß nicht, ob ich jetzt noch eine Erklärung hören will. Früher hätte sie mir sehr geholfen.«

Will streckte seine Hand aus als wolle er sie berühren, ließ sie dann fallen. »Du bist wütend. Das habe ich erwartet und das verdiene ich. Doch, bitte, Laura, hör mich an.«

Laura zögerte. Sie schuldete ihm Dank dafür, daß sie die Arbeit beim Zirkus bekommen hatte, doch nach seinem Verhalten war sie ihm nichts mehr schuldig.

»Bitte, Laura. Es ist nicht meine Art, zu betteln, aber ich bitte dich, hör mich an. Ich werde dich in Ruhe lassen, wenn du mich dann nicht mehr sehen willst. Mein Wort darauf.«

Laura schaute auf ihre Hände, die ihre Tasche umkrampften. Wie ärgerlich und verletzt sie sein mochte, wie gern sie ihn geschlagen hätte, sie wußte, sie liebte diesen Mann immer noch.

Sie sah ihn an. »Gut, Will. Ich bin neugierig. Ich kann mir zwar nicht vorstellen, was das für eine Entschuldigung sein soll, aber ich höre dir zu. Mehr kann ich nicht versprechen. Und das muß bis nach dem Essen warten, denn wir müssen jetzt hinunter zu den anderen.«

Er wirkte erleichtert. »Danke, Laura. Das ist sehr großzügig.« Er verbeugte sich leicht und lächelte. »Darf ich Sie die Treppe hinuntergeleiten, Mrs. Orlando?«

Er reichte ihr den Arm, den sie zögernd nahm. Dabei fühlte sie die vertraute Spannung in ihrem Körper. Was er ihr auch angetan haben mochte, ihr Körper reagierte noch immer wie ein blinder, suchender Organismus auf ihn, zum Denken unfähig, wollte nur seine Nähe. Es war unfair, daß er sie nach all der Zeit noch erregen konnte! Sie hoffte, daß die anderen Gäste ihre Verwirrung nicht bemerkten, als sie das Speisezimmer betraten.

Für gewöhnlich freute sich Laura auf die Dinners in Waldemere, denn Barnum hatte einen ausgezeichneten Koch, und es war immer ein Vergnügen, in dem herrlichen Eßzimmer in interessanter Gesellschaft zu speisen.

Heute abend jedoch hätte sie nicht sagen können, was sie gegessen hatte oder wer da war. Sie hatte sich mit den Gästen zu ihrer Seite und gegenüber unterhalten, und niemand schien etwas an ihrem Verhalten ungewöhnlich zu finden. Doch sie hatte wie in einem Traum gehandelt. Sie wußte nicht, was sie Will sagen sollte, wenn sie mit ihm allein war, und hatte keine Vorstellung, welche Erklärung er ihr geben würde.

Nach dem Dinner ging die Gesellschaft ins Musikzimmer, wo Nancy sie auf dem Piano unterhielt. Laura war zu abgelenkt, um die Darbietung genießen zu können. Danach unterhielt Barnum sie mit Geschichten und Anekdoten. Laura lachte verzweifelt, versuchte, nicht an das zu denken, was kam.

Schließlich zog Barnum mit wichtiger Geste seine Taschenuhr heraus. »Ist wohl Zeit für einen alten Mann, ins Bett zu gehen. Doch Sie sollten meinem Beispiel nicht folgen. Ich habe neue Bilder für das Stereoskop, falls jemand interessiert ist. Wir sehen uns dann beim Frühstück.«

Als Phineas Barnum zur Treppe ging, warf Laura Will einen raschen Blick zu, der sich vom Stuhl erhob. Während Barnum erzählte, hatte sie sich entspannt. Jetzt begann ihr Herz heftig zu klopfen. Sie hatte sich danach gesehnt, mit Will allein zu sein. Sie hatte sich bereit erklärt, ihm zuzuhören, und das mußte jetzt sein.

Dann stand Will neben ihr. »Ich wollte einen kleinen Spaziergang machen, um Luft zu schnappen. Begleiten Sie mich?«

Laura sagte leise: »Sehr gern, Mr. Adams. Danke.«

Will reichte ihr die Hand zum Aufstehen, und sie nahm sie, wußte, daß die Berührung das alte Feuer in ihr weckte.

Als Laura sich erhob, schaute sie Nancy an. »Gehen Sie zu Bett, Laura? Ich wollte gerade den Projektor aufstellen.«

Laura sagte rasch: »Nein, ich wollte nur etwas mit Mr. Adams spazierengehen.«

Nancy schaute sie fragend an, und Laura fragte sich, wieviel die Frau wußte oder ahnte.

Lächelnd sagte Nancy: »Es ist sehr klar draußen, aber auch kühl. Nehmen Sie einen Schal mit, Laura.«

Nancy hatte recht – die Nacht war sehr kühl. Es war fast Vollmond, und bis auf wenige Wolken war der Himmel klar.

Während sie langsam über einen der vielen Wege schritten, schwieg Will. In der Ferne hörte Laura das Muhen einer Kuh, dann das Wiehern eines Pferdes.

Irgendwie kam es Laura unwirklich vor, mit Will hier zu spazieren, über den von Formen und Schatten der Blumen, Pflanzen und Bäume bedeckten Weg. Es war wie im Inneren einer gläsernen Kugel, in der sich eigene kleine Welten befinden, als seien sie und Will fern der restlichen Welt, in ihrer ganz eigenen Zeit.

Von Mondlicht übergossen stand da eine Holzbank, umsäumt von Pflanzen, die die Nachtluft mit Duft erfüllten.

Will zeigte auf die Bank. »Sollen wir uns da setzen, oder ist es dir zu kalt?«

Laura schüttelte stumm den Kopf und setzte sich. Will setzte sich neben sie, und sie konnte die Wärme seines Körpers spüren. Sie zitterte so, daß er sie noch einmal fragte, ob ihr warm genug sei.

Dann begann er zu sprechen. Langsam erst, zögernd. Und dann immer sicherer. Erzählte von seiner Ehe mit Lily und von Justin, von Justins plötzlicher, gefährlicher Krankheit. Als er von seinem Handel sprach, redete er unbeholfen, versuchte, seinen seelischen Zustand nach den Wochen und Monaten am Bett seines Sohnes zu erklären.

Während die Worte kamen, spürte Laura, wie ihr Schmerz und Ärger wie Eis unter der warmen Frühlingssonne schmolzen. Er hatte sie nicht verlassen, weil er sie nicht liebte! Er hatte einen Grund für sein Handeln gehabt.

Er schwieg, und sie nahm ergriffen seine Hand. »Oh, Will! Ich weiß nicht, was ich sagen soll. Siehst du nicht, daß das alles unnötig war? Du hättest mir von deiner Ehe, deinem Sohn erzählen sollen. Ich wäre natürlich überrascht gewesen, doch verheiratet gewesen zu sein und einen Sohn zu haben, ist nichts, wofür man sich schämen müßte.

Und dein Versprechen an Gott, ich verstehe, wie du gefühlt haben mußt. Unter solchen Umständen hätte ich wahrscheinlich Gleiches getan. Doch in bin froh, daß deine Schwiegermutter eine einfühlsame Frau ist und mit dir gesprochen hat. Ich würde immer noch glauben, du hättest mich nur benutzt und dann weggeworfen. Was auch geschehen mag, ich kann auf unsere Beziehung schauen, ohne mich ihrer zu schämen. Oh, Will! Ich bin so froh, daß du's mir erzählt hast!«

Wills Gesicht wirkte im Mondlicht blaß. »Laura, da ist noch etwas, was ich dir hätte sagen sollen.«

Sie fühlte, daß sich seine Hand spannte. »Ja, Will?«

Seine Hand löste sich. »Egal. Eigentlich ist es nicht wichtig. Verzeihst du mir? Ich habe dich nie verletzen wollen. Ich dachte, es sei so das beste für uns beide.«

Laura spürte Tränen in ihren Augen. »Natürlich verzeihe ich dir!«

Und dann fand sie sich in seinen Armen, wußte nicht, wer den ersten Schritt getan hatte; und sein Mund war auf ihrem, füllte sie mit Wärme, die jeden Teil ihres Körpers durchströmte, bis sie vor Verlangen glühte.

Zwischen den Küssen wiederholte Will ihren Namen immer wieder, als könne er nicht glauben, sie in den Armen zu halten; und dann waren seine Hände an ihren Brüsten, und sie wünschte sich, ihr schönes Kleid würde wie durch Zauberei verschwinden, und nichts zwischen seinen suchenden Händen und ihrem hungrigen Fleisch sein.

In den letzten drei Jahren hatte sie keinen anderen Mann gehabt, und ihr erblühter Körper forderte sein Recht. Er hob sie von der Bank, zog sie an sich, und sie flüsterte in sein Ohr: »Oh, Will! Du hast mir so gefehlt. Es hat niemanden gegeben. Niemanden außer dir. Will, kommst du zu mir?« fragte sie heiser. »Mein Zimmer ist direkt dem deinen gegenüber. Ich kann dich nicht wieder gehen lassen, nachdem ich dich wiedergefunden habe. Ich kann nicht!« Die letzten Worte waren wie ein Schrei, und Laura schluchzte vor ungeheurem Verlangen.

Eilig schritten sie zum Haus zurück und schlichen sich am Musikzimmer vorbei zur Treppe.

Das Treppenhaus war leer, und in wenigen Momenten waren sie in Lauras Zimmer, in dem ein Feuer brannte. Lauras Nachtgewand lag auf dem Bett. Eine kleine Tischlampe ließ den Raum rosa schimmern. Einen langen Augenblick schauten Laura und Will einander wortlos an, gingen dann wie zwei Hälften eines Wesens aufeinander zu.

Als sie schließlich nackt waren und sie Wills Körper spürte, erbebte Laura. Sie war so erregt, daß allein seine Berührung sie zum Höhepunkt brachte.

Sie zog ihn zum Bett, sank unter ihn. Sie war schon wieder erregt, wollte ihn in sich, von ihm besessen werden.

»Jetzt«, flüsterte sie heiser, während sie sich öffnete. »Komm in mich, Will. Oh, mein Liebling!«

Will hob sich und drang in sie, als suche er ihre Mitte. Laura stöhnte vor unerträglicher Lust, als Will sie füllte und heftig zu stoßen begann. Sein Körper erbebte, als er zum Höhepunkt kam, und sie lagen einen Augenblick bewegungslos. Nur ihr keuchender Atem war zu hören, er noch in ihr.

Will hob den Kopf und küßte sanft ihre Wange. »Geliebte

Laura! Wie habe ich von dir geträumt, an dich gedacht, doch keine meiner Fantasien war so wundervoll.«

Laura seufzte. »Ja, mein Liebling. Ich weiß. Ich weiß.«

Mit noch ungestillter Leidenschaft umklammerte sie ihn; und zu ihrer Freude spürte sie, wie er in ihr wieder wuchs.

Langsam begann sie, sich unter ihm zu bewegen, spürte seine Berührung. Sie genoß die sprudelnde Leidenschaft, die wyndervollen Gefühle, die durch ihren Körper rasten. Und dann rollte er mit ihr, hob sie auf sich, während er sich bewegte, hielt ihre Hüften. Zuerst überraschte die neue Stellung sie, doch dann merkte sie, daß sie ihn besser spürte. Und sie konnte den Druck auf jene Teile steuern, an denen sie die größte Lust und Befriedigung empfand.

Wild, voller Hingabe, ließ sie ihre Hüften kreisen, beugte sich über ihn, damit er noch tiefer in sie drang und bewegte ihren Körper rasch auf dem herrlichen Stab, der ihr solche Lust bescherte. Diesmal kamen sie zusammen, und Laura war, als erschüttere sie ein Erdbeben.

Ihr letzter Gedanke vor dem Einschlafen war, daß sie nie, nie in ihrem Leben solche Lust empfunden hatte. Sie fühlte, als sei sie mit Will für immer zu einer Person verschmolzen, und sie wußte, sie wollte nie wieder ohne ihn sein.

19

Nick Orlando starrte finster auf die leere Whiskyflasche und schleuderte sie dann mit einem Fluch durchs Zimmer.

Sie knallte gegen die schmutzige Wand, riß ein weiteres Stück verschmierter Tapete ab. Doch das schäbige Schlafzimmer sah so erbärmlich aus, daß ein weiterer Tapetenfetzen keinen Unterschied machte.

Er warf sich auf das zerwühlte Bett, starrte an die Decke und betrachtete die Flecken, die sich wie eine Krankheit auf der verblichenen Farbe breiteten.

Wie war es dazu gekommen? Was für ein Pech verfolgte ihn? Früher hatte er auch Probleme gehabt, hatte sie aber immer überwunden, Neues und Besseres gefunden. Er war stolz darauf gewesen, daß er jedes Mißgeschick bewältigte.

Doch jetzt lief nichts mehr. Er hatte kein Glück im Spiel, und selbst bei Frauen kam er nicht mehr an, obwohl er den Grund dafür kannte. Es war diese verdammte Hure, Lola Maridan; sie hatte irgendeinen Fluch auf ihn gelegt.

Er fluchte verhalten. Er brauchte etwas zu trinken, hatte aber kein Geld, und Peggy würde erst am späten Nachmittag kommen. Die Dirne hätte ihm wenigstens ein paar Dollar dalassen können. Immerhin war sie die einzige, die ihn aufgenommen hatte, nach dem Ärger mit dem Besitzer des Theaters, wo er zuletzt gearbeitet hatte. Wer hätte gedacht, daß der alte Bastard nach all den Jahren noch scharf auf seine Frau sei? Nick hatte sich nur an sie herangemacht, weil er ihre begehrlichen Blicke bemerkt hatte. Er hatte ihr einen echten Gefallen getan, wirklich; und er dachte, wenn er sie befriedigte, würde sie für ihn ein gutes Wort bei ihrem Mann einlegen. Dazu war sie sehr freigiebig mit Alkohol, und schob ihm dann und wann ein paar Dollar zu, anders als Peggy, die mit Argusaugen ihr Geld bewachte.

Doch dann hatte der Varietébesitzer Nick mit seiner Frau im Bett erwischt, und das war das Ende gewesen!

Nick spürte brennende Tränen, als er sein Gesicht mit einem Arm bedeckte. Früher konnte er jede Frau haben, die er wollte, sie durch seine Liebe zu seiner Sklavin machen. Jetzt war er so tief gefallen, daß er eine alte Schauspielerin auspressen mußte, die er kaum befriedigen konnte.

Verdammte Lola! Sie war keine Frau, sondern ein Monster. Er war ein Narr gewesen, zu glauben, er hätte ihr je etwas ab knöpfen können. Sie hatte ihn benutzt, ausgesaugt und ihm auf gewisse Weise seine Männlichkeit geraubt. Wenn er mit ihr Sex hatte – ›Liebe machen‹ war wohl das falsche Wort dafür – fühlte er sich vergewaltigt und war doch unfähig, nein zu sagen. Nicht nur, weil sie seine Chefin war. Da spielte auch der Kampf eine Rolle, ein Kampf um die Überlegenheit. Nick hatte geglaubt, er könne ihn nur gewinnen.

Doch am Ende hatte Lola, diese Hure, ihn besiegt. Ein neuer Mann stieß zum Rummel, ein Kraftprotz, größer und jünger als Bruno, und besser aussehend.

Kurz nach seiner Ankunft hatte Lola Nick ohne Erklärung fallengelassen. Trotz der Tatsache, daß er ihrer überdrüssig war, war er erschüttert. Frauen verließen ihn nicht, er verließ sie. Schlimmer war, daß er sich minderwertig und besiegt vorkam, weil er sie nicht beherrschen konnte.

Während seines Verhältnisses mit Lola, wenn man das so nennen konnte, hatte er gespielt, versuchte in einem anderen Bereich als im Bett zu gewinnen. Doch sein Glück schien ihn auch dort verlassen zu haben. Er haßte es, wenn er verlor, und er trank immer mehr. Er wußte, es war nicht gut für ihn, aber er konnte nicht aufhören. Alles war Lolas Schuld.

Jeden Abend nach der Vorstellung überlegte er, wie er's ihr heimzahlen könnte. Doch Bruno tat schließlich, was zu tun Nick nicht imstande war.

Nachdem Lola mit dem jungen Muskelmann angebändelt hatte, verzichtete sie auf Bruno als Leibwächter. Bruno, ein einfacher Mann, hatte das nicht so hingenommen. Als ihr neuer Liebhaber eines Abends in der Show arbeitete, war er in Lolas Wagen gegangen und hatte sie furchtbar verprügelt. Danach war er geflohen.

Nick empfand darüber wilde Freude. Er hatte versucht, seine junge Assistentin, Melanie, ins Bett zu bekommen, um sein angeschlagenes Selbstbewußtsein aufzupolieren. Melanie aber fuhr auf Nicks Charme nicht ab; sie hatte ein solches Geschrei gemacht, daß er wieder mal fliehen mußte.

Seitdem war's ständig bergab gegangen, und Nick hatte nicht die Kraft, diesen Fall zu verhindern. Nun war er in dieser Bruchbude und lebte von Peggys Almosen. Er bekam sein Leben nicht mehr in Ordnung.

Wäre er bei Laura geblieben, hätten sie jetzt ein eigenes Theater.

Nick stand auf und ging zu dem zerkratzten Tisch, auf dem ein Gaskocher und Lebensmittel standen.

Er wühlte herum, fand einen halben Leib halbwegs frisches Brot und ein Glas Marmelade. Das Brot war in Zeitungspapier gewickelt. Als er's beiseite legte, fiel sein Blick auf ein Bild. Es konnte natürlich nicht sein, doch seine Neugier war geweckt. Er glättete das Papier, um das Bild genauer zu betrachten. Sein Herz begann zu klopfen. Es war Laura, zwar ernster und reifer blickend, aber zweifelsfrei Laura!

Er schaute auf die Schlagzeile, las dann rasch den Artikel durch und dann noch einmal langsamer. Kleine Laura, erfolgreich, berühmt! Na, sie war doch auf die Füße gefallen, oder?

Es schien, als ob sein Verlassen ihr nicht gerade Unglück gebracht hatte. Er schüttelte den Kopf, fand es schwer, sich Laura in einer solchen Position vorzustellen. Mit dem unerfahrenen Mädchen, das er geheiratet hatte, konnte sie nur noch wenig gemein haben.

Geheiratet! Mein Gott, er war noch ihr Ehemann. Vielleicht war das der Ausweg aus der Misere.

Er nahm die Zeitung, setzte sich auf den zerschlissenen Stuhl und starrte Lauras Bild an. Sie sah schön aus, wenn auch ein wenig ernst. Vielleicht war's an der Zeit, die Sache mit ihr zu bereinigen. Er würde sich säubern, irgendwo etwas Geld auftreiben – genug zumindest für einen bescheidenen Anzug und eine Fahrkarte . . .

Ja, es war Zeit für einen Besuch bei seinem geliebten Weib. Sie würde ihn nicht mit offenen Armen empfangen, aber einmal hatte er sie schon gewonnen. Das konnte er wieder schaffen!

Als Laura zur Beladung von Barnums Privatzug im Depot eintraf, begegnete sie zuerst Milly.

»Oh, Laura, ich freue mich, dich zu sehen!«

Milly eilte zu ihr, küßte sie, trat dann zurück und musterte sie. »Du siehst großartig aus! Ein neues Kleid, nicht wahr? Der Winter hat dir wirklich nicht geschadet. Ich hab den Artikel in der WORLD gelesen. Ich bin stolz auf dich. Oh, ich hab dir soviel zu erzählen!«

Laura lachte. Milly war so aufgeregt und überschäumend wie ein Hündchen. »Sie sehen auch sehr gut aus, Miß Andrews, und Sie tragen ein neues Kleid. Es steht Ihnen sehr gut.«

Millys blasse Wangen röteten sich. »Danke. Ich hab's selbst geschneidert. Ich wollte endlich nicht mehr wie ein Schulmädchen oder ein Dienstmädchen herumlaufen.« Sie drehte sich. »Es ist doch sehr modisch, oder?«

Laura tat, als betrachtete sie das Kleid sehr kritisch. Es war sehr schön; die korallene Farbe betonte Millys Haut und ließ die Augen größer wirken, und das schmale Mieder unterstrich Millys schmale Taille und hob ihren kleinen Busen.

»Sehr modisch«, lächelte Laura. »Du bist ja ein Mannequin.«

Milly errötete wieder. »Ich trag's heute, weil ich hoffe, daß es Lionel gefällt«, sagte sie offen.

Laura schüttelte verzweifelt den Kopf. »Oh, Milly!«

Milly zuckte die Schultern. »Ich weiß, du hältst mich für töricht, ihn zu lieben, wo er mich doch wie eine kleine Schwester behandelt, aber eines Tages merkt er schon, daß ich eine Frau bin! Sie lachte. »Das wird helfen.«

Laura legte ihren Arm um die Schulter des Mädchens. »Also, wenn er das nicht bemerkt, ist es hoffnungslos. Hast du ihn den Winter über nicht gesehen?«

Milly schüttelte den Kopf. »Nein. Ich war bei meiner Familie. Es war sehr schön, besonders zu Weihnachten. Doch als der Frühling kam, wurde ich unruhig. Ich glaube, der Zirkus steckt mir im Blut. Wenn ich den Zirkus und Lionel hätte, wäre ich im Himmel. Du mußt mir helfen, Laura. Ich hab's zu lange treiben lassen. Dieses Jahr gehe ich's richtig an.«

Laura drückte Millys Schulter. »In dem Fall hat Lionel keine Chance. Komm, wir steigen lieber ein. Im Zug können wir noch genug reden! In meinem Abteil haben wir Ruhe.«

»Wäre ich nicht deine beste Freundin, wäre ich neidisch«, grinste Milly schelmisch. »Du hast es zu was gebracht. Dein eigenes Abteil! Herrlich, diese Früchte des Erfolges!«

Laura grinste zurück. »Da hast du recht, und da du meine beste Freundin bist, sollst du sie mit mir teilen.«

Die beiden Frauen gingen in Lauras geräumiges Abteil, das ein Drittel eines der Wagen einnahm. Während der Tournee war das Lauras Zuhause.

»Das ist ja ein sehr kleines Abteil«, sagte Milly, die sich bewundernd umschaute.

»Mehr ein Wohn-Schlafzimmer«, sagte Laura und legte den Hut ab. »Magst du Tee?«

»Sehr gern.«

Milly ging langsam durch den schön möblierten Raum. »Wer sind deine Nachbarn? Hoffentlich niemand, der Krach macht.«

Laura lächelte. »Nein. Mr. Bailey schätzt die Privatsphäre. Meine Nachbarn sind Betinna Brouder, die Kunstreiterin, und diese neue junge Frau, die mit Löwen und Schlangen auftritt – Madame Mystik heißt sie, glaube ich.«

Milly erschauerte. »Hoffentlich hält sie die Schlangen nicht in ihrem Raum. Sie machen mir Angst, aber ich habe gehört, ihre Nummer sei sehr gut und sie bekommt viel Geld.«

»Dann muß ich mich geehrt fühlen. Sie haben mich mit den Starkünstlerin zusammengebracht.«

Laura zog einen roten Vorhang beiseite, der eine Ecke des Raumes abtrennte, und einen kleinen Schrank verbarg, unter dem ein kleiner Spirituskocher stand.

»Ist das nicht angenehm«, sagte sie und entzündete ihn. Ich kann Wasser für Kaffee, Tee oder Kakao kochen, und Toastbrot und Kuchen, und vielleicht Würste. Dazu ist Platz für Töpfe und so was. Wenn wir in den Städten sind, muß ich nicht immer zum Küchenzelt, oder einen Kellner kommen lassen.« Sie schaute Milly an. »Erzähl mir alles über den Winter.«

»Oh, viel mehr gibt's nicht zu erzählen. Es war schön, aber jetzt freue ich mich auf die Arbeit. Doch du hast noch nichts gesagt, Laura. Du siehst strahlend aus. Dann muß dir Wundervolles im Winter widerfahren sein. Hast du jemanden kennengelernt?«

Laura lächelte versonnen. »Das kann man sagen, obwohl es kein Unbekannter ist.«

Voller Aufregung rötete sich Millys Gesicht. »Oh, erzähl's mir! Wer ist es?«

Laura sagte tief atmend. »Will Adams.«

Milly klatschte in die Hände. »Oh, Laura, wie wundervoll! Ich weiß, du hast nicht viel darüber gesprochen, aber ich wußte, wie unglücklich du warst, als er verschwand. Ist alles zwischen euch wieder in Ordnung?«

Laura nickte. »Er hat mir alles erklärt. Ich erzähl's dir nach dem Tee.«

»Und jetzt reist er als Mr. Baileys Assistent mit dem Zirkus«, sagte Laura glücklich, während sie den letzten Keks aß und den letzten Schluck Tee nahm. »Wir werden die ganze Saison zusammensein, und danach werde ich seinen Sohn und seine Schwiegermutter kennenlernen.«

Milly seufzte und lehnte sich zurück. »Oh, Laura, ist das romantisch. Wirst du ihn heiraten?«

Laura sagte nachdenklich: »Von Heirat hat er noch nicht gesprochen, aber er wird mich fragen.«

»Und, wirst du ja sagen?«

Laura nickte. »Weißt du, ich fühle mich, als sei ich drei Jahre eingefroren gewesen, und taue jetzt auf. Ich weiß jetzt, daß wir alle jemanden brauchen. Ich hab's versucht zu leugnen, weil ich zweimal verletzt worden bin und nicht wieder verletzt werden wollte. Das war falsch. Für sein Glück muß man etwas wagen, sonst lebt man nicht wirklich!«

»Das meine ich auch«, meinte Milly eifrig, und beugte sich vor. »Darum will ich ja, daß Lionel mich als Frau sieht; und, wie ich sagte, dieses Jahr versuche ich alles.«

»Vielleicht hat auch er Angst«, sagte Laura gedankenvoll.

Milly schaute melancholisch. »Er hatte keine Angst, Diana zu lieben, und sie hätte ihm sicher nur Unglück gebracht, selbst wenn sie ihn auch geliebt hätte!«

»Aber Diana hat ihn nicht geliebt und würde ihn nie geliebt haben. Das war es vielleicht, was Lionel so anziehend fand. Es war sicher, sie zu begehren, denn es gab für ihn keine Chance, daß sie seine Liebe je erwidern würde. Bei dir ist das anders. Du bist eine Frau, die Liebe geben kann. Das ist vielleicht mehr, als er ertragen kann.«

»Du könntest recht haben.« Milly sah Laura mit wachsender Erregung an. »Aber, wenn das stimmt, was kann ich tun?«

Laura lächelte. »Wir werden uns was einfallen lassen. Du sagtest, in diesem Jahr muß es passieren, und ich möchte, daß du ebenso glücklich bist wie ich.«

»Oh, Laura. Du bist wirklich eine Freundin!«

Milly sprang auf, und die beiden Frauen umarmten sich, während die Pfeife signalisierte, daß der Zug anrollte.

Eine neue Saison, dachte Lionel und schaute aus dem Salonwagenfenster, als der Zug anfuhr. Der Gedanke machte ihn sehr traurig.

Die letzten drei Jahre waren dahingegangen, ohne daß sich in seinem Leben etwas geändert hatte. Er fühlte sich ziellos, und doch kümmerte ihn das Gefühl nicht.

Er war zu lethargisch, um etwas an seiner Lebensart zu ändern. Das lag natürlich an Dianas Tod. Er wußte, daß seine Gefühle ungut waren, doch er konnte die Erinnerung an Diana nicht verdrängen.

Obwohl er wußte, daß seine Liebe zu der schönen Trapezkünstlerin unerwidert geblieben war, wandte er sich mit all seiner Hingabe ihr zu. Ihr tragischer Tod hatte etwas Wichtiges aus ihm gerissen, ohne das er nur noch halb lebte.

Es war ihm klar, daß er nie die Freuden wechselseitiger Liebe erfahren würde. Die beiden einzigen Frauen, die er wirklich geliebt hatte, hatten ihn nicht geliebt. Nicht einmal die dürftige Genugtuung, sie aus der Ferne lieben zu können, war ihm geblieben. Er hatte sich mit einem Leben ohne Liebe abzufinden.

Natürlich war er nicht der einzige, den Diana Salieris Tod getroffen hatte. Der ganze Zirkus war seitdem verändert. Zuerst die polizeilichen Nachforschungen, die ihre Familie einleiten ließ, die Dianas Tod nicht für einen Unfall hielt. Man erklärte, sie sei nie unsicher dort oben gewesen und habe sich am Nachmittag sehr gut gefühlt. Man munkelte von Drogen oder Gift – etwas, das sie nicht gleich umbrachte, sondern sie nur benommen machte. Die Salieris hatten eine Autopsie beantragt, die auch durchgeführt worden war, doch man hatte nichts entdeckt.

Die Salieris hatten sich aber damit nicht zufrieden gegeben und Anklagen gegen Künstler erhoben, die eifersüchtig auf Diana gewesen seien. Die Polizei stellte nur fest, daß es viele Leute gab, die Diana nicht gemocht hatten. Da das aber nichts Verbotenes war, hatte man den Salieris gesagt, man bedauere, und den Fall abgeschlossen.

Nach drei Jahren noch war dieses böse Gefühl geblieben, und viele Künstler und die Salieris sprachen kaum miteinander.

Am meisten aber war Benjy, der Zwergenclown betroffen, der hingebungsvoll an Diana gehangen hatte. Sie war Banjys Göttin gewesen; und als sie starb, wäre er fast mit ihr gestorben. Der kleine Mann trat zwar weiter auf, doch zuweilen dachte Lionel, daß hinter der Schminke und dem spaßigen Kostüm nur eine leere Hülle sei. Lionel hatte Benjy als guten Freund betrachtet, doch jetzt sprachen sie kaum miteinander, und wenn, spürte Lionel, daß es keine wirkliche Unterhaltung war.

Aber es hatte auch Gutes in den letzten drei Jahren gegeben. Da waren Milly und Laura, Lionels gute Freunde.

Milly war Assistentin von Madame Costa, und sie entwarf viele der Kostüme für die Künstler. Milly war natürlich nicht so ehrgeizig wie Laura, aber sie war irgendwie die glücklichere der beiden. Ein Zug, um den Lionel sie beneidete.

Er lächelte amüsiert, bei dem Gedanken an Milly, und etwas regte sich in ihm, was er gleich wieder verdrängte. Er wußte, daß Milly ihn verehrte, denn sie machte sich keine Mühe, ihre Gefühle zu verheimlichen, aber er hielt das für eine – nun, Mädchenschwärmerei, die nicht von Dauer war.

Bei diesem Gedanken fühlte er sich unwohl. Er wußte, würde er Millys Zuneigung ernst nehmen und glauben, daß sie ihn wirklich liebte, würde er verletzt werden. Er war sicher, sie verlor das Interesse, sobald er zeigte, daß er sie mochte. Er fürchtete ebenso ihr Mitleid, denn er wußte, wie weichherzig sie war, eine kleine Mutter für alle. Nein, er wollte nicht, daß sie oder er verletzt wären. Besser, ihre Freundschaft zu haben, als an ihre Liebe zu glauben und sie und ihre Freundschaft zu verlieren.

Lionel sah, daß Benjy, in Begleitung von Alwyn Crest, dem starken Mann, und Luther Goodwin, dem menschlichen Skelett, den Clubwagen betrat. Die drei Männer sahen Lionel und gesellten sich zu ihm.

»Schön, dich zu sehen, Lionel!« dröhnte Alwyns tiefe Stimme.

»Und du, Benjy?« fragte Lionel sanft, »was hast du in der Saisonpause gemacht?«

Benjy sah ihn entschuldigend an. »War kein gutes Jahr, Lionel«, sagte er mit hoher, dünner Stimme. »War meist krank. Du weißt, diese Lungengeschichte.«

Lionel nickte. Er wußte, daß die Liliputaner besonders empfindlich für eine bestimmte Lungenerkrankung waren und viele von ihnen daran sehr jung starben.

»Tut mir leid, Benjy. Eine schreckliche Art, den Winter zu verbringen. Geht es dir jetzt besser?«

Der Kleine zuckte die Schultern. Er sagte nichts mehr.

Der Kellner brachte ihre Drinks.

»Was du brauchst, Benjy«, meinte Luther und klopfte ihm auf die Schulter, »ist Dr. Goodwins Methode. Eine nette Nummer mit einer willigen Frau. Wir haben dieses Jahr eine neue Nummer dabei, Rosies dressierte Ponies. Ich hab Rosie kennengelernt. Sie ist kaum größer als du, aber eine richtige Frau, mit hübscher Figur. Ich mach euch gern bekannt, und . . .«

Der kalte, fast feindselige Blick des Liliputaners ließ Luther kurz schweigen.

Er sah Alwyn und Lionel an und hob die Augenbrauen. »Was ist? Habe ich was Falsches gesagt?«

Ohne ein Wort, sprang Benjy vom Sessel auf und watschelte, mit seltsamer, bewegender Würde, aus dem Salonwagen.

Luther schüttelte verwundert den Kopf. »Was ist in ihn gefahren? Seit wann ist es beleidigend, wenn man einen Mann mit einer schönen Frau bekannt machen will?« Alwyn schüttelte den Kopf. »Luther, du weißt doch, daß Benjy seit Diana Salieris Tod völlig verändert ist.«

Luther blies die Backen auf und griff nach dem Glas. »Verdammt, das ist drei Jahre her. Und wir alle wissen, daß die Frau eine Hexe war. Sie hat Benjy wie einen Hund behandelt.«

Lionel beugte sich vor. »Das wissen wir, Luther, aber das stört Benjy nicht. Der Kleine hat sie vergöttert, und er wird sie nie vergessen.«

Alwyn warf Lionel einen spöttischen Blick zu, und Lionel spürte, daß er errötete. Er mochte sich nicht in dieselbe Kathegorie wie Benjy einordnen. Aber, sahen ihn die anderen so? fragte er sich plötzlich.

»Was du sagtest, Luther, hat ihn verletzt«, sagte Alwyn. »Und damit seine Erinnerung an Diana beschmutzt. Versuch, in Benjys Gegenwart nicht von Liebe, Sex oder Romanze zu sprechen. Das bringt ihn aus der Fassung.«

»Gut«, sagte Luther schließlich, »ich werde dran denken. Ich wollte den kleinen Kerl nicht verletzen. Aber, reden wir über was Erfreuliches. Wie ich höre, wird's eine gute Saison. Will Adams ist jetzt als Baileys Assistent dabei, wir haben viele neue Nummern, und das Wetter ist herrlich. Trinken wir auf den Zirkus und die neue Saison! Möge sie erfolgreich sein und nichts schlecht laufen.«

»Darauf trinke ich gern«, sagte Alwyn.

Die drei Männer hoben die Gläser und prosteten sich zu.

Doch Lionel hatte eine plötzliche, ungute Ahnung – Ärger stand bevor.

20

Laura kaufte eine große Tüte Erdnüsse bei Old Laupin, dem Erdnußverkäufer und schenkte, ihm ein freundliches Lächeln, das er erwiderte.

Old Laupin war die Seele des Zirkus, der Geist, die Kraft, durch die die Show immer weiterging. Edourd Laupin war nicht wirklich alt, der Name war eine Ehrenweisung; er war einer der größten auf dem Hochseil gewesen.

Seine Nummer war von extremer Kühnheit und Anmut, erzählten die, die sie gesehen hatten, und trotz des großen Risikos hatter er immer Glück.

Viele Jahre war er eine Topattraktion gewesen, er trat in Europa und Amerika vor begeistertem Publikum auf. Eines Tages verließ ihn sein Glück. Nach dem Unfall war sein athletischer Körper arg zugerichtet und seine Hochseilkarriere beendet.

Trotz seines seelischen und körperlichen Schmerzes hatte er den Zirkus nicht verlassen, obwohl er sich das finanziell hätte leisten können. Er war geblieben und erledigte einfache, aber notwendige Arbeiten. Die Zirkusleute mochten ihn, denn er hatte stets ein Lächeln und ermutigende Worte für sie.

Laura ging zum Tierzelt, um ihren alten Freund Jumbo zu begrüßen. Die ersten Tage auf Tournee waren hektisch gewesen, und sie hatte zum ersten Mal Freizeit.

Es war ein schöner Tag, warm und klar, und Laura atmete die Zirkusluft lang und tief ein. Es gab nichts Vergleichbares auf Erden. Plötzlich fühlte sie ungeahntes Glück in sich. Ihre Welt war wundervoll. Sie war erfolgreich, hatte eine Arbeit, die ihr Freude bereitete, und sie liebte und wurde geliebt. Was konnte eine Frau mehr verlangen?

Obwohl sie und Will in diesen Tagen furchtbar beschäftigt waren, blieben ihnen doch die Nächte – bei dem Gedanken allein wurde Laura warm.

Bedachte sie, wie wenig Schlaf sie hatte und wieviel Arbeit sie erledigen mußte, müßte sie sich erschöpft fühlen. Stattdessen fühlte sie sich herrlich lebendig und stark. Es war, als sei ihre Liebe ein Kraftquell.

Lächelnd trat Laura ins Tierzelt, das schon voller Nachmittagsbesucher war, und ging zu Jumbo.

Wie oft sie den Riesenelefanten auch sah, immer wieder war sie von seiner Größe beeindruckt, und stets hatte sie Vergnügen dabei, die Reaktion der Menge zu beobachten. Einige standen furchtsam hinten, andere waren dicht bei ihm und versuchten, ihn zu berühren.

Jumbo erkannte sie sofort und hob grüßend den Rüssel. Laura war immer erregt, wenn er das tat, denn sie fühlte, daß diese Kreatur Geist und hohe Intelligenz besaß, und es war ein Privileg, von einem solchen Wesen erkannt zu werden.

Einzeln reichte sie ihm die Erdnüsse, und er nahm sie aus ihrer Hand, während die Menge zuschaute.

Auf den Elefanten konzentriert, hatte sie kaum bemerkt, daß sich ein Zuschauer in ihre Nähe gedrängt hatte. Instinktiv ging sie beiseite, doch die Person folgte ihr; sie fühlte sich bedrängt, und wandte sich dem Störenfried zu.

Sie schaute in das Gesicht ihres Gatten, Nick Orlando.

Es traf sie wie ein Schlag. Achtlos ließ sie die letzten Erdnüsse zu Boden fallen, als sie ungläubig in sein breit lächelndes Gesicht schaute.

Wenngleich sie einander nur Sekunden angeschaut hatten, kam es Laura wie eine Ewigkeit vor. Ihre Gedanken überschlugen sich. Es konnte nicht sein! Wo kam er her? Und, wichtiger noch, warum war er hier? Der einzige klare Gedanke sagte ihr, daß seine Anwesenheit nichts Gutes bedeuten konnte. Obwohl sie ihn hatte finden wollen, um sich scheiden zu lassen, wußte Laura, daß er Schwierigkeiten machen würde.

Schließlich, nach scheinbar endlos langer Zeit, gelang es ihr, zu sprechen. Ihre Stimme war zum Glück fest und ruhig.

»Nick! Das ist wirklich eine Überraschung!«

Nick lächelte breit. »Das habe ich mir gedacht.«

Dann wurde sein Gesicht ernst und traurig, und Laura spürte, wie sie sich innerlich verhärtete. Diesen Ausdruck kannte sie nur zu gut – den hatte er immer, wenn er jemanden davon überzeugen wollte, daß er's offen und ehrlich meinte.

»Laura, ich habe überall nach dir gesucht. Ich wußte nicht, wohin du gegangen warst, und ich hatte nicht die Mittel, einen Detektiv zu engagieren. Du kannst dir nicht vorstellen, wie froh ich bin, dich wiedergefunden zu haben.«

Wieder dieses jungenhafte Lächeln. Lauras Mut sank. Er ›arbeitete‹ an ihr, was ihren Verdacht bestätigte.

Er sagte: »Können wir irgendwo reden?«

Sie nickte widerwillig. Es war am besten, es gleich anzugehen und herauszubekommen, was er wollte. Zumindest konnte sie mit ihm über die Scheidung reden.

Während sie sich vom Tierzelt entfernten, betrachtete sie ihn kritisch. Er war zwar sauber gekleidet, aber billig und aufdringlich. Und er war um mehr als drei Jahre gealtert.

Er war dünner, seine Hautfarbe ungesund, und trotz seiner Dürre zeichnete sich ein beginnender Bauch ab. Kleine Adern zeigten rote Spuren auf seinen Wangen und auf der Nase. Er trinkt viel, dachte sie, und offensichtlich geht es ihm nicht gut. Wahrscheinlich bittet er mich um Geld.

Eigenartigerweise erleichterte dieser Gedanke sie. Wenn er nur Geld wollte, würde sie ihm das geben, vorausgesetzt, er machte keine Schwierigkeiten wegen der Scheidung. Er brauchte ihr nur eine Adresse zu nennen, wohin die Dokumente zur Unterschrift zu schicken waren.

Dann dachte sie etwas anderes: Will!

Sie wollte Nick vom Zirkus weg haben, bevor sich die beiden Männer begegneten. Dazu kam, daß sie allen erzählt hatte, sie sei verwitwet. Wenn Nick herumerzählte, wer er war, brachte sie das in Verlegenheit.

Sie nahm ihn in ihr Abteil im Zirkuszug mit. Er sah sich beeindruckt um.

»Sehr nett, muß ich sagen. Du bist gut allein zurechtgekommen, meine Liebe, aber ich wußte ja immer, daß du ein kluges Mädchen bist.« Trotz seiner lobenden Worte klang seine Stimme etwas vorwurfsvoll.

Laura versuchte ruhig zu bleiben, nahm den Hut ab, legte ihn ins Regal und sah ihn dann an. »Dazu war ich ja gezwungen, nachdem du mich ohne einen Penny sitzen ließest.«

Nick errötete und senkte kurz den Blick. »Ich weiß, du hast das Recht, auf mich böse zu sein, aber ich meine es ernst, wenn ich dir sage, daß ich dir nie wehtun wollte. Ich weiß nicht, warum ich mich auf Harriet eingelassen habe, obwohl es mehr ihre Schuld als meine war. Es war nicht, weil ich dich nicht liebte, Laura. Das tat ich und tu es noch.«

Er starrte sie mit feuchten, bittenden Augen an. Der verletzte, empfindsame Junge, dachte sie, ihm fällt ein, wie das früher bei mir gewirkt hat und wie naiv ich drauf reingefallen bin. Nun, naiv war sie längst nicht mehr, und sein Charme wirkte nicht mehr bei ihr. Sie schüttelte den Kopf.

»Die Tour zieht nicht mehr, Nick. Ich will ehrlich zu dir sein.« Sie begann, auf und ab zu gehen, wählte sorgfältig ihre Worte. Sie empfand überraschend wenig Ärger, nur die kalte Entschlossenheit, sich von Nick nicht in ihr neues, mühsam aufgebautes Leben pfuschen zu lassen.

»Nachdem du mich verlassen hattest, war ich verzweifelt.« Sie blieb stehen, sah ihn an und freute sich, ihn zusammenzucken zu sehen. »Du hast mich mit nichts zurückgelassen. Hast meine Selbstachtung, meine Hoffnung und all unser Geld genommen. Ich wußte nicht, wohin ich sollte, und ich war unerfahren. Ich hatte nur Glück und Unternehmungsgeist. Das reichte, aber das hatte ich nicht dir zu verdanken!

Ich hab's endlich geschafft, mein eigenes Leben zu gestalten, und darin hast du keinen Platz, Nick, überhaupt keinen. Ich weiß nicht, warum du zurückgekommen bist, aber wenn du glaubst, wir könnten wieder Mann und Frau sein, irrst du!«

Sie atmete erregt, blieb stehen, schaute ihn wieder an, zwang ihn, ihr in die Augen zu schauen. Sein Blick war nicht zu deuten.

»Wie hast du mich gefunden?« fragte sie.

»Ich sah dein Bild und die Geschichte in der Zeitung.«

Laura seufzte. Sie hätte es wissen müssen. In dem Artikel stand, daß sie sehr erfolgreich war. Hätte darin gestanden, sie sei mittellos und krank, wäre er dann gekommen? Sie glaubte es nicht.

»Und warum bist du nach so langer Zeit gekommen?«

Nick griff nach ihren Händen, doch sie entzog sie, bevor er sie fassen konnte.

»Ich hab's dir gesagt, Laura. Ich habe dich immer geliebt, und diese Jahre waren die Hölle für mich. Ich wußte, ich hatte versagt, wußte, ich hatte dich verletzt. Ich fühlte mich erbärmlich. Du weißt nicht, wie sehr ich mich danach gesehnt habe, dich zu finden, das wieder gutzumachen.«

Laura ging weiter. Er blieb also bei seiner Geschichte! Glaubte er ernsthaft, sie würde ihm glauben? Wie konnte sie ihm verdeutlichen, daß er nicht mehr auf sie wirkte?

Sie holte tief Luft. »Nick, ich glaube dir nicht. Du bist hergekommen, weil du gelesen hast, daß ich erfolgreich bin. Du willst etwas. Vielleicht Geld. Ist das so, dann sei ehrlich. Das ist das Mindeste, was du mir schuldest.«

Wieder hob Nick die Hände. Sein Ausdruck war wieder jämmerlich. »Du tust mir unrecht, Laura, obwohl das zu erwarten war, nach dem, was ich dir angetan habe. Ich gebe zu, daß ich Schwierigkeiten hatte, daß es mir im Augenblick nicht gut geht. Doch ich bin nur gekommen, um dich um Vergebung zu bitten. Ich fühle mich gekränkt, weil du glaubst, ich sei nur gekommen, um dir zu schaden. Übrigens . . .«, er sah sie treuherzig an, »hast du vielleicht etwas zu trinken und einen Happen zu essen? Meine Reise war lang.«

Laura seufzte ärgerlich, ging zum Speiseschrank und bereitete ein Tablett vor. Sie war wie betäubt, als sie Käse, Cracker, Früchte und eine Flasche Brandy darauf stellte. Nick wollte ihr nicht sagen, warum er gekommen war; er wollte sich Zeit lassen, und sie hatte das furchtbare Gefühl, daß sie ihn schwer los werden würde.

Sie stellte das Tablett vor ihn und bemerkte, daß er mehr trank als aß, trotz seiner Behauptung, er sei hungrig.

Laura trank selten Alkohol, schenkte sich aber einen Brandy ein. Vielleicht half das, ihre Angst zu nehmen.

»Wann willst du abreisen?« fragte sie, nachdem er das dritte Glas geleert hatte.

Er sah sie unschuldig an. »Darüber hab ich noch nicht nachgedacht«, sagte er nachdenklich. »Ich hatte gehofft, du würdest mir verzeihen, du würdest . . .« Er senkte demütig den Blick. »Ich hatte gehofft, du würdest mir verzeihen und mich wieder aufnehmen.«

Bittend schaute er wieder auf. »Was geschehen ist, wird nie wieder geschehen. Mein Leben gebe ich dafür, alles gut zu machen, das schwöre ich! Weißt du noch, wie glücklich wir waren? Weißt du, wie's anfangs zwischen uns war? So könnte es wieder sein, wenn du nur . . .«

Laura schüttelte den Kopf, der langsam schmerzte. »Hast du mir nicht zugehört, Nick? Es ist vorbei. Seit dem Tag, an dem du mich verlassen hast. Ich liebe dich nicht und könnte dich nie wieder lieben. Ich gebe dir Geld, wenn du das brauchst. Aber dafür verlange ich etwas. Ich will die Scheidung. Und dafür habe ich Gründe.«

Nick bedeckte die Augen dramatisch mit einer Hand. Er

sprach mit erstickter Stimme. »Das kann ich nicht, Laura. Ich liebe dich zu sehr, als daß ich dich aufgeben könnte. Gib mir Zeit, Zeit, dich zu überzeugen, daß ich ein anderer geworden bin. Triff keine übereilte Entscheidung. Ich bitte dich!«

Laura ballte die Hände. Warum sollte er ihr zuhören? Mit zusammengebissenen Zähnen sagte sie: »Darüber denkte ich seit drei Jahren nach, Nick. Eine voreilige Entscheidung kann man das wohl kaum nennen.«

Nick nahm die Hand von den Augen und starrte sie ausdruckslos an. Er erhob sich, blickte zu ihr nieder. »Ich werde in eine Scheidung nicht einwilligen, Laura. Und, ob du mich willst oder nicht, ich werde erst gehen, wenn ich weiß, daß ich wirklich keine Chance habe.«

Entgeistert schaute sie ihn an. »Heißt es, du willst mir folgen?«

Er lächelte kläglich. »Ja. Das meine ich. Ich hatte gehofft, du würdest mir verzeihen, würdest mich aufnehmen. Aber damit kann ich im Augenblick wohl nicht rechnen. Da ich recht mittellos bin, kann ich nur zum Zirkusdirektor gehen, ihm sagen, daß ich dein Mann bin, und ihn um Arbeit bitten.«

Er schaute sie abwägend an, und Laura hatte Mühe, ihre Verzweiflung zu verbergen. Er war sehr clever. Als Spieler kannte er ihre verwundbarste Stelle – sie wollte nicht, daß man in Zirkus wußte, daß er ihr Mann war. Sollte sie noch Zweifel an Nicks Ehrlichkeit gehabt haben, dann genügte das. Er wollte sie mit seinem Schweigen erpressen.

Sie schaute ihn verächtlich an. »Ich denke, du weißt, daß ich dich das nicht tun ließe. Um die Dinge zu vereinfachen, habe ich gesagt, daß mein Mann tot sei.«

Nick lächelte schlau. »Dann wär's ja eine Überraschung, wenn dein toter Mann plötzlich quicklebendig wäre, was?«

»Das weißt du«, sagte sie kurz.

Nick hakte die Daumen in seine Weste und rutschte mit den Füßen hin und her. »Ich sag dir, was ich tue. Du besorgst mir Arbeit beim Zirkus, unter anderem Namen. Du bist wichtig genug, um das zu können. Und dann möchte ich dein Einverständnis, mit dir reden zu können. Wenn du mich in einem Monat noch immer los werden willst, verschwinde ich.«

Laura sah ihn skeptisch an. Sicher log er. »Und die Scheidung?«

Er zuckte die Schultern, hob die Augenbrauen. »Darüber muß ich nachdenken. Was meinst du? Abgemacht?«

Laura dachte verzweifelt nach. Welche Wahl hatte sie? Sie konnte nur tun, was er verlangte. Will wußte, daß Nick lebte. Aber James Bailey würde es seltsam finden, wenn Nickolas Orlando bei ihm nach Arbeit fragte, und es gäbe einiges zu erklären. Das konnte unangenehm für sie sein, besonders, weil sie nicht zusammen leben würden. Sie wollte nicht, daß der ganze Zirkus ihr Privatleben kannte.

Sie mußte damit leben, daß Nick da war. Sie bezweifelte die Aufrichtigkeit seines Versprechens, aber sie hoffte, daß er es vielleicht leid würde, eine niedere Arbeit zu tun, und verschwinden würde. Regelmäßige Arbeit, Langeweile hatte er nie ertragen. Ihr fiel nichts anderes ein.

»Gut, Nick«, sagte sie schließlich. »Ich werde Mr. Bailey bitten, dir unter anderem Namen Arbeit zu geben. Wie nennst du dich?«

Nick verdrehte die Augen und grinste dann. »Nathaniel Oliver. So behalte ich wenigstens meine Initialen.«

Laura schaute ihn kalt an und dachte an Will. Was würde er dazu sagen? Sie brauchte nicht zu berichten – er würde Nick sofort erkennen. So verändert hatte er sich ja nicht. Und, was würde Will tun? Er war stark, gewohnt, zu handeln. Aus seiner Meinung über Nick hatte er nie einen Hehl gemacht. Sie mußte ihn daran hindern, etwas Unbedachtes zu tun.

Und was würde aus ihrer Beziehung? Was würde Nicks ständige Anwesenheit bewirken? Nach dem Gesetz war Nick noch ihr Mann. Wenn er wollte, konnte er alles komplizieren, und das würde er sicher. Wie sollte sie damit fertig werden?

Nick Orlando verließ James Baileys Büro raschen Schrittes, recht zufrieden.

Laura hatte ihn Bailey als alten Freund vorgestellt, und Bailey hatte ihn als Kartenverkäufer eingestellt.

Das war nicht ganz das, womit Nick gerechnet hatte. Es war einfache Arbeit, für die nicht viel bezahlt wurde. Am besten wär's gewesen, Laura hätte seine Bitten um Verzeihung erhört und ihn an ihr Herz genommen. Obwohl er das nicht wirklich erwartet hatte, hoffte er doch darauf.

Aber Laura hatte sich weit mehr verändert, als er vermutet

hatte. Sie war nicht mehr das unschuldige, weltfremde Mädchen, das er verlassen hatte, sondern eine erwachsene Frau, fremd, irgendwie härter und fester durch die Jahre geworden.

Und sie hatte sich auch auf andere Art verändert. Sie war schöner denn je, unter anderem, weil sie wußte, wie sie sich zu kleiden und ihr Haar sorgfältig zu frisieren hatte.

Als er sie wiedersah, erinnerte er sich an ihre gemeinsame Zeit, dachte daran, wie schön es gewesen war, sie zu lieben. Es war richtig gewesen, sie aufzusuchen. Sie war schön, begehrenswert und verdiente viel Geld. Wenn er sie wieder herumbekam, würde das Leben schön sein.

Und er wollte sie – Gott wußte, wie! Es hatte ihn Mühe gekostet, sie nicht zu packen, als sie allein in ihrem Abteil gewesen waren. Doch ihm war klar, daß er durch eine unbedachte Handlung alles kaputtmachen konnte. Nein, er mußte sich gedulden und sie anders packen.

Das würde sicher nicht leicht sein. Er mußte das gut überlegen. Sicher gab's einen anderen Mann – schließlich war's drei Jahre her. Aber wenn's denn gab, mußte er eben verschwinden. Nick war schließlich ihr Gatte.

Nick lächelte und ging zum Schlafwagen, wo man ihm ein Bett zugewiesen hatte. Lange würde er dort nicht schlafen. Er war stolz auf seine Eingebung, daß sich sein Glück jetzt wendete. Ja, mit ein wenig Glück, etwas Charme – vielleicht ein wenig Liebelei – würde er bald die bequemen Räumlichkeiten mit Mrs. Nickolas Orlando, seiner Frau, teilen.

»Ich habe solche Angst!« rief Laura. Sie blieb stehen und sah Will an. »Ich weiß nicht, was ich tun soll!«

Will war wütend über den Gang der Ereignisse, doch er wollte seinen Ärger nicht an Laura auslassen. Er ging zu ihr und nahm sie in die Arme. »Wir schaffen das schon. Ich wünschte nur, du hättest ihm nicht die Stelle beim Zirkus verschafft. Es macht's nur schwerer, ihn loszuwerden.«

Laura lehnte ihren Kopf an seine Brust, hörte seinen beruhigenden Herzschlag. »Ich sagte dir doch, Liebling, hätte ich's nicht getan, hätte er unter seinem richtigen Namen nach Arbeit gefragt. Ich hatte Angst vor Erklärungen, die ich geben müßte. Jeder würde wissen wollen, warum ich behauptete, verwitwet zu sein, warum wir nicht zusammenleben. Die Lösung erschien mir im Augenblick am sinnvollsten.«

Will umarmte sie fester. »Wäre er zu mir gekommen, hätte ich ihm was erzählt. Ich meine noch immer, ich sollte mit ihm reden, ihm klar machen, daß du ihn hier nicht willst, und er besser verschwindet.«

Laura schüttelte den Kopf und sah ihn an. »Ich weiß, was du fühlst, Will, aber das wäre ein Fehler. Nick mag sein, was er will, aber er ist clever. Drohst du ihm, wird er für sich einen Vorteil daraus ziehen. Vor dem Gesetz ist er schließlich immer noch mein Mann. Obwohl er mich verlassen hat, gibt das Gesetz dem Mann mehr Rechte. Nein, wir müssen warten, Geduld haben; er wird mir schon sagen, was er will. Wissen wir das, können wir damit fertig werden. Vielleicht läßt er sich dann auf Geld ein, verschwindet und ist mit der Scheidung einverstanden.«

Will drückte ihr Gesicht an seine Brust. Vielleicht hatte sie recht, doch er hatte das furchtbare Gefühl, daß Nick Orlando mehr als Geld wollte. Wie Laura gesagt hatte, war er clever, und ein cleverer Mann würde sicher erkennen, daß es wünschenswerter sei, Laura und ihr Geld zu haben, als sich mit dem abzufinden, was zu geben sie bereit war, und dann verschwinden.

21

Die nächsten Wochen waren sehr schwer für Laura, und eine Besserung war nicht in Sicht.

Sie versuchte, geduldig und kühl zu sein, versuchte Nick nicht zu zeigen, daß seine Anwesenheit sie störte, doch er war zu clever und zu erfahren, um seinen Vorteil nicht zu nutzen. Er war immer da. Oft kam er abends ins Abteil, bat um ein Gespräch, erinnerte sie daran, daß sie sich damit einverstanden erklärt hatte, und sie ging schließlich verärgert und widerwillig darauf ein.

Sie wußte, daß die anderen Zirkusleute über ihre neue »Romanze« sprachen. Bei Zirkusmenschen, hatte sie herausgefunden, gedieh der Klatsch. Es war eine kleine Gemeinschaft, und jeder wußte, was der andere tat. Die Tatsache, daß Nick oft bei ihr war, war nicht unbemerkt geblieben.

Was sie am meisten ärgerte, war, daß sie Will kaum sah. Nick hatte rasch herausgefunden, daß Will und sie sich oft trafen, und sich einen Vers darauf gemacht. Er hatte dann lächelnd dargelegt, daß er rechtlich immer noch ihr Gatte sei, und wenn er diese Tatsache bekannt machte, das Verhältnis zwischen ihr und Will in keinem guten Licht erscheinen würde.

Wütend hatte Laura Will erzählt, daß sie ihn nicht so oft sehen könne, weil sie keine Auseinandersetzung wollte.

Will war natürlich sehr erregt. So zornig hatte sie ihn noch nie erlebt. Nur mit Mühe konnte sie ihn daran hindern, Nick sofort zur Rede zu stellen.

»Dieser Bastard!« murrte Will verärgert. »Er verschwindet jahrelang, läßt dich mittellos zurück und hat nun die Frechheit, wieder aufzutauchen und zu versuchen, dein Leben zu zerstören. Zum Hängen ist der zu schade. Ich möchte ihm das Genick brechen.«

Laura versuchte ihn zu besänftigen. »Ich weiß, Will, ich empfinde ebenso. Nachdem ich so lange auf dich gewartet habe, wir endlich zusammen sind und alles gut scheint, kommt er und zerstört alles. Aber ich bin sicher, es dauert nicht mehr lange. Er hat mir versprochen, daß er nach einem Monat, wenn ich ihn nicht wiederhaben will, gehen würde und mit der Scheidung einverstanden sei.«

Will ballte die Fäuste. »Ich glaube kein Wort davon. Er ist jetzt fast einen Monat hier und macht keine Anstalten, zu verschwinden. Ja, er gewöhnt sich jeden Tag mehr ein. Ich werde krank, wenn ich dich nicht sehen kann und heimlich zu dir schleichen muß. Und die anderen reden. Sie schließen schon Wetten ab, wen von uns beiden du wählen wirst.«

Laura umarmte ihn heftig. »Wenn sie nur wüßten, daß es keinen Wettbewerb gibt!« Sie schaute ihn an. »Ich hoffe, daß sich alles von allein erledigt, daß Nick müde wird, gegen eine verschlossene Tür zu klopfen und endlich geht.«

Will seufzte mutlos. »Ich fürchte, das wird nie geschehen, Laura. Ich glaube, er ist entschlossen, dich zu erweichen, soviel Druck auf dich aufzuüben, daß du schließlich einwilligst, wieder mit ihm zu leben.«

Laura sagte entschlossen, »Das wird nie geschehen. Was er auch tut, selbst wenn er Barnum oder Bailey erzählt, daß er mein Mann ist. Nichts wird mich dazu bringen, wieder mit ihm zu leben, Liebling. Das schwöre ich!«

Doch aus den Wochen war ein Monat geworden, dann zwei, und obwohl sie Nick an sein Versprechen erinnerte, verlangte er von ihr mehr Zeit.

Am Ende des zweiten Monats stand Laura vor dem Ankleidespiegel ihres Abteils und betrachtete sich. Etwas mußte geschehen. Sie wurde dünner, und ihre Nerven waren so angespannt, daß sie wegen Kleinigkeiten aufbrauste.

Bisher war es ihr trotz allem gelungen, ihr privates Unglück von der Arbeit zu trennen. Jetzt aber wußte sie nicht, wie lange sie noch effizient arbeiten würde können.

Sie fühlte sich von allen Seiten bedrängt. Auf der einen Seite Nick, der sie daran erinnerte, daß sie noch seine Frau war, sie um Verzeihung bat, sagte, daß er sie noch liebe; andererseits Will, der immer ärgerlicher und frustrierter wurde, ihr sagte, daß Nick das Schlimmste tun würde, da er nicht, wie versprochen, aufgeben und gehen würde, und sie daran erinnerte, daß sie ihn lieben müsse. Sie fragte sich, ob sie nicht doch noch Gefühle für Nick hätte. Dazu der Arbeitsstreß. Zuweilen glaubte sie, explodieren, schreien, ihr Haar raufen, eine furchtbare Szene machen zu müssen – nur um den Druck loszuwerden. Und dann wünschte sie sich, fortzulaufen, sich an einem friedlichen Ort zu verstecken, wo sie einmal eine Woche schlafen konnte.

Von Anfang an hatte sie Nick, so gut sie konnte, gemieden. Jetzt aber begann sie auch Will zu meiden. Sie ertrug einfach keine Streitereien mehr.

Da Nick häufig im Abteil auftauchte, verbrachte sie soviel Zeit wie möglich mit anderen Menschen, besonders mit Milly und Lionel.

Milly blieb bei ihrem Plan und versuchte, Lionel davon zu überzeugen, daß sie ihn liebte. Laura, die versuchte, ihre eigenen Probleme zu vergessen, half ihr, so gut sie konnte. Laura war klar, daß Lionel durch soviel Aufmerksamkeit geschmeichelt war und schwach wurde; und doch schien er seine Gefühle hinter einer Mauer zu verbergen. Laura glaubte, er hätte Angst davor, Milly oder sonst jemanden hinter diese Mauer zu lassen; doch Milly war nur noch entschlossener, und Laura hoffte, ihre Freundin würde Erfolg haben.

Die Menschen sind so seltsam, dachte sie. Da war Lionel, der Liebe wollte, brauchte, hungrig danach war; und doch galt seine Liebe einer kalten, herzlosen Frau, die tot war, wogegen ihm die hübsche, warmherzige Milly Glück und Liebe bot. Warum war er so blind, so eigensinnig?

Oft, wenn Milly und sie zu Lionels Wagen kamen, war Benjy dort.

Benjys Freundschaft mit Lionel hatte sich erneuert – zumindest schien es so, denn Benjy war seit Dianas Tod ein völlig anderer Mensch. Vielleicht war es richtiger, zu sagen, daß er zu Lionel lief, wie ein herrenloser Hund zu einem Fremden, weil er menschliche Nähe braucht.

Benjy redete nicht viel, er schien damit zufrieden, einfach da zu sein, und zuweilen gab er sich wie früher. Ihm machte es Freude, andere reden zu hören, und Laura freute sich, daß er aus sich herauskam.

Diese Abende nach der Vorstellung, mit Milly, Lionel und Benjy, waren gut für Laura, denn sie waren die einzigen, mit denen sie ihre Probleme diskutieren konnte. Zuerst hatte sie nichts gesagt, da sie sie nicht belasten wollte. Doch Milly, empfindsam wie immer, und Lionel, der die Stimmungen anderer Menschen spürte, wußten, daß sie Probleme hatte, und sie brachten sie schließlich dazu, sich ihnen anzuvertrauen.

Es war eine herrliche Erleichterung, zu jemandem über ihre Schwierigkeiten sprechen zu können, der nicht betroffen war, und durch diese Gespräche behielt sie ihren klaren Verstand.

Besonders Milly war sehr treu, und ihr Ärger auf Nick war fast ebensogroß wie der Lauras. »Wir müssen doch etwas tun können«, pflegte sie zu sagen. Doch bisher hatte keiner eine Lösung gefunden.

Und dann, an eiem heißen Sommerabend, als zuckende Blitze den Himmel weiß erleuchteten und die Luft voller Erwartungen war, ereigneten sich zwei Dinge – Lauras Probleme erreichten den Höhepunkt, und Millys Traum wurde zum Teil erfüllt.

Wie immer, wenn sie Lionel sah, hatte Milly sich besonders sorgfältig gekleidet und frisiert. Sie war ermutigt, denn sie meinte, worin Laura ihr zustimmte, daß Lionel sie endlich als Frau betrachtete. Blieb nur das Problem, daß er sich dem widersetzte. Millys Ungeduld wuchs, und sie beschloß, Lionel bei der ersten Gelegenheit zu verführen.

Vielleicht war das riskant. Es würde ihre Beziehung für immer verändern, so oder so, aber sie mußte es wagen.

Milly sah sich kritisch im Spiegel an. Sie schaute gut aus, und wenn sie mit Lionel heute allein wäre . . .

Fröhlich ging sie zu Lionels Wagen. Es war eine seltsame Nacht. Wolken hatten sich am Nachmittag gestaut, und die Luft war schwer und geladen. Es war spät, doch die Zirkusleute waren an späte Stunden gewöhnt.

Die Tür zu Lionels Wagen stand auf, goldenes Licht ergoß sich über die Treppe. Als Milly an den Türrahmen pochte, war Lionel sofort da, ein Lächeln auf dem Gesicht.

»Milly! Schön, daß du da bist.«

Er bat sie hinein, beugte sich dann vor und küßte ihre Wange. Während er sie begrüßte, lehnte sie sich an ihn, so daß ihre Brüste seine Brust berührten, und sie hörte ihn schwer atmen, als er sich rasch zurückzog. Ihr Entschluß festigte sich, und sie lächelte süß. »Kommt Laura auch?«

Er nickte, und sie spürte eine leichte Enttäuschung. So sehr sie Laura liebte, hoffte Milly doch, diesen Abend mit Lionel allein verbringen zu können.

»Sonst jemand?«

Er zuckte die Schultern. »Benjy vielleicht. Ich weiß ja nie, wann er kommt, aber ich nötige ihn nicht. Ich bin froh, daß er wieder unter Menschen geht.

»Du siehst schön aus«, fügte Lionel hinzu. »Rosa ist eine hübsche Farbe. Sie steht dir gut.«

Sie lächelte ihn aufmunternd an. »Danke, Lionel. Schön, daß du das sagst. Manchmal weiß ich nicht, ob du mich wirklich siehst.«

Lionel war verblüfft. »Was meinst du damit, Milly?« fragte er leise. »Natürlich sehe ich dich. Wie kannst du das sagen?«

Milly lächelte geheimnisvoll. Sie wußte, sie machte ihn verlegen, und das hatte sie ja vor. Sie wollte ihn irritieren, um dann ihren Plan durchzuführen.

In diesem Moment tauchte Laura im Türrahmen auf. Während Lionel zu ihr eilte, bemerkte Milly, wie blaß und dünn Laura geworden war. Sie litt mit ihrer Freundin. Seit Tagen marterte sie ihr Hirn, wie sie ihr helfen könnte.

Milly überlegte, wie Laura auf Nick Orlando hereingefallen sein mochte. Natürlich sah er gut aus, wenn man diesen Typ mochte, und sie hatte erlebt, wie charmant er sein konnte. Doch das war auch alles. Dahinter steckte nichts. Männer wie Nick dachte nur an sich. Milly war klar, daß Nick Laura für eine gute Partie hielt, und deshalb würde er seine Rechte geltend machen. Sie wußte, daß Laura an der Situation zerbrach. Etwas mußte geschehen.

Laura lächelte sie an, und Milly konnte sehen, wieviel Mühe es ihr bereitete, fröhlich zu sein.

Milly rutschte, um Laura Platz zu machen, während Lionel für Laura ein Glas Punsch eingoß. Sie plauderten, bis Benjy kam, und Lionel las ihnen aus ›David Copperfield‹ von Charles Dickens vor. Damit hatten sie zu Saisonbeginn angefangen. Lionel hatte eine große Bibliothek und las gern vor. Er hatte eine wundervolle Stimme und las so, daß man sich alles wie auf einer Bühne vorstellen konnte. Am Ende eines Tages war es entspannend, die Augen zu schließen, und sich an einen anderen Ort, in eine andere Zeit zu begeben.

Nachdem er das Kapitel beendet hatte, seufzte Laura und stand auf. »Ich geh ins Bett. Morgen ist ein schwerer Tag.«

Auch Benjy stand auf; er hustete, und das schüttelte seinen kleinen Körper. Laura und Milly sahen sich besorgt an.

»Alles in Ordnung, Benjy?« fragte Laura und beugte sich über den kleinen Mann.

Er schaute sie mit einem Hauch von Lächeln an, und Milly dachte, daß Lauras Problem zumindest für etwas gut sei: Benjy, in Sorge wegen Lauras Schwierigkeiten, schien für einen Augenblick seine eigenen zu vergessen.

»Ich begleite dich zu deinem Wagen, Laura«, sagte er wie ein Gentleman. »Ich gehe am besten auch.«

Während Milly zusah, wie ihre beiden Freunde den Wagen verließen und sie allein mit Lionel zurückblieb, wuchs Erregung in ihr. Sie fühlte sich leichtsinnig und stark.

Donner rollte in der Ferne, und sie hörte das Trommeln

der Regentropfen auf dem hölzernen Wagendach. Gut! Sie hatte eine plausible Erklärung, warum sie noch blieb.

Sie wandte sich Lionel zu. »Es regnet. Stört es dich, wenn ich noch etwas bleibe? Ist sicher nur ein Gewitterschauer und wird nicht lange dauern.«

Lionel lächelte gequält. »Natürlich nicht, Milly. Du weißt, daß du bleiben kannst, solange du willst.«

In diesem Moment erbebte der Wagen unter einem gewaltigen Donnerschlag, und Milly reagierte mit uraltem weiblichen Instinkt; sie schrie und warf sich an Lionels Brust.

Instinktiv umarmte Lionel sie, und sie drückte sich froh an seine Brust und preßte ihren Körper gegen den seinen. Sie spürte, wie sein Herz zu klopfen begann, und er versuchte, sich zurückzuziehen. Milly klammerte sich an ihn und sagte bittend: »Laß mich nicht los, Lionel. Ich fürchte mich vor dem Donner, seit meiner Kindheit.« Mit leicht geöffneten Lippen sah sie ihn an. »Es war so laut. Es klang, als würde der Wagen zerrissen.«

Lionel schaute sie etwas glasig an. Er räusperte sich laut. »Ja, es war sehr laut. Es hat auch mich verwirrt, Milly.«

Aber nicht so sehr wie ich dich, dachte Milly, und preßte sich noch enger an ihn. Sie fühlte keine Scham. Was war sie doch für eine Schwindlerin! In ihrem ganzen Leben hatte sie noch nie Angst vor Gewitter gehabt; sie tat nur, was beide längst wollten, und es wäre schon geschehen, hätte Lionel nicht diesen seltsamen Standpunkt.

Zu ihrer Freude donnerte es wieder. Gelegenheit, sich enger an ihn zu schmiegen – so eng, daß sie spürte, wie sein Körper auf ihre Nähe reagierte.

Ermutigt sah sie ihn, mit einladend geöffneten Lippen, liebevol an. Und diesmal sprach ihr Herz. »Oh, Lionel! Ich fühle mich so sicher, wenn du mich so hältst. Ich sehne mich schon so lange danach.«

Lionel sah sie prüfend an. Er seufzte, als würde er sich ergeben und schien sich zu entspannen. Seine Umarmung wurde fester, als er seinen Mund auf sie senkte.

Wieder rollte der Donner über den Wagen, doch sie bewegten sich nicht.

Milly war es, als ob ihre Seele über ihre Lippen ränne und sie fühlte eine Woge von Glück, als Lionels Hände über ihren

Körper zu streichen begannen, zögernd erst, tastend, dann immer sicherer.

Sein Mund löste sich, er löschte die Laterne und kam dann zu ihr zurück.

Ein gewaltiger Blitz erhellte das Wageninnere, als sie sich zu seinem Bett bewegten. Und wenige Sekunden später wußte Milly, wie es war, den behaarten Körper des Löwenmannes dicht an sich zu haben.

Es war eigenartig und wundervoll, und das Schönste, was sie je erlebt hatte.

Kurz bevor der Regen begann, erreichte Laura ihr Abteil und sie hob den Kopf, als die ersten Tropfen auf das Dach fielen. Sie schaute zu Benjy, der neben ihr stand. Sie war sehr müde, doch der kleine Mann sah so niedergeschlagen aus, daß sie's nicht übers Herz brachte, ihn fortzuschicken.

»Ich liebe den Regen«, sagte sie lächelnd. »Dabei kann ich gut schlafen, und er macht die Dinge erträglicher.«

Benjy nickte ernst. »Ja, und der Staub legt sich.«

»Magst du auf einen Drink hereinkommen, Benjy? Ich habe guten Brandy. Der hilft beim Einschlafen.«

Benjy nickte. »Danke, Miß Laura. Sehr gern.«

Laura öffnete die Tür und entzündete eine Lampe. Ein gewaltiger Donner rollte über sie hinweg, und vor dem Abteilfenster zuckte der Blitz.

Sie hatte gerade zwei Glas Brandy gut eingeschenkt, als sie ein leises, höhnisches Lachen an der offenen Tür hörte.

Sie erstarrte, wandte sich langsam um und sah Nick am Türrahmen stehen. Sein Gesicht war gerötet, die Augen blutunterlaufen, und sie konnte seine Alkoholfahne riechen. Trotz der Schwüle war ihr plötzlich kalt. Davor hatte sie sich gefürchtet. Sie wußte, daß Nick wild wurde, wenn er viel getrunken hatte. Seitdem er beim Zirkus war, hatte er sich nicht betrunken, doch heute nacht hatte er eindeutig zuviel. Sie mußte ihn loswerden. Sie war zu erschöpft, um den Rest der Nacht mit Diskussionen zu verbringen oder sich seine »Liebes«-Beteuerungen anzuhören.

»Nick!« rief sie. »Es ist sehr spät. Würdest du bitte ein anderes Mal wiederkommen?«

Nick kicherte unfroh. »Ja, es ist spät, und wird später, aber ich sehe, du hast noch Gesellschaft, Laura. Was ist los? Hatte Mr. Adams heute keine Zeit für dich? Bist du jetzt auf kleine Rationen gesetzt?«

Ein grausamer, höhnender Unterton war in seiner Stimme, und Laura sah, daß Benjy erstarrte.

»Benjy ist ein sehr guter Freund«, sagte Laura kalt, »und hier jederzeit willkommen, was man von Ihnen nicht sagen kann, Mr. Orlando. Es wäre schön, wenn Sie gingen.«

»Aber, aber!« Nick taumelte ins Abteil. »Ich fänd's nicht schön. Ich komme zu meiner schönen Frau, und sie will, daß ich gehe. Ist das denn nett?«

Die Frage war an Benjy gerichtet, wobei er sich übertrieben bückte und Benjy direkt ins Gesicht sah. »Ich fragte, finden Sie das nicht auch, kleiner Mann?«

Benjys Gesicht war kalkweiß, und seine Kiefer spannten sich. »Ich denke, Sie tun besser, worum Laura bat, Mr. Orlando. Das wäre das Beste für alle.«

Nick lachte brüllend. »Ach, ja, mein winziger Freund? Das ist dein Rat? Und wenn ich ihn nicht befolge, was dann? Willst du meine Knie attackieren? Bei dem Gedanken fang ich an zu zittern.«

Benjys Gesicht wurde noch weißer, und er ballte seine kleinen Fäuste. Seine Stimme bebte. »Ich bin zwar klein, Mr. Orlando, aber unterschätzen Sie mich nicht. Wir Liliputaner sind recht kräftig, und Sie sind ziemlich betrunken.«

Nick versuchte, sein Lachen zu unterdrücken. »Ich werde daran denken, Sir. Ganz bestimmt. Und damit's ein fairer Kampf wird, bring ich Sie auf meine Größe. So!«

Mit blitzschneller Bewegung, die seiner Trunkenheit spottete, griff Nick den Zwerg. Als er ihn hochhob, taumelte er, fing sich dann und stellte Benjy auf den Tisch.

»Du bist schwerer, als du aussiehst«, keuchte Nick. «Nun, gewaltiger Krieger, stehen wir uns Auge in Auge gegenüber. Bist du bereit, du kleiner Kampfhahn?«

Wild vor Ärger und Sorge um Benjy, packte Laura Nicks Arm und drehte ihn zu sich. »Laß ihn in Ruhe, Nick! Genügt es nicht, mich zu erniedrigen und zu verletzen? Reicht dir das nicht? Mußt du auch noch meine Freunde angreifen?«

Nick lächelte häßlich. »Ein Freund, sagst du. Ich wußte es nicht, obwohl ich's hätte ahnen müssen, weil du so seltsame

Freunde hast. Dieser haarige, hundsgesichtige Junge, zum Beispiel, der angeblich wie ein Löwe aussieht. Und dann dieser Mr. Will Adams. Ja, ich hätt's wissen müssen. Aber ich bin neugierig, Laura. Wie befriedigt dich dieser kleine Affe? Er ist ja nur ein halber Mann, und du warst immer die Art Frau, die die Dienste eines ganzen Herren verlangte. Oder hast du dich geändert? Hat Will Adams dir noch weniger geboten? Ja, das muß es wohl sein!«

Laura explodierte. Sie schlug mit der offenen Hand in sein Gesicht, daß der Kopf sich seitlich drehte.

Nick lachte und packte ihren Arm so heftig, daß sie aufschrie. In diesem Moment sprang Benjy mit heiserem Schei auf Nicks Schultern. Nick taumelte und ließ Laura los.

Sekundenlang kämpfte Nick mit dem kleinen Mann, der wirklich schwerer war als er wirkte und für seine Größe sehr stark war. Doch dann obsiegte Nicks größeres Gewicht, seine Größe und die längeren Arme. Er warf den Zwerg durch die Tür auf den Korridor, wo er mit dumpfem Krachen landete.

Bevor Benjy wieder aufstehen konnte, hatte Nick die Tür verriegelt und lehnte sich keuchend dagegen. »Nun, mein liebes Weib!« keuchte er. »Dein kleiner Beschützer steht uns nicht mehr im Weg.«

Er betastete einen blutenden Kratzer an seiner Wange. »Verdammt! Der kleine Bastard! Aber das macht nichts. Was tut ein Ritter nicht alles, um für seine Lady zu kämpfen!«

Nick strich seinen Rock glatt und ging auf Laura zu, die zurückwich. Jetzt hatte sie wirklich Angst. Nick war so betrunken, daß sie ihn nicht zurückhalten konnte, und sie wußte nur zu gut, was er wollte.

Benjy trommelte heftig gegen die Tür, doch Nick lächelte nur gemein. »Es ist wie im Märchen, meine liebliche Laura. Die Prinzessin, von einem bösen Zwerg gefangen, und der Prinz kommt rechtzeitig, um sie zu retten. Nun darf der Prinz aber seine Belohnung in Empfang nehmen.«

Er hatte sie gepackt, griff roh ihre Arme und zerrte sie an sich. Sie versuchte sich zu befreien, drehte ihr Gesicht aus dem Whiskygestank und wehrte sich gegen seine Umklammerung.

»Wehr dich nicht, meine Prinzessin. Es nützt nichts. Das Recht ist auf meiner Seite, und ich verlange nur, was mir zusteht, was du mir so lange verwehrt hast.«

Laura starrte in seine rot unterlaufenen Augen. »Du hast jedes Recht an dem Tag, als du mich verließest, verwirkt. Ich werde schreien, wenn du das Abteil nicht sofort verläßt.«

»Schrei nur«, sagte er und packte ihr Gesicht mit einer Hand. Seine Finger krallten sich schmerzlich in ihre Wange. Er preßte sie gegen die Wand und starrte sie an.

»Schrei nur, dann wird jedermann wissen, daß Nathaniel Oliver in Wirklichkeit dein Mann Nicklas Orlando ist, und daß er sich mit Gewalt nehmen mußte, was sein Recht ist. Das wäre doch ein hübscher Skandal, meine Liebe, nicht wahr? Ob Mr. Barnum das auch in die Zeitungen bringt, wie alles andere, was in seinem Zirkus geschieht?«

Laura war wie benommen. Benjy hatte aufgehört, gegen die Tür zu hämmern, und die Nacht war plötzlich sehr still. Laura zuckte zusammen, als lauter Donner die Fenster erzittern ließ.

Sie stand da, schwach und hilflos, spürte, wie Nicks Hand sich bewegte, ihre Brust und ihr Gesäß betastete, seinen Mund an ihr Ohr legte.

»Kämpf nicht dagegen an, Laura. Weißt du nicht mehr, wie du's geliebt hast? Weißt du nicht mehr, wie du darum gebettelt hast? So wird es wieder sein! Warte nur!«

Seine Stimme troff vor Leidenschaft. Laura empfand Ekel, als er seinen Körper gegen sie preßte. All ihre Kräfte zusammenreißend, zerrte sie an seinen Schultern. »Niemals!« rief sie laut. »Verstehst du das nicht? Ich will dich nicht, Nick. Du wirst mich nie wieder anfassen!«

Er lachte bellend. »In dem Fall lassen wir die sanfte Art. Ich will haben, was mein ist, Laura, mit oder ohne deine Einwilligung.«

Laura ächzte, als seine Finger sich in den Kragen ihres Kleides krallten, ihr Atem stockte, als der Stoff zerriß.

Sie war so entsetzt, daß sie glaubte, das Zerbrechen der Tür sei nur Einbildung. Erst als sie Wills wütendes Gesicht über Nicks Schulter sah, begriff sie, was geschah.

Will packte Nick an der Schulter und wirbelte ihn so herum, daß sie sich Auge in Auge gegenüberstanden. Laura stürzte gegen die Wand.

»Auf diesen Augenblick warte ich seit Wochen, Orlando«, zischte Will mit zusammengebissenen Zähnen. »Ich wußte, früher oder später würdest du zu weit gehen.«

»Wie könnte ich zu weit gehen, Adams?« höhnte Nick. »Nur weil du ihre Reize so lange genossen hast, heißt das nicht, daß sie nicht noch immer mein wäre.«

»Halt dein dreckiges Maul!«

Will schlug ihm ins Gesicht, und in den nächsten Minuten kämpften die beiden Männer wild und lautstark.

Aus den Augenwinkeln sah Laura Benjy in der Tür stehen. Sie fühlte sich erschöpft und benommen. Sie mochte nicht mehr leben. Nie hatte sie Männer mit solcher Wut und Wildheit kämpfen sehen. Sie erkannte Wills Gesicht kaum wieder, das völlig verzerrt war. Es schien Laura, als wollte er Nick umbringen, und diese primitive und gewalttätige Szene erschütterte sie.

Nicks Gesicht war wutverzerrt, doch langsam zeigte sich Angst darin. Die Männer waren zwar etwa gleichgroß, doch Will war muskulöser und schwerer. Laura wußte, daß Nick keine Chance hatte. Und als der Kampf weiterging, fürchtete sie, daß Will ihn umbringen würde, denn er schlug immer wieder auf ihn ein, obwohl Nick kaum noch stehen konnte. Will packte ihn beim Kragen, stemmte ihn mit einer Hand gegen die Wand und schlug mit der anderen in sein Gesicht.

Die Panik verlieh Laura Kraft, und sie stürzte zu Will und versuchte, ihn fortzuziehen, rief zugleich Benjy um Hilfe. Endlich gelang es den beiden, Will beiseite zu ziehen. Mit blutbeschmiertem Gesicht sank Nick zu Boden.

Wills Arm, den Laura hielt, fühlte sich hart und massiv wie Eichenholz an. Er schnaufte, seine Augen glänzten und sein Gesicht sah furchteinflößend aus.

»Will«, flüsterte sie, »du mußt ihn hier rausschaffen. Bring ihn zum Arzt.«

Will sah sie mit funkelnden Augen an. »Hat er dich verletzt? Wenn dieser Bastard dich verletzt hat . . .«

Laura schüttelte den Kopf. »Nein, nein, Will, ich bin in Ordnung. Er hat mir nichts getan.«

Laura sah hinter Will Betinna Brouder und Madame Mystik im Korridor. Sie senkte die Stimme. »Du mußt ihn zum Doktor bringen, Will!«

Will schaute verwirrt. »Du machst dir noch Sorgen um ihn, nachdem, was er dir antun wollte?«

»Nein, Will, nein.« Sie schüttelte den Kopf. »Ich habe Angst um dich. Wenn Nick stirbt, steckst du in Schwierigkeiten. Und, wir haben Zuschauer.«

Will wandte sich um, sah die weißen Gesichter, und seine Augen wirkten normal. »Ja, ich verstehe, was du meinst.«

Laura dachte rasch nach. »Ich werde ihnen sagen, daß Nathaniel betrunken war und mich angegriffen hat, und daß Benjy dich zu meinem Schutz geholt hat. Das ist ja auch die Wahrheit. Ich werde ihnen noch nicht sagen, daß Nick mein Mann ist. Was er sagt, wenn er zu sich kommt, ist eine andere Sache. Dann erledige ich das. Bitte, geh jetzt mit ihm zum Arzt. Bis morgen, Will.«

Sie sah, daß er schluckte, als die Spannung von ihm wich. Er bewegte sich, als wolle er sie küssen und hielt dann inne, den Blick auf die Leute draußen gerichtet. Er nickte ihr zu und ging zu Nick, der immer noch verdreht und still auf dem Boden lag.

Er hob Nick unsanft auf seine Schultern und ging zur Tür. Als Benjy die Tür hinter ihnen schloß, hörte Laura Will sagen, daß alles in Ordnung sei.

Langsam, erschöpft und unsäglich müde ging Laura zur Tür und verriegelte sie, obwohl sie nicht wußte, wozu das gut sein sollte, nachdem Will sie zerbrochen hatte.

Sie wankte zum Bett und brach darauf zusammen. Sie sehnte sich verzweifelt nach Schlaf. Sie brauchte Ruhe vor ihren Gedanken und Gefühlen. Nie hatte sie sich so gelähmt gefühlt, so entmutigt. Nicht einmal an dem Tag, als Nick sie verlassen hatte.

Mit großer Mühe zog sie ihre Schuhe aus, ihr Kleid, und sank wieder aufs Bett. Ihr letzter Gedanke vor dem Einschlafen war, daß die Dinge nie wieder in Ordnung kämen.

22

Zum ersten Mal, seit sie für den Zirkus arbeitete, meldete sich Laura am nächsten Morgen nicht im Büro. Obwohl sie tief geschlafen hatte, fühlte sie sich bis zur Hilflosigkeit erschöpft, und ihr Körper schmerzte vom Kampf mit Nick. Sie konnte nicht arbeiten, nicht klar denken.

Sie hatte mit niemandem gesprochen, wußte nicht, wie Nicks Zustand war oder wie die Zirkusgemeinschaft auf Wills Erklärung reagiert hatte. Es war ihr auch egal. Vielleicht gab sie am besten ihre Arbeit auf, packte ihre Sachen und ließ alles hinter sich. Sie hatte eine ganz hübsche Summe gespart. Andere Arbeit würde sie schon finden.

Sie wußte natürlich, daß sie wegen ihrer Niedergeschlagenheit so dachte. Eine solche Position würde sie nie wieder finden. Solche Positionen waren Frauen normalerweise verwehrt. Sie hatte den Erfolg gekostet, wußte, daß sie sich mit weniger nicht begnügen könnte. Und warum sollte sie sich von Nick aus einem Leben drängen lassen, für das sie sich hart gearbeitet hatte? Sie mußte um jeden Preis durchhalten.

Und dann war da Will. Sie liebte ihn sehr, und sie waren so glücklich miteinander. Wenn sie doch Nick nur dazu bringen könnte, zu gehen und sich scheiden zu lassen. Dann würden sie und Will heiraten, sobald sie Schwiegermutter und Sohn kennengelernt hatte. Sie wußte, daß er nur darauf wartete, bevor er sie um ihre Hand bat.

Der Sommer näherte sich dem Ende. Bald war die Saison vorüber, und sie konnten nach New York zurückgehen.

Männer sind so seltsam, dachte Laura. Manchmal wirkte Will unnötig besorgt, wie sie auf seine Familie reagieren würde. Warum glaubte er, sie macht sich Gedanken darüber, daß er verheiratet gewesen war und einen Sohn hatte? Für eine Frau war das von Nachteil, aber für einen Mann nicht. Das war zwar unfair, doch so war es.

Es schien alles so einfach, so nah, doch jetzt, diese Sache mit Nick ...

Sie seufzte und strich sich das Haar aus dem Gesicht. Ihr Kopf schmerzte, und sie fühlte sich schmutzig. Sie mußte ein Bad nehmen, zuerst aber ihr Büro benachrichtigen, daß sie heute nicht kommen würde. Sie ging zur Tür, als es laut klopfte. Sie zögerte, überlegte, wer das sein könnte. Es klopfte lauter.

Sie schlang den Morgenmantel fester um sich, schloß auf und öffnete die Tür. Vor ihr stand James Bailey, mit besorgter Miene.

»Laura! Ich hatte mir Sorgen gemacht. Geht es Ihnen gut?«

Sie nickte. »So ziemlich. Ich fühle mich nicht sehr wohl,

aber das legt sich bald wieder. Kommen Sie doch herein, Mr. Bailey.«

Bailey betrachtete skeptisch die Tür. »Sie wird heute noch repariert.« Er trat in das Zimmer. »Ich hörte von den Ereignissen der vergangenen Nacht, Laura, und es tut mir sehr leid. Zum Glück war Benjy da und holte Hilfe. Gar nicht auszudenken, was . . .« Er errötete und senkte den Blick. »Egal. Ihnen ist nichts geschehen, und dieser Bursche wird gefeuert, sobald er laufen kann. Dafür sorge ich!«

Laura schluckte. »Geht es ihm gut? Ich meine, er ist nicht ernsthaft verletzt?«

Bailey sah sie seltsam an. »Ich glaube nicht.«

Laura versuchte zu lächeln. »Ich wollte nur nicht, daß Mr. Adams Ärger bekommt, weil er mich verteidigte. Verstehen Sie?«

Baileys Augen weiteten sich verstehend. »Natürlich.«

Während er sprach, dachte Laura, wie überrascht er wäre, wenn Nick verriete, daß er ihr Mann war. Aber das kümmerte sie jetzt wenig. Schlimmer als jetzt konnte es nicht werden.

Soll er doch das Schlimmste tun, dachte sie. Tut er es, hat er keine Macht mehr über mich. Meine Freunde werden es verstehen, und die, die's nicht verstehen – dann sind sie nicht meine Freunde, und es ist ohnehin egal.

In Gedanken versunken, hörte sie nicht, was Bailey sagte. Doch dann schreckte sie auf. »Entschuldigen Sie, Mr. Bailey. Was haben Sie gerade gesagt?«

Bailey sah sie besorgt an. »Ich sagte, daß Sie sich hoffentlich nicht zu schlecht fühlen, weil Phineas möchte, daß Sie ihn nach Maine begleiten.«

Laura war irritiert. Maine? Barnum wollte, daß sie nach Maine reiste? Es ergab keinen Sinn. »Wozu?«

Bailey zuckte die Schultern. »Sie sollten Phineas inzwischen kennen. Obwohl er etwas älter ist und nicht wie früher mit dem Zirkus reist, hat er gern seine Hände im Spiel. Er und Nancy haben Freunde besucht, die Harpers, die in Maine ein Sommerhaus besitzen. Irgend jemand hat Phineas erzählt, daß man ein Monster auf dem Grundstück entdeckt hätte.

Phineas telegrafierte mir, daß er es gesehen habe und von

seiner Echtheit überzeugt sei. Er möchte, daß Sie hinkommen, es sich ansehen, und sofort mit einer Werbekampagne beginnen, sobald er es gekauft hat.«

Laura spürte ihre innerliche Erregung und lebte auf. Eine Reise! Die Chance, fortzukommen! Das bedeutete, sie war keinen neugierigen Blicken und Fragen ausgesetzt; und wenn sie zurückkehrte, würde sich die Aufregung gelegt haben.

Sie holte tief Luft. »Ich fühle mich schon viel besser. Es klingt faszinierend.«

Bailey lachte. »Bei Phineas klingt alles faszinierend. Ich hoffe nur, daß er sich von seiner Begeisterung nicht zu irgend etwas hinreißen läßt. Ich hoffe auf Ihren Einfluß, Laura. Ich möchte, daß Sie die Sache sorgfältig prüfen, und sollten Sie auch nur den geringsten Verdacht haben, daß die Sache nicht echt ist, geben Sie mir Bescheid. Mit einem Schwindel möchte ich nichts zu tun haben.«

»Natürlich, Mr. Bailey.« Lauras Gedanken überschlugen sich. Ihre Gleichgültigkeit war wie weggeblasen. »Bereiten Sie alles für mich vor?«

Bailey nickte. »Gewiß. Sie fahren mit dem Mittagszug, und ich telegrafiere Phineas, daß Sie unterwegs sind. Ich informiere Ihre Mitarbeiter. Sollen Sie noch besondere Anweisungen haben, geben Sie die am besten selbst im Büro, wenn Sie gepackt haben.«

»Das tue ich. Danke, Mr. Bailey.«

Bailey errötete und rückte seine Brille zurecht. »Wofür? Ich habe nur eine Nachricht weitergeleitet.«

»Ich danke Ihnen, weil Sie sie persönlich überbracht haben. Das weiß ich zu würdigen.«

»Das habe ich gern getan. Gute Reise, Laura. Ich kümmere mich hier um alles.«

Nachdem Bailey gegangen war, badete Laura und zog sich an. Es war noch früh, und sie wollte Will und Milly sehen, bevor sie mit ihrer Arbeit begannen.

Will war in seinem Abteil; er sah, nach seinem Kampf mit Nick, schlimm aus. Sein linkes Auge war fast zugeschwollen und verfärbt, und seine Unterlippe hatte einen Riß.

»Laura!« rief er, sie in die Arme nehmend. »Alles in Ordnung? Ich wollte heute früh zu dir kommen, dachte aber, du würdest noch schlafen, und ich wollte dich nicht wecken.

Ich hab dem Doktor und allen anderen das gesagt, was du vorgeschlagen hast. Sie alle fanden es interessant, aber nicht aufregend. Solche Dinge gibt's häufiger, und Nick ist nicht sehr beliebt. Ihm geht's übrigens recht gut. Er wird ein paar Tage liegen müssen, hat aber damit Zeit, über alles nachzudenken.«

Sein Gesicht spannte sich. »Bei Gott, ich hätte ihn umgebracht, wenn du mich nicht zurückgehalten hättest.«

Laura liebkoste ihn. »Ich weiß«, sagte sie sanft. »Aber das hätte alles nur schlimmer gemacht.«

Er küßte sie, zog aber gleich mit einem Schmerzensschrei, den Mund zurück. »Verdammt! Ich hab meine Lippe vergessen.«

Laura lachte, und er faßte sie an den Schultern und sah sie an. Glaubst du, er wird jetzt jedem erzählen, wer er wirklich ist? Die Vorstellung beschäftigt mich.«

»Es ist mir wirklich gleich«, sagte Laura, »und ich denke, so wär's sogar am besten. Mr. Bailey sagte mir, er wolle Nick feuern, und ich weiß nicht, wie Nick ohne Arbeit dem Zirkus folgen will. Unter diesen Umständen wird er in eine Scheidung nicht einwilligen, aber ich nehme mir einen guten Anwalt und mache das ohne seine Zustimmung. Ich will ihn ein für allemal los sein, damit wir heiraten können.«

Will grinste, verzog das Gesicht vor Schmerz zu einer Grimasse und streichelte ihre Wange. »Ist das ein Antrag, Mrs. Orlando?«

»Ja. Ich bin's leid, darauf zu warten, daß du mich fragst.«

Will nahm sie in die Arme. »Oh, mein Liebling. Du mußt doch wissen, wie gern ich dich fragen würde. Aber, da war deine Ehe mit Nick, und du mußt zuerst meine Familie kennenlernen.«

»Typisch Mann«, schüttelte Laura den Kopf. »Immer Dinge verdrängen. Warum warten, bis ich deine Familie kennengelernt habe? Du weißt, daß ich dein Kind lieben werde, und deine Schwiegermutter muß eine wundervolle Frau sein.«

Ein Schatten fiel auf Wills Gesicht. »Das ist sehr wahr«, sagte er weich.

»Dann ist doch alles klar. Sobald ich zurück bin, hilfst du

mir, einen guten Anwalt zu finden, und ich reiche die Scheidung ein.«

»Augenblick! Was heißt, sobald du zurück bist? Wohin gehst du?«

Laura seufzte. »Wo hab ich heute nur meine Gedanken? Ich kam deshalb so früh, um dir zu sagen, daß Mr. Bailey ein Telegramm von Phineas bekommen hat. Phineas möchte, daß ich sofort nach Maine komme, um eine Werbekampagne für irgendein herrliches Monster vorzubereiten, das er für die Show kaufen will. Darum bin ich so guter Laune. So bin ich nicht in Nicks Nähe und höre das Geschwätz über die Ereignisse der letzten Nacht nicht. Und wenn ich zurückkomme, ist Nick hoffentlich weg.« Sie schaute ihn erwartungsvoll an.

Wills Überraschung wich Zustimmung, und er nickte. »Es kommt zwar plötzlich, aber je mehr ich darüber nachdenke, desto mehr glaubte ich, daß es genau richtig ist. Ich werde dich aber sehr vermissen.«

»Sag das nicht, Will!« Sie lachte und umarmte ihn heftig.

»Wie lange wirst du fort sein?«

»Ich weiß es nicht, aber es wird nicht sehr lange dauern. Vielleicht eine Woche, kaum länger.«

»Paß in den Wäldern von Maine gut auf dich auf. Nicht, daß die Monster dich packen.« Er grinste. »Wann fährt dein Zug?«

»Um eins, sagte Mr. Bailey.«

»Soll ich dich zum Bahnhof begleiten?«

Sie schüttelte den Kopf. »Mr. Bailey bereitet alles vor. Und es ist besser, wenn wir erst zusammen gesehen werden, wenn Nick fort ist, glaube ich.«

Er beugte sich zu ihr. »Zur Hölle mit der Lippe«, sagte er, und küßte sie innig.

Laura genoß die Gefühle, die sein Kuß auslöste und dachte, daß am Ende endlich doch alles gut werden würde.

Sie sagte ihm Lebewohl, verließ Wills Abteil und ging zu dem Wagen, in dem Milly jetzt mit Madame Costa wohnte.

Madame kochte Kaffee, aber Milly war nicht zu sehen.

»Sie ist letzte Nacht nicht gekommen«, lächelte Madame wissend, »aber ich bin unbesorgt. Sie ist in guten Händen.«

Laura war verblüfft. »Sie meinen . . .«

Madame nickte. »Ja, ich denke, daß unsere Miß Milly endlich bekommen hat, was sie schon so lange will, und ich bin glücklich darüber. Mögen Sie Kaffee, Laura?«

Laura schüttelte den Kopf. »Nein, danke, Madame Costa. Sagen Sie Milly bitte, daß ich für ein paar Tage mit Mr. Barnum in Maine, wegen eines neuen Ausstellungsstückes, bin? Ich werde in etwa einer Woche zurück sein.«

»Gewiß«, nickte Madame.

Plötzlich grinste Laura. »Und richten Sie ihr meine Glückwünsche aus!«

Madame lächelte ebenso breit. »Das werde ich gern tun.«

Barnum bezeichnete Harpers Haus als ›Hütte‹, was Laura irgendwie arglistig fand. Groß und aus Baumstämmen erbaut, erinnerte es sehr an die Schweizer Chalets, die sie von Bildern kannte.

Das Haus war sehr männlich eingerichtet. Jagdtrophäen an den Wänden und das Mobiliar, wenngleich bequem, sehr grob. Es wirkte sehr rustikal; ein Haus, in dem man nicht Angst haben mußte, irgend etwas zu beschmutzen.

Beim Abendessen fragte Anne Harper, die Gastgeberin, Laura: »Hat Phineas Ihnen schon von seinem ›wilden‹ Mann erzählt?«

Laura schüttelte den Kopf. »Nur, daß ein benachbarter Farmer in einer Höhle auf seinem Grundstück eine mumifizierte Kreatur gefunden hat, und daß es der Körper eines wilden Mannes sein muß. Haben Sie ihn gesehen?«

Wilbur Harbor nickte. »Das haben wir.«

»Und, halten Sie ihn für echt?«

Harper lehnte sich zurück. »Nun, man könnte sagen, ja. Natürlich bin ich kein Experte, aber es ist der Körper einer großen, zweibeinigen Kreatur, die offensichtlich aufrecht gegangen ist, und, vom Haar abgesehen, wie ein Mensch aussieht.«

»Vom Haar?«

Nancy Barnum fiel ein: »Ja, Laura, es ist über und über, wie ein großer Affe, mit dunklem Haar bedeckt.« Sie erschauerte. »Ich muß ehrlich sagen, daß mir das Angst macht.«

»Sind die Leute, die es fanden, glaubwürdig?« fragte Laura. »Ich meine, wären sie zu einem Betrug fähig?«

Harper zuckte die Schultern. »Ich kenne sie nicht sehr gut,

aber die Familie lebt hier seit 1774, und sie haben in der Gemeinde einen guten Ruf.«

Laura schaute zu Barnum. »Und Sie, Phineas? Sie haben mir noch nicht gesagt, ob Sie das Geschöpf für echt halten.«

Barnum wischte mit der Serviette über seine Lippen und lehnte sich zurück. Laura sah Erregung in seinen Augen. Er ist wie ein altes Rennpferd, dachte sie. Er hört die Glocke läuten und will sofort losgaloppieren.

»Ich habe meine Untersuchungen noch nicht beendet, aber derzeit bin ich überzeugt, daß die Kreatur ist, was sie zu sein scheint.«

Nancy lächelte. »Aber Phineas, Liebster, was ist es? Sie scheint keiner bekannten Spezies zuzugehören. Sie ist kein Mensch und sieht nicht wie ein Affe aus!«

»Die Indianer haben einen Namen für das Geschöpf gehabt, deren Überreste wir entdeckten«, erklärte Barnum. »Ihre Legenden berichten von einem aufrecht gehenden Waldgeschöpf, menschenähnlich, aber behaart wie ein Tier. Dieses Geschöpf lebte sehr zurückgezogen, obwohl viele behaupten, seine Spuren gesehen zu haben.«

Laura konnte einen Schauder nicht unterdrücken. »Das klingt beängstigend. Ist das Wesen häßlich?«

Barnum lachte. »Sagen wir, es ist nicht die schönste Lebensform, der Sie bislang begegneten. Als es lebte, muß es über zwei Meter groß gewesen sein, das Gesicht eine Mischung aus Affe und Mensch. Lange Arme, recht kurze, kräftige Beine, völlig mit Affenhaar bedeckt.«

Laura schüttelte den Kopf. »Das klingt unglaublich. Wo hat man es entdeckt?«

»Die Überreste fand man in einer Waldhöhle auf Mercers Grundstück«, sagte Wilbur Harper. »Die beiden Mercer-Jungen, Hiram und Jacob, entdeckten sie. Sie jagten in den Wäldern einen Fuchs. Jacob verwundete es, und es rannte angeschossen davon.

Sie wollten das Tier finden, um ihm Schmerzen zu ersparen, und folgten der Blutspur zu einer kleinen Höhle, die vorher niemand gesehen hatte.«

»Und die Jungen gingen hinein?«

»Ja. Sie gingen hinein und stellten fest, daß man darin stehen kann, und sie ein Stück in den Hügel führt. Sie waren überrascht, da sie jeden Zoll des Grundstücks ihres Vaters zu kennen glaubten.

Jedenfalls machten sie sich Fackeln aus Pinienholz und trokkenem Gras. Sie fanden den Fuchs tot vorm Eingang. In der Höhle entdeckten sie etwas sehr Seltsames. Sie müssen sich ziemlich erschreckt haben, weil sie zunächst nicht wußten, ob es tot war. Sie rannten aus der Höhle und warteten draußen, ob es ihnen folgte. Schließlich gingen sie wieder hinein und stellten fest, daß es bereits seit einiger Zeit tot ist – mumifiziert, um genau zu sein.«

Barnum erzählte weiter. »Zum Glück ist die Höhle sehr trokken und auch im Sommer recht kalt. Darum ist der Körper so gut erhalten. Nach meiner Meinung scheint der Körper dort beerdigt worden zu sein, weil es einige Gegenstände gibt, die wie Grabbeigaben aussehen.«

»Das bedeutet, daß die Kreatur intelligent war?« sagte Laura.

»Genau!« erwiderte Barnum strahlend. »Stellen Sie sich vor, was das für eine Sensation wäre! Der Beweis einer Legende. Ein wissenschaftliches Wunder!«

»*Wenn* es echt ist«, meinte Laura vorsichtig.

»Natürlich müssen wir uns davon erst überzeugen«, sagte Barnum. »Obwohl ich hoffe, daß das Ding echt ist, will ich keine voreilige Entscheidung treffen. Morgen kommt ein Anthropologe, um es zu untersuchen. Laura, Sie müssen sich wanderfest anziehen. Das Gelände ist recht wild.«

»Der Körper liegt noch in der Höhle?« fragte Laura. »Warum wurde er nicht fortgebracht?«

»Mr. Mercer will das nicht, solange ich ihn nicht gekauft und dafür bezahlt habe«, sagte Barnum grinsend. »Er sagt, die Kälte und Trockenheit hätten den Körper konserviert, und er befürchtet, daß er durch Wärme beschädigt wird. Ich glaube das zwar nicht, aber ich bin kein Wissenschaftler. Wenn Dr. Whitney das Ding für echt hält, mache ich Mercer ein Angebot. Nimmt er's an, verpacke ich das Wesen in Eis und lasse es für den Transport in eine Blechkiste legen.«

»Gut«, sagte Laura. »Das muß ich sehen.« Sie wandte sich an Nancy. »Begleiten Sie uns?«

»Oh, ja«, lächelte Nancy. »Ich bin gespannt, was Dr. Whitney damit macht.«

Laura genoß den Abend – die angenehme Gesellschaft, das gute Essen, und die Freude auf die spannende Ereignisse des nächsten Tages. Sie vermißte Will und hatte Schuldgefühle, ihn mit Nick und dem Klatsch allein zu lassen. Doch sie spürte Erleichterung, fern vom Zirkus zu sein. Ein Mensch kann nur ein bestimmtes Maß ertragen, dachte sie, und sie wußte, sie hatte ihre Grenzen erreicht.

Flüsternd sprach sie ein kurzes Gebet, daß Nick fort und die Situation geklärt sei, wenn sie zum Zirkus zurückkäme.

Zu Nancy sagte sie: »Ist das aufregend. Ich kann mir nicht vorstellen, daß es irgendwo zwei andere Frauen gibt, die etwas tun, was seltsamer und unglaublicher wäre.«

Nancy lachte herzlich: »Und wenn es sie gibt, wird Phineas sie finden und als Attraktion in seinen Zirkus bringen!«

23

Der Höhleneingang war so gut verborgen, wie Wilbur Harper berichtet hatte, und Laura konnte verstehen, warum er so viele Jahre unentdeckt geblieben war.

Die Männer betraten die Höhle zuerst, und Nancy, ein wenig außer Atem, kicherte aufgeregt, wie ein Schulmädchen. »Ist das nicht spannend, Laura? Ich fühle mich wie die Heldin in einem Mädchenbuch! Nancy Barnum, Abenteurerin.«

Dann beugten sich zuerst Nancy, dann Laura; sie hoben die Röcke, und traten in die Höhle.

Innen richtete sich Laura im gelben Laternenlicht und dikken, schwarzen Schatten auf.

Ein Lufthauch schien aus dem Höhleninnern zu kommen, der einen seltsamen, kalten Geruch hatte, und sie erschauerte bei dem Gedanken an das menschliche Ding, das, irgendwo in der Dunkelheit, auf seinem Steinlager ruhte.

»Hier entlang«, sagte Silas Mercer mit näselnder Stimme, während er tiefer in die Schatten drang. »Hiram, mach du den Abschluß, damit die Damen sich nicht fürchten. Meine Damen, Vorsicht. Der Boden ist nicht so eben wie er aussieht.«

Je tiefer sie ins Innere drangen desto heftig schlug Lauras Puls. Bald verengte sich die Höhle so, daß sie die Wände berühren konnte. Alle schwiegen; nur ihre Schritte waren zu hören, die klappernd auf dem Fels hallten.

Dann weitete sich der Durchgang wieder, und die Laternen warfen seltsame Schatten gegen die Wände. Es war eine so unheimliche Atmosphäre, daß Laura bereit war, an das Waldgeschöpf zu glauben, auch ohne es gesehen zu haben.

»Hier ist es!« sagte Mercer. Seine Stimme hallte von den Wänden wider.

Er hielt die Laterne empor, und Hiram ging an Laura vorbei, an die Seite seines Vaters. Er stellte seine Laterne auf etwas, das für Laura wie ein großer Fels aussah.

Sie blieb zurück, wollte nicht sehen, was das Licht enthüllte. Sie hörte Dr. Whitneys Ausruf.

Barnums dröhnende Stimme ließ sie zusammenzucken. »Untersuchen Sie's sorgfältig, Doktor. Denken Sie dran, ich vertraue auf Ihre Meinung.«

Der Anthropologe trat vor und beugte sich über die dunkle Gestalt, die nun im Laternenlicht zu sehen war.

Laura schob sich, von seltsamer Furcht erfüllt, vor, um die Dinge besser verfolgen zu können.

Die Gestalt, über die sich der Doktor beugte, war sehr groß, sehr dunkel und völlig mit Pelz bedeckt. Sie lag halb zusammengerollt, als würde sie schlafen. Das Gesicht konnte sie nicht gut sehen, aber es erinnerte entfernt an einen Menschen.

Sie schritt näher heran, bis sie alles klar sehen konnte. Es war der Kopf einer menschlichen Abnormalität, unverhältnismäßig groß und unförmig gebaut. Es schien wenig oder keinen Hals zu haben. Die Augen waren geschlossen, doch im leicht geöffneten Mund sah Laura lange, scharfe Zähne glitzern. Der Körper wirkte ausgetrocknet, und die Haut spannte sich um die Knochen. Es war ein erschreckend aussehendes Ding, und doch wirkte es auf Laura nicht echt, nicht real. Irgend etwas an den Proportionen, der linkischen Position der Gliedmaßen stimmte nicht. Sie wußte natürlich nicht, wie die Kreatur aussehen sollte, doch sie hatte instinktiv das Gefühl, daß das ein Schwindel war.

»Nun, was meinen Sie?« Barnums Stimme, heiser von Aufregung, hallte über ihre Schulter.

Laura zögerte. Sie wußte, wie sehr Phineas darauf hoffte,

ein Wunder zu entdecken. So, als wolle er sich selbst beweisen, daß er noch seine Spürnase hatte.

»Ich – ich weiß wirklich nicht, was ich sagen soll, Phineas. Bevor ich Schlußfolgerungen ziehe, würde ich's gern in besserem Licht sehen.«

Sie sah, im zuckenden Licht, Enttäuschung in Barnums Gesicht. Dann lächelte er. »Gut, soll der Doktor ihn sich ansehen und sagen, was er denkt, ja? Dr. Whitney?«

Dr. Whitney, der die Kreatur unter Silas Mercers wachenden Blicken untersucht hatte, schaute nachdenklich auf. »Unter diesen Bedingungen ist das schwer zu sagen«, sagte er langsam, und tippte mit einem Zeigefinger an seine rechte Wange. »Ich würde ihn gern bei besserem Licht untersuchen, und, um ganz sicherzugehen, chirurgische Proben machen.«

Barnum schaute rasch zu Mercer. Der Mann, dachte Laura, wird sicherlich etwas dagegen haben. Doch der drahtige kleine Mann schaute nur nachdenklich.

»Chirurgisch?« fragte Mercer. »Sie meinen, Sie wollen ihn zerschneiden? Ich weiß nicht, ob ich das gestatten soll. Die Leute sollen ja für das Ding als Ganzes Geld bezahlen.«

»Natürlich«, antwortete Dr. Whitney beschwichtigend, »ich will ihn ja nicht ganz zerschneiden. Nur ein paar Schnitte, um zu sehen, was drinnen ist. Ist es ein echtes Tier, fände ich Knochen, Organe. Aber so, wie's ist, obwohl es echt aussieht, könnte es auch eine clevere Konstruktion sein.«

Mercer schaute noch nachdenklicher, und seine kleinen Augen wanderten kurz zu seinem Sohn. »Hmmmm. Ich verstehe. Wie wär's wenn Sie seinen Bauch öffneten? Dann könnten Sie feststellen, ob er eine Leber und all das hat, und ihn wieder richtig zunähen. Bei dem Haar merkt das ja niemand.«

Während Mercer sprach, beobachtete Laura ihn aufmerksam. Er war einfach zu entgegenkommend. Sie fühlte sich bei der ganzen Sache sehr unwohl.

Dr. Whitney schien über Mercers Vorschlag erfreut. »Ausgezeichnet! Ich habe die nötigen Instrumente in meiner Tasche. Wenn Sie mir helfen, ihn auf den Rücken zu legen und die Laterne so halten, mach ich's gleich. Je schneller wir zu einem Ergebnis kommen, desto besser.«

Laura schaute dem Anthropologen über die Schulter, sah, wie er seine schwarze Tasche öffnete und mehrere silberne Instrumente herausnahm. Er legte sie sorgfältig auf ein weißes Tuch neben dem Kopf des Wesens.

Sie schluckte und schaute zu Nancy, die zur Linken des Doktors stand. Nancys Gesicht war bleich. Sie warf ihrem Gatten einen schnellen Blick zu und wandte sich dann ab. Laura empfand ähnlich, doch sie wollte genau zuschauen.

Als der Doktor mit einem scharfen Skalpell einen raschen, sauberen Schnitt in den Torso machte, direkt unter dem Brustkorb und Bauch, preßte sie ihr Taschentuch an den Mund.

Mit Klammern zog der Doktor die dunkle Haut und das Haar beiseite, so daß die Körperhöhle freilag. Im Laternenlicht sah Laura ein Durcheinander, sicherlich die Organe. Es war nicht so schlimm, wie sie befürchtet hatte. Sie sahen sehr trokken aus, und es roch kaum unangenehm. Das war der Beweis, daß es sich um eine lebende Kreatur handelte.

Dr. Whitneys plötzlicher Ausruf ließ sie zusammenzucken.

»Ah! Da sind Organe. Vertrocknet zwar, wie der Körper, aber noch da.«

»Ich wußte es!« dröhnte Barnum. »Es ist echt!«

Laura hörte hitziges Kichern und sah, daß es Mercer war.

»Ich hab's doch die ganze Zeit gesagt. Was sagen Sie nun, Mr. Barnum? Wollen Sie es kaufen?«

Trotz seines Alters, hüpfte Barnum vor Aufregung. »Natürlich, Mr. Mercer. Soll der Doktor ihn zusammennähen, während wir draußen die Einzelheiten besprechen.«

Plötzlich schaute Mercer ernst. »Noch nicht, Mr. Barnum. ich will zuschauen, wie Dr. Whitney seine Arbeit beendet. Ich will sicher sein, daß er's genauso zusammennäht, wie's war. Reden können wir später.«

Laura beobachtete Mercer aufmerksam. Seine schmalen Augen waren gesenkt. Es war nicht der Blick eines Mannes, der soeben etwas bewiesen hatte, sondern der eines Mannes, der etwas zu verbergen hat. Warum wollte er nicht, daß Dr. Whitney mit dem Körper allein war?

Der Doktor richtete sich auf, nachdem er die Organe angeschaut und behutsam berührt hatte. »Ich nähe ihn sofort zusammen, Mr. Mercer, aber zuerst brauche ich einen Schluck von dem Cidre, den Sie mitgebracht haben. Ich bin durstig.«

»Natürlich, Doktor«, sagte Barnum mit jubelnder Stimme. »Hiram, würden Sie bitte die Feldflasche holen?«

Hiram nickte und ging langsam dahin, wo sie ihre Spazierstöcke und die Feldflasche hingelegt hatte.

Während Mr. Mercer seinem Sohn nachschaute, sah Laura Dr. Whitney eine kleine, unauffällige Bewegung mit der linken Hand machen. Sie hielt den Atem an, weil sie sicher war, daß er etwas verbarg.

Hiram kam mit dem Cidre. Während der Arzt mit der rechten Hand danach griff, langte er gleichzeitig mit der anderen in die linke Brusttasche und holte ein Taschentuch heraus, tat, als wischte er sein Gesicht ab.

»Ah, das schmeckt gut«, sagte er, die Flasche absetzend.

»Und nun wollen wir den Burschen wieder zunähen.«

Schnell und sorgfältig vernähte er den Schnitt wieder, und kurz darauf war nicht mehr festzustellen, daß das Wesen geöffnet worden war.

»Was glauben Sie, Doktor? Ist das Wesen echt?« Wilbur Harpers Stimme klang eifrig, als er sich im Sessel vorbeugte. Die Gruppe hatte sich im Wohnzimmer des Blockhauses versammelt, und alle Blicke waren auf den Anthropologen gerichtet.

Dr. Whitney fühlte sich, als Mittelpunkt der Aufmerksamkeit, unwohl, rutschte hin und her, und klopfte an seine Wange.

»Ich neige nicht zu raschen Entscheidungen, meine Freunde. Bevor ich Ihnen gewissenhaft antworten kann, Mr. Harper, muß ich in meinem Labor noch einige Tests machen.«

Barnum schaute ihn überrascht an. »Tests? Wie können Sie im Labor Tests machen, wo das Ding in der Höhle liegt?«

Dr. Whitney lächelte. »Nun, ja. Das stimmt. Zumindest das meiste von ihm ist in der Höhle.«

Nancy und Laura sahen sich an.

Erregt beugte sich Barnum vor. »Das meiste? Was heißt das?«

Dr. Whitney nickte nachdenklich. »Ja, Mr. Barnum, ich nahm mir die Freiheit, eines der mumifizierten Organe aus dem Brustkorb zu nehmen. Ich hoffe, Sie haben nichts dagegen, aber es ist die einzige Möglichkeit, eine Art zu untersuchen. Ich wußte, daß Mr. Mercer nie damit einverstanden gewesen wäre. Ich habe auch etwas Haar abgeschnitten.«

An den folgenden beiden Tagen entspannte sich Laura. Sie vermißte Will, besonders nachts; und doch spürte sie große Erleichterung, ihren Problemen fern zu sein, die Tage einfach nur vergnüglich vergehen zu lassen. Sie spazierte in den Wäldern, las auf dem weißen Balkon, angelte und ruderte auf dem nahen See.

Das und das gute Essen hatten wieder Farbe auf ihre Wangen gebracht und füllte die Löcher in ihrem Körper. Sie wünschte fast, sie würden noch weitere Tage nichts von Dr. Whitney hören. Doch Barnum war sehr nervös.

Am dritten Tag kam Dr. Whitney. Er sah nicht fröhlich aus, und Laura wußte, er hatte keine guten Nachrichten.

»Wir setzen uns wohl besser, Phineas«, sagte er. »Und ich würde mich über etwas Kaltes zu trinken freuen. Ist ne staubige Fahrt hier raus, länger als zum College.«

Anne Harper errötete. »Natürlich, Dr. Whitney. Es tut mir leid, aber Phineas war in solcher Eile . . .«

»Entschuldigen Sie, Doktor«, sagte Barnum, »aber Sie können sich vorstellen, wie gespannt ich bin.«

Dr. Whitney lächelte. »Ich verstehe, Phineas. Aber ich fürchte, ich habe keine guten Nachrichten.« Er nahm einen Schluck Limonade. »Darum bin ich selbst gekommen, statt ein Telegramm zu schicken. Ich dachte, es wäre besser, es persönlich zu erklären.«

Barnum ließ sich massig in einen Holzsessel fallen, der unter seinem Gewicht ächzte. »Nur los, Doktor. Wir sind aufs Schlimmste vorbereitet.«

Der Doktor nickte. »Nun, was die gemacht haben, war recht clever. Ein Jahrmarktschwindler hätte einfach einen menschenähnlichen Rahmen gebaut und ihn bezogen. Aber die Mercers gingen einen Schritt weiter. Ich glaube, sie haben ihre Kreatur aus einem menschlichen Skelett gebaut.«

Anne Harper stöhnte, und der Doktor wandte sich ihr zu.

»Nein, nicht daß sie jemanden umgebracht hätten oder ähnliches, verehrte Dame. In diesem Teil des Landes gibt es viele Indianergräber, und sie können beim Pflügen darauf gestoßen sein oder haben tatsächlich ein Skelett in der Höhle entdeckt, und kamen so auf die Idee zum Betrug. Die Wahrheit werden wir wahrscheinlich nie erfahren. Jedenfalls waren Rippen in der Brusthöhle, und das bestätigt meine Theorie.«

»Aber die Größe des Dings?« fragte Nancy. »Es wär doch über zwei Meter groß, wenn es stünde.«

Dr. Whitney nickte. »Ja, ich weiß. Doch mit Holz oder anderem festen Material, lassen sich Gliedmaßen leicht strecken. Sie wollten auch nicht, daß jemand den Körper richtig untersucht. Er mußte nur überzeugt genug für jemanden wirken, der Proben machte.«

»Und die Organe?« fragte Barnum. »Was ergaben die Tests?«

Dr. Whitneys Augen blitzten. »Ach, das war auch clever! Sie erinnern sich, daß Mercier selbst den Vorschlag machte, die Brusthöhle aufzuschneiden? Er wußte, was ich finden würde – menschenähnliche Organe, die jeden von der Echtheit der Kreatur überzeugen müßten. Und, wie gesagt, ging er auch da sehr clever vor, indem er die Organe eines Tieres nahm, dessen Organe dem des Menschen am ähnlichsten sind. Die eines Schweins!«

»Ein Schwein?« rief Barnum.

Der Doktor nickte. »Genau, Mr. Barnum. Ein Schwein. Die Organe eines Schweins, müssen Sie wissen, ähneln denen des Menschen. Die Mercers trockneten sie erst und stopften sie dann in die Brusthöhle. Die Haut stammt übrigens von einem großen Grizzly und die Zähne vermutlich auch.«

Er schaute Barnum entschuldigend an. »Tut mir leid, Phineas. Ich weiß, wie sehr Sie gehofft hatten, die Kreatur sei echt. Aber besser, wir haben's herausgefunden, bevor Sie sie kauften, und jemand anderer sie als Schwindel entlarvte.«

Barnum seufzte betrübt. »Sie haben recht. Aber es wäre eine herrliche Attraktion gewesen.« Er lächelte listig. »Ich bin fast versucht, es trotzdem zu zeigen. Wir könnten Tausende machen, bevor der Betrug bekannt würde.«

Nancy drohte ihm. »Phineas, du weißt, daß James nie damit einverstanden wäre. Und mit solcher Publikumstäuschung kommt man nicht durch. Das hast du selbst gesagt.«

Barnum streichelte ihren Arm. »Keine Angst. Ich habe nur laut gedacht, meine Liebe. Natürlich würde ich etwas so Törichtes nie tun. Tja«, wandte er sich an Laura, »da habe ich Sie, meine Liebe, wohl ganz umsonst herbemüht.«

Laura lächelte. »Das würde ich nicht sagen, Phineas. Ich habe mich wunderbar erholt, was dringend nötig war, und eine schöne Zeit erlebt.«

Dr. Whitney zog einen Umschlag aus dem Jackett. »Oh, fast hätte ich's vergessen. Der Bahnhofsvorsteher gab mir dieses Telegramm mit. Es ist für Sie, Phineas.«

Barnum, plötzlich sehr ernst, nahm den Umschlag und öffnete ihn. Alle schwiegen, während er den Inhalt las, und Lauras Herz begann zu klopfen, als sie den kummervollen Ausdruck in Barnums Gesicht sah.

Nancy eilte zu ihm. »Was ist es, Phineas? Ist etwas in Waldermere passiert?«

Langsam schüttelte Barnum den Kopf. »Nein, meine Liebe, viel schlimmer.«

Er schaute Laura voller Sorge an. »Es hat einen Unfall im Zirkus gegeben. Nein, Laura, einen Mord.«

Laura atmete tief, preßte die Hände, bis die Nägel ins Fleisch drangen. O Gott! Nicht Will. Bitte, nicht Will!

Barnum hob die rechte Hand und ließ sie wieder fallen. »Ich bedaure, daß ich es Ihnen sagen muß, liebe Laura, aber es scheint, als sei das Opfer als Ihr Mann, Nickolas Orlando identifiziert.«

24

Laura stand, von Will und Molly gestützt, vor der verhüllten Gestalt in der Leichenhalle.

Sie fühlte sich schwach und angeekelt, richtete sich jedoch auf, als der Leichenbeschauer das Tuch zurückschlug. Der Schock und der Schmerz, den sie dabei empfand, war groß.

Laura, ein Taschentuch an den Mund gepreßt, zwang sich, die Augen offen zu halten, als sie auf das ruhige, weiße Gesicht des Mannes schaute. Sie stöhnte, schwankte. Nur Wills starker Arm verhinderte, daß sie umfiel.

»Ist dieser Mann Nickolas Orlando?« fragte der Mann mitleidsvoll.

Laura vermochte schwach zu nicken.

Ja, es war Nick, aber nicht der Nick, den sie gekannt hatte. Der Tod schien etwas aus seinem Gesicht gewischt zu haben, etwas, das ihn anders machte. Seine Augen waren geschlossen, doch sein Gesicht trug einen überraschten Ausdruck, als könne er nicht glauben, was ihm geschehen war. Sie war dankbar, daß der Wärter nur Nicks Gesicht enthüllte und sie nicht die Wunde sehen mußte, die seinen Tod verursacht hatte – ein Stich, direkt ins Herz.

Im Tod sah er jünger aus; und trotz des Schmerzes und der Pein, den er bei ihr verursacht hatte, erinnerte sich Laura daran, wie sie Nick begegnet war, ihn geliebt hatte und an das Glück, das er ihr anfangs geschenkt hatte.

Tränen steckten in ihrer Kehle, sie wandte sich ab und lehnte sich an Will. »Bitte, ist das alles? Können wir gehen?«

Der Wärter zog das Tuch wieder hoch. »Ja . . . Sie müsen draußen noch einige Papiere unterzeichnen. Es tut mir sehr leid, Mrs. Orlando.«

Laura fühlte sich wie eine Invalidin, als Will und Milly sie aus dem kalten, kleinen Raum zu einer Bank im Korridor führten.

Milly, deren kleines Gesicht blaß und ungewöhnlich ernst war, murmelte ein paar Beileidsworte; aber Laura hörte kaum, was ihre Freundin sagte. In Gedanken vernahm sie die schreckliche Geschichte, die James Bailey ihr und den Barnums erzählt hatte.

Während ihrer Abwesenheit, so hatte Bailey berichtet, war Nick meist in der Obhut des Arztes gewesen. Er war finster und böse gewesen, besonders, nachdem Bailey ihm gesagt hatte, daß man nach seiner Genesung auf seine Dienste verzichtete, und er dann zu verschwinden habe.

Einige hatten davon gehört, daß er mehrfach ätzende Bemerkungen über Will Adams gemacht hatte, gefolgt von Drohungen gegen Will und Laura. Er hatte dunkel eine ›Überraschung‹ für Laura angekündigt, sobald sie wieder da sei.

Zwei Tage zuvor hatte Nick behauptet, daß er sich noch nicht wohl fühle, obwohl der Doktor versichert hatte, er sei gesund, könne aufstehen und aus dem Zirkus verschwinden.

Trotz seiner sturen Behauptung, er sei zu krank, um das Bett zu verlassen, war Nick offensichtlich aufgestanden und aufs Zirkusgelände gegangen, wo man ihn, völlig angekleidet, in der Hauptmanege des großen Zeltes erdolcht fand.

Die Waffe war nicht auffindbar, und es gab keine Zeugen. Die Salieri-Familie hatte den Leichnam entdeckt, als sie zur Probe kam.

James Bailey hatte sofort Barnum antelegrafiert und die Polizei benachrichtigt.

Bei der Durchsuchung hatte die Polizei seinen richtigen Namen herausgefunden, und nachdem bekannt geworden war, daß er Nickolas Orlando hieß, gab es in der Zirkusgemeinschaft reichlich Klatsch und Spekulationen.

Es war eine schreckliche Situation.

»Laura? Laura, bist du in Ordnung?«

Millys Stimme drang schließlich in ihre Gedanken, und Laura wandte sich der Freundin zu. »Ja, Milly. Ich stehe nur ein wenig unter Schock. Kannst du nachschauen, ob die Papiere zum Unterzeichnen bereit sind? Ich muß schnell weg von hier.«

Während Milly zu dem Schreibtisch ging, auf dem der Beamte die Papiere gestapelt hatte, zog Will Laura an sich und sprach leise mit ihr.

»Laura, ich kann nicht sagen, wie leid es mir tut. Ich weiß, daß ich Nick in jener Nacht umbringen wollte, aber ich wollte nie wirklich seinen Tod. Nur, daß er weg von uns sei. Es war schrecklich.«

Lauras Augen brannten, als die heißen Tränen kamen. »Wer kann das getan haben? Und warum? Das frage ich mich.«

Will zog sie dichter an sich. »Ich habe nicht die leiseste Ahnung, aber die Polizei hatte einen Verdacht.«

Laura schaute ihn an. »Wer? Wen verdächtigen sie?«

Wills Gesichtausdruck war düster. »Ich fürchte, sie verdächtigen mich – und ich kann ihnen deshalb keinen Vorwurf machen. Zuerst fanden sie heraus, daß er dein Mann ist, und daß das außer ihm und dir niemand im Zirkus wußte. Dann stellten sie fest, daß wir uns oft gesehen hatten, und daß Nick und ich einige Nächte vorher einen heftigen Streit deinetwegen hatten – was sollen sie sonst denken?«

Laura spürte, wie ihr Herz fast stillstand. Würde dieser Alptraum nie enden? »Aber was werden sie tun, Will? Sie haben keinen Beweis!«

Will seufzte. »Keinen direkten Beweis, doch die Umstände genügen, um mich zu inhaftieren. Ich dachte, ich bereite dich besser darauf vor, falls das geschieht . . .«

Laura mußte ein lautes Stöhnen unterdrücken. »Das können sie nicht. Das darf nicht sein. Hast du kein – wie heißt es doch? Hast du kein Alibi? War denn niemand in der Zeit bei dir, als Nick getötet wurde?«

Will schüttelte den Kopf. »Es geschah mitten in der Nacht, Laura. Ich hab allein in meinem Abteil geschlafen.«

»Wäre ich doch nur da gewesen! Wir wären zusammen gewesen, und ich hätte es der Polizei sagen können.« Sie begann, in ihr Taschentuch zu weinen.

Will lachte freudlos. »Das hätte dich nur ebenso verdächtig gemacht.«

Laura sackte kraftlos gegen seine Schulter. »Wird man dich einsperren?«

»Ich weiß es nicht, Laura, aber es ist möglich. Bislang habe ich noch keinen Hinweis darauf, weil ich nicht direkt beschuldigt wurde. Doch sie haben mich lange befragt. Der hiesige Polizeichef, Thompson, ist ein harter Mann, aber vorsichtig. Er hält seit Nicks Tod den Zirkus hier fest, und Bailey ist wütend, weil wir schon seit gestern unterwegs zur nächsten Stadt sein müßten.«

Sie griff seine Hand und drückte sie fest. »Was tun wir nur, Will?«

Er streichelte ihre Hand. »Ich weiß es nicht, mein Liebling. Wir können nur warten. Warten und beten.«

»Und Sie haben Ihren Mann seit drei Jahren nicht gesehen?«

Kommissar Thompson rutschte auf dem Schaukelstuhl in Lauras Abteil herum. Er war groß, hatte eisengraues Haar und harte graue Augen. Seine Stimme war höflich, und er hatte sie nicht bedrängt. Doch Laura, die seine Fragen schon zweimal beantwortet hatte, war müde und verärgert.

»Ja, Kommissar, ich habe es bereits gesagt«, sagte sie scharf. »Seit dem Tag, als er mich verließ, bis zu seinem Auftauchen im Zirkus, habe ich nichts mehr von ihm gehört.«

»Dann war nach Ihrer Auffassung die Ehe beendet?«

Laura unterdrückte ein Seufzen; es brachte nichts, ihn zu verärgern. »Ja. Er hatte mich schließlich völlig mittellos zurückgelassen. Das einzige, was ich wollte, war die Scheidung, um nicht länger an ihn gebunden zu sein.«

»Und Sie wollten sich scheiden lassen, um Mr. Adams heiraten zu können?«

Laura atmete tief, um sich zu beruhigen. »Nein, zumindest anfangs wollte ich die Scheidung um meiner selbst willen.«

»Aber Sie waren in, sagen wir, Mr. Adams Gesellschaft?«

»Wir sind Freunde, ja, und ich bin oft mit ihm zusammen. Wir stehen einander – sehr nah.«

Der Kommissar nickte, schaute sie nachdrücklich an. »Und doch halfen Sie Mr. Orlando, als er auftauchte, Arbeit beim Zirkus zu bekommen. Das ist schwer zu verstehen.«

Laura überlegte rasch. Wieviel sollte sie dem Mann sagen? Würde es Wills Situation verbessern oder verschlechtern, wenn sie die Wahrheit sagte? Sie entschied sich für die Wahrheit und hoffte, das Richtige zu tun.

»Da mein Mann mich verlassen hatte und ich nicht wußte, ob er lebte oder tot war, hatte ich erzählt, ich sei Witwe. Das schien einfacher, als alles zu erklären. Mir kam nie die Idee, daß er mich finden würde oder das überhaupt wollte. Es war, glaube ich, zum Teil Stolz, daß ich log.

Als Nick dann auftauchte, drohte er, zu erzählen, daß er mein Mann sei, falls ich ihm nicht helfen würde, und ihm eine Chance gäbe, mich davon zu überzeugen, daß er mich wiederhaben wolle. Er versprach mir, sollte ich nach gewisser Zeit noch immer nicht davon überzeugt sein, zu verschwinden und mich in Ruhe zu lassen.«

Kommissar Thompson schürzte die Lippen. »Hmmmm. Und er war, für den Fall, auch mit einer Scheidung einverstanden?«

Laura zögerte. »Nein. Wie sehr ich ihn auch drängte, das wollte er nicht.«

»Und er blieb monatelang, und Sie hatten Ihre Meinung nicht geändert. War das zeitlich nicht unangemessen?«

»Nick war nicht der Mann, der Wort hielt«, sagte sie schlicht. »Er verlangte nach immer mehr Zeit, obwohl ich ihm sagte, daß es sinnlos sei.«

»Das muß sehr schwer für Sie gewesen sein«, sagte der Kommissar mitfühlend.

Laura wußte, wohin diese Art des Fragens führte, und sie beschloß, dem vorzugreifen.

»Ja«, sagte sie wahrheitsgetreu, »das war es. Eine gewaltige Anstrengung, und nachdem mein Mann mich in meinem Abteil angegriffen hatte und bevor ich zu Mr. Barnum reiste, sagte ich Mr. Adams, daß es mir nun egal sei, wenn Nick unser Verhältnis preisgäbe. In diesem Stadium war ich entschlossen, einen guten Anwalt zu nehmen und auch ohne Einverständnis meines Mannes mich scheiden zu lassen. Ich hatte genügend Gründe dafür.«

Der Kommissar sah sie nachdenklich an. »Haben Sie das jemandem, außer Mr. Adams, erzählt?«

Laura schüttelte den Kopf. »Dazu hatte ich keine Zeit. Ich mußte auf den Zug nach Maine.«

Kommissar Thompson betrachtete seine Hände. »Hmmm, gut, danke, Mrs. Orlando. Ich muß mit Ihnen sicher noch einmal darüber reden. Sind Sie erreichbar?«

»Natürlich. Obwohl ich für meinen Mann nichts mehr empfand, wollte ich seinen Tod nicht, und ich werde alles dazu beitragen, den Mörder zu finden.«

Die Augen des Kommissars funkelten, und er sagte ungerührt: »Auch wenn Mr. Adams der Mörder sein sollte?«

Laura war es, als erstarre ihr Blut zu Eis. Sie hob ihr Kinn und schaute ihn direkt an. »Ich weiß, was für ein Mann Mr. Adams ist, Kommissar Thompson, und daß er so etwas nie tun könnte. Sollte er es getan haben, wäre er nicht der Mann, den ich bewundere. Und ich möchte, daß er überführt wird.«

Der Kommissar nahm seinen Hut und lächelte Laura respektvoll an. »Ich glaube, Sie sind eine ehrliche Frau, Mrs. Orlando, und ich kann nur beten, daß Ihr Glaube an Mr. Adams gerechtfertigt ist.«

Laura sah voller Verzweiflung, wie er ihr Abteil verließ. Will hatte recht – die Polizei verdächtigte ihn. Lieber Gott, dachte sie. Bitte, gib, daß er nicht eingesperrt wird!

Trotz ihrer Gebete wurde Will am nächsten Tag verhaftet und des Mordes an Nick angeklagt.

Die ganze Zirkusgemeinde war entsetzt, und Bailey und Barnum versprachen, den besten Anwalt für Will aufzutreiben.

Laura war niedergeschlagen, und Milly und Lionel waren ständig bei ihr, versuchten, es ihr so angenehm wie möglich zu machen, sagten ihr, daß troz Wills Verhaftung niemand im

Zirkus an seine Schuld glaube und versicherten ihr, er würde nie verurteilt werden.

Der Zirkus bereitete sich auf die Reise zur nächsten Stadt vor. Kein Kummer änderte etwas an der Tatsache, daß sie Termine hatten, die zum Teil schon überschritten waren, und daß der Zirkus spielen mußte, um die Gehälter bezahlen zu können.

Vor der Abreise durfte Laura zu Will, und es war furchtbar für sie, ihn hinter Gitter zu sehen.

Tränenüberströmt streckte Laura ihre Hände durch das Gitter, und er hielt sie voller Verzweiflung.

»Laura«, flüsterte er, »du weißt, ich habe es nicht getan. Ich habe deinen Mann nicht ermordet. Glaub es mir.«

Laura nickte, unfähig zu sprechen.

Dann preßte sie ihr Gesicht an das kalte Eisen und küßte seine Lippen. Deren Wärme ließ sie noch mehr erschauern.

»Ich bleibe hier«, sagte sie gebrochen. »Ich nehme mir ein Zimmer, damit du nicht allein bist.«

Er schüttelte ablehnend den Kopf. »Nein, Liebling. Das macht es nur schlimmer. Du kannst nichts tun. Morgen wird der Anwalt hier sein, den P. T. verpflichtet hat, und wir werden über meine Verteidigung reden. Du fährst mit dem Zirkus. Tu deine Arbeit. Das wird dich ablenken. Außerdem brauchen sie dich. Die Saison ist fast vorbei. Sollte mein Fall vor Saisonende noch nicht verhandelt worden sein, kommst du her. Einverstanden?«

Zärtlich küßte er sie wieder, und sie glaubte, ihr Herz würde zerbrechen. Doch sie nickte und ging zu Lionel und Milly, die draußen, im Büro, warteten. Sie wußte, würde Will wegen Mordes an Nick verurteilt, wäre ihr Leben beendet.

In den folgenden Tagen versuchte Laura so wenig wie möglich zu denken.

Die Konzentration auf ihre Arbeit half ihr ein wenig, ebenso die Stunden, die sie mit ihren Freunden verbrachte. Doch wenn sie allein war, drohte die Verzweiflung sie zu erdrücken.

Sie schrieb lange Briefe an Will, schickte sie aus jeder Stadt, versicherte ihn ihrer Liebe und ihrer Sehnsucht. Sie sprach lange mit Milly und Lionel und freute sich, daß die beiden, die sie so liebte, einander jeden Tag näherkamen.

Milly sagte ihr aber vertraulich, daß Lionel sich noch immer nicht zu einer Heirat überwinden konnte.

»Ich habe alles versucht«, erzählte sie Laura, »aber er wagt den letzten Schritt nicht. Ich sagte ihm, daß wir ja eigentlich schon zusammen leben, doch er meint, verheiratet sein, sei etwas anderes. Wenn wir verheiratet wären, wollte ich wahrscheinlich Kinder haben, und die Kinder könnten aussehen wie er. Ich hab ihm mehr als einmal gesagt, daß mich das nicht stört, aber er glaubt mir nicht.« Laura umarmte ihre Freundin. »Keine Angst, Milly. Das kommt sicher noch. Du hast doch schon einiges geschafft!«

»Ich weiß, das habe ich nicht vergessen«, lächelte Milly. »Oh, Laura, ich bin so glücklich, so weit gekommen zu sein. Ich wünschte nur, daß auch du glücklich wärst.«

Laura wandte sich ab, damit das Mädchen die Tränen nicht sah. »Es wird schon werden. Einen Unschuldigen wird man nicht verurteilen, und es hilft mir, Freunde zu haben. Da wir davon sprechen, hast du Benjy gesehen? Seit ich aus Maine zurück bin, habe ich ihn kaum gesehen.«

Milly schüttelte den Kopf. »Er hat wieder eine seiner merkwürdigen Phasen. Ich dachte, es ginge ihm besser, und er schien unsere Abende zu genießen, doch jetzt lebt er wieder zurückgezogen. Ich glaube, er trinkt auch.«

»Ich hoffe, es ist nicht wegen der Nacht, in der Nick mich angriff«, sagte Laura besorgt. »Nick hat ihn sehr gekränkt. Auch dafür habe ich ihn gehaßt, denn Benjy versuchte tapfer, mich zu verteidigen. Ich muß ihn besuchen. Ich war so mit mir beschäftigt, daß ich an nichts anderes gedacht habe.«

Doch Benjy war sehr abweisend, als Laura ihn in seinem Abteil aufsuchte. Er sieht nicht gut aus, dachte Laura, und sein Husten ist schlimmer geworden. Sie versuchte ihn aufzumuntern, sagte ihm, wie sehr er ihr geholfen habe, versuchte, freundlich zu sein. Doch nichts schien den kleinen Mann aus seiner Apathie zu wecken.

Schließlich ging Laura, ließ die mitgebrachten Früchte da, und dachte, daß Nick Orlando auch dafür verantwortlich sei. Und wenn es Gerechtigkeit gab, dann brannte er in der Hölle für all das, was er anderen Menschen angetan hatte.

In Saint Thomas wartete ein Brief von Will auf sie; sie las ihn immer wieder, konnte jede Zeile auswendig. Sein Anwalt, schrieb er, sei optimistisch und das Gefängnis nicht so schlimm. Trotz der Fröhlichkeit seiner Zeilen spürte Laura, daß er nur ihretwegen so schrieb.

Die Stimmung im Zirkus war ähnlich. Die Show ging wie gewöhnlich weiter; die Künstler traten lächelnd und fröhlich auf, doch wenn die Vorstellung vorbei war, wirkten sie niedergeschlagen und freudlos.

Laura hatte herausgefunden, daß Zirkusmenschen abergläubischer als alle anderen waren. Und da sie an dreifaches Pech glaubten, mußte bald noch etwas Schlimmes geschehen.

Madame Costa hatte sie daran erinnert, was nach Diana Salieris Tod geschehen war. »Erinnern Sie sich«, hatte sie sehr ernst gesagt, »nur einen Monat nach Dianas Tod starb Wee Willie, der Zwergenclown, an Lungenkrankheit, und dann spielte der Elefant verrückt und brach seinem Dompteur das Bein. Es wird noch etwas geschehen. Das ist immer so.«

Laura, die nie besonders abergläubisch war, mochte kaum an die Vorhersage glauben, und doch fühlte sie sich nach Madame Costas Worten unwohl.

Am letzten Abend in Saint Thomas fühlte sich Laura nach der Vorstellung besonders einsam und unglücklich. Sie verließ ihr Abteil, um zu Lionel zu gehen und mit ihm und Milly zu sprechen, während der Zug beladen wurde.

Während sie an den Gleisen entlangging, sah sie Jumbos riesige Gestalt; sie wußte, das große Tier und sein ständiger Begleiter, der Zwergelefant Tom Thumb, wurden von ihrem Dompteur, Matthew Scott, zum Waggon gebracht.

Als Laura den gewaltigen Elefanten sah, fiel ihr ein, daß sie ihn seit ihrer Rückkehr aus Maine nicht besucht hatte. Während sie über die Gleise schritt, irritierte sie das Geräusch einer schnell fahrenden Lokomotive, die um die Kurve fuhr.

Sie verlor fast das Gleichgewicht, als sie rasch von den Schienen sprang, und sah dann mit Entsetzen Jumbo im Scheinwerferlicht der nahenden Lokomotive. Er stand, vom Geräusch und den Lichtern erschreckt, wie erstarrt auf dem Gleis.

Laura spürte einen Schrei in ihrer Kehle, als sie das Kreischen der Bremsen hörte. Der Lokführer mußte Jumbo gesehen haben und versuchte, den Zug zu bremsen, doch die Geschwindigkeit war zu hoch.

Wie gelähmt sah sie Scott im letzten Augenblick beiseite springen, kurz bevor der Zug Tom Thumb erfaßte und ihn wie ein Spielzeug in die Luft schleuderte. Und dann schob sich die gewaltige Maschine in Jumbos Riesenkörper, und Jumbo trompetete voller Entsetzen.

Die Wucht war ungeheuer, und Laura spürte, wie der Boden unter ihren Füßen erzitterte. Sie schlug die Hände über die Ohren, als zerspringendes Metall und quietschende Bremsen die Nacht erfüllten, gefolgt vom Geräusch ausströmenden Dampfes.

Endlich hatte sie sich wieder in der Gewalt und lief zum Unglücksort, zu dem Menschen aus allen Richtungen strömten.

Die Maschine und die vorderen beiden Wagen des Zuges waren aus den Gleisen gesprungen und völlig zerstört. Als Laura nahe genug war, sah sie, daß Jumbo zwar stand, aber furchtbar aus Flanken, Maul und Füßen blutete. Laura weinte hemmungslos und sah, daß auch Scott, der zu dem Tier eilte, weinte.

Bevor der Dompteur bei ihm war, begann das gigantische Tier zu kippen. Erst sackte es in den Knien ein, dann stürzte es langsam auf die Seite. Wie um Hilfe bittend, schwenkte es seinen Rüssel zu Scott. Dann zuckte der schwere Leib seufzend und war still. Madame Costa hat doch recht gehabt, dachte Laura freudlos. Und jetzt war Jumbo, der König der Elefanten, Liebling der Kinder, tot, und auch sein winziger Freund, Tom Thumb.

Weinend starrte Laura einen Moment unbewegt auf das tote Tier und wandte sich dann, unfähig, weiter darauf zu schauen, ab.

Sie sah Menschen um Tom Thumb geschart, hörte im Gehen eine Stimme. »Er ist nicht tot! Nur ein Bein scheint gebrochen!«

Durch das Geschrei hörte sie ihren Namen rufen, und sah, daß Lionel und Milly zu ihr eilten.

»Was ist geschehen, Laura?« fragte Milly und faßte ihren Arm. »Wir hörten ein furchtbares Krachen!«

Laura deutete hinter sich. »Ein Zug. Er hat Jumbo und Tom Thumb erfaßt.«

Lionel berührte ihre Schulter. »Mein Gott! Sind sie schwer verletzt?«

»Jumbo ist tot, aber ich hörte jemanden sagen, daß Tom Thumb nur verletzt sei. Er war so klein, daß er beiseite geschleudert wurde, aber Jumbo . . .« Ihre Stimme versagte.

»Wie schrecklich«, sagte Milly kopfschüttelnd. »Ich weiß, wie sehr du Jumbo mochtest, Laura. Mr. Barnum wird völlig erschüttert sein, wenn er das hört.«

Lionel seufzte schwer. »Ich frage mich nur, warum ein Zug hier mit solcher Geschwindigkeit fährt. Es ist seltsam, so schnell durch einen Frachthof zu fahren.«

Erst am nächsten Tag wurden alle Einzelheiten bekannt, und alle Zeitungen brachten die Geschichte.

Es hatte sich um einen außerplanmäßigen Frachtzug gehandelt; außer Jumbo war auch der Lokomotivführer tot.

Die Zeitungen sparten nicht mit Pathos, und Laura bemerkte, daß die Geschichten nicht ganz stimmten. In einigen stand, daß Jumbo, um Tom Thumb zu retten, sein Leben geopfert habe.

Laura war sicher, daß P. T. Barnum dahintersteckte, und voller Abscheu legte sie die Blätter beiseite. So sehr sie Barnum bewunderte, fragte sie sich, ob es nichts gab, woraus er kein Kapital schlug.

Die Zeitungen der nächsten Tage waren voller Artikel und Bilder, und obwohl Laura die Sensationshascherei haßte, war sie von der Reaktion des Publikums gerührt. Aus allen Teilen der Welt kamen Briefe. Jedermann schien traurig über Jumbos Tod zu sein, und sie freute sich über die Tatsache, daß die Menschen erkannten, daß etwas Seltenes und Wundervolles aus ihrem Leben gegangen war.

Mit Jumbos Tod hatte Laura etwas verloren, denn sie betrachtete ihn als Omen für Schlimmeres. Sie mußte sich zur Arbeit zwingen, und als sie ein Interview las, das Barnum anläßlich Jumbos Tod gegeben hatte, fühlte sie sich noch entmutigter: »Der Verlust ist schmerzlich, doch ein solcher Schlag wirft mich nicht um. Vor langer Zeit habe ich gelernt, daß es wirkliches Unglück für Menschen, die aufrecht sind und Rechtes tun, nicht gibt. Alles scheinbar Schlechte kehrt sich für diese Menschen zum Segen.«

Laura fand dies unerträglich zynisch. Wie konnte Phineas sagen, Jumbos Tod sei ein Segen?

Und als Barnum ihr sagte, was er mit Jumbos Überresten zu tun gedachte, sagte sie ihm offen, daß er nach ihrer Meinung zu weit ginge.

Barnum nahm ihre Kritik gelassen hin und schenkte ihr sein Lächeln. »Hören Sie, meine Liebe, ich weiß, wie Sie fühlen. Sie standen Jumbo ebenso nahe wie ich. Doch ich tue nichts Gefühlloses. Im Gegenteil. Neun Millionen Amerikaner haben Jumbo gesehen, doch denken Sie an die Millionen, die das nicht konnten. Ich will ihn ausstopfen lassen, damit die Leute ihn sehen können. Und zudem plane ich, sein Skelett dem Naturhistorischen Museum in New York zu stiften, wo es würdig aufgehoben ist. Bitte, liebe Laura, arbeiten Sie daran, meine Gedanken der Öffentlichkeit zu vermitteln.«

Seufzend gab Laura nach. Vielleicht hatte er recht, und sie war zu sentimental. Sie erkannte, daß sie in diesen Tagen anders war – was auch sonst, da dem Mann, den sie liebte, eine Mordanklage drohte? Sie wußte, sie war überempfindlich und emotional.

Sie hoffte nur, daß Madame Costa damit recht hatte, wenn sie sagte, daß Böses dreifach geschehe. Wurden Jumbos Tod und Tom Thumbs Verletzung als zwei Tragödien gerechnet, blieb noch eine Katastrophe aus.

25

Nach Jumbos tragischem Tod sank die Stimmung der Zirkuskünstler noch tiefer, und wäre das Saisonende nicht nahe gewesen, hätten viele den Zirkus verlassen. So herrschte Mißstimmung, und es ging das Gerücht, der Zirkus sei verhext.

Das trug nicht zu Lauras Wohlbefinden bei. Sie fühlte sich, als lebe sie in einem Alptraum, und jede Nacht betete sie, daß, wenn sie am nächsten Morgen erwache, die vergangenen Wochen nur ein furchtbarer Traum gewesen seien.

Das Wetter wurde kalt, und der Herbst hatte begonnen, das Laub zu färben. Die Saison näherte sich dem Ende, und sie hatte Angst davor, obwohl sie dann Zeit hatte, bei Will zu sein.

Laura schrieb ihm von Jumbos Tod. Obwohl sie sicher war, daß er die Zeitungen gelesen haben würde, wollte sie, daß er wußte, was tatsächlich geschehen war. Sie schrieb ihm auch von der Kreatur in der Höhle in Maine und über die Entlarvung des Betruges, und wie sehr sie sich nach dem Ende der Saison sehnte, um zu ihm zu kommen.

Sie hatte gerade den Brief beendet und den Umschlag versiegelt, als es klopfte. Ihr war nicht nach Gesellschaft. Sie hatte immer Angst, daß ein Klopfen an der Tür weitere schlechte Neuigkeiten bedeuteten.

Sie öffnete und sah Milly und Madame Costa. Madame hatte ein Körbchen mit frischem Zuckerkuchen dabei, und Laura mußte plötzlich an die Küche ihrer Mutter, in Sacramento, zur Weihnachtszeit, denken.

Dieser Gedanke füllte sie mit trauriger Erinnerung, und sie wußte nicht warum. An ihre Mutter hatte sie kaum glückliche oder erfreuliche Erinnerungen, oder gar an Weihnachten; ihr Vater hatte ausgiebige Feiern nie gestattet, da er das für frivol hielt. Und doch hatte es stets eine gewisse Stabilität in ihr Leben gebracht, und ihre Mutter hatte Weihnachtsgebäck zubereitet.

Laura hatte ihren Freunden gegenüber zugegeben, daß sie sich deshalb so nach Zeit und Ort sehnte, die sie damals fliehen wollte, weil es ihr an innerem Halt mangelte.

Millys Augen waren durch die kühle Abendluft gerötet, aber sie schaute ernst, wie Madame Costa.

»Wir wollten Ihnen Kuchen bringen«, lächelte Madame Costa. »Wir dachten, daß das gut zu einer Tasse Tee paßt. Hoffentlich haben wir Sie nicht gestört.«

Laura schüttelte den Kopf und bat sie, einzutreten. »Überhaupt nicht. Ich habe gerade einen langen Brief an Will geschrieben und hänge nur herum. Ich freue mich, daß ihr da seid. Ich fühle mich ziemlich traurig.«

Milly nickte. »Das sind alle. Ich habe nie eine so traurige Stimmung erlebt.«

Laura nahm die Teekanne, die bereits mit Wasser gefüllt war, zündete den Spiritusbrenner an und setzte den Kessel auf die Flamme. »Wo ist Lionel? Konnte er nicht kommen?«

Millys Wangen erröteten. »Er hat in seinem Wagen zu tun, will dir aber noch guten Tag sagen.«

Laura nehm einen ihrer geliebten Teller mit dem blauen Blumenmuster für die Kuchen. »Habt ihr Benjy gesehen? Ich versuchte, ihn nach Jumbos Tod zu finden, konnte ihn aber nirgends entdecken.«

Madame Costa, die ihren Schal abgenommen hatte, nahm die Platte aus Lauras Hand und begann, die Kuchen daraufzulegen, die Laura so gern mochte. Sie sagte: »Das ist einer der Gründe, warum wir vorbeikommen, Laura. Wir machen uns große Sorgen um Benjy.«

Laura wandte sich um. »Dann wißt ihr, wo er ist?«

»Im Krankenzelt«, antwortete Milly. »Der Doktor sagt, es werde schlimmer. Darum sind wir sehr besorgt.«

Laura setzte sich in den Schaukelstuhl, fühlte, wie eine neue Welle der Verzweiflung sie überkam. »Davor habe ich mich gefürchtet. Wieviel Unglück kommt noch über uns? Armer Benjy. Sie tun sicher für ihn, was sie können?«

Madame Costa setzte sich Laura gegenüber. »Sie versuchen es, aber es ist sehr schwer mit Benjy. Er weigert sich, die Medizin zu nehmen. Sie wollen ihn ins nächste Krankenhaus bringen, weil sie glauben, daß er dort besser gepflegt werden kann als hier.«

»Sagt das der Arzt?«

Madame nickte. »Und die Schwester. Sie erzählten, daß er trotz seiner kranken Lunge zu sprechen versucht und meistens im Delirium ist. Er sagt dauernd Ihren Namen, Laura.«

Laura versuchte nicht, ihre Überraschung zu verbergen. »Er erwähnt mich? Warum? Was sagt er?«

»Er scheint sich schlecht zu fühlen, weil er dich nicht vor Nick verteidigen konnte. Das scheint ihn zu beschäftigen.«

»Aber er hat mir doch geholfen. Wenn er Will nicht geholt hätte, wäre gar nicht auszudenken, was Nick mir angetan hätte. Weiß Benjy das denn nicht?«

»Er scheint das gar nicht zu bedenken«, sagte Milly. »Er macht sich offensichtlich Vorwürfe, zu, nun, zu klein gewesen zu sein, um dich allein zu verteidigen. Madame und ich dachten, daß es ihm vielleicht helfen würde, wenn du ihn besuchst.«

Laura erhob sich. »Natürlich, ich gehe sofort. Wie schon gesagt, habe ich überall nach ihm gesucht, aber niemand wußte, wo er war. Wir können gleich gehen.«

Milly lächelte und streichelte ihren Arm. »Erst nach dem Tee, Laura. Madame hat die Kuchen extra für dich in einer Bäckerei in der Stadt gekauft. Außerdem schläft Benjy jetzt. Die Schwester sagt, er wacht erst in etwa einer Stunde auf.«

Die Patienten im Krankenzelt lagen auf sauberen weißen Pritschen. Während sie nach Benjy suchte, dachte Laura, wie eigenartig es war, daß die unerfreulichen Ereignisse zu immer mehr Leid und Traurigkeit im Zirkus führten.

Benjy lag auf einer Pritsche, direkt neben der Tuchwand; sein kleiner Körper sah unter den Decken zerbrechlich wie der eines Kindes aus. Sein Gesicht war zur Wand gerichtet. Er hatte so gut wie nichts gegessen, wie Laura bemerkte, die auf das kaum angerührte Tablett neben ihm schaute.

Sie setzte sich auf den Klappstuhl neben seinem Bett und nahm seine kleine, kurzfingerige Hand. Sie fühlte sich heiß und schwach an.

»Benjy«, flüsterte sie, »Benjy, ich bin's, Laura. Ich will dich besuchen. Ich habe dich überall gesucht.«

Überrascht wandte er ihr sein Gesicht zu, und Laura war entsetzt, als sie es sah; so blaß und eingefallen, die Augen tief in den Höhlen und die Wangen ganz hohl.

»Laura«, sagte er, und seine feine Stimme klang schleimig und schwach. »Bist du's wirklich?«

Seine linkischen, kleinen Finger umklammerten die ihren, und Laura spürte einen Kloß im Hals. Er sah so hilflos aus!

»Ja, Benjy. Warum hast du mich nicht wissen lassen, daß du krank bist? Ich wäre schon viel früher gekommen. Du bist doch mein Freund und du hast soviel für mich getan.«

Ein schmerzhafter Ausdruck huschte über sein qualvolles Gesicht, und Laura sah ihn sorgenvoll an. »Was ist, Benjy? Soll ich die Schwester rufen?«

Benjy drehte seinen Kopf auf dem flachen Kissen und schnitt eine Grimasse. »Was habe ich für dich getan? Ich habe dir nur mehr Leid gebracht. Ich wollte dich retten. Ich wollte Gutes für dich tun, aber statt dessen . . .«

Laura unterbrach ihn. »Aber das hast du, Benjy! Du hast für mich gekämpft und Hilfe geholt. Mehr kann niemand tun.«

Seine eingesunkenen Augen glänzten fiebrig. »Aber du

bist nicht glücklich, Laura, nicht wahr? Ich habe dir kein Glück gebracht.«

Laura begriff, daß er über etwas nachdachte. Die Hitze der kleinen Hand verriet ihr, daß er hohes Fieber hatte.

»Es ist doch gut, Benjy«, sagte sie beruhigend. »Mach dir um mich doch keine Sorgen.«

»Du liebst Will«, sagte Benjy mit so leiser, heiserer Stimme, daß sie sich zu ihm beugen mußte, um ihn zu verstehen. »Und Will ist im Gefängnis.«

Laura nickte. »Ja, Benjy. Ich liebe Will, und ich bin unglücklich, weil er im Gefängnis ist. Aber er hat Nick nicht getötet, und ich bin sicher, sein Anwalt wird das beweisen können.«

Plötzlich setzte sich Benjy zitternd auf. »Nichts mache ich richtig! Ich versuche, Gutes zu tun! Ich versuche, zu helfen, aber ich mache nichts richtig! Nichts!«

Die Schwester eilte herbei, legte eine Hand auf Benjys Stirn und wandte sich dann an Laura. »Gehen Sie jetzt, bitte. Er ist sehr erregt, und er braucht Schlaf. Besuchen Sie ihn morgen wieder, bevor wir ihn ins Krankenhaus bringen.«

Laura sah, wie die Schwester Benjy zudeckte und ihm Medizin reichte und anschließend Wasser.

Als die Schwester sich von Benjys Pritsche abwandte, fragte Laura sie leise: »Wie sind seine Chancen? Wird er sich erholen?«

Die Schwester schaute, ob Benjy sich wieder umgedreht hatte. »Ich will Sie nicht belügen, Mrs. Orlando«, sie schüttelte bedrückt den Kopf, »es ist unwahrscheinlich, daß er sich erholt. Seine Lunge ist sehr angegriffen, und er scheint allen Lebenswillen verloren zu haben.«

Mit Tränen in den Augen wandte sich Laura ab.

Nachdem Laura in ihren Wagen zurückgekehrt und zu Bett gegangen war, konnte sie nicht einschlafen. Nach einer Ewigkeit, in der sie sich hin und her geworfen hatte, fiel sie schließlich in einen tiefen Schlaf. Doch sie wurde durch ein schreckliches Geräusch blitzartig wach. Es war, als ob alle Dämonen der Hölle diesen Augenblick gewählt hatten, voller Schmerz und Furcht zu schreien.

Ihr Herz klopfte wild, als sie sich im Bett aufrichtete und den schweren Fenstervorhang beiseite zog.

Draußen sah sie viele Leute in Nachtgewändern, einige mit Laternen, die zum Hauptzelt eilten. Dort schien die Quelle des Lärms zu sein. Das Zelt selbst war von innen erleuchtet. Da stimmte offensichtlich etwas nicht.

Laura erhob sich rasch, streifte sich Umhang und Hausschuhe über. Was mochte da mitten in der Nacht los sein? Es war nach Mitternacht. Ein Feuer konnte es nicht sein. Weder Rauch noch Flammen waren am Zelt zu sehen.

Nachdem sie den Morgenmantel angelegt hatte und zur Abteiltür gerannt war, erstarrte sie, als der schreckliche Lärm wieder erdröhnte. Es war so laut und so unerwartet, daß sie einen Moment brauchte, bis sie erkannte, was es war – die gewaltige Orgel erwachte zum Leben.

Im Dunkel und der Stille der Nacht schien ihr Klang noch lauter als gewöhnlich und unglaublich bedrohlich.

Beim Verlassen des Zuges sah sie, daß noch mehr Leute aus den Schlafwagen strömten. Sie eilte zu ihnen, und fragte mehrere, was denn los sei, doch niemand wußte Antwort.

Laura eilte mit den anderen zum großen Zelt, aus dem der ungeheure Lärm kam. Die Melodie, die gespielt wurde, erkannte sie nicht, doch der tutende, heulende Klang, der unter diesen Umständen so widersinnig hallte, jagte ihr eine Gänsehaut über Arme und Rücken.

Nahe dem Zelteingang stieß sie auf Milly, Lionel und Madame Costa, die alle so bleich und entsetzt aussahen wie sie selbst wahrscheinlich auch.

Milly griff mit eisigen Fingern Lauras Hand. »Was, Himmel, ist das? Was geht da vor?«

Lionel nahm Lauras andere Hand. »Wir wurden durch die Orgel geweckt. Welcher Wahnsinnige läßt sie mitten in der Nacht spielen?«

Madame Costa, in eine große Wolldecke gewickelt, murmelte: »Ich spüre in meinen Knochen, das dritte Ding geschieht. Es wäre besser, wir gingen nicht ins Zelt. Wir sollten lieber hier warten und die anderen erzählen lassen, was geschieht!«

»Nein«, sagte Lionel. »Da wir schon mal hier sind, können wir das auch mitansehen. Auch wenn es Ärger bedeutet. Lieber jetzt als später.«

»Ganz meine Meinung, Lionel«, sagte Milly. »Wenn ich nicht weiß, was ist, kann ich sowieso nicht mehr schlafen!«

Madame unkte: »Ich habe das Gefühl, daß keiner von uns heute nacht noch schlafen wird. Gut, da ist der Eingang!«

Laura und ihre Freunde gingen mit den anderen ins Zelt. Am Eingang standen schon viele Leute, und Lionel ging Laura und Milly voran, damit sie das riesige Zeltinnere sehen konnten, das ohne das Publikum, das sonst auf den Holzbänken saß, noch riesiger wirkte.

Laura schaute sich rasch um, versuchte herauszufinden, was geschah. Zuerst wanderte ihr Blick zur Orgel, die scheinbar dröhnend von allein spielte, da sie niemand auf der Organistenbank sah. Dann erstarb die Musik plötzlich, und Alwyn Crest, der starke Mann, hob eine kleine zappelnde Gestalt empor. Zuerst wollte Laura lachen. Es war der kleine Beppo, Wee Willies Bruder, und Freund und Partner von Benjy. Er war so klein, daß man ihn von da, wo sie stand, unmöglich sehen konnte.

Der kleine Mann strampelte und wand sich in Alwyns Griff, und der Riese brüllte: »Das ist der Grund! Der kleine Teufel ist voll wie ein Faß!«

Alwyn trat zu der Gruppe am Zelteingang und schüttelte den Kleinen wie eine Ratte. »Was zur Hölle hast du dir dabei gedacht!« brüllte er. »Du hast den ganzen Zirkus aus dem Bett geholt!«

Beppo drohte dem großen Mann wirkungslos mit seiner kleinen Faust, was die Menge zum Lachen brachte.

»Brauchte Begleitung«, sagte Beppo trunken. »Kann ohne Begleitung keinen Auftritt machen.«

»Wovon zum Teufel redet er?« fragte jemand.

Ein Mann neben Laura sagte: »Ist doch gleich. In dem Zustand redet er doch nur dummes Zeug.«

Beppo hörte auf zu zappeln und sah den Sprecher an. »Ich weiß, was ich sage. Helfe einem Freund, das ist es. Helft euren Freunden. Muß ihnen gleich einen guten Abgang geben. Das würde er auch für mich tun.«

Der kleine Mann wandte sich um und zeigte mit seinem Stummelfinger zum Zirkusdach, und alle blickten in seine Richtung. Laura stöhnte auf, und die anderen um sie schrien, als sie die kleine Gestalt sahen, die auf der Plattform der Luftakrobaten, dicht unter dem Zeltdach, kauerte.

Laura spürte Millys Finger in ihrem Arm. »Es ist Benjy! Was in aller Welt macht er da oben?«

Benjy, nur mit einem Schlafanzug bekleidet, wankte zum Rand der Plattform. Aus dieser Entfernung sah er unglaublich winzig aus, wie ein kleines Kind.

Laura bemerkte, daß der jüngste Salieri, Davolo, bereits zur Leiter, die zur Plattform führte, rannte, und sie fühlte sich erleichtert. Sicher würde der Trapezkünstler bei Benjy sein, bevor er sich etwas antun konnte. Doch dann hallte die Stimme des kleinen Mannes durch das Megaphon des Ringmeisters, und übertönte das Stimmgewirr.

»Nein!«

Plötzlich waren alle ruhig, die Stimmen erstarben.

Benjy ging zum Geländer der Plattform und rief Davolo zu: »Nein! Niemand kommt hoch, sonst springe ich!«

Der Akrobat verharrte, die Leiter schwankte leise.

»Ich habe etwas zu sagen«, sagte Benjy, »und ich möchte, daß ihr alle es hört.«

»Wir hören dir zu, Benjy«, rief Lionel, die Hände an den Mund gelegt. »Aber tu nichts Törichtes!«

Benjy lachte rasselnd und unfroh. »Alles, was ich tue, ist töricht. Wißt ihr das nicht? Aber das ist jetzt egal. Ich tue, was ich tun will. Ich möchte, daß ihr die Polizei holt. Die Polizei muß hier sein.«

Lionel sagte: »Wir brauchen keine Polizei, mein Freund. Was es auch sei, wir werden allein damit fertig. Komm runter zu uns. Es ist doch einfacher, hier zu reden.«

Benjy beugte sich gefährlich weit vor, das Megaphon vor dem Mund. »Ich will, daß die Polizei hier ist. Holt sie sofort, oder ich springe, das schwöre ich!«

Eine Frau in der Menge schrie. Laura sah sich um. Zwei Männer rannten aus dem Zelt. Langsam ging sie zur Zeltmitte. Davolo Salieri war von der Leiter heruntergekommen und sprach mit leiser Stimme mit seinen Brüdern.

Laura blieb so stehen, daß Benjy sie gut sehen konnte, stützte die Hände an den Mund und rief. »Benjy! Ich bin's, Laura. Warum kommst du nicht herunter?«

Benjy schwang das Megaphon, setzte es dann an den

Mund. »Ich habe dich am meisten verletzt, Laura«, sagte er mit einem Stöhnen. »Und ich wollte doch nur helfen.«

»Komm bitte herunter, Benjy«, sagte sie. »Wir können darüber reden. Bitte, Benjy!«

Er schüttelte den Kopf. »Ich werde zur rechten Zeit auf meine Art runterkommen, und wir werden sprechen, aber erst, wenn die Polizei da ist.«

Er legte das Megaphon beiseite, setzte sich an den Rand der Plattform und legte den Kopf in die Hände wie in Seelenqual.

»Benjy!« rief Laura wieder. »Benjy, bitte sprich mit mir.«

Doch Benjy saß nur da, sein kleiner Körper zuckte, während unter ihm die Menschen redeten und gestikulierten. Jeder hatte einen Vorschlag, was zu tun sei, doch keiner erschien Laura durchführbar.

Während sie mit Benjy gesprochen hatte, war James Bailey gekommen und sprach mit einigen Männern. Laura wußte, daß er darüber nachdachte, wie man Benjy herunterholen konnte, ohne daß er, wie angedroht, sprang. Dann kamen zwei rotgesichtige Fremde, atemlos und besorgt, ins Zelt gerannt.

Nach kurzem Gespräch mit den Neuankömmlingen begleitete Bailey sie in die Mitte, wo Benjy sie sehen konnte und rief hoch: »Benjy! Der Sheriff und ein Gehilfe sind da, wie du verlangt hast. Kommst du jetzt runter?«

Benjy erhob sich langsam und stand schwankend auf der Plattform. »Ich werde sagen, was ich zu sagen habe«, sagte er durchs Megaphon.

Die Menge verstummte und starrte den kleinen Mann erwartungsvoll an.

»Ich hab's getan«, sagte Benjy mit seiner Piepsstimme, und dann begann er zu husten und hielt das Megaphon seitlich, bis der Anfall vorüber war.

»Was getan?« fragte der Sheriff.

»Muß es sagen«, sagte Benjy wieder durchs Megaphon. »Es frißt an mir. Frißt mich auf . . .«

Er schwankte und schien von der Plattform zu kippen. Dann richtete er sich auf und fuhr fort: »Sie war ein Teufel! Den einen Augenblick war sie grausam zu mir und im nächsten nett.« Seine Stimme wurde lauter. »Ich hab gehört, was ihr gesagt habt. Ihr habt gesagt, ich sei ihr Schoßhund. Ich wußte, ihr hieltet mich für einen Narren, weil ich mich benutzen ließ, aber es war mir egal. Hört ihr? Es war mir egal, weil ich sie liebte.«

Milly faßte Lauras Arm. »Er spricht von Diana Salieri, nicht wahr?«

Ohne den Blick von der Gestalt oben zu wenden, nickte Laura.

»Ich habe sie geliebt, auch wenn sie mich nie als Mann sah. Alles, was ich von ihr wollte, war ein wenig Freundlichkeit, ein wenig Kümmern, und so bediente ich sie, wartete ihr auf. Ja, wie ein kleiner Hund lag ich zu ihren Füßen, aber sie schenkte mir nicht einmal die Zuneigung, die sie ihrem kleinen Hund schenkte. Es war an diesem letzten Tag, an dem Tag als sie sagte . . .«

Er taumelte wieder, verlor fast das Megaphon, fand dann das Gleichgewicht wieder. »Dieser Tag im Zelt, als ich ihr den Punsch brachte, hörte ich, was ihr Bruder sagte, und was sie antwortete. Sie sagte, die unbedeutenden Leute seien auch von Nutzen. Die Unbedeutenden – wir alle, die sich um sie mühten! Das waren wir für sie!«

Plötzlich weinte er; furchtbares Schluchzen erklang durchs Megaphon. Laura meinte, ihr Herz würde vor Schmerz zerspringen, als sie Benjys Weinen hörte.

»Was wollen Sie uns sagen?« schrie der Sheriff.

Langsam hob Benjy das Megaphon an den Mund. Seine Worte klangen jetzt stark und leidenschaftlich: »Verstehen Sie nicht? Ich habe Ihnen gesagt, daß ich sie getötet habe, Sie Narr! Ich habe Diana Salieri umgebracht!«

Der Sheriff blickte verwirrt. Er wandte sich an Bailey, und die beiden Männer sprachen kurz miteinander.

Dann wandte sich der Sheriff wieder Benjy zu. »Und wie?«

»Mit einem Schlafmittel«, sagte Benjy, mit jetzt ersterbender Stimme. »Ich hab's vor der Abendvorstellung in ihren Drink getan. Ich wollte nichts am Seil machen, sonst hätte ich einen anderen getötet. Ich wußte, durch den Schlaftrunk würde sie schläfrig und benommen werden. Ich wollte, daß sie abstürzt, wenn sie sich ganz groß und wichtig vorkam. Und, Gott helfe mir, so war's!«

Unten begann erregtes Gerede, so daß die nächsten Worte des Zwerges nicht zu hören waren, bis der Sheriff Ruhe gebot.

Dann rief er zu Benjy: »Gut, kleiner Freund. Sie haben ein Geständnis gemacht. Kommen Sie jetzt runter?«

Benjy lachte hysterisch: »Da ist noch mehr, Sheriff. O ja. Ich konnte nicht alles einfach geschehen lassen, obwohl ich die Frau getötet hatte, die ich liebte, und damit mein Leben zerstört hatte. Nein, ich konnte die Dinge nicht sich selbst überlassen. Ich sah, daß einer meiner Freunde unglücklich war, die auch ein Opfer von ihnen war – von einem dieser gierigen, selbstsüchtigen Menschen, die nicht lieben. Ich wollte ihr helfen, sie zu befreien.«

Laura fühlte sich plötzlich, als sei sie von Eis ummantelt, denn sie wußte, was Benjy jetzt sagen würde.

»Ich wollte dir nur helfen, Laura.« Die Stimme des kleinen Mannes war flehend. »Ich wollte dir nicht mehr Leid bringen.«

»Benjy«, rief sie voller Qual. »Du hast doch nicht . . .?«

Benjy nickte krampfartig. »Ja, Laura. Ich habe Nick Orlando getötet. Damit du endlich frei bist.«

Ein lautes Stöhnen kam aus der Menge, und Laura hörte eine Frau aufschreien. »Oh, mein Gott!«

»Ja, Gott wird mich bestrafen«, sagte Benjy, »nicht, weil ich einen Mann getötet habe, sondern weil ich nicht geredet habe, als ein anderer Freund der Tat beschuldigt wurde.«

Baileys Stimme durchschnitt das Geraune der Menge. »Wie hast du das getan, Benjy? Du mußt es dem Sheriff sagen.«

Benjy nahm das Megaphon wieder an die Lippen. Seine Bewegungen waren verkrampft und unkontrolliert. »Ich schrieb ihm, er solle um Mitternacht ins Hauptzelt kommen, und unterzeichnete die Nachricht mit Will Adams Namen.«

»Aber, warum sollte er Will treffen?« fragte Bailey. »Will hatte ihn im Kampf verprügelt. Warum sollte er sich mit ihm um Mitternacht, in einem verlassenen Zelt, treffen?«

»Weil ich mich in der Mitteilung bei ihm entschuldigte«, sagte Benjy, dessen Stimme heiserer wurde und immer schwerer zu verstehen war. »Ich schrieb ihm, ich, Will Adams, würde ihm Geld geben, viel Geld, wenn er alles vergessen und endlich verschwinden würde.«

»Und er kam?«

Benjy nickte. »Er war einer der Gierigen. Er kam.«

»Und dann?«

Benjy kicherte rauh, was wieder einen Hustenanfall auslöste. »Er kam ins Zelt. Ich war da oben, saß auf der Plattform des Schleppseils.« Er deutete mit dem Megaphon darauf. »Meine Augen waren schon ans Dunkel gewöhnt, aber er war gerade hereingekommen, und seine waren's nicht. Ich rief ihn, und er trat vor. Als er näher an der Plattform war, sprang ich auf ihn, genau wie ein kleiner Affe, wie er mich oft genannt hatte. Mein Messer fand seine Brust. Das Messer ist unter meiner Pritsche versteckt.«

Er begann wieder zu husten, und das Megaphon fiel ihm aus der Hand, überschlug sich im Fall. Laura schaute wie hypnotisiert zu, und ihre Gefühle schwankten zwischen der Freude, daß Will nun frei sein würde, und Mitleid für den kleinen Mann da oben.

»Kommst du jetzt runter, Benjy?« Baileys Stimme war ruhig, als hätte er das schockierende Geständnis nicht gehört.

Der Zwerg richtete sich auf; er klammerte sich an die Seite der Plattform. »Ja!« schrie er, und ohne das verstärkende Megaphon klang seine Stimme so dünn und schwach wie die eines Kindes. »Ja, jetzt komme ich herunter. Ich komme ein und für alle Mal!«

Laura umklammerte Lionels Arm, als Benjy ans Geländer der Plattform griff, wo das Trapez befestigt war. Er machte es los und faßte die Stange.

Bevor jemand sich rühren oder sein Tun auch nur ahnen konnte, hatte er sich mit übermenschlicher Kraft in die Leere geschwungen. Und während er über der mittleren Manege schwebte, schrie er schrill ein einziges Wort. Und dann, auf dem Scheitelpunkt des Schwungs, ließ er das Trapez los und stürzte zu Boden. Es gab kein Netz, das ihn auffing.

Laura erstarrte vor Entsetzen und wandte sich ab, bevor der kleine Körper in das Sägemehl schlug. Es war ein Geräusch, das sie ihr Leben lang nicht vergessen würde. Und in ihren Ohren klang das Wort, das Benjy in seinem Todessturz geschrien hatte: »Diana!«

26

In Lionels Wagen saßen Laura, Milly und Lionel in düsterem Schweigen beim Kaffee.

Benjys Leiche war weggetragen worden, und Beppo, durch den Schock nüchtern geworden, hatte alles erzählt, was sich zugetragen hatte, bevor die Zirkusleute durch die Dampforgel geweckt worden waren.

Benjy hatte sich aus dem Krankenzelt geschlichen und war zu Beppo ins gemeinsame Schlafquartier gekommen. Er hatte eine Flasche Whisky dabei, eine Schwäche von Beppo. Nach mehreren Drinks hatte Benjy seinem Freund gestanden, was er getan hatte und wie er das wieder gutmachen wollte. Er hatte Benjy auch erzählt, daß er an Tuberkulose sterben würde, und daß Beppo ihm einen großen Gefallen täte, wenn er ihm bei der Ausführung seines Planes hälfe.

Beppo, der mit der Orgel umgehen konnte, hatte zugestimmt. Angetrunken, wie er war, hatten Benjys Geschichte und Bitte einleuchtend geklungen.

Die Dampforgel war nötig gewesen, um Publikum für Benyjs Geständnis zu haben; der Zwerg wollte sichergehen, daß die zuständigen Behörden informiert waren, und Will Adams freigelassen werden würde.

Erschüttert und betrübt vom Tod seines Freundes, beharrte Beppo darauf, Benjy habe das Richtige getan.

»Lieber ein rascher Tod«, sagte er schließlich, »als an Tuberkulose zu sterben oder für das Getane gehängt zu werden.« Und dann hatte er hinzugefügt: »Was er tat, war falsch, aber er hat es doch aus den richtigen Gründen getan.«

Laura sagte nachdenklich: »Ich glaube, Beppo hat recht. So furchtbar es klingen mag, Benjy tötete Nick, um mich zu retten, zumindest glaubte er das. Er ahnte nicht, daß die Polizei Will verdächtigen würde. Es ist furchtbar.«

Millys Augen waren rot vom Weinen. »Armer kleiner Kerl. Er muß in seinem Leben nie sehr glücklich gewesen sein. Doch er ist mutig gestorben, um Will zu entlasten.«

Lionel zog Milly dichter an sich und schaute sie liebevoll an. »Benjy hat noch etwas getan. Er hat mich von einer Besessenheit befreit. Als ich ihm zuhörte, begriff ich endlich, wie töricht und blind ich war. Was er über Diana sagte, und wie sie ihn behandelte ... Natürlich wußte ich, wie selbstsüchtig und grausam sie war, aber erst heute nacht wurde mir durch Benjys Geständnis klar, wie unwürdig sie irgendeiner Liebe war, ob es nun Benjys oder meine war.«

Millys Augen leuchteten. Sie sah ihn hoffnungsvoll an, und er lächelte und streichelte ihre Wange.

»Ja, meine kleine Milly, Benjy hat auch mich auf seltsame Art von meiner Blindheit und Sturheit befreit. Er hat mir gezeigt, daß man alles Glück, was man haben kann, ohne Furcht nehmen soll. Ich hatte solche Angst davor, verletzt zu werden, daß ich nicht nehmen wollte, was mir geboten wurde. Doch das ist vorbei.« Er zwinkerte Laura zu. »Milly, hier und jetzt möchte ich dich etwas fragen, vor deiner besten Freundin: Milly, mein Liebling, willst du mich heiraten?«

Mit einem Freudenschrei umschlang ihn Milly und preßte sich an ihn. »O ja, Lionel! Natürlich! Das wollte ich doch immer, und ich dachte, du würdest mich nie fragen.«

Laura hatte einen Kloß in der Kehle und begann, aus einem anderen, noch schönerem Grund, zu weinen. Milly und Lionel waren jetzt zusammen. Als sie die beiden so glücklich sah, mußte sie an Will denken, und sie sehnte sich nach seiner Freilassung und Rückkehr zum Zirkus. Jetzt konnte nichts mehr geschehen. Jetzt konnten sie die Vergangenheit vergessen und glücklich sein.

An dem Tag, als Will Adams zum Zirkus zurückkam, gab James Bailey für ihn eine Ehrenparty. Und trotz der Tragödien, die sich ereignet hatten oder aus Erleichterung darüber, daß sie endlich vorbei waren, war die Stimmung großartig.

Es ist wie Frühling, dachte Laura glücklich. Obwohl das Jahr fast zu Ende war, war es wie eine Erneuerung, besonders für Will und sie.

Als sie Will vom Zug abholte, war sie so mit Freude und Erleichterung erfüllt, daß sie sich kaum beherrschen konnte. Er sah gut aus, obwohl er mager und dürr und müde wirkte, und ihr war danach, sich ihm hier, vor allen Leuten, schamlos an den Hals zu werfen.

Doch sie beherrschte sich und gab sich mit einer Umarmung und einem Kuß zufrieden.

Will zeigte weniger Zurückhaltung, und die Heftigkeit, mit

der er Laura umarmte, verriet ihr, daß er sich ebenso nach ihr gesehnt hatte, wie sie nach ihm.

Auf dem Weg zum Zirkusgelände hielten sie sich in der geschlossenen Kutsche eng umarmt und küßten sich. Und als sie schließlich ankamen, wußte Laura, daß ihre Wangen ebenso brannten wie ihr Körper. Sie sehnte sich, mit ihm allein zu sein, von ihm geliebt zu werden, und sie wußte, er fühlte ebenso. Doch zuerst mußten sie zur Party und mit ihren Freunden sprechen. Erst spät in der Nacht, als sie allein in seinem Abteil waren, konnten sie ihren Gefühlen freien Lauf lassen.

Als sie nackt auf dem Bett lagen und seine Hände ihren Körper verzauberten, seine Lippen auf den ihren brannten, weinte Laura voller Erleichterung und Glück.

Ihr erstes Zusammensein war ungestüm und gierig, Befriedigung ihres langen Hungers. Und dann, nachdem sie kurz geruht hatten, fanden sie wieder einander, diesmal weniger wild, nur die Freuden genießend.

Danach, in enger Umarmung, erzählte Laura ihm von Lionel und Milly.

Als sie fertig war, küßte Will sie zärtlich. »Ich denke, es ist für uns an der Zeit, ihrem Beispiel zu folgen«, sagte er heiser. »Laß uns gleich heiraten, entweder hier oder in der nächsten Stadt. Ich weiß, daß du rein faktisch eine Witwe bist, deren Mann gerade erst gestorben ist, doch wir wissen, daß Nick für dich seit Jahren tot ist. Lebten wir in einer Stadt, wäre das vielleicht etwas anderes; doch Zirkusmenschen denken realistischer über solche Dinge. Unter diesen Umständen wird niemand schlecht von dir denken.«

Laura spürte warme Freude. »O ja! Ich will dich heiraten, Will, um ein Teil von dir zu sein. Aber wir sollten warten, bis die Saison zu Ende ist und wir in New York sind. Ich habe deinen Sohn und seine Großmutter noch nicht kennengelernt, und ich glaube, sie fänden es seltsam, wenn du heiratest, ohne es ihnen zu sagen. Wir haben so lange gewartet, daß die paar Wochen auch nichts mehr ausmachen.«

Will schwieg einen Moment, und ein Schatten fiel auf sein Gesicht. Er schaute beiseite. Dann sagte er leise: »Ich will einfach nicht, daß noch etwas geschieht. Ich will sicher sein, daß du ein für alle Mal mein bist, und das wäre so, wenn wir gleich heiraten.«

»Aber, Liebling, ich bin doch bereits dein, für immer und ewig. Das war ich von Anfang an. Nein, laß uns warten. Ich möchte diesmal eine richtige Hochzeit, denn ich fühle, daß dies meine wirkliche Heirat ist. Die mit Nick zählt nicht. Es sind nur ein paar Wochen, Will.«

Will seufzte. »Gut, meine Liebe. Wenn du es so willst.«

Er setzte sich auf den Bettrand, griff dann nach seinem Morgenmantel, der am Fußende lag. Er erhob sich und suchte mit den Füßen tastend seine Hausschuhe.

»Entschuldige mich einen Moment. Ich muß auf den Korridor. Drüben habe ich übrigens eine gut gekühlte Flasche Wein stehen.« Er lächelte ungezogen und hob die Augenbrauen. »Ich hätte sie schon vorher erwähnen sollen, aber wir waren so beschäftigt, daß ich nicht daran denken konnte. Wenn du magst, schenk dir doch schon ein Glas ein.«

Entspannt, geliebt und glücklicher denn je, zwinkerte Laura ihm zu. »Das hättest du mir sagen sollen. Das andere hätte ja warten können. Wein ist schließlich wichtig.«

Lachend beugte er sich zu ihr und küßte sie auf die Nasenspitze. Dann ging er hinaus.

Laura streckte sich, stand dann auf und legte die Decken zurück. Ein Glas Wein würde gut tun.

Es war kühl im Abteil, und sie wickelte sich in eine Bettdecke. Sie ging zur Kommode, um die Weinflasche zu nehmen. Dabei fiel ihr Blick auf die Ecke eines cremefarbigen Umschlages, der unter einer von Wills Krawatten hervorragte.

Neugierig zog sie den Umschlag vor und sah, daß er an Wills Gefängnisanschrift adressiert war. Sie legte die Weinflasche hin, nahm den Umschlag und hielt ihn ins Licht.

Es war eine Frauenhandschrift. Eifersucht und Ahnung füllten Lauras Herz. Sie drehte den Umschlag um und schaute auf den Absender. Er kam aus New York, doch da stand nur eine Anschrift. Zögernd, mit brennendem Gesicht starrte sie auf den Umschlag. Ob er von Wills Schwiegermutter war? Aber warum hatte sie keinen Namen angegeben?

Mit einem schuldbewußten Blick zur Tür zog Laura den Brief heraus und las rasch die abschließende Zeile: »Justins und meine Gedanken sind bei Dir. In Liebe, Pearl.«

Er war von seiner Schwiegermutter!

Erleichterung fiel wie ein kalter Schauer, dämpfte Lauras

brennende Angst. Hastig steckte sie den Brief wieder in den Umschlag und legte ihn an seinen alten Platz.

Sie hätte den Brief nicht lesen dürfen, das wußte sie. Es bewies, daß sie Will nicht traute. Und es zeigte auch ihren Mangel an Charakter. Aber sie hatte es nicht ändern können.

Wie kindisch wir Menschen sind, dachte sie, während sie den dunkelroten Wein in zwei Gläser schenkte. Wir halten uns für so stark, so selbstsicher, doch die kleinste Kleinigkeit erschüttert unser Selbstvertrauen, und wir sind wie Kinder. Ich sollte mich schämen.

Und doch war sie froh, daß sie den Brief gesehen hatte, weil er irgendwie Beweis von Wills Liebe zu ihr war, Beweis, daß er nicht, wie Nick, ein Frauenheld und Betrüger war.

Sie stellte die beiden Weingläser auf den Nachttisch und kroch unter die Decke. Als Will zurückkehrte, saß sie gegen die Kissen gelehnt und nippte an ihrem Wein.

Er lächelte breit, als er sie sah. »Ich kann's noch immer nicht glauben, daß du hier, bei mir, bist. Ich bin der glücklichste Mann auf der Welt.«

Er setzte sich neben sie, küßte ihre Schultern und nahm sein Weinglas.

Nachdem er einen Schluck getrunken hatte, fragte Laura beiläufig. »Du weißt, Will, ich würde gern mehr über die Großmutter deines Sohnes erfahren. Du hast einmal ihren Namen erwähnt, aber ich habe ihn vergessen.«

Will nahm stirnrunzelnd einen zweiten Schluck. »Pearl!«

»Welch ein hübscher Name!« rief sie, fast taumelnd vor Glück. »Und ihr Nachname?«

Will nahm einen weiteren Schluck. »Das ist ein guter Wein!«

Laura schüttelte in gespielter Entrüstung den Kopf. »Der Nachname deiner Schwiegermutter, Will. Oder ist er ein Geheimnis?«

Will schaute etwas unwohl drein, und Laura war etwas verwirrt, so kurz, daß sie es kaum bemerkte.

»Das ist natürlich kein Geheimnis. Warum auch? Ihr Nachname ist – Shay.«

Ein guter irischer Name, dachte Laura. Sie sah eine dickliche, grauhaarige, großmütterliche Frau mit freundlichem Gesicht vor sich. Sie fragte: »Und sie ist sehr gut zu Justin, hast du erzählt?«

»Sie ist die einzige Mutter, die der Junge je kannte, und sie stehen sich sehr nah.«

»Das ist schön«, murmelte sie abwesend. Offensichtlich war, daß Will noch immer nervös wegen der bevorstehenden Begegnung zwischen ihr und seiner Familie war. Lag das an der Beziehung zwischen seiner Schwiegermutter und seinem Sohn?

Da sie in all den Jahren wie eine Mutter für den Jungen gewesen war, mißfiel der Großmutter vielleicht der Gedanke, daß Will wieder heiratete und eine Stiefmutter ins Haus brachte. Doch Will hatte ihr gesagt, daß Pearl ihn gedrängt hatte, zu ihr zu gehen und ihr die Situation zu erklären. Es war etwas verwirrend.

Sie versuchte, ihre Worte behutsam zu formulieren. »Weißt du, Will, wenn wir verheiratet sind, möchte ich nicht zwischen Pearl und deinem Sohn stehen. Ich wäre gern wie eine Mutter zu ihm, aber ich würde nie versuchen, seiner Großmutter den Platz streitig zu machen. Das sollst du wissen.«

Will setzte sein Glas ab und zog sie an sich, so daß sie fast ihren Wein verschüttete. Seine Stimme war weich und zärtlich. »Das weiß ich, Laura. Ich weiß, daß du sehr lieb und freundlich zu Pearl und meinem Sohn sein wirst.«

Unsicher schaute Laura ihn an. »Werden sie mich mögen, Will? Mich akzeptieren?«

»Davon bin ich überzeugt«, sagte er mit gedämpfter Stimme. »Und ich hoffe, daß du sie ebenso mögen wirst.«

Nachdem die Saison beendet und das letzte Gastspiel gegeben worden war, wuchs Lauras Jubel. Nur noch wenige Tage, und sie und Will würden nach New York zurückkehren und ihre Hochzeit vorbereiten. Sie hatte mit Will noch nicht darüber gesprochen, aber sie war begeistert von dem Gedanken, in seinem Haus zu heiraten, im Kreise weniger guter Freunde. Die Adresse auf Pearls Brief hatte sich Laura gemerkt, und sie wußte, daß es eine gute Gegend war. Folglich mußte es ein schönes Haus sein. Laura wiederholte die Adresse immer wieder, denn bald würde es auch ihr Haus sein.

In den letzten Tagen hatte Will sehr viel zu tun, weil er und James Bailey die Zirkusgeschäfte erledigen und die Reise ins Winterquartier vorbereiten mußten. Zu diesem Zeitpunkt bekam Laura wieder ein Telegramm von Phineas Barnum, in dem er sie dringend bat, sofort nach New York zu kommen. Er hatte, wie es schien, wieder ein Wunder aufgespürt, und diesmal, so versicherte er, sei es echt. Es handelte sich um komplizierte mechanische Figuren, die einer der berühmtesten europäischen Uhrmacher gebaut hatte und in gutem Zustand waren. Ob sie kommen und die Werbekampagne für die Wintersaison vorbereiten könnte?

Laura zeigte Will etwas betrübt das Telegramm. »Das ist furchtbar! Warum kann er nicht warten, bis wir zusammen kommen? Es sind doch nur noch ein paar Tage.«

Will sagte trocken: »Hast du je erlebt, daß P. T. wartet, wenn er eine Idee hat?«

Laura seufzte. »Ich weiß, ich weiß. Aber was machen die paar Tage schon? Ich möchte ihm eigentlich telegrafieren, daß ich nicht kommen kann.«

»Verdirb dem alten Jungen nicht die Freude. Er arbeitet nun mal gerne, braucht neue Erfolge. Du weißt, er war ziemlich bedrückt, nach diesem Schwindel in Maine. Und ich hab in den nächsten Tagen soviel zu tun, daß wir uns kaum sehen werden. Fahr und laß P. T. seine Freude. Helfen wir ihm, präsentiert er uns vielleicht ein riesiges Hochzeitsgeschenk.«

»Ach, du«, sagte sie und lächelte dann. »Gut. Ich telegrafiere ihm, daß ich sofort aufbreche, aber nicht ganz bei der Sache bin. In Gedanken bin ich bei dir, Liebling.«

Er nahm ihr Kinn und küßte sie innig. »Das hoffe ich«, sagte er weich. Und er küßte sie wieder.

Es war schon sehr kalt in New York, und Laura fror in der Droschke und wünschte, sie hätte einen wärmeren Mantel angezogen. Doch der Himmel, über den dicke weiße Wolken, von einer kräftigen Brise getrieben, segelten, war blau, und es war aufregend, wieder in New York zu sein.

Sie kam aus dem riesigen Lagerhaus, wo sie sich mit Barnum getroffen hatte, um seine jüngste Erwerbung zu begutachten, und sie mußte zugeben, daß auch sie begeistert davon war.

Es war eine Gruppe von vier uhrwerkgetriebenen Gestalten, auf einer mit Teppich, Stühlen und Notenständern möblierten Plattform aufgestellt. Es sah aus wie der Teil eines Salons oder Musikzimmers und war ein Wunder an Realismus.

Die Figuren waren zwar alt, doch bis auf Kleider und Perücken in ausgezeichnetem Zustand. Aber die ließen sich ersetzen.

Barnums Techniker hatten bereits an dem Mechanismus gearbeitet – er wollte sicherstellen, daß es auch funktionierte – und das tat er auch.

Die sich bewegenden Figuren zu betrachten, war eine unheimliche Erfahrung für Laura, weil sie so herrlich konstruiert waren, daß sie fast völlig menschenähnlich wirkten. Und die Musik, die ihre Bewegungen begleitete – der Apparat dafür befand sich unter der Plattform – schien von den Spielern selbst zu kommen.

Es wird leicht sein, dachte Laura, eine Werbekampagne für eine solch wundervolle Attraktion zu machen.

Beim Blick aus dem Droschkenfenster sah sie einen Straßennamen an einem Laternenpfahl, der ihr bekannt vorkam.

Natürlich! Es war der Name, den sie auf dem Umschlag in Wills Abteil gelesen hatte. Es war die Straße, in der sein Haus lag, wo sein Sohn und seine Schwiegermutter lebten!

In plötzlicher Erregung begann sie die Hausnummern zu zählen, schaute nach der, die sie sich eingeprägt hatte. Sie war nur wenige Türen davor.

Ihre Aufregung wuchs. Sollte sie? Es war sehr unhöflich, da sie noch nie mit Mrs. Shay gesprochen hatte und auch nicht mit ihr verabredet war. Sie entschied sich rasch.

Sie schob das Fenster, das sie vom Kutscher trennte, auf, und bat ihn, anzuhalten.

Er brachte die Droschke fast direkt vor dem gesuchten Haus zum Stehen, und sie betrachtete es aufmerksam. Ein hübsches, solides Ziegelhaus, mit sauber gemalten Fensterrahmen und großer Eingangstür mit kräftigem Messingklopfer.

»Ich steige hier aus«, sagte sie. Sie hörte sich erklären: »Ein Freund von mir wohnt hier.«

Der Kutscher nickte uninteressiert, nahm seinen Lohn und Trinkgeld, und tippte an seine Mütze.

Während die Droschke wegrollte, wandte sich Laura dem Haus zu und überlegte wieder, ob sie das Richtige tat. Doch die Frage war unwichtig, da sie nun auch beenden wollte, was sie begonnen hatte.

So seltsam war das eigentlich nicht, dachte sie. Sie würde dem Hausdiener oder dem Dienstmädchen einfach ihre Karte überreichen, und fragen, ob Mrs. Shay zu sprechen sei. Sollte der Hausdiener ja sagen, würde sie ihn bitten, der Dame mitzuteilen, daß Laura Orlando eine alte Freundin von Mr. Adams sei, und ob sie sie sprechen könne. Sollte Mrs. Shay nicht da sein oder keine Zeit haben, würde Laura ihre Karte einfach da lassen.

Aufrecht schritt Laura die sauber gefegten Stufen empor, hob den schweren Messingklopfer und ließ ihn fallen.

Sie hörte von drinnen kein Geräusch und glaubte schon, daß niemand daheim sei, als sich die Türe öffnete.

Eine Frau wie diese hatte Laura nicht erwartet. Die Frau, klein, schlank und in ein langes, schlichtes Kleid, aus schwarzer Seide, mit hohem Kragen und langen Ärmeln, gekleidet, war offensichtlich Asiatin. Sie trug ihr Haar auf ungewöhnliche, sehr kunstvolle Art, die Laura noch nie gesehen hatte. Sie mochte Ende Vierzig sein und war auf fremdartig und exotische Weise sehr schön.

Laura schaute sie nur an und dachte an die Chinesen, die sie und Nick im Chinesendorf bei Pacific Grove gesehen hatten. Doch diese Frau war eindeutig von ganz anderer Herkunft als die Frauen dort. Ihre Haut war blasser, hatte die leicht gelbe Färbung alten Elfenbeins, und ihre Gesichtszüge und ihre Gestalt war fein. Auch ihr Kleid, wenngleich ungewohnt und weder amerikanisch noch europäisch geschnitten, war aus teurer Seide und edel.

Merkwürdig, daß Mrs. Shay eine solche Bedienstete hat, dachte Laura, und reichte ihre Karte der Frau, die sie schweigend nahm.

»Würden Sie das bitte Mrs. Shay geben«, sagte Laura höflich, »und sie fragen, ob sie mich empfängt?«

Die Frau lächelte leicht, wobei sich ihre Lippen krausten, doch ihre dunklen Augen schimmerten amüsiert. Sie schaute auf die Karte, bevor sie antwortete: »Ah, ja, Mrs. Shay empfängt Sie sicherlich.«

Die Stimme der Frau war leise und ihr Akzent etwas fremd, doch Laura fand die Art überaus fesselnd.

»Treten Sie bitte ein«, sagte die Frau und trat beiseite. Verwirrt blieb Laura stehen. »Aber, wollen Sie ihr nicht lieber erst die Karte zeigen? Ich bin für sie eine Fremde. Nur eine Freundin ihres Schwiegersohnes.«

Die Frau lächelte. »Oh, ich weiß, sie wird sehr froh sein, Sie zu sehen; und eine völlige Fremde sind Sie nicht, weil ihr Schwiegersohn oft von Ihnen erzählt hat. Kommen Sie.«

Irritiert trat Laura ein. Daß Will mit Mrs. Shay über sie gesprochen hatte, war nicht überraschend, aber überraschend war, daß auch die Haushälterin von ihr wußte.

Die Frau öffnete eine Tür, die in einen holzgetäfelten Korridor führte, und verneigte sich vor Laura, die zögernd eintrat. Das ist wirklich sehr merkwürdig, dachte sie.

Die Frau glitt zu einer Tür im Korridor, während Laura sich neugierig umschaute. Die Eingangshalle war schön eingerichtet, mit einem kleinen Tisch an der Wand, auf dem ein wundervolles Arrangement aus getrockneten Blumen und Zweigen stand, daneben ein Stapel Post. An den Wänden hingen asiatische Bilder und Pergamentrollen.

Seltsam, dachte sie. Ich habe gar nicht gewußt, daß Will asiatische Kunst schätzt. Er hatte es nie erwähnt.

Sie folgte der Frau in einen herrlich proportionierten Raum, der nur auf den ersten Blick spärlich möbliert wirkte. Die Möbel waren aus dunklem Holz, das mit seltsamen Schnitzereien verziert war, mit Drachen und anderen Tieren, die Laura nicht kannte. Ein wundervoll geschnitzter Intarsienschirm stand an einer Wand, und da und dort lagen kostbares Porzellan und asiatische Schnitzereien.

»Wollen Sie sich nicht setzen?« fragte die Frau und deutete auf einen niedrigen, geschnitzten Sessel mit weichen Seidenkissen.

Laura setzte sich selbstbewußt und schaute die Frau, die mit verschränkten Armen vor ihr stand, etwas unwohl an. Sie betrachtete Laura amüsiert und neugierig.

»Ist etwas nicht in Ordnung?« fragte Laura schließlich, und überlegte, ob sie ihr Gesicht beschmutzt hatte oder das Haar in Unordnung geraten war.

Die Frau lächelte sie an und schüttelte langsam den Kopf. »Im Gegenteil, meine Liebe. Sie sind sehr hübsch. Eine schöne, junge Frau. Ich verstehe, warum Will sich in Sie verliebt hat.«

Laura spürte, wie sich ihre Augen weiteten. Was meinte die Frau damit? Hatte Will mit seinen Dienstboten über sie gesprochen? Das war alles unbegreiflich!

Die Frau lächelte wieder und entblößte perlengleiche, weiße Zähne. »Ach, Sie sind verwirrt. Es war grausam von mir, Sie zu necken, und ich hätte alles gleich klarstellen sollen. Aber es war so verlockend, Sie glauben zu lassen, ich sei ein Dienstbote, und so habe ich die Rolle gespielt.«

Laura dämmerte Furchtbares, und der Schrecken mußte sich in ihrem Gesicht spiegeln, denn die Frau schaute sie nun mitfühlend an. »Ich bin Wills Schwiegermutter, meine Liebe, und ich entschuldige mich, daß ich's nicht gleich gesagt habe. Unsere Haushälterin ist heute nicht da. Ihre Tochter ist sehr krank, und ich habe ihr frei gegeben. Ich hoffe, Sie verzeihen mir.«

Laura spürte, wie ihr Gesicht vor Verlegenheit brannte, und sie war wütend auf Will, weil er nichts davon gesagt hatte.

Die asiatische Frau zuckte ihre schmalen Schultern. »Ich vermute, daß Will Ihnen nichts von meiner – Herkunft gesagt hat?« Sie runzelte die Stirn. »Das war sehr nachlässig von ihm. Ich kann verstehen, wie überrascht Sie sind.«

Laura, deren Gedanken sich überschlugen, konnte nur stammeln: »Aber – aber, Ihr Name – ist irisch. Waren Sie mit einem Iren verheiratet?«

Die ältere Frau lächelte leise und fröhlich. »Oh, Sie glauben, ich heiße Shay? Ein verständlicher Irrtum. Nein, meine Liebe, mein Gatte war Chinese, wie ich. Der Name wird H-s-i-e-h buchstabiert, aber, englisch ausgesprochen, klingt er wie Shay. Doch lassen Sie uns unsere seltsame Einführung beenden und uns miteinander bekannt machen. Mögen Sie Tee? Ich war dabei, welchen zuzubereiten, als Sie kamen.«

Laura nickte; sie fühlte sich wie betäubt und völlig im Nachteil. Sie brauchte Zeit, um ihre Fassung zurückzugewinnen!

Mrs. Hsieh lächelte. »Ich bin sofort zurück. Wir werden unseren Tee trinken und dann werde ich Ihnen Justin vorstellen, der dann aus der Schule zurück sein müßte. Machen Sie es sich inzwischen bequem. Vielleicht wollen Sie sich umschauen? Die meisten Möbel haben mein Mann und ich aus China mitgebracht.«

Mrs. Hsieh ging mit kleinen, gleitenden Schritten; sie bewegte sich so anmutig wie ein Schwan auf dem Wasser.

Nachdem die Frau gegangen war, setzte sich Laura und

holte ein Taschentuch aus ihrer Handtasche, um ihre schweißbedeckte Stirn abzuwischen.

Warum hatte ihr Will etwas so Wichtiges nicht gesagt? Die Tatsache, daß seine Schwiegermutter Chinesin war, war höchst ungewöhnlich und nicht etwas, über das man einfach hinwegsehen konnte.

Laura schaute auf, und ihr Blick fiel auf ein Gemälde über dem Kamin. Erkennend seufzte sie. Es war das Bild einer schönen, zarten Frau, modisch gekleidet, doch mit einem exotischen und fremdartigen Gesicht, das dem von Pearl Hsieh sehr ähnlich war.

Laura wußte sofort, daß es Lily zeigte, Wills Frau, und sie spürte heftige Eifersucht, und noch etwas, dunkler und namenlos. Da war nicht einmal die Gnade eines irischen Vaters. Wills Frau war reinblütige Chinesin gewesen! Sie kam sich verraten vor.

Laura fühlte ihr Herz hämmern. Darüber durfte sie jetzt nicht nachdenken. Sie wurde zu erregt. Sie mußte sich darauf konzentrieren, einen guten Eindruck zu machen. Mußte sich zusammenreißen, um sich nicht noch mehr zum Narren zu machen. Später würde sie alles in Ruhe durchdenken.

Sie vernahm eine Bewegung an der Tür und richtete sich auf. Mrs. Hsieh setzte das Tablett auf einem geschnitzten Tisch ab und nahm Laura gegenüber Platz. »Ich hoffe, Sie mögen den Tee«, sagte sie mit weicher Stimme, »es ist Jasmin-Tee, sehr aromatisch. Ich habe ihn aus China importiert. Die Biscuits sind Mandelkekse, ähnlich wie Ihre Schnitten, und das sind Reiskuchen.«

Graziös schenkte sie dampfenden Tee in die beiden Schalen, und Laura überlegte, wie man diese henkellosen Tassen greifen sollte.

»Und nun, meine Liebe, erzählen Sie mir von Will, und von sich, und warum Sie in New York sind.«

Laura versuchte, unbefangen zu wirken, merkte aber, daß sie kaum richtig sprechen konnte. In Gegenwart dieser kultivierten, exotischen Frau, stammelte sie und kam sich völlig unbeholfen vor. Sie beantwortete die meisten Fragen der Frau, wenngleich sie das verlegen machte. Mrs. Hsieh versuchte offensichtlich, ihr die Schüchternheit zu nehmen. Als es an der Tür pochte, atmete Laura erleichtert aus.

Mrs. Hsieh zeigte wieder lächelnd ihre kleinen Perlenzähne. »Ach, das muß Justin sein. Nun lernen Sie uns beide kennen. Er ist ein lieber Junge.« Sie drehte sich um, rief: »Justin?«

Eine Knabenstimme antwortete: »Ja, Großmutter. Darf ich hereinkommen?«

»Natürlich, mein Liebling. Wir haben Besuch.«

Laura spürte, wie sich ihre Muskeln anspannten, da ihr die Begegnung mit Wills Sohn bevorstand.

Der Junge, der das Zimmer betrat, sah gut aus. Laura schätzte ihn auf acht. Sie spürte ihr Herz springen, als sie sah, daß er die Figur seines Vaters hatte, großknochig und breitschultrig; und dann spürte sie ihr Herz wieder, denn er hatte das feste, schwarze, glatte Haar seiner Großmutter und Mutter, und die elfenbeinfarbige Haut. Sie bemerkte, daß er leicht humpelte, eine Spätfolge seiner langen Krankheit.

Seine Gesichtszüge, obwohl feiner als Wills, waren maskuliner als die seiner Mutter und Großmutter, und seine schwarzen Augen, die nur leicht geschrägt waren, wirkten nicht so asiatisch wie die der Frauen.

Er schaute Laura mit unverhohlenem Interesse an und machte eine kleine Verbeugung, als Pearl Hsieh sagt: »Dies ist Mrs. Orlando, Justin. Eine gute Freundin deines Vaters. Sie hat geschäftlich in der Stadt zu tun und uns freundlicherweise besucht, um uns Grüße deines Vaters zu überbringen.«

Laura spürte ihre Wangen brennen. ›Freundlicherweise besucht‹, in der Tat! Sie hatte sich zum Narren gemacht, und, was Wills Grüße betraf . . . Sie konnte nur ahnen, was er denken würde, wenn er erfuhr, was sie getan hatte.

Die Augen des Jungen strahlten, und Laura fand ihn trotz seines fremdländischen Aussehens sehr anziehend.

»Wie geht es meinem Vater?« fragte er eifrig.

Laura brachte ein Lächeln zustande. »Es geht ihm gut, Justin, und er läßt dich ganz herzlich grüßen.«

»Wird er bald heimkommen?«

»Ja. Sehr bald. In wenigen Tagen, denke ich.«

Der Junge lächelte beglückt und wandte sich an seine Großmutter, die ebenfalls lächelte und seine Hand nahm. Eine starke Verbindung war zwischen den beiden, merkte Laura.

Beim Anblick der fremdartigen, dunkeläugigen Gesichter

fühlte sie sich plötzlich als Außenseiterin. Sie setzte die Teeschale ab, tupfte mit der Serviette ihre Lippen. »Ich muß nun wirklich gehen«, sagte sie hastig. »Ich muß für Mr. Barnum die Werbekampagne vorbereiten.«

Sie stand auf. »Es war sehr freundlich, daß Sie mich empfangen haben.«

Mrs. Hsieh erhob sich ebenfalls und legte einen Arm um ihren Enkel. »Es war mir ein Vergnügen, Mrs. Orlando. Ich hoffe, wir werden Sie in Zukunft oft sehen. Wenn Will zurück ist, würde ich Sie gern zum Essen begrüßen.«

»Ja«, sagte Laura rasch, die nur fort wollte. »Das wäre sehr schön.«

»Komm. Justin«, sagte Mrs. Hsieh. »Wir begleiten Mrs. Orlando zur Tür.«

Der Junge bot Laura höflich den Arm. Sie nahm ihn unbeholfen. An der Tür verabschiedeten sie sich noch einmal, und Laura eilte die Treppen hinunter, winkte einer Droschke zu, die gerade die Straße entlangfuhr.

Verlegen, verärgert und in der Tiefe ihrer Seele erschüttert, wies sie den Droschkenfahrer an, in ihr Hotel zu fahren. Vielleicht wurde sie dort mit ihren Gefühlen fertig, und der wachsenden Wut auf Will und seinen Betrug.

27

In ihrem Hotelzimmer zog sich Laura aus und ließ ein heißes Bad ein. Das heiße Wasser, dachte sie, würde ihr helfen, sich von der schmerzlichen Spannung zu befreien.

Im dampfenden Wasser, das sie mit Öl und Duftstoffen angereichert hatte, seufzte sie voller Wohlbehagen. Sie spürte, wie ihr Körper sich Stück um Stück entspannte, doch ihr Verstand war so rege und verwirrt wie zuvor. Warum hatte Will sie nicht darauf vorbereitet? Warum hatte er ihr nicht gesagt, daß seine Frau und sein Kind keine Weißen waren?

Natürlich mußte sie fair sein. Er hatte keine Ahnung, daß sie seine Familie überfallen würde. Doch er hatte gesagt, daß er sie ihr vorstellen wollte, und das konnte schließlich kein Geheimnis bleiben!

Als sie sich daran erinnerte, wie Will von seiner Familie gesprochen hatte, fiel ihr sein ausweichendes Verhalten ein. Und dann, als er sagte, er hoffe, daß Laura seinen Sohn und dessen Großmutter lieben und akzeptieren würde. Damals hatte Laura nicht viel darüber nachgedacht, doch jetzt war ihr nur zu klar, daß er Sorge vor der Begegnung hatte. Und das bedeutete, er war befangen, weil sie Asiaten waren und hatte Angst, sie würde etwas gegen sie haben.

Seufzend lehnte sie sich an den Wannenrand. Und was dachte sie über Will, der eine Chinesin geheiratet und einen Halbchinesen zum Sohn hatte?

Zu gerne hätte sie gesagt, es sei ihr egal, doch sie war noch zu schockiert und verwirrt, um das ehrlich sich selbst sagen zu können. Irgendwie machte es einen Unterschied, wie sehr sie das auch leugnete.

Sie hatte sich immer für unvoreingenommen gehalten, doch die Vorstellung, daß Wills Frau keine Weiße und sein Sohn ein Halbblut war, störten sie. Es ärgerte sie auch, daß Will ihr nichts davon erzählt hatte.

Heiratete sie ihn, würde sie je dazu passen, in dieses chinesisch eingerichtete Ziegelhaus? Würde sie es je als ihr Zuhause betrachten oder würde der Geist von Wills toter Frau in Gestalt ihrer Mutter noch immer die Hausherrin sein?

Will würde in wenigen Tagen in New York sein. Was sollte sie ihm sagen? Was würde er denken, wenn Pearl Hsieh ihm erzählte, daß Laura sie einfach so besucht hätte?

Unruhig drehte sie den Kopf. In diesem Zustand konnte sie ihm nicht unter die Augen treten. Sie mußte fort, um in Ruhe alles zu durchdenken. Sie mußte Phineas sagen, daß sie an der neuen Werbekampagne nicht arbeiten könnte; sie brauchte Ferien, mußte fort. Sie würde ihm sagen, daß die tragischen Eriegnisse sie so beschäftigten, daß sie sich nicht konzentrieren konnte. Bis zu einem gewissen Grad stimmte das, und sicher würde Phineas es verstehen.

Sie würde fortgehen . . . wohin? Wohin sollte sie allein gehen, um nachzudenken?

Und dann hatte sie die Antwort – Pacific Grove. Doch dort würde sie Vater und Mutter begegnen. Es war lange her, seit sie an sie gedacht hatte, und sie fragte sich, wie sie über ihren Vater dachte, fragte sich, ob ihr Haß sich im Lauf der Jahre etwas gelegt hatte. Ein wenig, dachte sie; und doch will ich ihn nicht wiedersehen. Sie wußte, er würde sich nicht verändert haben – manche Leute änderten sich nie. Dennoch würde sie gern ihre Mutter sehen. Auch wenn ihre Mutter sie nie vor Samuel Purcell in Schutz genommen hatte, es gab da doch ein emotionales Band und einige glückliche Erinnerungen an Lauras Kindheit.

Sicher, es war jetzt Oktober; und selbst wenn sie den Sommer im Grove verbracht hatten, waren sie wahrscheinlich wieder in Sacramento.

Es wäre schön, die Pazifikküste zu sehen, den Wind in den Pinien zu spüren und den Seeottern beim Spiel an der Küste zuzuschauen. Und Schmetterlinge wären, wie immer um diese Jahreszeit, da.

Ja! Sie fuhr nach Pacific Grove! Sie würde nicht in einem Hotel wohnen, sondern eines der Ferienhäuser mieten und so lange für sich allein sein, bis sie ihre Gedanken geordnet hatte. Vorher, das wußte sie, konnte sie Will weder begegnen noch eine Entscheidung über ihre Heirat treffen. Sie würde nur Phineas verraten, wohin sie fuhr. Und Will? Was würde sie Will sagen?

Sie beschloß, ihm einen Brief zu hinterlassen, in dem nur stand, daß sie sich nicht wohl und nach all den Ereignissen verwirrt fühle, und eine Weile allein sein müsse. Abschließend würde sie schreiben, daß sie sich nach ihrer Rückkehr wieder meldete. Er würde über einen solchen Brief sehr aufgeregt sein, das war ihr bewußt, und sich über den formellen Ton und die Kühle wundern, aber das konnte sie nicht ändern. Wie sie sich jetzt fühlte, war das alles, was sie ihm bieten konnte.

Der Seewind war salzig und frisch und weckte viele Erinnerungen in Laura.

Sie saß auf den Felsen am Jesus-Lover's-Point und schaute hinunter auf Sandy Cove, das bis auf einen einsamen Fischer in einem kleinen Boot völlig verlassen war.

Wie oft hatte sie früher hier gesessen, ihre ganz eigenen Gedanken gedacht, ihre Träume geträumt? Einfache Träume, ja; sie hatte sich nur gewünscht, dem Leben, das ihr Vater für sie vorgesehen hatte, zu entkommen. Nie hätte sie sich damals vorgestellt, das zu erfahren, was sie erlebt hatte.

Als sie in Pacific Grove angekommen war, hatte sie sich gleich ein hübsches Haus gemietet. Es war einfach gebaut, und in dem kleinen Garten drumherum wuchsen schöne Pflanzen. Es war einfach aber bequem möbliert, und Laura hatte sich sofort darin wohlgefühlt.

Danach war sie zuerst zu dem Grundstück gegangen, wo ihre Eltern das Zelt hatten. Zögernd hatte sie sich ihrem früheren Zuhause genähert, nicht wissend, was sie vorfinden würde.

Zuerst erkannte sie die Stelle nicht wieder, weil mehrere Zelte durch Häuser ersetzt worden waren. Mit gemischten Gefühlen sah sie, daß auch das Zelt ihrer Familie einem kleinen gelben Haus gewichen war.

Gehörte es ihren Eltern oder hatten sie das Grundstück verkauft? Ihr Vater hätte ein solches Haus nie gebaut.

Nun, das würde sie herausfinden. Wer hier wohnte, würde vielleicht etwas über ihre Eltern wissen. Sie richtete sich auf und klopfte an die Tür.

Sie wurde geöffnet, und ihre Mutter schaute sie mit großen Augen an. »Oh, mein Gott! Laura! Gütiger Gott, du bist es!«

Laura verbarg ihre eigene Überraschung mit einem schwachen Lächeln. »Hallo, Mutter!«

»Ich dachte, ich würde dich nie wiedersehen.« Ihre Mutter unterdrückte die Tränen, es schien, als wolle sie die Arme ausbreiten, doch dann trat sie zurück. »Komm herein, Laura.«

Als Laura eintrat, wurde ihre Mutter seltsam förmlich. »Ich wollte mir gerade einen Tee machen. Nimmst du auch?«

»Natürlich, Mutter. Gern. Ich bin gestern angekommen. Ich kam her, um mich ein paar Tage zu erholen.«

»Warum bist du denn nicht gleich gekommen ...? Oh, dein Vater.« Mrs. Purcell schaute betrübt. »Du weißt es natürlich nicht.«

Lauras Herz stockte. »Was weiß ich nicht, Mutter?«

Ihre Mutter seufzte schwer. »Dein Vater ist tot, mein Kind. Er starb vor zwei Jahren. Oh, du wirst doch nicht ohnmächtig? Du siehst furchtbar blaß aus.« Laura, deren Blut plötzlich aus dem Kopf sackte, glaubte wirklich, sie würde umfallen. Trotz allem, was sie für ihren Vater empfand oder nicht, war es ein großer Schock.

Ihre Mutter griff ihren Arm. »Oh, du armes Kind! Ich hätte

nicht so damit herausplatzen sollen. Komm in die Küche und setz dich. Eine starke Tasse Tee wird dir guttun.«

Laura ließ sich in die Küche führen, wo sie sich dankbar auf einen hell bemalten Holzstuhl setzte.

Ihre Mutter war mit Brenner und Teekanne beschäftigt. Sie strahlte Kraft aus, was Laura überraschte.

»Ich weiß, was du für deinen Vater empfandest, Laura, dennoch ist jeder Tod traurig.«

»Ja, natürlich. Woran ist er gestorben?«

»Er hatte einen Schlaganfall. Der Doktor sagt, sein Herz sei einfach zerrissen.« Mrs. Purcell warf ihr einen raschen Blick zu. »Du weißt, wie er war.«

»O ja, das weiß ich.«

»Es tut mir leid, Laura.« Ihre Mutter unterbrach ihre Geschäftigkeit und schaute sie an.

»Leid, Mutter?«

»Ja, daß ich in all den Jahren nicht zu dir gehalten, mich nicht zwischen euch gestellt habe. Es war falsch, das weiß ich. Aber die Jahre mit ihm haben mich erdrückt, mir alle Kraft genommen. Es war schrecklich, nachdem du fortgelaufen warst. Nein, ich mache dir keine Vorwürfe«, fügte sie hastig hinzu. »Aber dein Vater wütete und tobte und machte mir Vorwürfe für alles ... Oh, ich sollte das nicht sagen, der arme Mann ist tot.«

Sie wandte sich ab und beschäftigte sich wieder mit dem Teekessel. Kurz darauf servierte sie Laura eine Tasse dampfenden Teees und einen Teller mit Kuchen.

Laura nippte am Tee, und seine Wärme belebte sie. Sie schaute ihre Mutter an. »Du siehst gut aus, Mutter.«

Die Frau errötete und strich mit den Händen verlegen durch das fast graue Haar. »Nun, seit Samuel nicht mehr ist ...«

»Ich glaube, ich verstehe, Mutter«, sagte Laura, die sich daran erinnerte, wie oft sie daran gedacht hatte, daß ihr Vater die Ursache für die Krankheiten seiner Frau sei. »Dieses Haus – es ist sehr hübsch. Hat Vater es gebaut?«

»Himmel, nein! Er hätte nie ...« Mrs. Purcell schaute listig. »Nach seinem Tod habe ich das Haus in Sacramento verkauft und dies hier bauen lassen. Es ist recht nett geworden, nicht?«

»Schön für dich, Mutter«, sagte Laura herzlich.

Ihre Mutter setzte sich mit einer Tasse Tee. »Und du, Laura?

Wie ist es dir ergangen? Der Mann, mit dem du durchgebrannt bist – hat er dich geheiratet?«

»Ja, aber er ist tot, Mutter.« Laura blickte nieder. »Es gab einen – Unfall.« Sie schaute auf, lächelte gezwungen. »Ich habe bei einem Zirkus gearbeitet.«

Ihre Mutter hob andeutungsweise die Hand. »Oh, das tut mir leid.«

Laura zuckte die Schultern. »Wir waren getrennt. Das waren wir einige Zeit.«

»Und du hast bei einem Zirkus gearbeitet? Das ist aber ungewöhnlich. Gefällt es dir?«

Laura begann, ihrer Mutter von der Aufregung und dem Prunk des Zirkus zu erzählen; doch bald bemerkte sie an ihrem abwesenden Blick, daß die Frau wenig von dem, was sie erzählte, verstand.

»Nun, das tue ich«, endete sie. »Nach Nicks Tod brauchte ich etwas Frieden und Ruhe. Und was wäre besser als Pacific Grove.«

»Wo wohnst du?«

»Ich habe eines der Häuser gemietet.«

»Aber du bist hier willkommen. Wir haben genug Platz.«

»Nein, besser nicht, Mutter«, sagte sie eilig. »Doch danke. Ich muß etwas allein sein, fern von allen Ablenkungen.« Sie trank den Tee aus und stand auf. »Ich muß jetzt wirklich gehen.«

Das Gesicht ihrer Mutter wirkte beunruhigt, und auch sie stand auf. »Gehen? Willst du Pacific Grove jetzt verlassen? Ich dachte, wir könnten . . .«

»O nein. Ich bleibe noch eine Weile. Ich will nur noch etwas spazierengehen, solange es hell ist, und sehen, was sich im Grove verändert hat. Ich besuche dich wieder, das verspreche ich. Wenn du magst, jeden Tag.«

Mrs. Purcell strahlte. »Das wäre schön, Laura.«

Laura sagte behutsam: »Mutter, bist du einsam hier?«

Ihre Mutter schüttelte den Kopf. »O nein. Es ist so schön, nach all den Jahren endlich allein zu sein.«

»Nun . . .«, meinte Laura unsicher.

Plötzlich standen ihrer Mutter die Tränen in den Augen, und sie sagte mit erstickter Stimme: »O Laura, ich dachte, ich würde dich nie wiedersehen, und ich mußte mit dem Gedanken leben, daß ich dich mit fortgetrieben hatte. Kannst du mir je verzeihen?«

»Es gibt nichts zu verzeihen, Mutter. Es warst nicht du – du warst es nie.«

Und dann breitete ihre Mutter die Arme aus, und Laura fiel weinend hinein. Sie hielten sich fest umklammert, und ihre Mutter murmelte inbrünstig: »Meine Tochter ist endlich bei mir daheim! Ich liebe dich, Laura! Das habe ich immer getan, auch wenn ich's nicht gezeigt habe.«

Will starrte auf die kurze Nachricht in seiner Hand und zitterte.

Er knautschte das Stück Papier in seiner Faust und stützte sich auf den Tresen der Rezeption.

Was, in Himmels Namen, bedeutete das? Als er und Laura sich vor wenigen Tagen getrennt hatten, hatten sie Zukunftspläne geschmiedet. Was mochte in der kurzen Zeit geschehen sein, das sie dazu brachte, ihm so zu schreiben?

Lieber Will,

es tut mir leid, daß ich nicht hier bin, um Dich zu begrüßen, doch ich halte es für wichtig, für kurze Zeit allein zu sein. Ich weiß, daß Dir das sehr abrupt erscheint, und meine einzige Erklärung ist die, daß die furchtbaren Ereignisse der letzten Monate ihren Tribut verlangen. Ich muß allein sein, um nachzudenken und Kraft zu finden.

Ich melde mich bei Dir, sobald ich wieder in New York bin. Ich hoffe, Du wirst verstehen.

Herzlich
Laura

Will stöhnte fast. Herzlich Laura? Kein Wort von Liebe. Dies von der Frau, die ihr Bett, ihren Körper mit ihm geteilt hatte, die ihm ihre Liebe geschworen hatte und für immer bei ihm sein wollte?

Er ließ die Hotelrezeption, wo die Nachricht für ihn hinterlegt war, hinter sich und ging hinaus, auf die Straße. Er hielt eine Droschke an und nannte dem Kutscher seine Adresse.

In der Droschke preßte er die Hände auf die Augen. War das ihre Rache dafür, daß er sie vor drei Jahren plötzlich verlassen hatte? Sollte ihr kühler, distanzierter Brief Vergeltung für damals sein? Sicher nicht! Wäre sie sonst die Frau, die er so liebte?

Vielleicht sollte er Pearl den Brief zeigen. Sie war weise und hatte ihm früher immer guten Rat gegeben. Vielleicht konnte sie ihm sagen, was er tun sollte.

Zu Hause angekommen, versuchte er, seine düsteren Gedanken zu verdrängen, wußte er doch, wie sehr Justin sich auf ihn freute, und nichts durfte ihre Wiedersehensfreude trüben.

Als er die Tür öffnete, begrüßte ihn ein jubelndes Bündel jungenhafter Energie. Justin umarmte ihn stürmisch, die Aufforderung seiner Großmutter, ›sich wie ein junger Herr zu benehmen‹, völlig ignorierend, und im Augenblick dachte Will nur an seinen Sohn.

Erst nachdem er Geschenke überreicht hatte und die Neuigkeiten ausgetauscht waren, und der aufgeregte Junge im Bett war, setzte sich Will, um lange mit Pearl zu sprechen. Er erzählte ihr von Lauras plötzlichem Verschwinden und ihrem seltsamen Brief.

Will war bestürzt, als er sah, wie Pearl beim Lesen der zerknitterten Nachricht blaß wurde, und er beugte sich sorgenvoll vor.

Pearl ließ den Brief in ihren Schoß fallen und sah ihn, mit Tränen in den Augen, an. »Oh, das arme Mädchen. Und viel ist deine Schuld, Will. Hättest du ihr nur etwas gesagt, sie vorgewarnt. Ich fürchte, es war ein sehr unerwarteter Schock für sie.«

»Was meinst du? Was war ein Schock?«

Pearl schaute ihn fest an. »Ich fürchte, ich und dein Sohn. Es war klar, daß sie nicht wußte, daß deine Frau und dein Sohn Chinesen sind. Du hättest es ihr sagen sollen.«

»Heißt das, sie war hier? Sie kam ins Haus?«

Pearl nickte. »O ja. Letzte Woche stand sie einfach vor der Tür, zeigte ihre Karte. Sie sagte, sie sei geschäftlich in der Stadt, und in der Nähe gewesen. Natürlich wußte ich, wer sie war, und ich freute mich sehr, sie endlich kennenzulernen. Aber ich bin nicht sicher, daß sie es genauso empfand. Ich ging selbst zur Tür, weißt du. Mrs. Orlando dachte, ich sei die Haushälterin.«

»Oh, mein Gott!« sagte Will erschüttert.

»Ja, es war sehr peinlich für sie, und das war mit meine

Schuld. Ich fand die Situation amüsant und klärte sie nicht gleich über den Irrtum auf.« Sie seufzte traurig. »Jetzt weiß ich, daß es ein schwerer Fehler war, denn als sie die Wahrheit erfuhr, war sie sehr verlegen, und fühlte sich, wie ich vermute, in meiner Gesellschaft sehr unwohl.«

Pearl hielt inne und schaute auf ihre schlanken, langnägeligen Hände. »Ich vermute auch, daß es sehr schwer für sie ist, zu verstehen, welcher Rasse wir sind. Du weißt, es geht vielen Menschen so.«

Will erstarrte. »Laura ist nicht so! Sie ist fair und unvoreingenommen.«

»Dessen bin ich sicher«, lächelte Pearl melancholisch. »Selbst bei unserer kurzen Begegnung konnte ich sehen, daß sie eine außerordentliche junge Frau ist, sehr modern und intelligent in ihrem Denken. Doch selbst Menschen, die sich für tolerant halten, haben manchmal Schwierigkeiten mit Fremden, wenn es sich um Nachbarn oder Freunde handelt. Und in dieser Situation muß sie damit fertig werden, daß sie einen Stiefsohn hat, der ein Halbblut ist, und eine lebende Großmutter und Schwiegermutter, die keine Weiße ist.«

»Aber das ist keine Kritik, Will. In meinem Land ist es ebenso. Auch mein Volk ist von seiner Einzigartigkeit und Überlegenheit überzeugt und hält die Weißen für Barbaren. Du hast Lily in Frankreich geheiratet, wo du dem Druck und den Vorurteilen nicht ausgesetzt warst, die du in China erlebt hättest.« Sie schaute ihn mitleidig an. »Du hättest es ihr sagen sollen, Will. Warum tatest du es nicht? Du hast doch sicher nicht geglaubt, du hättest es nach eurer Hochzeit verheimlichen können?«

»Ich wollte es ihr sagen. Ich hab's mehrmals versucht, bekam's aber nie heraus.« Er umklammerte die Sessellehne. »Ich – ich glaube, ich war nicht sicher, wie sie darauf reagieren würde. Ich glaubte auch, daß ich nichts erklären müßte. Ich habe mich nie geschämt, mit Lily verheiratet gewesen zu sein! Ich war stolz darauf, daß sie mich liebte, daß sie meine Frau war. Sie war eine Frau, und eine Persönlichkeit. Welche Rolle spielte denn ihre Rasse?«

Pearl seufzte. »Ein bewundernswertes Gefühl, mein Sohn, aber doch extrem naiv. In der wirklichen Welt spielt das eine Rolle, und obwohl es nicht schön ist, muß man zugeben, daß es ganz praktisch ist.«

»Glaubst du, ihr Besuch hat sie so aus der Fassung gebracht, daß sie vor mir weggelaufen ist?«

»Es scheint so. Ich glaube, daß diese letzte Überraschung nach all dem, was du über ihre Schicksalsschläge erzählt hast, für sie zuviel war. Ich denke, daß es nötig für sie war, wegzufahren, um ihre Gedanken und Gefühle zu überdenken. Ich glaube nicht, daß dieser Brief, wie kühl er klingen mag, bedeutet, daß sie dich nicht mehr liebt. Er bedeutet nur, daß sie jetzt verwirrt und erschüttert und niedergeschlagen ist. Sie ist vielleicht ärgerlich, weil du ihr nicht genug vertraut hast und ihr nicht die Wahrheit gesagt hast. Glaubst du, du kannst sie finden, Will?«

Er zögerte. »Ich bin sicher, sie hat P. T. Barnum gesagt, wohin sie gefahren ist.«

Sie schaute ihn gespannt an. »Dann schlage ich vor, du gibst ihr noch ein paar Tage zum Nachdenken und fährst dann zu ihr, mit dem Hut in der Hand, wie man so sagt.«

Der Tag war klar, kühl und ein wenig windig; es war einer dieser Tage, an dem sich Küste und Meer von der schönsten Seite zeigten.

Laura, wetterfest gekleidet, wanderte viel durch die Straßen des chinesischen Fischerdorfes, wie sie es früher mit Nick getan hatte.

Das Dorf hatte sich wenig verändert, soweit sie feststellen konnte; es waren dieselben Häuser auf Stelzen, die Fischer in ihrer eigenartigen Kleidung, die Kinder mit ihren bunten, vogelähnlichen Drachen und die Frauen, die Mahjong und Karten spielten. Alles begleitet von seltsamem melodischem Geplauder und gelegentlichem Gelächter.

Laura fühlte sich, ohne zu wissen, warum, von dem Dorf angezogen, seit sie wieder in Pacific Grove war. Vielleicht deshalb, weil diese Menschen derselben Herkunft wie Mrs. Hsieh und Justin waren. Sie hatte sich erst ins Dorf gewagt, nachdem sie bereits eine Woche im Grove verbracht hatte.

Während sie langsam durch die Straßen ging, kam ihr eine Gruppe Kinder entgegen, glücklich lachend und einen Metallreifen treibend, der vor ihnen hüpfte und rollte.

Als die Kinder an ihr vorbeiliefen, schaute Laura in ihre lachenden Gesichter. Es waren hübsche Kinder. Sauberes, glatt gekämmtes, schwarzes Haar und runde Wangen, doch sie sahen nicht wie Justin aus. Ihre Haut war viel dunkler, und ihre Gesichter waren runder und irgendwie flacher. Doch es waren Kinder wie andere auch.

Die Männer flickten ihre Netze, die Frauen lachten und schwatzten, und trotz ihres fremdartigen Aussehens, der anderen Sprache, waren es Männer und Frauen wie andere.

Sie dachte an die Zeit, als sie mit Nick hier gewesen war, versuchte sich ihrer damaligen Gefühle zu erinnern. Hatte sie die Menschen damals für geringer eingeschätzt als sich und ihre Familie? Sie konnte sich nicht daran erinnern. Sie waren anders, das stimmte, doch waren sie deshalb minderwertig?

Mrs. Hsieh war offensichtlich von privilegierter, angesehener Herkunft, was man von Lauras Familie nicht sagen konnte. Warum fühlte sie sich dann bei dem Gedanken, einen Halbchinesen als Stiefsohn zu haben oder mit seiner chinesischen Großmutter zusammenzuleben, so unwohl?

Sie stand an der Küste und sah, wie ein bunter, fischähnlicher Drache zum blauen Himmel strebte; und dabei bemerkte sie, daß all die Anspannung, all ihr Ärger, die sie so belastet hatten, fort waren. Sie fühlte sich voller Ruhe, obwohl sie noch nicht zu einer Entscheidung gekommen war, was sie mit Will tun sollte. Sie wußte nur, daß sie ihn sehr liebte. Die Frage war, liebte sie ihn genug?

Nachdem sie lange Zeit im Dorf verbracht hatte, ging sie langsam nach Pacific Grove zurück und genoß die körperliche Müdigkeit und den Wind, der ihr Gesicht streichelte.

Es wurde später, und die Sonne senkte sich langsam im Westen. Das Nachmittagslicht tauchte See und Wolken in goldenen Schimmer und kündigte einen großartigen Sonnenuntergang an. Spuren von Rosa, Gelb und Orange waren auf den Himmel getupft. Es war ein herrlicher, friedvoller Anblick.

Laura war jetzt sehr müde. Sie befand sich am Jesus-Lover's-Point, ging hinaus zu den Felsen und setzte sich, um den Wechsel und das Dunkeln der Farben zu beobachten, während die Sonne sank.

Während sie da saß, erfaßte sie ein Gefühl süßer Traurigkeit, und plötzlich empfand sie Wills Abwesenheit voller

Schmerz. Sie spürte, alles wäre gut, wäre er jetzt hier, bei ihr, und teilte diesen Augenblick. Schönheit war immer etwas Wundervolles, doch am wundervollsten, wenn man sie gemeinsam erlebte.

Sie erhob sich vom kühlen Stein und wandte sich ihrer Hütte zu. In diesem Moment sah sie die beiden Gestalten, die durch die beginnende Dämmerung auf sie zu kamen.

Halb geblendet vom Glanz des Sonnenuntergangs, konnte sie die Gestalten nicht deutlich erkennen, doch es schienen die eines großen Mannes und eines kleinen Jungen zu sein.

Eine seltsame Unruhe erfaßte sie, als sie auf sie zuschritt.

Sie kamen einander näher, und sie erzitterte vor wachsender Erregung. Natürlich, es konnte nicht sein, aber der Mann sah so sehr wie Will aus, und der Junge . . .

Mit schnelleren Schritten lief sie in den letzten Strahlen der sinkenden Sonne. Dann sah sie das Humpeln des Jungen. Er war es! Will und sein Sohn kamen langsam, behutsam näher, als seien sie nicht sicher, ob sie willkommen wären.

Und plötzlich gab es keinen Zweifel mehr, als der letzte Sonnenstrahl auf Wills fragendes Gesicht fiel. Ihr war, als hätte sich eine Fessel von ihrem Herzen gelöst. Sie wußte, diese beiden Menschen waren für sie die wichtigsten auf der ganzen Welt, und sie liebte sie beide mit all ihrer Kraft. Alles andere war unwichtig!

Ein Schrei entrang ihr: »Will! Mein Liebster!«

Sie streckte die Arme aus, lief ihnen entgegen, und die Sonne sank mit einem letzten, herrlichen Strahlen.

HEYNE BÜCHER

DER GROSSE LIEBESROMAN

Romane voll Abenteuer und Leidenschaft, aus Historie und Gegenwart.

28/114 - DM 7,80

28/115 - DM 7,80

28/116 - DM 7,80

28/117 - DM 7,80

28/118 - DM 7,80

28/119 - DM 8,80

28/120 - DM 7,80

28/121 - DM 7,80